Sibylle Knauss

EDEN

Roman

| Hoffmann und Campe |

1. Auflage 2009

www.hoca.de
Einband, Typografie und Satz:
Farnschläder & Mahlstedt, Hamburg
Gesetzt aus der Stempel Garamond LT Pro
Druck und Bindung: GGP Media GmbH, Pößneck
Printed in Germany
ISBN 978-3-455-40144-8

HOFFMANN
UND CAMPE

Ein Unternehmen der
GANSKE VERLAGSGRUPPE

Vor ihnen offen lag die Welt, wo sich
Die feste Stätte ihres Bleibens fände
Und die Vorsehung ihre Schritte wies:
Sie gingen Hand in Hand, langsamen Ganges,
Durch Eden einsam wandernd ihren Weg.

John Milton, *Paradise Lost*

Es war das Ende von allem. Die Erde war grau. Der Geruch von Asche lag in der Luft. Ein furchtbarer Geruch. Ein Geruch, der sagt: Lauf! Lauf! Lauf!

Das Graue kam aus der Luft. Es fiel in Flocken nieder. Die Flocken waren überall. Sie drangen beim Atmen in Mund und Nase ein. Sie schmeckten wie etwas Totes.

Sie hielten sich auf ihrer Flucht dicht beieinander. Die meisten anderen kamen schneller voran als sie. Huftiere. Katzen. Schakale. Alles, was sich auf vier Beinen bewegte. Sie gingen aufrecht. Sie waren nur so schnell, wie man auf zwei Beinen ist.

Sie husteten. Sie keuchten. Ihre Füße sanken beim Laufen in das Graue ein. Das Graue war warm, und warm war auch die Luft, die sie einsogen. Sie schmerzte. Sie dörrte die Kehle aus. Sie reichte nicht aus für die Laufenden. Etwas lag hart wie ein Stein in ihrer Brust, pochte in ihren Köpfen. Sie liefen trotzdem weiter. Weg von dem Berg.

Der Berg hustete auch. Der Berg brannte. Entsetzlicher Berg. Das Feuer kam aus dem Innern des Berges. Er kreischte. Er schrie. Kein Tier schrie so wie der Berg.

Der Berg sollte still sein. Berge sind immer still. Nie hatten sie einen Berg so schreien hören. Er grollte manchmal. Sie kann-

ten das. Manchmal stieg auch Rauch von seinem Gipfel auf. Sie hatten sich jedes Mal sehr gefürchtet. Sie hatten nicht gewusst, was der Berg sagen will. Jetzt wussten sie es. Lauf!, wollte der Berg sagen. Lauf! Lauf! Lauf! Er schrie es.
Der Mann versuchte den Blick zu heben, um zu erkennen, wie weit es noch bis zu den Felsen war. Dort gab es Höhlen. Überhänge, die Schutz boten. Aber das Grau war undurchdringlich. Es reizte seine Augen. Er wischte sich mit dem Handrücken darüber und kniff sie so weit zu, wie es möglich war. Manchmal zogen rasche Schatten an ihnen vorüber. Der Mann begriff, dass auch andere Tiere auf ihrem Weg zu den Felsen waren. Der Mann fürchtete sie jetzt nicht. Dies war nicht die Zeit, um zu fressen und gefressen zu werden. Es war Zeit für die Flucht.
Eine Stute mit ihrem Fohlen kreuzte ihren Weg. Sie tauchten aus dem Grau auf und verschwanden wieder darin. Der Belag auf dem Boden schluckte das Geräusch ihrer Hufe. Aber der Mann erkannte die dreizehigen Spuren vor sich. Er überlegte, ob es klug sei, ihnen zu folgen, entschied sich aber dafür, die einmal eingeschlagene Richtung beizubehalten. Nur nicht zurück zu dem Berg statt weg von ihm.
Die größte Gefahr war jetzt, sich zu verlieren. Die Frau folgte ihm mit dem Kind an der Hand. Sie war nicht viel mehr als halb so groß wie der Mann. Mit ihren kürzeren Beinen hatte sie Not, mit ihm Schritt zu halten und das Kind dabei nicht zurückzulassen.
Das Kind war außer sich vor Protest. Es war noch nicht alt genug, um nicht die Erwachsenen für das, was hier geschah, verantwortlich zu machen, aber bereits zu alt, um von ihnen getragen zu werden. Im Grunde lief es nur mit, um sich zu beklagen, kam aber vor lauter Anstrengung nicht dazu. Es

schluchzte, keuchte, hustete, fand keine Kraft, sich zu widersetzen. So lief es einfach mit.
Der Griff, mit dem die Frau seine kleine Hand umfasst hielt, war fest und hart. Es war die Härte, mit der man etwas hält, was man um keinen Preis lassen will. Würde sie, um sich zu retten, das Kind in der grauen kreischenden Öde zurücklassen?
Es gab keine Fragen und keine Antworten. Es gab nur den Griff, mit dem sie das Kind festhielt.
Und die Angst, dass ihr der Mann davonlief.
Sie rief ihn an.
Der Mann blieb stehen. Er sah sich über die Schulter nach ihr um und wartete, dass sie zu ihm aufschloss. Er hatte die Angst in ihrer Stimme gehört. Ihre Bitte, auf sie zu warten.
Der Mann war nicht gleichgültig gegen ihre Angst. Ihre Bitte traf auf seine Bereitschaft, der Linderer ihrer Angst zu sein. Ihr Retter vielleicht sogar.
Ihr Retter zu sein war dem Mann angenehm. Es stimmte überein mit dem, was er fühlte, wenn sie um ihn war, selbst jetzt noch, da sie die Beute des kreischenden Berges geworden waren. Von den beiden Möglichkeiten, sich selbst oder sich und sie zu retten, ergriff er die zweite.
Die Frau verstand, was der Mann ihr anbot, und als er sich wieder zum Gehen gewandt hatte, setzte sie ihre Füße sorgfältig in seine Abdrücke. Ihre kleineren Fußabdrücke verschwanden darin wie die Hand des Kindes in ihrer eigenen.
Das beruhigte die Frau. Es zwang sie, sich zu konzentrieren. Es hinderte sie daran, ihrem Impuls zu unkontrollierter Flucht zu gehorchen, der im Zustand großer Angst übermächtig werden kann. Der Mann erlaubte ihr, sich auf ihn zu verlassen. Sie fürchtete ihn. Doch in Zeiten großer Gefahr bot seine Gegenwart ihr Trost und Sicherheit.

Sie streckte die Hand nach ihm aus und berührte den Mann an der Hüfte. Sein Fell war widerborstig und stumpf. Es war von Asche bedeckt, wie es auch das ihre und das des Kindes war. Sie sahen fremd aus. Wie ihre eigenen Schatten. Alles war Schatten und kein Licht nirgendwo, außer dem fahlen Schein des kreischenden Berges.

Der Mann ließ sie gewähren. Die Gefahr hatte ihn freundlich gemacht. Auch er besiegte den Drang zu wilder Flucht und ging jetzt langsamer, sodass die Frau und das Kind ihm folgen konnten. Er führte sie.

Er hatte es oft schon getan. Seine Stärke gefiel sich in der Gegenwart ihrer Schwäche, sie war die Antwort darauf, wie auch ihre Schwäche die Antwort auf seine Stärke war. Auf diese Weise sprachen sie miteinander. Und so gewann auch er Trost durch sie.

Der Mann fürchtete sich nicht weniger als die Frau und das Kind. Er war ein Läufer. Ein Kundschafter. Ein Erspäher von Gefahr und Nahrung. Ein schneller Zugreifer. Einer, der die Hyänen mit Knüppeln und Steinen auf Distanz hält, bis er ein Stück ihrer Beute an sich gerissen hat. Er weiß die Jäger mit List abzulenken. Er riskiert etwas. Er reißt Äste ab und droht ihnen mit Armen, die länger als seine eigenen sind. Er schlägt damit zu. Er träumt von einem Knüppel, der stark wie ein Baum ist und mit dem er das Rückgrat eines Löwen zertrümmern kann. Im Traum sieht er den Löwen, wie er sich vor seine Füße zum Sterben legt. Er ist ein Kletterer. Er ist im Nu auf den Bäumen, wenn ihm die Jäger zu nah kommen.

Der Mann war sehr mutig. Er musste es sein, weil er wusste, welcher Art das Ende war, das ihn erwartete. Scharfe Zähne würden sich in sein Fleisch senken. Durstige Rachen würden sein Blut trinken. Gierige Jäger würden seine Knochen aus den Gelenken reißen und sich flink mit ihrer Beute davonmachen, um sie an einem sicheren Platz zu benagen. Nach kurzer Zeit würden von ihm nicht mehr als ein paar verstreute weiße Knochen übrig sein.

Der Mann hatte seinesgleichen schon oft auf diese Art sterben sehen. Er hatte das Schreien gehört, das Gurgeln, mit dem es verstummt war, das letzte Zucken der Glieder gesehen, bevor sie vom Rumpf getrennt wurden. Er hatte gewusst, dass es auch ihm widerfahren würde, wenn er alt oder krank oder unvorsichtig sein würde. Er wusste, dass ihn die Jäger im Blick hatten wie er sie. Sie umkreisten ihn und die Seinen. Sie waren immer da, mehr oder weniger nah, bei Tag und vor allem bei Nacht. Man musste hoch in die Bäume gehen, um zu schlafen, dort, wo man das Zittern im Stamm spürte, wenn ein Jäger sich näherte. Sie schlichen auf leisen Sohlen. Die Erde verriet sie nicht.

Sie lebten davon, sich zu belauern, die Jäger und er. Keine Unachtsamkeit. Niemals.

Er war nicht furchtlos: Ein furchtloser Mann war ein toter Mann. Er war wachsam. Er war mutig. Aber der Berg ist ein Gegner, mit dem es niemand aufnehmen kann. Der Berg ist fürchterlich.

Sie hatten die Zeichen gesehen. Den Rauch. Die schwarzen Wolken, aus denen kein Regen kam. Den unruhigen Schein über dem Gipfel bei Nacht. Sie hatten das Grollen aus dem Berg gehört. Der Berg war wie eine Katze gewesen. Eine Katze, die zuerst knurrt und dann faucht und dann zum Sprung ansetzt und zubeißt.

Sie wussten jetzt, dass der Berg eine Katze war. Ein Riesentier. Aber die Zeichen hatten sie nicht erkannt.

Plötzlich stieß die Frau einen Ruf aus und blieb stehen. Sie wandte sich zurück und wies in die Richtung, aus der sie gekommen waren.

Konnte es sein, dass der Berg jetzt Wasser statt Asche spie?

Sie fuhr über ihr Fell und spürte, dass es nass war. Es regnete! Schwarzer Regen fiel in dicken Tropfen herab und rann in schwarzen Bahnen über ihr graues Fell. Sie wollte den Mund öffnen und mit zurückgelegtem Kopf trinken, sah aber den warnenden Blick des Mannes und verstand.

Kein gutes Wasser, bedeutete sie dem Kind. Weiter!

Dennoch nahm sie es als gutes Zeichen, dass der Regen gekommen war.

Es war die Zeit, in der der Regen kam. So war doch etwas noch so, wie es immer war. Noch wusste der Regen, wann seine Zeit war. Er feuchtete den grauen Grund und band die feine Asche zu einem weichen Matsch, der die Spuren ihrer Füße aufnahm und hielt, als er trocknete,

während die drei …

1977

Es könnten auch vier gewesen sein, dachte sie. Sie beugte sich über die Spuren, ihre Knie auf dem harten Tuff. Warum sollte der Mann nicht ein kleineres Kind getragen haben? War es nicht möglich, dass außer dem Kind, das schon größer war und selber lief, noch ein kleineres dabei war, das der Mann als derjenige, der beide Hände frei hatte, auf den Armen trug? War es nicht sogar wahrscheinlich, dass da noch ein Milchkind war? Hatte nicht auch Louis die Jungen getragen, solange sie klein waren, vor allem, wenn es gefährlich war? Wenn sie durch Schlangenhabitate gegangen waren oder Sümpfe. Eines Tages, Philip war drei oder vier und saß auf seinen Schultern, war Louis auf einen Baumstamm getreten, der quer über dem Weg lag, und der Baumstamm bewegte sich, es war ein Python.

Das war der Mann, an den sie sich erinnerte: Louis, fünfzig Jahre alt, auf seinen Schultern der jüngste Sohn, unter den Füßen die Schlange, die ihren mächtigen Leib einfach durch das Gras bewegt und sich entfernt hatte, nachdem er von ihr heruntergesprungen war. Louis, ein Bezwinger.

Aber da war noch ein anderer Mann, ein anderer Louis, an den sie sich erinnerte. Ihm hätte sie gern die Spuren im Tuff gezeigt. Siehst du das? Siehst du, was ich gefunden habe?

Und er würde sagen: Das ist es. Das ist es, Mary, was wir immer gesucht haben. Die Familie. Dreieinhalb Millionen Jahre alt. Sieh sie an. Das sind wir, die da gegangen sind.
Glaubst du, dass sie es geschafft haben?, würde sie fragen.
Und niemand außer ihm würde verstehen, was sie meint.
Mary, würde er sagen, sieh uns an. Wir sind hier. Natürlich haben sie es geschafft. Das sind die Spuren unserer Herkunft als Zweibeiner! Das sind Spuren, die zu uns führen!
Und der alte Enthusiasmus würde in ihm auflodern und auch sie in Brand setzen, wie er es immer tat.
Hier ist das Fenster in die Vergangenheit, dachte sie. Hier auf der Ebene von Laetoli.
Es ist wie ein kurzes Stück Film, nur ein, zwei Minuten … Aber wir sehen genug: Der Mann. Die Frau. Das Kind. (Sie weigerte sich, von ihnen als Männchen und Weibchen und Jungem zu denken. Sie glichen uns zu sehr, dachte sie.) Wir können den Vulkanausbruch sehen. Die Asche. Den Regen. Das Pferd aus der Vergangenheit, ein Hipparion, kleiner, viel kleiner, als Pferde heute sind.
Es ist wie eine Botschaft aus dem All, dachte sie, wie zufällig auf den Radaren der Erdbevölkerung. Eine Botschaft aus dreieinhalb Millionen Lichtjahren Entfernung: Hier gibt es uns. Wir sind da. Wir gehen aufrecht wie ihr. Wir haben Angst wie ihr. Wir sind euch ähnlich. Von uns könnt ihr etwas erfahren, das ihr selber nicht von euch wisst. Eure Angst, euer Mut, eure manchmal plötzlich auflebende Tapferkeit, euer Vertrauen zueinander sind unsere Angst, unsere Tapferkeit … Begreift es endlich: Wir sind auf dem Weg zu euch …
Louis würde es begreifen. Aber Louis war tot.
Sie war fünfundsechzig. Das Alter war nicht gnädig zu ihr. Es hatte ihr keinen Abglanz früherer Reize gelassen. Das Haar

stumpfgrau, trocken und ausgebleicht, die Haut gegerbt und von der afrikanischen Sonne ausgedörrt. Die Nase groß, die Lippen schmal, ironisch. Die Oberlippe leicht nach oben gezogen, ein sich mit den Jahren verstärkender Ausdruck von *disgust.*

Sie besaß sehr viel Sprödigkeit. Sie wies ab. Machte Angst. Der erste Umgang mit ihr war immer eine Mutprobe, besonders für Frauen. Männer mochten an ihr, was Frauen abstieß: dass sie witzig war und ohne Angst vor Sarkasmus. Sie erkannten noch immer die Herausforderung darin. Allerdings ohne die Versuchung, ihr zu erliegen. In ihrer Jugend war ihre Sprödigkeit anziehend gewesen, ein Appell an Eroberer von Louis' Schlag, die der Frau, die sie begehren, ein Königreich versprechen.

Ein Königreich war das Mindeste, was man Mary bieten musste, als sie zwanzig war.

Und Louis besaß eines. Sie hatte es gleich gemerkt, als er das Podium des Royal Anthropological Institute in London betrat. Eine ältere Freundin hatte sie zu dem Vortrag mitgenommen. Er sprach über die Olduvai-Schlucht in Ostafrika, wo ein Deutscher schon vor mehr als zwanzig Jahren Steinwerkzeuge und Fragmente eines Schädels gefunden hatte, die mutmaßlich aus dem späten Pleistozän stammten.

Sie hörte ihn sagen: Wir werden dort mehr finden, Älteres, Früheres. Wir werden nicht aufhören, danach zu suchen, bis wir fündig geworden sind. In Olduvai liegt die Antwort auf all unsere Fragen nach unserer Herkunft, unserer Vergangenheit. Sie hatte sofort gewusst, dass es auch ihre Fragen waren und dass er selbst die Antwort darauf sein würde.

Nach seinem Vortrag war er wie immer umringt von Fragern und Interessierten. Es war die Rolle, in der er sich gefiel, vor allem wenn junge Frauen unter den Fragern waren. Ohne zu wissen, wie, fand sie sich bei einem Essen der Fellows in einem Hotel am Bedford Square neben ihm.

Vorsicht, hatte ihre Freundin gesagt. Vorsicht, was Louis Leakey betrifft. Er ist ein gefährlicher Mann.

Doch das sagen sie immer, wenn ein Mann es wert ist, dass man sich in ihn verliebt.

Außerdem ist er verheiratet, sagte sie.

Das sagen sie einem immer, wenn es zu spät ist.

Sie war auch mit Anfang zwanzig nicht auffallend hübsch gewesen, aber sie war für ein paar Jahre unwiderstehlich. Unwiderstehlich lebhaft, unwiderstehlich intelligent. Unwiderstehlich für einen Mann wie Louis, der es liebte, die Frauen zu begeistern. Für sich. Für das, was er tat. Für seine Visionen. Sie ließ sich auf unwiderstehliche Art von ihm entflammen. Er liebte das. Er liebte es sein ganzes Leben lang, junge Frauen dieser Art für sich zu entflammen. Er fand sie immer. Sie fanden ihn.

Seit sie ein kleines Mädchen gewesen war, das mit seinen Eltern die Höhlen in der Dordogne besucht hatte, wusste sie, dass nichts sie mehr interessierte als die Prähistorie. Sie hatte Prähistorie im Blut. Ihr Ururgroßvater mütterlicherseits hatte in Suffolk nach Flintsteinen gegraben und als Erster in England erkannt, was sie waren: prähistorische Werkzeuge, »aus einer Welt vor Bestehen dieser Welt«, wie er vermutete.

Komm, hatte Louis gesagt, komm zu mir nach Afrika. Ich werde dir Dinge zeigen … Dinge, von denen du dir nicht träumen lässt … Wir werden graben. Und Schätze finden … Schätze. Komm zu mir. Ich weiß, wo man suchen muss. Wir werden reich sein, du und ich. Nicht reich an Geld, doch reich an

Ruhm, an Bewunderern. Mit mir kannst du die Welt erobern, wenn du willst.

Und das war genau, was sie wollte. Damals und heute noch. Sie brauchte nur länger als Louis dazu. Sie war gründlicher. Sie war noch immer nicht an ihrem Ziel. Und manchmal ahnte sie, dass ein einziges Leben nicht ausreichen würde, um es zu erreichen. In Wahrheit war sie ehrgeiziger, als Louis es jemals gewesen war.

Sie war sehr englisch. Und obwohl sie drei Söhne geboren hatte (und eine kleine Tochter, die ihr gestorben war), sah sie in ihren besten Momenten wie eine Jungfer aus, ein wenig eckig, trotz ihres kräftigen Körperbaus, immer etwas fremd geblieben in ihrem eigenen Leib. Eine Frau ohne Begabung für Selbstinszenierungen, immer ein wenig scheu in ihren Auftritten, unsicher in der Garderobe. Eine Kameraflüchterin.

Sie rauchte Zigarren, und mit der Zeit waren ihre Finger den Stumpen ähnlich geworden, die sie bevorzugte. Die Hände grob von der Arbeit in Staub und Stein. Zärtliche Hände, wenn sie etwas hielten, das sie betrachtete. Klarer Blick. Ein Blick, der immer mehr sah, als vor Augen war, und dieses ganz genau. Ohne Wohlwollen.

Viele konnten sie nicht ausstehen. Jüngere Frauen hatten es schwer mit ihr. Sie ließ nichts gelten, was nicht bereits einer übergenauen Prüfung standgehalten hatte. Wie ihre Fundstücke. Keine Begeisterung, bevor nicht genau erwiesen war, worum es sich handelte.

Auch du musst genauer datiert und bestimmt werden, bevor wir wissen, ob du echt bist, schien ihr Blick auf Menschen zu sagen. Finden, Abschätzen, Einordnen war ihr Beruf. Abschätzig war ihr Blick. Es war der Blick einer Frau, die alles erreicht hat und alles aus eigener Kraft.

Ihr Leben war ein Triumph gewesen.
Ihr Leben war eine Enttäuschung.
Spät am Abend trank sie Brandy. Sie trank, bis sie zwischen Triumph und Enttäuschung nicht mehr klar unterschied. Bis es sie nicht mehr interessierte, was Louis dazu gesagt hätte. Er hatte es gehasst, wenn sie trank.
Dieser Fund gehört mir, dachte sie. Es ist der größte, und er gehört mir ganz allein. Ich habe das Fenster aufgestoßen. Ich war die Erste, die hinausgesehen hat. Als Paul Abell kam und mir den Abdruck im Tuff gezeigt hat, eine halbe Ferse, habe ich sofort gewusst, dass es etwas Großes, etwas Einzigartiges ist. Und noch bevor ich mir darüber im Klaren war, was es nicht war, kein Rhinozeros, kein junger Elefant, keine ausgestorbene Bärenart, hörte ich mich rufen: Das ist hominid!
Irgendwann gibt die Erde frei, was sie in sich verborgen hat. Schichten verwittern, platzen, der Stein erodiert. Spuren uralter Anwesenheiten erscheinen. Aber sie erscheinen nur demjenigen, der gesucht und auf sie gewartet hat, demjenigen, der geduldig ist, der Stollen in den Stein treibt, den Schotter durchwühlt, den Sand durchsiebt, nur demjenigen, der ein Verlangen trägt, sie zu sehen, erscheinen die Spuren. Sie spürt es kurz vorher, wenn sie etwas findet. So war es immer. Ihr Herz schlägt. Als ob ein Magnet sie anzöge, weiß sie: Da ist etwas an dieser Stelle. Sie weiß es einen Moment, bevor sie es findet. Und dann sieht sie es. Und fühlt. Sie muss fühlen. Erst wenn ihre Hand es berührt, weiß sie, dass sie etwas gefunden hat. Und dass es ihr gehört!
Ganz gleich, welche Museen und Sammlungen es bekommen werden, Nairobi, London, Washington, Daressalam – es wird für immer mir gehören, dachte sie.
Du bist eine Sammlerin, hat Louis gesagt. Eine alte begabte

Knollen- und Beerenauffinderin. Deine Familie kann niemals zugrunde gehen.
Und du bist ein Jäger, hat sie ihm geantwortet.
Und wie wahr das gewesen ist. Wir haben immer nach unserer eigenen Wahrheit gesucht, dachte sie. Er nach seiner. Ich nach meiner. Und – was haben wir gefunden? Haben wir wirklich etwas ans Licht gebracht?
Man muss noch tiefer graben. Man muss noch härter zu Werke gehen. Alles, was wir bis jetzt haben, ist nur ein Anfang, dachte sie, der Anfang von einem Anfang.
Der Brandy gab ihr Entschlossenheit. Ein Gefühl für die Größe des Werkes, dem sie sich ganz und gar widmete. Er machte sie stark, nicht schwach. Wenn er etwas in ihr enthemmte, dann einen gewissen Heroismus, der ihr intimstes und bestgehütetes Geheimnis war: Nichts wird mich aufhalten können.
Sie trank wie ein Mann.
Man muss noch weiter zurückgehen, dachte sie.
Am Anfang

war das

Tier …

Am Anfang war das Tier. Und das Tier war scheu, wie Tiere es sind, selbst wenn sie schnell wie Gazellen, sprungfähig, krallenbewehrt und mit Reißzähnen versehen wie Löwen sind. Aber das Tier hatte keine Reißzähne, keine Krallen und kein Raubkatzengebiss. Dafür hatte das Tier eine Menge Kostgänger, die Appetit auf sein Fleisch hatten. Es war Nahrung. Und Nahrung zu sein macht wachsam und vorsichtig. Es macht Angst. Es macht einen leisen Gang. Es macht gute Augen und schärft das Gehör.

Das Tier war Nahrung und brauchte Nahrung für sich. An beidem arbeitete das Tier sich ab. Vorsicht und Hunger. Beide lenkten es. Das Tier hatte keine Wahl. Es strich am Rande der Wälder durch die Savannen und pflückte Früchte und Blätter ab, die es sich gleich in den Mund stopfte, denn es hatte nichts außer einem Paar Hände, um etwas mit sich zu tragen. Die Hände brauchte es zum Pflücken und Klettern. Sie waren lang und schlank. Es waren keine Tatzen, keine Pfoten. Es waren Hände. Mit ihnen konnte das Tier auch einen Stock halten, den es dazu brauchte, nach essbaren Wurzeln zu graben. Denn es hatte keine Krallen. Es hatte nur Fingernägel, die wenig hilfreich beim Graben waren. Dafür waren sie hilfreich, wenn es darum ging, das Haar der anderen Tiere von Ungeziefer zu befreien. Das Tier biss sich die Nägel ab, damit sie nicht zu lang wuchsen, und an den Füßen taten ihm Artgenossen den Dienst. Es besaß solche kleinen Unvollkommenheiten, die es auf seine eigene Art korrigierte. Das war neu. Andere Tiere fanden sich ab mit ihrer Ausstattung. Dieses Tier arbeitete an sich. Seine eher unterdurchschnittliche Ausstattung machte es unumgänglich, dass es sich ein wenig mehr um sich selbst kümmerte.

Auch sein Geruchssinn war unterdurchschnittlich und konnte sich nicht mit dem der Hyänen, Schakale und Wildhunde messen, die ihre Informationen mit der Nase am Erdboden erschnüffelten. Zwar waren auch seine Augen weniger scharf als die mancher Raubvögel, aber es hatte den Überblick, denn es ging auf zwei Beinen und ließ seinen Blick bis zum Horizont schweifen. Es war ein Panoramablick. Zwar entging ihm auf die Entfernung manche Einzelheit, aber so konnte es doch eine gewisse Fülle an Daten gleichzeitig erfassen. Das Tier kombinierte:

Ein Vogelschwarm stieß in der Ferne nieder und flog kurz danach wieder auf. Es bemerkte die Spuren der Dickhäuter am Boden, die in dieselbe Richtung wiesen. Das Tier dachte: Wasser. Es hatte Durst. Aber es sah auch die leichte Bewegung der Gräser. Es prüfte. Da ging kein Wind. Da ging ein Leopard, der auch Durst hatte. Das Tier übte sich in aufgeschobener Bedürfnisbefriedigung. Es wusste: Am Mittag schlafen die Katzen. Am Mittag würde es sich mit aller gebotenen Vorsicht dem Wasserloch nähern.

Das Tier war nicht allein. Es war ein Familientier. Die da durch die Savanne streiften und sich des Nachts auf den Bäumen zusammenfanden, waren miteinander so nah und vielfältig blutsverwandt, dass man nicht hätte entscheiden können, wer Bruder und Schwester waren, Väter und Söhne und Töchter, Cousins und Cousinen, Onkel und Tanten. Sie waren einander alles zugleich und über Kreuz, so wie sie auch kopulierten. Sie taten es gern und aus Gründen des familiären Zusammenhalts. Die Jahreszeit spielte keine Rolle. Brunst war zu jeder Zeit, eine unterschwellige Spannung, die, mal mehr, mal weniger fühlbar, ein Klima der Irritationen und des Herausgefordertseins schuf, in dem sowohl Verwirrung als auch Selbstvergewisserung möglich war, aber kein Frieden, keine Stabilität der Beziehungen. Ein wenig Gewalt war auf Seiten der männlichen Tiere manchmal auch dabei im Spiel. Die jungen Mütter gaben sich allenfalls willfährig und zerstreut dazu her. Ihre Aufmerksamkeit war sonst ganz bei den Jungen.

Die einzige Beziehung, die exklusiv war, war die zwischen Mutter und Kind. Zwar gehörten die Kinder allen, weil sie mit allen verwandt waren, aber sobald ein Streit ausbrach, flüchteten sie sich zu ihren Müttern. Sie schmiegten sich an sie, drängten sich an ihre Brüste, aus denen sie zum Trost ein wenig Milch saugten, und die Mütter schlossen sie in ihre Arme, drückten sie fest an sich und verharrten so lange in dieser Haltung, bis sich die Kleinen beruhigt hatten und wieder fortstrebten. Sodass es manchmal schien, als sei das, was für die Fortbewegung des Zweibeiners unbrauchbar war – seine Arme –, nicht nur zum Pflücken und Graben da, sondern vor allem auch dafür, zu umarmen. Und es konnte geschehen, dass ein Paar, das man eben noch kopulieren sah, die Arme umeinanderschlang, bevor es voneinander abließ, und so, ein wenig beschämt, verharrte, bis sich beide abrupt wieder anderem zuwandten. Ja, es entstanden auf diese Weise sogar gewisse Vorlieben. Etwas trieb dieses Paar dazu, einander den Vorzug zu geben, was für den Frieden in der großen Familie nicht nur von Vorteil war.

Es war nicht nötig zu wissen, wie man verwandt war. Es ging darum, dazuzugehören. Nicht dazuzugehören war der Tod. Es kamen Verstoßungen und Zurücklassungen vor, Alte und Kranke stieß man aus, in seltenen Fällen auch Krawallmacher und Verrückte, Individuen, die sich als unfähig zur Gemeinschaft erwiesen.

Es war das entsetzlichste Los, das die Tiere treffen konnte. Sie starben am bloßen Für-sich-Sein. Sie sammelten nicht mehr, aßen nichts, und als wäre es nicht der Mühe wert, ihn zu erklettern, wurden sie am Fuß eines Baums sitzend getroffen, wie sie sich vor und zurück wiegten, vor und zurück, was die Nachfahren des Tieres noch heute tun, wenn sie verzweifelt sind. Sie taten es, bis ein Löwe, ein Leopard sie anfiel und tötete. Außerhalb der Familie vergaßen sie, wie man nicht gefressen wird.

Das Tier hat keine Geschichte. Es hat ein Leben. Sein Leben ist weder lang noch kurz. Das Tier misst die Zeit nicht. Wenn es an seinem Ende ist, stirbt es schwer. Es zieht sich zurück. Es versteckt sich. Wenn es das nicht selber tut, tun es die anderen mit ihm. Sie ziehen weiter. Das Tier hat kein Zuhause. Dies ist sein letzter Platz. In einem schützenden Erdloch, einer Kuhle, unter einem Blätterdach. Das Tier schmeckt den Wind, die Wärme des Erdreichs, die Kühle der Nacht ein letztes Mal. Insekten umschwirren es, lassen sich auf ihm nieder, saugen sein Blut. Das Tier wehrt sich nicht. Es kann die Stimmen der anderen nicht mehr hören. Trotzdem hofft es, dass sie zurückkommen. Sie kommen nicht mehr zurück, weiß das Tier. Dafür kann es andere Stimmen hören. Es sind die Hyänen, die näher kommen und die seine Witterung haben. Das Tier greift nach den Steinen, die ihm die anderen beigegeben haben, bevor sie es verließen, damit es sich wehren kann. Das Sterben des

Tieres ist ein Kampf mit den Hyänen, solange es noch seinen Arm heben kann und Steine hat. Das Tier hofft, dass die Hyänen nicht zu früh kommen. Sie haben keine Geduld, zu warten, bis es gestorben ist. Sie sind hungrig. Sie fangen an. Der Tod des Tieres ist ein letztes Sich-Ergeben in den Willen der Hyänen, es zu verzehren.
Am Anfang war das Tier. Es war kein Herrentier. Es besaß weder die Kraft noch die Schnelligkeit, um sich an der Spitze der Nahrungskette zu etablieren. Es war ein spät evolviertes Tier, keines der bewährten Erfolgsmodelle wie Mollusken oder Lurche oder Meerkatzen. Wie sie da durch die Savanne schlichen, sahen sie eher aus wie Nachfahren, letztes versprengtes Häufchen einer degenerierten Art. Spätlinge, keine Vorläufer. Elendsgestalten. Untergangsgeweiht. Nichts an ihnen wies auf eine glanzvolle Zukunft als Beherrscher des Globus hin. Sinnlose Spezialisierung, auf zwei Beinen zu gehen, wenn man doch bei Gefahr auf die Bäume muss. Nicht die geringsten Aussichten, das Biotop Savanne je zu verlassen. Offenes Grasland mit lockerem Baumbestand. Gemäßigte Temperaturen ohne nennenswerte jahreszeitliche Schwankungen. Ausreichend Wasservorkommen. Bekömmliche Nahrung, Grassamen, Knollen, Früchte das ganze Jahr. Das Tier verbringt die meiste Zeit auf der Suche nach etwas, das es sich einverleibt. Ein fortgesetztes Beriechen, Tasten, Belecken, Schalenknacken und Kauen. Begehren und Erfüllung sehr nah beieinander. Mangel und Befriedigung. Ein kleiner Schritt zwischen Planung und Ausführung einer Tat.
Das gibt seinem Handeln etwas merkwürdig Zerstreutes und scheinbar Planloses. Es streift hier ein paar Blätter ab, kratzt sich dort, läuft ein paar Schritte, bleibt plötzlich stehen, stößt ein paar pfeifende Laute aus, reißt einen Ast vom Strauch, be-

ginnt ihn zu beknabbern, wirft ihn wieder fort und fletscht die Zähne, als ihm eins der Kinder zu nahe kommt. Dann bückt es sich, hebt einen Stein vom Boden auf, betrachtet ihn wie einen Schatz und lässt ihn kurz darauf fallen, als hätte es sich die Finger daran verbrannt. Das Tier wirkt nervös. Kein Vergleich mit dem ruhigen, gelassenen Grasen wiederkäuender Paarhufer. Es scheint, dass es seine Bestimmung nicht in demselben Maß gefunden hat wie sie.

Plötzlich bückt es sich wieder, nimmt den Stein noch einmal zur Hand und sieht ihn lange an. Der Stein hat eine scharfe Kante. Es ist ein Splitter von einem größeren Stein. Der Ausdruck des Tieres verändert sich. Seine Augen scheinen auf nichts fixiert, weder auf die Gräser zu seinen Füßen, deren Samen es mit stark mahlenden Kiefern mechanisch kaut, noch auf das Gesträuch neben sich, unter dem eine Schlange hervorkriecht, welche von einem der anderen Tiere entdeckt und von allen mit lautem Geschrei und Stockschlägen verfolgt wird, bis sie in einer Erdspalte verschwunden ist. Das Tier bekommt nichts davon mit. Es starrt auf den Stein in seiner Hand. Doch es sieht auch ihn nicht. Das Tier sieht etwas anderes. Etwas, das gar nicht zu sehen ist.

Träumt das Tier? Es träumt häufig. Es träumt vom Gejagt- und Verfolgtwerden. Es träumt von Fluchten durch Baumwipfel. Seine Träume handeln zumal vom Missglücken, vom Ausgestoßensein aus der Gruppe, vom Angsthaben. Manchmal erwacht das Tier auch mit der Lust, sich zu paaren. Es erkennt in seinen Träumen, wen es begehrt, und ist oft überrascht davon. Dann findet es keine Ruhe, bis es den Akt mit dem Traumpartner vollzogen hat. Träume sind Wegweiser. Träume zeigen dem Tier, was es fürchten und meiden, was es begehren und wollen soll.

Doch das Tier, das den Stein in der Hand hält, ist wach. Es ist hellwach. Es sieht den Stein. Es betrachtet ihn genau. Es sieht die Kante, wo er gesplittert ist. Die Kante ist scharf. Das Tier drückt sie in seinen Unterarm. Es fühlt den Schmerz. Drückte es weiter, schnitte es sich ins eigene Fleisch. Das Tier hält ein. Es sieht nicht nur, es schmeckt und riecht, was nicht vorhanden ist: eine tote Gazelle, von Löwen gerissen. Das Tier mag Gazellenfleisch. Das Fleisch junger Gazellen ist zart genug für das Tier, wenn es lange kaut. Es hat sehr kräftige Kiefer, die den unteren Teil seines Gesichts prägen. Doch wann findet das Tier schon Gazellenfleisch? Nur wenn die Raubkatzen, satt von reichlicher Beute, etwas übrig gelassen haben und das Tier vor den Hyänen und Schakalen zur Stelle ist. Hyänen und Schakale lassen nie etwas übrig. Auch darf es nicht zu lange nach Sonnenaufgang sein. Dann sind die Geier schon da und holen sich den Rest.

Das Tier ist niemals weit genug vorn in der Schlange derjenigen, die um Fleisch anstehen. Ihm fehlen Krallen und Reißzähne, um sich das Beste zu sichern, die zarten Partien, die von Fell umschlossen sind. Das Tier mag kein Fell. Es hasst das Gefühl von Haaren zwischen seinen Zähnen. Das vergällt ihm den Genuss an Gazellenfleisch. Selbst wenn man es vor sich hat, kommt man so schlecht dran. Einen Augenblick lang sieht es die Steinklinge, wie sie ins Fleisch der Gazelle statt in sein eigenes dringt. Wie in einem Traumbild erkennt es das Krallen- und Reißzahnhafte in der Steinklinge.

Dann wirft es sie weg. Die anderen sind weitergezogen. Es muss den Anschluss halten. Es kann bei seinen Streifzügen durch die Savanne nichts mit sich nehmen außer ein wenig Wegzehrung, in seinem Speichel aufquellende Grassamen, die es in seiner Backentasche trägt. Doch wird es sich bei einem

zukünftigen Gazellenfleischmahl an den Traum von der Klinge erinnern und um sich blicken, ob nicht ein Stein mit gesplitterter Kante zur Stelle ist. Es wird in Wut geraten, wenn es an das Fleisch denkt, an das kein Herankommen ist. In seiner Wut wird es in Gazellenfell beißen und mit Verachtung und Abscheu die Haare ausspucken. Es wird noch Stunden danach schlecht gelaunt und verdrießlich sein.
Ein Stein, wird es denken, einen ganzen Baum voller Früchte für einen Stein, und es wird sich die Stelle ins Gedächtnis rufen, wo der Steinsplitter liegt, den es weggeworfen hat. Wieder wird es kurz den Traum vom Einschnitt ins Fleisch träumen, vom Schaben der Steinklinge auf der Gazellenhaut, dem Geräusch des Reißens, mit dem sich das Fleisch von der Haut ablöst.

Und irgendwann, tausend Jahre später vielleicht, werden sich eine tote Gazelle und ein gesplitterter Stein am selben Ort finden.

Das Tier hat viel Zeit. Es hat Morgen und Abend, Tag und Nacht, Trocken- und Regenzeit. Das Tier kennt keine Zahl, es kennt nur den Wechsel. Zu- und Abnahme, Sinken und Steigen von Sonne, Mond, Hitze, Kälte, Regen, Dunkelheit und Helligkeit. Es kennt Blühen und Verwelken, Reifen und Vergehen. Es kennt Geburt und Tod, Alt- und Jungsein, Wachsen und Hinsterben. Es kennt Schmerz und Linderung, Qual und Lust. Es kennt Hunger und Sättigung. Es kennt Mann und Frau, das Schwellen der Leiber, bevor sie gebären, die Unbesiegbarkeit des Triebes, mit dem der Mann ausgestattet ist. Es kennt die Erschöpfung nach großer Anstrengung und die Wohltat des Schlafs. Es kennt Zu- und Abneigung, Streit und Versöhnung. Es kennt Zorn, Gewalt und wohltuendes Beieinandersein.

Das Tier kennt keine Zukunft. Es kennt nur Gegenwart. Seine Gegenwart ist von der unseren einige Millionen Lichtjahre entfernt. In dieser Entfernung ist es uns längst aus dem Blick entrückt. Dennoch ist es da. Es existiert im Maßstab von Genen, die aus Basen gebildet sind, A, T, C, G. Die Doppelhelix der DNA. In ihr ist das Tier in uns anwesend. Es lebt. Es versteckt sich in uns. Es ist scheu, wie es immer war. Es ist ängstlich. Es träumt in uns von Feinden, die längst ausgestorben sind. Es fürchtet sich vor Schlangen im Gras, wo es keine mehr gibt. Es hasst Spinnen, die uns in keiner Weise mehr gefährlich sind. Es begleitet uns, wenn wir durch Wälder gehen, zwingt uns, den Schritt zu beschleunigen, wenn es im Unterholz raschelt und knackt. Es bewirkt ein Kribbeln im Nacken, wenn uns jemand folgt. Es jagt uns die Frage »Freund oder Feind?« ins Hirn und Adrenalin ins Blut. Es macht, dass wir nichts mehr fürchten als Vereinzelung, den Ausschluss aus der Familie der Dazugehörigen. Es legt uns den Verrat näher als heldischen Widerstand. Es will keine Helden als Nachkommen. Es will Überlebende. Es begünstigt den Fluchtreflex. Es entscheidet darüber, wann wir uns doch einem Kampf stellen. Es macht uns mutig und feige, ganz wie es will und oft zu unserer eigenen Überraschung. Es sehnt sich in uns nach Geborgenheit. Es möchte gern gestreichelt und lieb gehabt werden. Es kann schwermütig sein, wenn ihm das nicht gelingt, schwermütig bis zum Verlust seines Lebensmuts. Wenn etwas seinen Zorn erregt, lässt es uns keine Wahl: Es lässt unsere Stimmen schrill werden, verzerrt unsere Züge zur Drohmaske, lässt unsere Muskeln kontrahieren, die Sehnen anspannen, bevor wir zuschlagen. Das Tier in uns schlägt zu. Kaum gelingt es uns manchmal, seine Gewaltlust auf leblose Dinge zu lenken. Es lässt uns Porzellan zerschlagen, die Faust auf den Tisch hauen.

Doch dann und wann lässt es uns eine Witterung erfahren, ein Ahnen von Frühlingsluft im Februar, einen Blütenduft, die Erquickung nach einem Gewitter, wenn die Erde dampft und uns zeigt, dass sie unsere Erde ist. Sie gehört dem Tier. Ihm gehörte sie lange vor uns und gehört ihm noch. Es begabt uns mit Sinnen. Es ist an jedem Glück beteiligt, das wir erfahren, an jedem Sieg, den wir davontragen, jeder Beschämung, die einer Niederlage folgt. Wenn wir begehren, trifft es die Wahl für uns. Es erkennt am Geruch, am Ton einer Stimme, wer richtig für uns ist. Gegen sein Votum in Liebesdingen kommt niemand an. Es will Lust, und es will sie, mit wem es will. Es ist rücksichtslos. Es ist unbestechlich, auch im Hass.
Es verordnet uns Masken. Es will unerkannt bleiben. Es ist nicht hübsch. Es sieht ziemlich äffisch aus. Anders als die Affen, die wir aus dem Zoo kennen, aber doch sehr wie sie. Ganzkörperbehaart. Das Gesicht kinnlos, die Augen von Wülsten überwölbt. Flache Stirn. Wenig vorspringende Nase. Der Mund lippenlos, vorgestülpt, eine Schnauze.
Wir möchten ihm nicht begegnen. Und das Tier würde uns nicht begegnen wollen. Es würde sich fürchten. Es würde vor uns in die Bäume fliehen. Es würde die Zähne fletschen, die Augen verdrehen und seine Artgenossen mit schnalzenden Lauten vor uns warnen. Das Tier könnte nicht glauben, dass wir es sind, die seine Zukunft waren. Wir kämen ihm vor wie gefährliche Kinder, die viel zu groß geraten sind. Auf dem Weg zu uns haben sich die Merkmale verstärkt, die das Tier für kindlich hält. Schmale, langgezogene Köpfe. Weichere Züge. Unbehaartheit. Seine Kinder gleichen uns mehr, als es selbst uns gleicht.
Dennoch wäre da eine unverkennbare Familienähnlichkeit. Wir würden sie nicht bemerken wollen. Sie würde uns irritie-

ren wie der Blick in einen Zerrspiegel. Befremden und Wiedererkennen gleichzeitig.
Hunderttausend Generationen, hunderttausend Mütter von Müttern und Väter von Vätern – und wir begegneten ihm, dem Tier. Hunderttausend Mütter und Väter, die einander im Zeugen und Gebären ablösen. Alle in dem ihnen möglichen Maß tapfer, zäh, kampfbereit, rücksichtslos oder ausgleichend. Alle lange genug verschont von Hunger, Infektion, Leichtsinn, Gewalt und Naturgewalt, um mindestens eines Kindes Mutter oder Vater zu sein. Hunderttausend, eine Kohorte von direkten Vorfahren, deren Anzahl die Bewohner einer mittleren Stadt umfasst, Mütter von Müttern von Müttern ... von Vätern von Vätern ... je nachdem ob wir den männlichen oder den weiblichen Strang verfolgen. Eine Menschenkette, nur hundert Kilometer lang, in vier Tagen abzuschreiten, indem man jedem ihrer Glieder kurz ins Gesicht blickt: Hallo. Ich bin's. Eure Nachfahrin. Und sich wundert, wie nah sie einem sind und wie fremd sie zurückblicken.
Eine nie abreißende Kette. Nur verläuft sie nicht im Raum, sondern in der Zeit. Sie reißt auch dort nicht ab, wo ein Zweibeiner sich auf seine Vordergliedmaßen niederlässt und viel später (das heißt früher) noch tiefer zur Erde krümmt und sich nach Art der Lurche zum Wasser bewegt, worin er verschwindet, um für lange Zeit in noch weit fremderer Gestalt fortzuexistieren und schließlich in einzelne Zellverbände zu zerfallen und sich mit dem Anfang jeder anderen Abstammungskette, sei es von Huhn oder Wolf, Muschel oder Tarantel, ja Baum oder Gras, im Einzeller zu vereinigen. Alle Linien von allen Abkömmlingen führen ins Meer zurück, und das Tier in der Savanne, das wir nach drei, vier Tagen geduldigen Abschreitens der Kette unserer direkten Vorfahren antreffen, ist in der

Tat schon ein später Nachfahre, eine recht junge Entwicklung aus seinem Stamm.
Wir sehen es an. Es blickt nicht zurück. Es ist blind für seine Zukunft, wie wir es für die unsere sind. Es ist ganz damit beschäftigt, zu überleben.
Es sieht den Feuerschein des berstenden Berges am Horizont. Es hört den Lärm, der von Anfang an und für immer der Lärm des Untergangs ist, das ohrenbetäubende Krachen, mit dem Gestein auseinandergesprengt wird, die Detonation. Es riecht den Brandgeruch. Es fasst sein Kind bei der Hand. Es tastet nach einem Stärkeren, obwohl es weiß, dass Stärke jetzt keine Rettung ist. Es rennt um sein Leben und das der anderen …

Und plötzlich erkennen wir das Dilemma der Zeitreisenden. Wir erkennen: Was hier geschieht, das geschieht uns. Es wird uns niemals geben, keinen von uns, wenn es ihnen nicht gelingt, zu überleben. Die Kette wird reißen und damit der seidene Faden, an dem die Existenz von uns allen hängt, auch die aller Chinesen, Georgier, Thais, Philippinos, Turkvölker, Norweger und sämtlicher Bewohner von Mexico City, Kalkutta und Magdeburg. Niemand von uns wäre da. Durchaus vielleicht andere, aber niemand von uns derzeit Lebenden, deren Abstammungslinien sich, je weiter man sie zurückverfolgt, irgendwann alle miteinander vereinigen und sehr viel später bei den Tieren auf der Ebene von Laetoli ankommen.
Sie versuchen nichts anderes, als ihrer Auslöschung zu entgehen.
Dreieinhalb Millionen Jahre später wird Mary Leakey ihre Spuren im Gestein lesen.

In the morning I had my
first glimpse of Kilimanjaro.
An unforgettable sight.

Mary Leakey

1935

Es ist früher Morgen. Sie sitzt auf der Veranda des kleinen Hotels in Moshi. Es duftet nach Kaffee. In Moshi duftet alles nach Kaffee. Moshi ist eine Kaffeestadt, ein Umschlagplatz, eine einzige Kaffeeplantage. Sie selbst trinkt Tee.
In der Nacht hat es geregnet. Es ist der 18. April. Regenzeit in Ostafrika. Die Luft ist jetzt klar und frisch. Es ist das grüne Afrika, wo sie, von Rhodesien kommend, am Vorabend mit dem Flieger gelandet ist. Von Juni bis Oktober wird es das staubige, braune Afrika sein, bis es im November wieder ein wenig regnet. Das Land glänzt. Es dampft und atmet. Die Siedler glauben zu keiner Zeit mehr daran als zu dieser, dass es ihr Land ist.
Der Duft der Kaffeesträucher wird sie immer erinnern. Woran? An das Glück.
Dabei hat es noch nicht begonnen.
Dabei ist ungewiss, ob es je beginnen wird. Ob es nicht schon das Ende ist.
Sie ist tatsächlich am Ende einer langen Reise. Sie ist am Ziel. Und am Anfang einer Reise, die noch viel länger ist und deren Ziel sie nicht kennt.
Das Hotel wird von Deutschen geführt. Sie hat nicht viel Geld. Die Handtücher sind grau, die Frühstücksdecke fleckig, die

weißen Korbstühle abgeblättert. Die Wirtin betrachtet die junge Engländerin mit Misstrauen. Es gelingt ihr nicht, zu erfahren, was sie hier sucht.
Wie viele Nächte?
Eine Nacht.
Und dann?
Die junge Frau weiß es selbst nicht.
(Dann der Aufbruch. Das Neue. Das Leben. Die Überwältigung.)
Woher kommt sie?
Aus England.
Seit wann unterwegs?
Seit Januar.
Und so ganz allein? Afrika ist gefährlich.
Ihre Mutter begleitet sie.
Die Frau Mama? Und wo ist sie? Wird sie noch eintreffen?
Nein, sie ist abgereist. Mit dem Schiff von Kapstadt zurück nach England.
Aber –
Ich werde abgeholt, sagt sie tapfer.
Oh –
Sie kann spüren, wie die Missbilligung wächst und die Freundlichkeit schwindet.
Geh zur Lloyd's Bank, hat ihre Mutter gesagt. Dort ist das Geld für deine Rückreise hinterlegt. Du kannst es immer abrufen. Wenn es Probleme geben sollte, dann schick mir ein Kabel. Denk daran: Du hast ein Ticket nach London, vergiss das nicht.
Sie würde es nie vergessen. Von Zeit zu Zeit würde sie denken: Ich könnte zu Lloyd's gehen. Noch viele Jahre danach schoss es ihr manchmal durch den Kopf: Du hast ein Ticket

nach London. Als wenn es neben jedem gelebten Leben ungelebte Parallelleben gäbe, in die man einfach hinüberwechseln kann. Ein Leben in London als Kunsterzieherin oder in Oxford als Dozentin für Archäologie oder als Schafzüchterin in den schottischen Highlands.

An diesem Morgen in Moshi ist alles möglich. Das spürt sie die ganze Zeit. Dies ist der Augenblick, kurz bevor ihre Zukunft beginnt. Sie hat eine Verabredung hier. Und sie ist gekommen. Es ist eine alte Verabredung. Sie besteht seit einem halben Jahr.

Triff mich in Tanganjika, hat Louis gesagt.

Das war im Oktober in London, kurz bevor er mit ein paar wissenschaftlichen Mitarbeitern nach Kenia zu seiner vierten Expedition aufbrach.

Im April werde ich Zeit haben. Dann zeige ich dir Afrika. Das richtige, das wilde Afrika, wo ich geboren bin.

Ein verheirateter Mann. Ein Mann Anfang dreißig, der Vater von zwei kleinen Kindern ist. Marys Mutter war so erleichtert gewesen, als er aus England verschwand. Sie arrangierte Tanztees und Einladungen, um ihre Tochter in die Gesellschaft junger Männer zu bringen, die sie für passend erachtete. Sie kaufte ihr neue Kleider, forderte sie auf, öfter auszugehen.

Vom vielen Studieren wirst du ganz blass.

Die einzige Tochter. Ihre Mutter war ängstlich darauf bedacht, dass keine Gelegenheit, Eheanwärter zu treffen, ungenutzt verstrich.

Ihr Studienfach an der London University und die Praktika bei Grabungen in Devon schienen hauptsächlich dem Zweck zu dienen, ihre Konversation mit Themen zu versehen und ihr soziales Erscheinungsbild in einen Rang zu heben, den sie weder durch Schönheit noch durch Vermögensverhältnisse ein-

nahm. Sie machte es gut, spürte aber, dass etwas geschehen musste.
Und dann war Louis gekommen. Er war ein glänzender Redner, dazu begabt, für sich einzunehmen und für seinen Gegenstand. Sie befand sich im Taumel des Einverstandenseins, als er seinen Vortrag endete, und noch, als sie bei dem Essen, das das Institut für ihn gab, an seiner Seite saß – irgendwer hatte zuvorkommend dafür gesorgt, dass der Gast ein junges Mädchen als Tischdame hatte und keine der ältlichen Gattinnen der Institutsdirektoren – und er ausschließlich zu ihr sprach, war das Leuchten der unbedingten Zustimmung in ihrem Blick, das einem Mann sagt, dass er bereits gewonnen hat und nur noch etwas Zeit braucht, bis auch sie es begriffen hat.
O, sie begriff schnell. Wenn etwas sie auszeichnete, dann schnell von Begriff zu sein. Und obwohl sie in einer Zeit jung war, als junge Frauen sich hinsichtlich ihrer Gefühle noch ahnungslos gaben, wusste sie schon am ersten Abend, dass sie sich unrettbar verliebt hatte, und dachte nicht daran, sich zu verstellen. Sie war nicht unberührbar. Das überraschte ihn. Er war an Frauen gewöhnt, die zumindest am Anfang glaubten, sie müssten so tun als ob. Sie war frei. Es gefiel ihm, dass sie frei war. Nicht einfach ungebunden, sondern wirklich frei. Frei, ihn zu lieben. Und sie tat es. Sie tat es, ohne zu zögern. Sie verfügte über sich. Es war kühn. Sie war das erste Mädchen, das so frei war, ihn ohne Bedingung zu lieben, ohne Vorbehalt, ohne Rücksicht auf die Konvention der Gefühle, ohne jedes Kalkül. Das entflammte ihn. Als er begriff, dass sie Jungfrau war, erlegte er sich selber eine Zurückhaltung auf, deren Grund schon nichts anderes als Liebe war. Und so musste sie es sein, die ihn verführte. Es geschah eines späten Abends in seinem Zimmer beim St. John's College in Cambridge, an dem er Research Fel-

low war. Es war eine Art Wettstreit, wie er manchmal unter Liebenden stattfindet. Sie überboten sich gegenseitig an grenzüberschreitendem Wahnsinn. Er rief, er lasse sich scheiden und wolle sie heiraten. Darauf schwiegen sie lange. Es gab nichts mehr, was eine Steigerung bedeutet hätte, außer dass sie auf der Stelle miteinander aus dem Leben geschieden wären. Doch dazu fühlten sie sich nicht im Mindesten aufgelegt.

Gibt es etwas, das eine größere Verheißung als ein Eheversprechen ist?

O, das gab es für sie. Eine Einladung nach Afrika. *Ich zeige dir das richtige, das wilde Afrika, wo ich geboren bin.* Grabungsstellen. Steinwerkzeuge. Fossilien von Menschheitsvorfahren. *Triff mich in Tanganjika* statt *Treffen wir uns zum Bridge bei den Wilkinsons.*

Sie hatte keine Wahl. Sie war einundzwanzig. Sie war auf dem Weg, Archäologin zu werden. Sie war verliebt in den Mann, der ihr auf diesem Weg voraus war und ihr die Möglichkeit gab, ihm zu folgen. Es hatte nie bessere Gründe für eine Reise nach Afrika gegeben.

Jetzt ist sie hier.

Sie ist auf Umwegen gereist. Über Südafrika zum Fuß des Kilimandscharo. Es war ein letzter Versuch ihrer Mutter gewesen, sie auf andere Gedanken zu bringen. Eine Reise zum Kap. Sie waren im Januar aufgebrochen mit einem Union Castle Liner von Tilbury. Jede Seemeile ein Stück näher an Afrika.

O unergründliche Logik mütterlicher Maßnahmen. Insgeheim im Bund mit der Liebe, die zu bekämpfen Mrs. Nicol für ihre Pflicht hielt. Entrüstung und leidenschaftliche Teilhabe gleichzeitig.

Ich habe alles getan, um sie davor zu bewahren.

Sie hatte alles getan, um ihrer Tochter den Weg zu bereiten.

Ich hätte es doch nicht verhindern können.
Nein. Aber musste sie es ihr so leicht machen?
Eine Afrikareise, um sie vor dem Mann zu bewahren, der in Afrika auf sie wartete.
Sicher. Es ist ein riesiger Kontinent. Aber für ein verliebtes Mädchen ist Casablanca schon kurz vor dem Victoriasee, wenn ihr Liebster dort nach Fossilien gräbt. Auf jeden Fall ist es die richtige Richtung. Mit jeder Seemeile atmet sie süßere Luft. Und erst Kapstadt. Und von dort nach Rhodesien. Mit einem Dampfboot den Sambesi hinauf ins *wilde Afrika.* Die ersten Flusspferde. Die ersten Krokodile. Jede Bestie ein Liebesgruß.
Und Mama in Tränen auf dem Bahnsteig in Livingstone, wo sie den Zug nach Kapstadt besteigt, um sich wieder nach England einzuschiffen.
Komm mit mir zurück nach London. Mit diesem Mann wirst du niemals glücklich sein.
Dann will ich eben unglücklich mit ihm sein.
Uralte Litanei zwischen Müttern und Töchtern.
Ach, du weißt ja nicht, wovon du sprichst!, rief Cecilia Nicol, wandte sich ab und bestieg das Coupé.
Eine erstaunliche Frau. Witwe eines mittelmäßigen Kunstmalers, dessen Hinterlassenschaft in einer Anzahl schwerverkäuflicher Bilder und einer Tochter bestand, die auch nicht leicht an den Mann zu bringen war. Sie hatte sich dieser Last soeben entledigt, indem sie sie auf einem Bahnsteig in Livingstone im tiefsten Afrika stehenließ. Die Erlöse aus dem Verkauf von Landschaftspastellen nach Motiven aus Oberitalien und Südfrankreich flossen spärlich. Sie reichten so hin für ihren eigenen Bedarf. Sie hatte drei Schwestern, die unverheiratet geblieben waren. Mit ihr waren sie vier ledige Töchter gewesen,

die von der Pension ihrer Mutter gelebt hatten. Dann war ein Kunstmaler gekommen. Sie hatte nicht lange gefragt und war mit ihm gegangen. Hier kam ein Mann, der ihre Tochter wollte. Wer war sie, um lange zu fragen?

Sie weinte trotzdem bis Salisbury. Dachte auch an die Einsamkeit in ihrer Wohnung in der Fulham Road, sagte sich dann aber, dass es zwar unverantwortlich, doch richtig war, was sie getan hatte. Man kann in Afrika so gut wie in England unglücklich sein, sagte sie sich. Im schlimmsten Fall lässt er sie sitzen. Dann kann sie immer noch zu mir zurückkommen. Aber ihr Herz wurde schwerer, je weiter sie sich nach Süden entfernte. Sie sah genau dieses Bild vor sich: Mary vergeblich wartend, ihr Mädchen, verlassen, allein, mitten in Afrika.

Da sitzt sie. Und in diesem Moment begibt sich ein Wunder vor ihren Augen. Der Wolkenschleier, der den Gipfel des Kilimandscharo verhüllt, wird lichter und löst sich auf. Der Berg erscheint. Er erscheint wie am ersten Tag. Es ist, als ob ein Gott ihm befehle zu sein, und da ist er, der höchste Berg Afrikas, sein schneebedeckter Gipfel in himmlischen Regionen. Der Berg schlechthin. Der göttliche Gedanke von einem Berg.

Einige Kilometer entfernt nähert sich ein alter Chevrolet. Die Straße von Arusha her ist nach den Regenfällen der letzten Nächte aufgeweicht. Er kämpft sich durch Schlamm und Pfützen. Er fährt sehr behutsam, weil er weiß: Niemand hilft ihm, wenn er stecken bleibt. Steckengebliebene Autos bleiben einfach liegen, bis sich das Wetter ändert. Er schafft nur zwei, drei Meilen in der Stunde, manchmal noch weniger.

Er ist die Nacht durchgefahren. Er ist ungeduldig, ans Ziel zu kommen. Er ist außer sich vor Erwartung, Konzentration und einer Müdigkeit, die in luzide Wachheit umgeschlagen ist. Er hat ein halbes Jahr ohne Frauen gelebt. Er hat es sich als Sühne auferlegt, weil er seine Familie in England verlassen hat, sein jüngstes Kind, vor ein paar Monaten erst geboren. Er ist ein Missionarssohn. Er weiß, was Sünde ist. Man vergisst es nie. Er hat mit verschiedenen Frauen gesündigt. Jetzt will er diese Frau. Sie ist jung. Er ist verliebt in sie. Er ist entschlossen, sich scheiden zu lassen und sie zu heiraten. Er ist bereit für sie. Diese ganze Nacht, während er im strömenden Regen mit den schlammigen Pisten gekämpft hat, hat er sie so geliebt wie noch nie.

Die wahren Delirien der Liebe, denkt er, erfährt man nur, wenn man für sich allein ist. Die Gegenwart der Geliebten lenkt immer ein wenig ab.

Die Übermüdung hat ihn hellsichtig gemacht. Er ist in der Verfassung, in der man die äußerste Klarheit nicht mehr vom Wahn unterscheiden kann. Vor ihm die Schlammlöcher. Der glitschige Parcours, durch den er den Wagen mit tänzerischer Präzision bewegt. Und der Berg.

Er darf seine Augen nicht von der Straße vor sich wenden. Aber er weiß, dass sich gerade der Schleier auflöst und der Berg erscheint. Er kann es vor seinem inneren Auge sehen. Er hat es schon öfter erlebt. Etwas Schöneres gibt es nicht.

Er nimmt jetzt die Einfahrt zu dem kleinen Hotel. Es geht ein Stück zwischen Gardenien und wilden Bananenstauden hügelaufwärts.

Sie sieht das Auto herankommen.

Nie wieder wird sie so lebendig sein.

Sie sieht ihn aussteigen. Sie will ihm entgegengehen, bleibt aber, an einen Pfosten der Veranda gelehnt, stehen, während er zu ihr heraufkommt, auch er merkwürdig verzögert, obwohl die Choreographie der Liebe vorschreibt, dass sie mit ausgebreiteten Armen aufeinander zulaufen.

In ihre Erregung mischt sich ein wenig Enttäuschung. Es gibt keinen Anlass dafür. Außer vielleicht, dass er etwas kleiner ist als in ihrer Erinnerung. Was bedeutet es, dass sie ihn größer gedacht hat, als er wirklich ist? Sie kann jetzt keinen Gedanken daran verschwenden. Und während sie sich umarmen, hat sie das Gefühl, dass alles wieder von vorn anfängt. In ihren Träumen war sie schon viel weiter mit ihm. Jetzt spürt sie, wie fremd sie einander geworden sind. Sie hat Kontinente durchreist, um ihn wiederzutreffen. Tausend Mal hat sie sich diese Begegnung vorgestellt. Immer hat sie gedacht, dass es ein Auf-der-Stelle-miteinander-Verschmelzen sein würde. Jetzt nimmt sie stattdessen wahr, wie anders er ist als in ihrer Phantasie. Ungestümer. Mary. Mary. Sie begreift nicht, dass auch er diese Fremdheit fühlt. Dass die Verlegenheit des Wiedersehens auch von ihm Besitz ergriffen hat. Er ist selbst viel zu verwirrt, um ihre Verwirrung wahrzunehmen.
Sie weiß noch nicht, dass es immer so sein wird, wenn sie ihn nach einer längeren Trennung wiedersieht. Immer wieder wird sie die Entfernung spüren. Immer wieder wird es wie nach einer langen Reise durch fremde Kontinente sein. Immer wieder wird sie voller Erregung sein, wenn sie ihn kommen sieht. Immer wieder wird sich Ärger dareinmischen. Immer öfter wird sie ihn in späteren Zeiten unwirsch und schlecht gelaunt empfangen, obwohl sie ihn voller Sehnsucht erwartet hat. Immer wieder wird sie ihm nicht entgegengehen. Das letzte Stück auf dem Weg von ihm zu ihr soll er selber zurücklegen.
Er glaubt, dass sie enttäuscht von ihm ist, weil er am Vorabend nicht am Flughafen war. Er erklärt ihr, in welchem Zustand die Straßen zur Regenzeit sind. Wenn man diese schlammigen Pisten überhaupt als Straßen bezeichnen will. Das ist ein wildes Land. Das ist ein Land, das mit seinen menschlichen Bewoh-

nern macht, was es will. Es beweist ihnen, wie abhängig sie von dem sind, was sie Natur nennen. Das ist nicht England.

Ich bin seit zehn Wochen in diesem Land unterwegs, sagt sie, etwas zu distanziert.

Sie hat sich schon als Afrika-Expertin gefühlt. Jetzt weiß sie wieder, dass sie eine Anfängerin ist. Er ist in Kenia geboren. Kabete, die Missionsstation nahe Nairobi, die sein Vater Harry Leakey errichtet hat, liegt mitten im Siedlungsgebiet des Kikuyu-Stamms, und Louis wuchs mit den Kikuyu-Jungen wie einer der Ihren auf. Er spricht ihre Sprache wie Englisch. Er hatte lange nicht gewusst, was anders an ihm als an den Kikuyu-Kindern war. Es war keine Frage der Hautfarbe. Er lernte, wie sie auf die Jagd zu gehen. Zuerst fingen sie kleine Klippschliefer, erlegten Vögel mit Steinschleudern. Später bauten sie Fallen für Warzenschweine, die sie mit ihren Holzspeeren gemeinsam abstachen, zerteilten und über dem Feuer rösteten. Er hatte »Brüder« auf Lebenszeit, die Kikuyu waren, durch Rituale mit ihm vereint, über die er niemals sprach. Er wusste, wie man mit der Hand Puffottern fängt und ihnen das Gift abmelkt. Er mochte die Gerichte der Kikuyu, gehackte Hühnerdärme in saurer Milch. Er war ein Kikuyu auf Lebenszeit. Sie eine Engländerin auf Reisen, die sich auf den schwarzen Kontinent verirrt hat.

Dass er Afrikaner war, machte sie wütend und bezauberte sie gleichzeitig über alle Maßen. In England hatte sie ihn als Engländer erlebt. Sein koloniales Flair, den Charme eines Mannes, der aus der Wildnis kam und etwas davon in die Teegesellschaften in Cambridge trug, eine Unbekümmertheit, wenn es um Konventionen ging, was ihm nicht nur Sympathie einbrachte, eine jungenhafte Begeisterungsfähigkeit bei kaum verhohlener Arroganz gegenüber allem, was er als kleinlich und übervorsichtig empfand – all das hatte sie für ihn eingenommen, ohne dass es im kolonialen Mutterland Britannien so ungewöhnlich war. Jetzt erst begriff sie, wie anders er als alle Männer war, die sie gekannt hatte, und sie hatte zum ersten Mal die Befürchtung, dass er von ihr enttäuscht sein könnte. Wer war sie, Mary Douglas Nicol, einem solchen Mann genügen zu wollen? Sie fühlte sich plötzlich wie bei einer schwierigen Prüfung, einem ungemein strapaziösen Eignungstest. Feuereifer befiel sie, ihn zu bestehen.

Es gibt Frauen, die die Liebe phlegmatisch macht, passiv und träumerisch. Ganz in ihrem Fleisch zu Hause, üben sie nichts aus als ihre Anziehung, als seien sie ganz im Bann der Natur ihrer Eizellen, die nichts tun müssen, als da zu sein und zu warten, dass ein Spermium kommt. Und es gibt Frauen, denen die Liebe all ihre Selbstgenügsamkeit raubt und die sie zu höchster Aktivität antreibt. Prüfe mich, stell mich auf die Probe, sieh, wozu ich fähig bin, lautet ihre Botschaft an den Mann. Mary gehörte zu der zweiten Art. Solche Frauen wählen, solange sie jung sind, vorzugsweise einen älteren Mann. Die jungen Männer, die ihre Mutter für sie im Sinn hatte, boten ihr viel zu wenig Herausforderung. Sie lechzte danach, sich zu bewähren. Instinktiv wusste sie, dass seine Ehefrau Frida von der anderen Art gewesen war. Zwei Jahre älter als er, hatte Frida erwartet, dass er sich auf sie zubewegte, korrekt, verlässlich, häuslich und konventionell wurde. Sie empfing zwei Kinder von ihm, und danach sah sie ihn nicht mehr.

Eines Tages hatte er Mary zu ihr gebracht, nach »The Close« in der Nähe von Cambridge. Er wollte, dass Frida begriff. Dass sie endlich sah, wer er wirklich war. Ein Mann aus Afrika. Ein Mann mit seiner Seele auf einem anderen Kontinent. Ein schwarzer Weißer. Ein weißer Schwarzer, der selbst nicht weiß, was er ist. Ein Mann, der Schlangenfleisch gegessen hat. Ein Mann, der auf Bäumen schläft und mit anderen Frauen. Ein Mann, der eine Geliebte hat. Ein Mann, dessen Geliebte ihm folgt, wohin er sie führt, und sei es ins Haus seiner Ehefrau. Doch Frida begriff noch immer nichts. Sie begriff nicht, dass es ihn nicht kümmerte, was die Fellows und Würdenträger in Cambridge von ihm dachten. (Er wusste, dass sie ihn heimlich bewunderten. Er wusste, dass ihre Frauen von einer Entführung durch ihn geträumt hatten.) Als Frida endlich begriff, warf sie ihn hinaus und rief, sie wolle ihn nie wieder sehen. Und erst recht nicht das Flittchen, das er ihr ins Haus gebracht habe.

Also gehen wir, hatte er zu Mary gesagt.

Und so gingen sie. Die Entwicklung der Dinge war ganz nach ihrem Sinn.

Also gehen wir.

Der Kilimandscharo hüllte sich wieder in Wolken, Vorboten des nächsten Regengusses.

Wohin?

Sie hatte nie über diesen Augenblick hinausgedacht. Von jetzt an war er es, der wusste, wohin es ging. Aber sie war bereit. Prüfe mich.

Zur Olduvai-Schlucht, sagte er.

Wie weit ist das?

Ungefähr neunzig Meilen.

Schaffen wir das heute?

Er lachte.

O, wie sie es mochte, wenn er lachte. Sie wurde ganz ernst, so sehr gefiel es ihr.

Es ist nicht einmal sicher, ob wir in zwei Tagen ankommen, sagte er. Nicht in der Regenzeit.

Sie brauchten fünf Tage für den Weg.
Dies war ihre Liebesfahrt:
Am ersten Tag holten sie einen Geologen in Arusha ab, der sie begleitete.
Hatte sie etwa geglaubt, sie wäre allein mit ihm?
Das war die erste Prüfung. Sie bestand sie mit knapper Not. Sie verzog keine Miene, verlor kein Wort darüber, wurde nur ein wenig stiller und sah aus dem Autofenster in die endlose Massai-Steppe, die an ihnen vorüberglitt, während Louis sie in die weiteren Pläne einweihte:
Oben am Ngorongoro wartete der Rest des Teams auf sie: ein Landvermesser und zwei Archäologen, Prähistoriker, Landsleute, während ein paar afrikanische Helfer schon in die Schlucht vorausgeschickt worden waren.
Auf dem Weg zum Kraterrand ging ein Stoßdämpfer kaputt, sodass sie bei jedem Schlagloch unter das Autodach katapultiert wurden, und schließlich verbrachten sie die Nacht zu dritt in einer feuchten schmutzigen Hütte, die als Unterstand für Straßenarbeiter errichtet worden war. Das war ihre erste gemeinsame Nacht in Afrika. Am nächsten Tag schafften sie gute drei Meilen, bevor die Kupplung am Ende war. Das waren auch ihre Vorräte, weshalb sie die zweite Nacht nicht nur durchnässt und frierend, sondern auch hungrig zubrachten. An den folgenden Tagen trugen sie das Auto fast, sie schoben und stießen es durch den Matsch, bis sie das letzte Stück zum Kraterrand mit ihren Lasten auf dem Kopf zu Fuß gingen.
O, es gab genug Prüfungen. Und dies war erst der Anfang. Es waren weiß Gott erst die leichteren Übungen. Die schwereren kamen viel später und waren von anderer Art.
Und es gab immer wieder die ganz großen Momente.
Am nächsten Morgen ging eine strahlende Sonne auf. Der

Himmel war klar. Im Kratergrund unten begann der ewige erste Tag Afrikas: Herden von Zebras, von Gnus, von Antilopen und Gazellen grasten in der Ebene tief unter ihnen. Der Salzsee im Westen ein Silberdunst, ahnbar an seinen Ufern Flamingokolonien, Flusspferde, die seine Oberfläche wie Inseln zeichneten, vom Kraterrand aus nur mit dem Feldstecher sichtbar, und, ganz unsichtbar von hier oben, doch allgegenwärtig, die Löwen, Geparden und Hyänen, die den Herden folgten, ihre Beute gelassen ausspähten und längst die alten und kranken Tiere kannten, die sie als nächste reißen würden, für heute satt von der Beute, die sie kurz vor Sonnenaufgang gemacht hatten, manche von ihnen träge neben einer halben Giraffe dösend, an den zerfleischten, noch immer etwas warmen Leib geschmiegt. Eine Gemeinschaft, die Fressen und Gefressenwerden als ihr einziges Gesetz kannte. Keines von den Huftieren würde einen anderen als einen gewaltsamen Tod sterben, nachdem es sein ganzes Leben in der Gegenwart und Sichtweite seiner Mörder gelebt hatte. Und doch kommt nichts einem paradiesischen Zustand näher als dieser Kratergrund, dachte sie. Irgendwann sind auch wir ein Teil dieser Gemeinschaft gewesen.
Welcher Gemeinschaft?, fragte Louis.
In der Nacht hatten sie ein Zelt für sich gehabt.
Der Fressenden und Gefressenen, sagt sie.
Er hielt das Fernglas, durch das sie, mit dem Rücken an ihn gelehnt, blickte.
Das sind wir immer noch, sagte er. Die meisten haben es vergessen. Aber du und ich, wir erinnern uns daran. Darum sind wir hier.
Erinnerst du dich wirklich?
Ich weiß es genau, sagte er. Ich weiß, wie man Faustkeile macht.

Ich werde es dir zeigen. Ich zerlege dir einen Gazellenbock damit, wenn du willst.
Ich mag gar keine Gazelle, sagte sie.
Hast du sie je probiert?
Nein, sagte sie. Aber ich will nicht, dass du sie tötest. Sie gefallen mir.
Ihr Fleisch ist etwas zäh, sagte er. Aber es schmeckt, wenn man lange kein Fleisch gegessen hat.
Sie wusste, sie würde es lieben, auch wenn sie es nicht mochte. Nichts schreckte sie. Nicht das Wasser, das deutlich nach Rhino-Urin schmeckte. Nicht die faden Mahlzeiten aus Reis mit Sardinen und grünen Bananen. Nicht die Nächte im engen Zelt, wenn sie erwachte und sich auf hartem Vulkangestein liegend fand, nachdem irgendein Dorn in die Luftmatratze gedrungen war. Sie war die Geliebte des wunderbarsten Mannes auf der Welt, und er lag neben ihr, und sie fühlte die Steine im Rücken wie etwas, das es wert war, für immer unvergesslich zu sein. Sie rührte sich nicht und überließ sich dem Schmerz, den sie schon im Schlafen gespürt hatte, sie spürte dieser Empfindung nach, die nur im Zustand der Unbeweglichkeit erträglich war. Wir sind Fossilien, dachte sie, nebeneinander versteinert wie die Herrscherpaare auf den Sarkophagen alter Kathedralen. So soll man uns finden. Künftige Fossiliensucher in Millionen von Jahren sollen uns so ausgraben.
Dann richtete sie sich auf und weckte ihn.
O Gott, ich habe geträumt, mich hätte ein Rhino gejagt und von hinten aufgespießt, sagte er.
Du liegst auf den Steinen, sagte sie.
Dann standen sie auf und sahen zusammen die Sonne über dem Kraterrand aufgehen. Wundersam schnell stieg sie aus der Nacht und besiegte sie.

So muss es sein, sagte Louis. Das Ungestüm der afrikanischen Sonne am Morgen und bei ihrem Untergang und ihre Trägheit, ja fast Bewegungslosigkeit, um die Mitte des Tages – er vermisse das immer, wenn er in England sei.

Wenn das dein eigener Rhythmus geworden ist, wenn es dich gar nicht mehr wundert, dann bist du angekommen in Afrika, sagte er.

Das bin ich schon, sagte sie, seit ich dich in Moshi gesehen habe.

Bleib bei mir, sagte er, das Gesicht zu der Röte über dem Kraterrand gewandt.

Sie lauschte eine Zeit lang darauf, ob noch etwas nachkäme. Sie suchte nach Zeichen dafür, dass er ohne sie einsam gewesen war. Irgendetwas dergleichen. Sie wollte erfahren, dass er etwas brauchte, was sie für ihn sein wollte. Sie lauschte. Aber es kam nichts von dieser Art.

Es ist nicht einfach, sagte er stattdessen, mit mir zu leben, das weiß ich auch.

Mit mir zu leben, sagte sie, ist auch nicht einfach.

Er schien überrascht. Darüber hatte er nie nachgedacht, obwohl für ihn ausgemacht schien, dass sie heiraten würden.

Es war unglaublich wie alles, was mit ihm zusammenhing. Scheidung war möglich. Aber unmöglich war es, sich scheiden zu lassen, wenn man nicht unmöglich sein wollte.

Doch sie kannte ihn schon gut genug, um zu wissen, dass nichts für ihn unmöglich war.

Kannte er sie denn gut genug, um zu wissen, dass sie keine Bedingung stellte, um ihm zu gehören?

(Außer dass er außerordentlich sein musste. Außerordentlich interessant. Außerordentlich erfolgreich. Außerordentlich attraktiv, was mit beidem aufs engste verbunden war.)

Er konnte alles von ihr verlangen. Auch die Geliebte eines Verheirateten zu sein. Sie verlangte nichts von ihm. Solcherart war ihr Liebesbegriff.
Es war gefährlich. Sie schlief mit ihm. Es gab kein Mittel außer der Vorsicht, das sie davor bewahrte, schwanger zu werden. *Pass auf! Bitte!* Sie verließ sich auf ihn. Sie wusste nichts Besseres.
Sie war unerschrocken. Sie ging hoch ins Risiko. Sie spielte die Karte aus, die sie selbst war, und sie spielte auf Gewinn. Aber was sie gewinnen wollte, davon hatte sie keinen ganz festen Begriff. Sie wollte das Unbekannte. Sie war eine Eroberin. Doch es war nicht nur der Mann, den sie erobern wollte. Ihn hatte sie schon, das wusste sie. Es war die Welt, die er ihr zu zeigen versprochen hatte. Sein Kontinent. Seine Art Leben. Auf seinen Entdeckungsfahrten wollte sie ihn begleiten. Seine Schätze wollte sie teilen. Seinen Ruhm. Seine Bedeutung. Seine Macht.
Sie war nicht bescheiden. So genügsam sie war, so bereit zu Opfern und Entbehrungen, bescheiden war sie nicht. Sie war Engländerin, Tochter einer Kolonialmacht, ausgezogen, um die Welt für sich zu erobern. Die Welt war ihr unter die Füße gelegt. Wie es bei dem Propheten heißt: *Du hast meine Füße gestellt auf weites Land.*
Sie fuhren bei steigender Sonne vom Kraterrand in die Ebene zur Serengeti hinab, und hier war ihr Land. Plötzlich öffnete sich der Blick über fallende sanfte Hänge, an die sich Massai-Dörfer schmiegten, als seien ihre erdfarbenen Hütten, in fernen Erdzeitaltern gemeinsam mit den Bergrücken entstanden, untrennbarer Teil von ihnen wie die Herden, die hier und da auf ihnen weideten, von rotgewandeten Hirten bewacht, die auf ihre Speere gestützt dastanden. Der Weg wand sich zwi-

schen ihnen zu Tal. Zur Rechten erhob sich eine zerklüftete Mondlandschaft, links der erloschene Vulkan Lemagrut und in der Ferne die Ebene der Serengeti, endlos wie das Meer, verschwimmend mit dem Horizont. Und zwei zarte, miteinander verschmelzende Linien: die Olduvai-Schlucht. Selbst auf den schlammigen Wegen, durch die der Chevrolet sich zu Tal kämpfte, war es, als flöge man zu ihr hin.

Ich werde mich nie sattsehen an dieser Aussicht, würde sie nach einem halben Jahrhundert noch schreiben.

In der ersten Nacht in der Schlucht kamen die Löwen.

Die Kikuyu schliefen unter einer Plane auf der Pritsche des Lastwagens. Die vier weißen Teammitglieder teilten sich ein Zelt, und in einem anderen, ein kleines Stück davon entfernt, schliefen Louis und Mary. Nach Löwenlogik waren sie die leichtere Beute. Sie waren nur zu zweit. Man brauchte sie nicht eigens von der Herde zu isolieren.

Mary erwachte von etwas, das sie für einen aufkommenden Sturm hielt. Aber die Luft war ganz still, als hielte die Nacht den Atem an. Nur ein Zittern lief über die Zeltwände, als habe sie etwas gestreift. Sie lauschte hinaus. Da war nichts. Aber es war, als wenn jemand draußen versuchte, sehr leise zu sein. Es war das Geräusch, das jemand macht, der kein Geräusch machen will. Sie griff vorsichtig nach Louis' Arm, um ihn zu wecken. Im selben Moment, als er auffuhr, brüllten die Löwen. Einer begann, und die anderen fielen nacheinander ein. Es war ein Gesang, der vom Hunger kündete, vom Recht, ihn zu stillen, von der unüberwindlichen Lust auf Blut.

Die gehen wieder, flüsterte Louis an ihrem Ohr. Bleib ganz still. Wenn wir uns nicht rühren, kann nichts passieren.

Über der Schlucht stand ein schmaler Mond. Sie konnte nichts sehen, ahnte aber die Stelle am Zeltausgang, wo sie die Bahnen

in Höhe ihrer Knie verknotet hatte. Genug Durchschlupf für einen Löwen. Sie starrte darauf. Sie dachte an Louis' Jagdgewehr, das im Wagen geblieben war.
Sie sind uns überlegen, dachte sie. Sie sind es immer gewesen und werden es immer sein. Sie verachten uns. Ihre Verachtung für uns wird erst mit dem letzten Löwen sterben, den eine Kugel trifft.
Sie war ganz steif vor Angst, alle Muskeln ihres Körpers aufs äußerste angespannt, die Kiefer ineinander verbissen. So lag sie bewegungslos, als käme es darauf an, sich tot zu stellen. Louis ganz entspannt. Er klopfte ihr leicht den Rücken, wie man ein Baby klopft, damit es sich beruhigt.
Schlaf ruhig, sagte er.
War er nicht ganz bei Trost?
Vor dem Zelt brüllten die Löwen. Sie umkreisten es. Ihre Flanken bestrichen die Zeltwände. Manchmal fauchten sie wie Katzen, die um die Plätze am Futternapf streiten. Es war eine Belagerung. Offenbar richteten sie sich auf eine längere Nacht mit ihnen ein.
Als es hell wurde, war das Knurren so nah, dass es ihr Ohr streifte. Es war im Innern des Zeltes, nicht mehr außerhalb. Dann merkte sie, dass es Louis war, der neben ihr schnarchte. Sie weckte ihn.
Wo sind die Löwen?, sagte sie.
Du hast geträumt, sagte er.
Aber sie waren da!
Und?, sagte er. Wie hat es dir gefallen? Hast du Angst gehabt? Das ist hier manchmal so. Sie kommen. Aber sie gehen auch wieder.
Hast du denn keine Angst?, fragte sie.
Nein, sagte er. Die Löwen mögen uns nicht. Wir sind für sie,

was tote Mäuse für Katzen sind. Mit der Zeit langweilig. Wenn wir nicht zappeln und schreien, haben sie keinen Appetit auf uns. Außerdem mögen sie wahrscheinlich unseren Geruch nicht. Da kennen sie Besseres. Solange sie nicht alt und zahnlos sind, halten sie sich an die Zebras und jungen Giraffen.

Hoffentlich gibt es genug davon, sagte sie.

Er schlug die Zeltbahn am Ausgang zurück. Da, sagte er. Siehst du das?

Sie hatten das Lager an einem Felsvorsprung oberhalb des Zusammentreffens von Haupt- und Seitenschlucht aufgeschlagen. Sie blickte hinab in das steinige Flussbett, in dem zwei Tage nach dem Regen noch einzelne Tümpel standen, an denen Hunderte von Zebras auf ihrer Wanderung zu frischen Weidegründen ihren Durst stillten. Im Licht des frühen Morgens sahen ihre weißen Streifen zartrosa aus.

Noch gab es Wasser. Ein paar Tage später schon würde man achtzehn Meilen weit fahren müssen, um die Wasservorräte aufzufüllen. Das kostete Benzin. Und um ihre Benzinvorräte aufzufüllen, mussten sie sechzig Meilen weit bis Loliondo fahren. Das Land war grausam gegen sie. Es geizte. Es quälte sie. Und es schüttete seine Schätze über sie aus.

Oft streift sie allein durch die Schlucht. Sie liebt es, allein zu gehen, obwohl Louis es ihr verboten hat. Es gibt nicht nur Löwen. Es gibt auch Puffottern. Sie sind zwar nur in der Dämmerung und bei Nacht aktiv, aber bei Tag sind sie umso gefährlicher. Sie liegen träge auf den Steinen, mit ihrer graubraunen Zeichnung gut getarnt. Sie fliehen nicht vor Menschen, sie beißen sekundenschnell, wenn man auf sie tritt, und ihr Gift wirkt sofort. Sie weiß um diese Möglichkeit. Schlangen sind immer im Modus der Möglichkeit anwesend, ein niemals endender

Nervenreiz wie ein ganz feiner Tinnitus, immer da, dicht unter der Oberfläche des Bewusstseins. Sie wird sich daran gewöhnen. Wie alle, die auf diesem Kontinent leben, wird sie einen Automatismus ausbilden, eine stets aktive, aller sonstigen Aufmerksamkeit parallel laufende Wahrnehmung von Gewundenem, Länglichem. Halbbewusstes Erschrecken vor Schläuchen, achtlos hingeworfenen Tauen und Ästen, die plötzlich im Weg liegen.

Trotz der Gefahr genießt sie ihre verbotenen einsamen Streifzüge. Sie ist verliebt, und sie kann es nur sein, wenn sie manchmal ohne Louis ist. Sie ist noch nicht so weit, in seiner Gegenwart entspannt zu sein. Sie ist noch viel zu aufgeregt, wenn er bei ihr ist. Viel zu sehr in seinem Bann, um sie selbst zu sein. Außerdem fühlt sie die Ablehnung zu deutlich, die ihr von Seiten der anderen entgegenschlägt. Sie ist die einzige Frau im Team. Die Afrikaner wissen nicht einmal das genau. Da sie Hosen trägt, fällt es ihnen schwer zu glauben, dass sie eine Frau ist. Sie haben keine Anrede für sie. Keines der Wörter für eine verheiratete Frau oder ein junges Mädchen will auf sie passen. Sie sehen an ihr vorbei. Wenn sie sie anspricht, ist es, als hätte man sie bei einer Unschicklichkeit ertappt. Sie blicken zu Boden, verrichten stumm, worum sie sie gebeten hat. Sie wissen, dass Bwana Louis mit einer anderen Frau verheiratet ist. Manche von ihnen erinnern sich gut daran, was sein Vater, der Missionar Leakey, über die Ehe gesagt hat. Ein christlicher Mann hat niemals mehr als eine Frau. Jesus hat es verboten. Die Männer haben es jeder für sich zu begreifen versucht. Dies begreifen sie begreiflicherweise nicht.

Die weißen Männer im Team, Peter Bell, Peter Kent, Sam Howard und Sam White, verhalten sich sehr höflich. Sie selbst leben während der Grabung streng zölibatär. Ihren Frauen

haben sie die Gründe genannt, warum solche Expeditionen nicht für sie geeignet sind. Und die Frauen haben es eingesehen, sagen sie. Das schlechte Essen. Der Schmutz. Die Infektionsgefahr. Frauen brauchen ihre Bequemlichkeit, sagt Sam White. Tee um fünf. Saubere Wäsche. Ein wenig Eleganz. Und dazu sind sie manchmal so kompliziert. Die anderen sind seiner Meinung. Sie denken an keine bestimmte Frau. Ihre eigene nehmen sie jeder für sich eher aus.
Niemand erwähnt Frida Leakey. Frida hat ihre Grabungstauglichkeit längst unter Beweis gestellt. Vier Jahre zuvor war Louis mit ihr in Olduvai. Die Männer kommen sich alle wie Verräter vor. Sie hassen es, dass Louis sie dazu zwingt. Sie hassen es, ihn mit Mary im Zelt verschwinden zu sehen. Sie hassen es, wenn sie sich morgens durch die Zeltplanen nach draußen schält. Sie hassen ihre Stimme, die »Louis« ruft. Sie hassen es, dass die einzige Frau, die sie außer ein paar kahlgeschorenen und übelriechenden Massai-Frauen sehen, hübsch und jung ist und reizend und anpassungsfähig, sodass man eigentlich nichts gegen sie sagen kann. Sie sagen auch nichts gegen sie. Sie lassen ihre Gespräche einfach ein wenig verstummen, wenn Mary kommt. Und einfach wieder ein wenig aufleben, wenn sie sich entfernt. Es ist nichts als das.
Im Übrigen sind sie alle viel zu sehr im Rausch, um empfindlich zu sein. Sie sind an dem Ort, an dem die Erde sich öffnet und den Blick in ihre eigene Vergangenheit freigibt. Sie sind Zeitreisende. Auf ihren Knien unter sengender Sonne mit ihren Händen im Schutt wühlend. Sie finden steinerne Knochen und Artefakte aus Menschenhand. Sie träumen davon, beides zu finden und beides am selben Ort, dort, wo vorzeiten Leben war, von dem sie sich anhand ihrer Funde ein Bild machen wollen. Sie träumen davon, vor die Presse der Welt zu treten,

in der Hand ein Fossil, einen Schädel, den Beckenknochen eines Zweibeiners, und zu sagen: Da! Ich habe es gefunden. Ich war dort, wo niemand hingelangt, der nicht Mut und Ausdauer und Hypothesen hat, in unserer eigenen Vergangenheit. Ich führe euch alle dorthin, wenn ihr folgen wollt.
Hier, in der Olduvai-Schlucht, ist der Einstieg zu unserer Vergangenheit. Wo kommen wir her? Wer sind wir? Was war vor uns da? Hier liegen Antworten herum wie anderswo Picknickmüll. Leere Flaschen. Plastikteller. Abgenagte Knochen von Hähnchen und Spareribs. Ja, es ist tatsächlich Picknickmüll, was hier liegt. Nur einige Millionen Jahre alt.
Damals war hier ein wundervoller Picknickplatz. Ein Fluss mit grünen Ufern, der sich zum See erweiterte, wo jetzt trockener Karst ist. Fischreiche Gründe. Fruchttragende Bäume. Saftiges Gras. Herden, die zum Wasser kamen, Huftiere, Elefanten, frühere Modelle der Arten, die heute die Savannen bewohnen. Löwen, Schakale, Hyänen, die mit ihnen zogen, wie sie es heute tun. Vögel über Vögel, solche, die kleine Nager fingen oder Fische oder Insekten. Andere, die sich von Samen und Gewürm nährten. Und dazwischen seltsame behaarte Zweibeiner. Angstvoll und scheu. Nicht schnell genug, um keine Beute zu sein. Die vorderen Gliedmaßen bewehrt mit Stöcken und Steinen. Eher defensiv als aggressiv. Flinke Blicke in alle Richtungen. Blicke, die dank der aufgerichteten Körperhaltung bis zum Horizont schweifen. Blicke, die das Land kartographieren, die Zonen der Gefährdung und Zonen relativer Sicherheit ausmachen und die ein Abbild davon im Gedächtnis speichern, das ihnen hilft, sich zu orientieren. Gute Kletterer. Ausdauernde Läufer. Immer in Gemeinschaften, Erwachsene, Alte, Kinder. Es ist ein Teil ihrer Lebensstrategie, dass sie sich nie verlieren. Wer verloren ist, ist verloren.

Sie lebten an den Ufern des Olduvai-Sees, den es nicht mehr gibt.
Sie sind hier gestorben. Es sind die Toten, denen der Zeitreisende hier begegnen kann. Immer die Toten. Von ihnen bleibt, was unverdaulich ist für ihre Fressfeinde, ein paar Knochen, ein Schädel, sorgfältig befreit von allem Fleisch, allem Hirn, allen Innereien. Es gab kein anderes Begräbnis für dieses wie für jedes andere Tier. Es gab nur das eine Ende, gefressen zu werden, selbst wenn – eher unwahrscheinlich – der Tod ohne Gewalt eingetreten ist. Auch dann geschah nichts anderes: Hominidenfleisch für Hyänen, für Löwen, für Säbelzahnkatzen, für alles, was Appetit darauf hat. Das war es, was allen beschieden war.
Aber der Knochen bleibt. Häufig zerbissen, zernagt, zertrümmert im Kampf, trotzt er noch eine Zeit lang Mikroorganismen und Witterungseinflüssen. Jetzt kommt die Chance für seine Unsterblichkeit: Flüsse treten über die Ufer. Sie führen Schlamm mit sich, der die Knochen bedeckt. Dann ziehen die Wasser sich zurück. Der Schlamm erhärtet. Eine neue Regenzeit führt neuen Schlamm heran. Auch er wird hart und trocknet. In der Tiefe vollzieht sich unter erhöhtem Druck und Abwesenheit von Sauerstoff die Umkristallisation. Ihr Zeitmaß ist schon die Ewigkeit. Ein Wiedererscheinen des Verwandelten ist nicht vorgesehen. Sein Ort ist die Tiefe. Seine Sphäre Unsichtbarkeit. In Sedimenten eine Welt versteinerten Lebens. Abgestorbenes. Ausgestorbenes. Flugsaurier, frühe Fische. Und, in anderen Schichten, dann und wann eine Hirnschale, ein Oberschenkel, nicht ganz wie die unseren, und doch –
Sie wusste, sie würde etwas finden. Sie war jetzt seit zwei Wochen in der Schlucht. Und die Gewissheit wurde von Tag zu

Tag stärker. Hier war sie. Und hier war es möglich. Versteinerung war das eine. Das andere war Verwitterung. Erosion. Nach langen Zeitaltern der Austrocknung war der Fluss zurückgekehrt und hatte sich im Verlauf einer weiteren Ewigkeit die Schlucht gegraben, wie sie heute ist. Scharf eingeschnitten zwischen den Gesteinsschichten, von denen vier an den Wänden der Schlucht farblich klar zu unterscheiden sind. Es ist ein Ort der Extreme. Hitze und Kälte. Regen und Trockenheit. Erdstöße, wie sie in einem Land der teils erloschenen, teils noch aktiven Vulkane häufig sind, alles trug dazu bei, das Gestein aufzublättern, Felsen in Schotter und Geröll zu verwandeln. Dies ist der Ort, an dem sich Unterstes zuoberst kehrt. Hier gibt die Erde frei, was sie verborgen hielt.

Sie war meistens auf ihren Knien. Sie hatte den Blick. Er war auf ganz spezielle Art scharf gestellt. Es war ein hungriger Blick. Es war der Blick einer Sammlerin. Ihm entging nicht die geringste Abweichung vom zu Erwartenden. Es war ein informationsverarbeitender Blick. Er nahm alles auf und glich es blitzschnell mit dem Normalfall ab, dem Normalfall eines Steins, den keine Hand bearbeitet hat, sondern Witterungseinflüsse, Schwerkraft und Erosion. Ihr Blick unterschied einen Splitter, wie er durch Verwitterung entsteht, die Fels im Verlauf von Jahrtausenden in voneinander abblätternde Schichten zerlegt, von einem, der durch einen gezielten Schlag auf einen ebenfalls steinernen Meißel entstanden ist. Oft war es nicht mehr als ein schwaches Vermuten, ein Ahnen, das sie auf die Knie zwang, um mit den Händen zu ertasten, was sie gesehen hatte.

Ihre Hände waren noch unbestechlicher als ihr Blick. Sie umschlossen, was sie gefunden hatte, befühlten es, und sie spürte sofort und vor jedem Gedanken, ob das, was sie hielt, der

Mühe wert war, einer weiteren Prüfung unterzogen zu werden. Faustkeile, sonnenbeschienen, als wären sie noch warm von der Hand, die sie vor mehreren hundert Jahrtausenden gehalten hat. Ihre Schneiden messerscharf. Sie ruhten mit der Griffseite in ihrer Hand, als habe sie jemand hineingelegt. Ein Geschenk. Eine Gabe. Sie war es, für die sie bestimmt waren. Am Abend würde Louis ihr zeigen, wie man damit eine Gazelle zerlegt. Wie man das Fleisch aus der Decke schabt. Wie man es von den Knochen trennt. Sie würde ihm dabei zusehen. Im Widerschein des Feuers, das vor den Zelten brannte, würde sie seine Verwandlung sehen. Wie jemand anders seinen Platz einnahm, ohne dass seine Gestalt sich veränderte. Wie dieser andere seine Bewegungen steuerte. Wie er in ihm die Regie übernahm. Wie er wusste, was zu tun war. Dieser andere in ihm konnte Steine behauen, sodass ihre Kante scharf wie ein Messer war. Er fing einen Ducker oder ein Dikdik mit bloßer Hand. Keiner von denen, die Louis jetzt zusahen, zweifelte daran, dass er dazu fähig war. (Er war es.) Er riss ein Stück Fleisch von den Knochen. Sie sahen die Gier, mit der er es betrachtete, und er verschlang es roh. Es schien, als ob beim heftigen Kauen seine Kiefer wüchsen. Als ob sie sich ein Stück weit vorstülpten. Sie sahen, dass sein Appetit ein anderer, älterer war. Und sie fühlten alle denselben Appetit, wenn auch vermischt mit dem Schauder aus Abscheu und Faszination, mit dem man etwas Verbotenes für sich entdeckt. Und Mary würde wissen, dass sie nicht nur in ihn verliebt, sondern ihm einfach verfallen war. Ihr wäre, als beobachte sie ihn aus weiter Entfernung. Und trotzdem würde er ihr so nah sein wie niemals sonst. Sie selbst würde sich verwandeln. Sie würde in sich eine andere entdecken, von der sie nicht gewusst hatte, dass es sie gab. Und es wäre diese andere, die sich lei-

se erhob und in die Dunkelheit jenseits des Feuerscheins aufmachte.
Eine unentrinnbare Dunkelheit, die sich nach kurzer Dämmerung definitiv über das Land senkte. Noch zündete niemand ein Licht in ihr.
Kein Feuer.

Kein brennender Kienspan.

Nichts.

Sie kauerten auf den Bäumen. Die Nacht war nicht ihre Zeit. Es war die Zeit anderer Tiere. Wenn nicht der Mond schien, sah man sie nicht. Man hörte sie. Man hörte ihre Tritte auf trockenem Laub oder altem Holz. Man hörte die List, mit der sie zu Werke gingen. Selbst wenn man nichts hörte, spürte man ihre List, gerade dann. Ihr Bemühen um Geräuschlosigkeit bei der nächtlichen Jagd. Man hörte, wenn sie sich verrieten. Aber dann war es oft schon zu spät. Manchmal hörte man das Todesschreien der Erlegten. Das Schmatzen der Fressenden. Ihr Knurren, mit dem sie ihre Beute vor Artgenossen verteidigten. Das mörderische Fauchen der Raubkatzen. Warnsignale: Auch ihr. Auch ihr seid unter denen, die bei Nacht Beute sind. Rührt euch nicht, wenn ihr nicht sterben wollt. Verharrt still in euren Baumverstecken. Schlaft, wenn ihr könnt.

Schlaft lieber erst gegen Morgen. Das ist die beste Zeit, um ein wenig Schlaf zu nehmen. Jetzt ist es kühl. Die Insekten kommen zur Ruhe, die euch während der Nacht geplagt haben. Die Todesschreie sind verstummt. Die Jagdgeräusche der Katzen entfernen sich. Nur dann und wann zeigt das Bellen der Schakale an, wo von ihrer Beute etwas übrig geblieben ist. Ein leichter Wind streicht durch die Bäume. Er streichelt wie eine gute Hand durch euer Fell, das sich im Schlaf etwas sträubt

und die Wärme hält, die ihr braucht. Jetzt rückt ihr näher zueinander. Eure Gesichter sind im Schlaf einander zugewandt. Eure Hände suchen die warmen Körperfalten des Nachbarn. Sie wühlen sich in sein Fell. Euer Atem vermischt sich. Er hat den guten dumpfen Geruch des Schlafes. Dann und wann hört man ein Schnarchen, das euch verrät. Es bricht ab und beginnt wieder. Irgendwann wird der Schnarcher zur Ruhe gebracht. Ihm wird bedeutet, dass er stört. Es kann ihm passieren, dass er aus der Schlafgemeinschaft verbannt wird. Ein unwillkommenes Los. Es ist lebensgefährlich. Es trifft nur die Alten, die ohnehin nicht mehr lange zu leben haben. Doch gegen Morgen seid ihr sogar gegen die Schnarcher unter euch duldsamer.
Die Nacht ist lang. Man muss einen Platz hoch oben in den Bäumen erringen, um sie zu überstehen. Man macht ein Geflecht aus biegsamen Ästen und Blattwerk, damit man nicht im Schlaf hinunterfällt. Das kann geschehen. Es ist beschämend und schmerzhaft. Es ist gefährlich. Die Angst davor ist gründlich in den Gehirnen der Baumschläfer verschaltet, deren Nachfahren noch immer von Abstürzen träumen, die sie in ihren Betten auffahren lassen, wo sie so viel sicherer sind und trotzdem in ihrer Einschlafphase manchmal ins Bodenlose zu fallen meinen und sich in ihre Matratzen pressen, nichts begreifend und sich wieder in den Schlaf tastend, wie ihre Vorfahren sich panisch in die Kronen der Bäume zurückflüchteten.
Die Nacht ist entsetzlich. Die Nacht ist groß. Es bleibt nichts, als ihr Ende zu erwarten. Jeder Morgen mit seinem wachsenden Lärm an Vogelstimmen, dem wiederkehrenden Licht, einem gewaltigen Crescendo, das nach vielen Tausenden von Generationen als Musik wiederkehren wird, jeder heraufdämmernde Morgen heißt, davongekommen zu sein für einen weiteren Tag.

Der Tag ist ihre Zeit. Er hat keine Stunden. Er hat nur das wandernde Lichtgestirn. Er hat Schatten, die sich verkürzen und am Abend wieder lang werden. Er hat Kühle und Hitze und wieder Kühle, bevor er zu Ende ist. Er ist lang, wenn man satt ist. Dann vergeht er wie ein Träumen, ein vorbeiziehender Fluss, wie ein Kinderspiel. Doch wenn man Hunger hat, kann der Tag viel zu kurz sein. Das Lichtgestirn wandert, der Magen knurrt. Mit den wachsenden Schatten wächst auch die Sorge. Es ist ein nagendes Gefühl, verwandt mit der Angst, mit dem Kummer, der Hoffnungslosigkeit. All das wird sich später einmal aus dem nagenden Hunger entfalten. Der Hunger war zuerst. Er ist immer da. Er regiert. Er ist gebieterisch. Er unterwirft sich alles andere. Er gibt nur so lange Ruhe, wie man ihn füttert. Immer nur für kurze Zeit.

Der Tag ist da, um etwas für den Hunger zu finden. Der Hunger mag Früchte, wenn sie süß sind. Er mag Nüsse und Körner. Er nimmt mit Wurzeln und Knollen vorlieb, wenn man sie von Erde säubert. Er mag Erde nicht. Er mag auch nichts Bitteres und Scharfes. Von Scharfem bekommt der Hunger Durst. Er will, dass man an Quellen und Flüssen lagert. Der Hunger mag auch Fische und Krebse, die man aus dem Wasser holt. Am liebsten jedoch mag der Hunger etwas vom Fleisch anderer Tiere. Es lohnt sich, lange darauf herumzukauen und das Blut auszulutschen, bis die Fasern mürbe sind und geschluckt werden können. Mütter müssen für Kinder das Fleisch kauen. Sie können es mit ihren kleinen Zähnen noch nicht, die ausfallen werden und größer und kräftiger nachwachsen. Fleisch ist etwas Besonderes. Es macht für lange Zeit satt. Eine Fleischmahlzeit am Morgen verspricht einen langen herrlichen Tag. Man sieht dem Wasser beim Fließen zu. Man putzt den anderen das Fell. Ihr Fell ist dünner als das der meisten anderen Tiere, jedoch nicht weniger von Parasiten befallen. Man lässt sich das Fell putzen. Man spielt mit den Kindern. Man streitet ein wenig. Man findet jemanden, der dasselbe Verlangen hat wie man selbst. Man kopuliert.

Aber wann gibt es schon Fleisch? Nur wenn es den Männern gelingt, einen der kleinen Nager im Unterholz mit ihren Händen zu fangen. Die Männer sind schnell. Sie sind listig und schlau. Sie wissen viel. Sie wissen, wo sich die Beute versteckt hält. Selbst wenn man die Beute nicht sehen kann, wissen die Männer, dass es sie gibt. Sie belauern sie. Sie sind ganz still und trotzdem hellwach. Einer schaut, einer läuft und einer fängt. Sie sind wie ein Mann, der schauen und laufen und fangen kann. Auge. Beine. Hand. Sie haben Zeichen füreinander. Manche sind stumm, und manche kann man hören. So wissen die Beine, was das Auge sieht, und die Hand weiß, wann sie greifen muss. Ein Mann allein ist kein Jäger. Wie sollte ein Mann allein eine Beute umstellen? Zwei sind nicht genug. Es muss noch einer dabei sein. Das sind drei. Drei ist noch keine Zahl. *Drei* ist die Lösung des Jagdproblems.

Manchmal sind es auch *viele.* Sie rennen und schreien und schlagen mit ihren Hölzern an die Baumstämme. Sie sind nicht so schnell wie die Schakale, die den fliehenden Herden über weite Entfernungen folgen, aber noch listiger. Wie sie haben sie ein Tier aus der Herde ausgespäht, ein junges oder ein altes. Besser ein junges. Sein Fleisch ist nicht so zäh. Oder eines, das lahmt. Sie haben gewartet, bis es unvorsichtig geworden ist. Unvorsichtigkeit ist das Glück des Jägers. Das Tier hat sich beim Grasen ein wenig von der Herde entfernt. Die Jäger warten lange. Sie haben Geduld. Geduld und scharfes Beobachten zeichnen die Jäger aus. Und Schnelligkeit.

Was sie treibt, ist nicht nur Hunger. Es ist Appetit. Ihr Appe-

tit ist wählerisch. Wenn sie junge Gazellen sehen, werden sie gierig nach dem Geschmack ihres Fleisches, ihres Hirns, ihres Bluts. Sie wissen, dass der Appetit ihnen nicht vergeht, bevor sie ihn gestillt haben. Alles andere erscheint ihnen plötzlich fad, die Wurzeln und Körner, die es im Überfluss geben mag. Sie sind entschlossen, junges Gazellenfleisch zu kosten, solange es warm und sein Blut noch frisch und flüssig ist. Sie wollen es vor den Fliegen und den Würmern, die ihnen so oft den Spaß daran verderben. Vor allem wollen sie es vor den Hyänen und Geiern, mit denen sie sich häufig die Mahlzeiten teilen. Es sind die Hyänen, die zuerst fressen. Dann kommen die Geier. Sie fliegen fort, wenn eine Hyäne wieder naht. Doch wenn ein langer Schatten kommt – niemand wirft so lange Schatten wie die Zweibeiner –, machen sich beide davon, vorausgesetzt, dass der Langschatten nicht allein ist. Zwei von ihnen, laut rufend, mit Stöcken bewehrt, können die Hyänen vertreiben, wenigstens lange genug, bis sie etwas vom Fleisch abgekriegt haben.
Und doch geht nichts über das Töten. Nichts geht über den Moment, wenn die Gazelle stürzt, nachdem ein Mann einen ihrer Hinterläufe zu fassen bekommen hat, und die anderen ihre gesplitterten Hölzer in ihren Hals stechen, dort, wo das Blut sprudelt, während die Flanken des Tieres sich noch einmal heben und zittern und dann erstarren und sein geöffnetes Maul sich mit rötlichem Schaum füllt, der seine weichen Nüstern befeuchtet, die sie ehrfürchtig betasten. Gazellen sind scheu. Nur im Sterben geben sie sich ihnen in die Hand.
Einen Moment lang scheint es, als hätten sie die Gazelle nur getötet, um sie besser und aus der Nähe betrachten zu können. Aber zwei von ihnen greifen sie bei den Läufen und ziehen sie mit sich fort. Bald erscheint der, der das Messer trägt, den Stein

mit der Kante. Sie legen das Tier auf den Rücken, spreizen seine Hinterläufe auseinander und öffnen die Bauchdecke. Sie atmen schwer. Sie verharren kurz. Schwarzblau und glänzend quellen ihnen der Pansen und das Gedärm entgegen. Ein Stöhnen entfährt dem Ersten, der in die Knie geht und seine Hände in das dampfende Innere taucht. Er nimmt den Geruch in sich auf, der daraus aufsteigt. Dann reißt er entschlossen heraus, was er greifen kann. Herz, Lunge, Leber. Weich und glatt ruhen die Nieren in seiner Hand, bevor er sie achtlos zur Seite wirft, wo sich ein anderer daran zu schaffen macht. Das Gras unter dem toten Tier färbt sich blutig rot. Jetzt sind die übrigen Jäger an der Reihe. Ein Reißen und Zerren beginnt, ein Wogen der Leiber, die sich über den geöffneten Kadaver beugen. Kein Kampf. Aber ein entschiedenes Nehmen, was man bekommt. Gelegentlich ist ein Knurren zu hören, nicht anders als bei den Hyänen, wenn sie um die Beute konkurrieren. Gelenke werden aus den Pfannen gedreht. Knochen splittern. Ein Schädel wird gegen einen Stein gerammt, bis er bricht, damit das Hirn verzehrt werden kann. Ein Langschatten streckt sich. Er richtet sich auf. Er schlürft aus der Schale, bevor er sie an seinen Nebenmann weiterreicht.

Irgendjemand schüttelt sich. Brrr. Er hat in die Galle gebissen. Sie fliegt ins Gebüsch. Es ist ein Fehler, den man im Leben nur einmal macht.

Bald liegen nur noch ein paar Knochen mit letzten Fleischfetzen daran und die leere Decke da. Das ist das Signal für die Frauen. Jetzt sind die an der Reihe, die nicht mit Geschenken bedacht worden sind, einem kleinen Stück aus der Keule, einem Bein, aus dem sich mit geduldigem Kauen gutes Mark saugen lässt. Es sind die älteren Frauen, die mit den Resten vorliebnehmen müssen. Sie säugen nicht mehr. Ihre Brüste sind schlaff und verbraucht. Ihre sexuelle Bereitwilligkeit ist wohlfeil und muss nicht eigens teuer bezahlt werden.

In Wahrheit ist es die Stunde der jungen Frauen.
Eine von ihnen hat alles beobachtet. Sie war unter den Jungen, die den Männern manchmal in einigem Abstand auf der Jagd folgen. Sie lernen dabei. Sie werden selbst Männer sein und auf die Jagd gehen. Doch dann und wann ist auch ein Mädchen unter ihnen. Dieses ist nur wenig älter als die Jungen. Es ist etwa so groß wie sie. Darum fällt es nicht weiter auf. Aber die Jungen sind noch im Wachsen begriffen, während das Mädchen schon ausgewachsen ist. Bald wird es um ein Drittel kleiner sein als seine Altersgefährten. Es wird sein erstes Kind haben, wenn die Jungen vielleicht ihre erste Gazelle erlegen. Einer von den Alten wird zu schwach werden, um an der Jagd teilzunehmen. Dann wird der stärkste von den Jungen an seine Stelle treten. Zu dieser Zeit wird die junge Frau nie wieder mit den Jägern gehen. Sie wird schwerer werden. Ihr Bauch wird sich wölben. Danach wird sie ein Milchkind tragen, wo immer sie geht. Und wenn es größer wird, wird sie ein neues Kind haben.
Sie wird nie wieder schnell sein. Nie wieder wird sie mit den Jungen um einen Schlafplatz oder eine reife Frucht kämpfen. Beides wird sie jedem männlichen Gegner kampflos überlassen, solange sie lebt. Sie wird vergessen, wie es ist, im Kampf zu siegen. Sie kennt das Gefühl. Sie kennt die Freude, zu sehen, wie ein anderer am Boden liegt, den man geschlagen und niedergerungen hat. Sie kennt das Glück der Überlegenen, Stärkeren. Sie hat den Stolz gefühlt, der aus der Zerknirschung des unterlegenen Gegners erwächst. Etwas in ihr will darauf beharren. Es ist ein wildes Glück, ein wilder Stolz. Sie ist stark.

Doch nur so stark, wie ein Mädchen werden kann. Schon misst sie sich mit Jungen, die etwas jünger sind als sie. Mit ihnen ist sie den Jägern nachgelaufen.
Sie hat gesehen, wie die Gazelle gekämpft und sich ihnen ergeben hat. Sie hat den Jäger gesehen, der ihr den Todesstoß gab. Es war derselbe, der zwischen die Läufe stieg und den Stein führte, mit dem das Tier aufgeschlitzt worden ist. Sie hat Angst vor ihm gehabt. Für einen Augenblick hat sie es an sich selbst gefühlt, was die Jäger der Gazelle antaten. Ein Schmerz ist ihr durch den Leib gefahren. Sie hat nicht mit den Jungen gestampft und geschrien, als das Tier gespalten wurde. Sie ist ganz still gestanden und hat den Jägern zugesehen, wie sie ihren Teil an sich gebracht haben, indem sie schnitten und rissen und manchmal die Zähne zu Hilfe nahmen.
Und plötzlich merkte sie, wie etwas vor ihre Füße fiel. Sie bückte sich. Es war ein Schulterstück. Sie nahm es auf und roch daran. Gleichzeitig sah sie die Augen eines der Jäger auf sich gerichtet. Es war der Mann, der den Stoß geführt hatte.
Da wusste sie, dass es für immer vorbei war. Sie würde nie wie die Männer um ein Stück Fleisch kämpfen. Ihr warf man es hin. Was ihr jetzt widerfuhr, das war ihr neues Glück, ihr neuer Stolz. Sie begriff, dass es so sein sollte. Sie begriff, dass die Frauen sie darum beneideten. Sie war jetzt selbst eine Frau, der die Geschenke der Männer zukamen. Doch sie empfand kein Glück. Noch weniger empfand sie Dankbarkeit für die Gabe. Was sie empfand, war der Angst verwandt. Wieder fiel ihr die Gazelle ein. Wieder sah sie die Hand mit dem Messer, das sie spaltete, indem es tief zwischen ihren Läufen ansetzte. Wieder spürte sie es an ihrem eigenen Leib.
Sie weiß jetzt, was der Jäger mit ihr tun wird. Sie sieht, dass er sich gesättigt hat. Sie sieht, dass er auf sie zukommt. Sie be-

merkt die Ruhe und Selbstgewissheit, mit der er es tut. Seine Selbstgewissheit weckt etwas in ihr. Eine Bereitschaft, sich auszuliefern, die ihren Grund in seiner Entschlossenheit hat. Ließe er für einen Moment erkennen, dass er unsicher ist, wäre auch ihre Bereitschaft dahin. Bereits eine Frage wäre zu viel. Sie will nicht gefragt werden. Wenn sie gefragt würde, lautete ihre Antwort: nein.

Auf einmal wirft sie das Fleisch weg. Soll eine andere es nehmen. Sie will es nicht. Sie läuft. Noch einmal will sie ihre Schnelligkeit ins Spiel bringen. Ihre Behändigkeit. Sie weiß, dass sie nicht entkommen wird. Aber sie will keine leichte Beute für ihn gewesen sein. Sie läuft kreuz und quer durchs Gebüsch wie eine Häsin. Sie duckt sich wie sie und lässt ihn an sich vorbeirennen. Sie gewinnt Spaß daran, ihn in die Irre zu führen. Sie klettert auf Äste, die zu schwach sind, um sein Gewicht zu tragen, und lässt sich wieder ins Gras hinab, während er noch versucht, ihr nachzusteigen.

Sie kann ihn hinter sich atmen hören. Sie merkt, dass die Distanz zwischen ihnen immer geringer wird. Sie spürt, dass seine Entschlossenheit nicht nachlässt, sondern wächst. Sie will diese Entschlossenheit. Sie läuft nur noch, um sie der strengsten Prüfung zu unterziehen. Sie will, dass er verzweifelt vor Entschlossenheit. Sie will, dass er den Verstand verliert. Sie will ihn außer sich bringen. Sie will ihn härter prüfen, als er es sich träumen lässt.

Irgendwann spürt sie, dass er langsamer wird. Er ist nicht mehr der Jüngste. Er ist von der Jagd ermattet. Die verlangt das Äußerste von den Männern. Plötzlich wird auch sie ein wenig langsamer. Es geschieht, ohne dass sie sich dazu entschließt. Sie kann schneller. Aber sie weiß, dass dies nicht so zu enden bestimmt ist. Es kommt nicht mehr darauf an, wer von ihnen ausdauernder ist. Es kommt darauf an, dass er sie einholt. So soll es sein.

Sie hört ihn keuchen. Sie erwartet ihn. Sie ist überrascht von der Wärme des Körpers, der sich an ihren Rücken presst. Sie lässt sich von ihm ins Gras niederwerfen. Sie hat mit vielen Körpern auf den Schlafbäumen zusammengelegen, mit dem ihrer Mutter, mit denen ihrer Geschwister und Freundinnen, doch nie mit einem erwachsenen Mann. Sie wundert sich, dass auch er sich gut und anschmiegsam anfühlt. Eine Liebkosung, von der sie plötzlich wünscht, dass sie andauert wie die Berührung seines Mundes an ihrem Ohr, die geflüsterten Laute, eine Mischung aus Flehen (worum?) und Beschwichtigung, doch sie empfängt die Zeichen seiner Ungeduld. Sie versteht, dass dies nicht die Zeit für Liebkosungen ist. Es wäre ein Leichtes, ihm jetzt zu entkommen, jetzt, da er wehrlos ist. Doch seine Wehrlosigkeit ist es, was sie daran hindert, ihn zu enttäuschen, indem sie sich ihm entzieht. Etwas zwingt sie, der Ungeduld des Mannes entgegenzukommen, statt sich zu wehren. Sie hebt ihm ihr Becken entgegen und lässt ihn ohne weiteren Widerstand in sich eindringen. Kurz fühlt sie einen Schmerz wie von einem scharfen Stein, der sie wie die Gazelle zerteilt. Dann ist auch das vorbei, und sie ruft sich das Bild vor Augen, das immer gleichzeitig vertraut und von rätselhafter Bedeutung für sie gewesen ist, das Bild eines Mannes, der einer Frau beiwohnt. Sie hat es, seit sie auf der Welt ist, oft genug gesehen: Die übereinander gekrümmten Rücken. Das Zucken der Gesäßmuskeln. Die in seltsamer Anstrengung verzerrten Züge. Dazu ein Keuchen, das am Ende in Gestöhn übergehen kann. Jetzt bin ich eine von den Frauen, denkt sie.

Sie ist es ab heute für alle Männer, die sie um sich hat.

Außer für die, die sie nicht will. Den ganz jungen und den ganz alten verweigert sie sich. Sie nimmt sich das Recht heraus, sich zu verweigern, weil sie begehrt ist. Bald schon wird sie lernen, wie man sich eines Mannes erwehrt. Man ist verächtlich und hochmütig. Hochmut und Verächtlichkeit machen die Männer unfähig zur Kopulation. Und ein unfähiger Mann zieht den Hochmut und die Verachtung aller Frauen in der Gruppe und auch der übrigen Männer auf sich. Sie entdeckt es wieder, das wilde, stolze Gefühl der Überlegenheit. Es ist zu ihr zurückgekehrt, aber verwandelt in den Stolz einer Frau, die wählen und verwerfen kann.

Sie balgt sich nicht mehr mit den Gleichaltrigen. Sie prüft mit ihren Blicken, ob sie schon Männer sind. Sie trifft ihre Wahl. Sie trifft sie sorgfältig. Sie lässt keinen Zweifel daran, dass sie die Stärkeren und Mutigeren vorzieht. Sie vergleicht sie mit dem Jäger, der ihr als Erster beigewohnt hat. Er ist es, dem sie den Vorzug gibt. Aber da sind andere Frauen, die ihn ebenso bevorzugen. Keine kann einen Mann ganz für sich haben. Keine würde auf die Idee kommen. So wenig wie ein Mann mit einer Frau vorliebnehmen würde. Alle gehören einander. Darüber hinaus gibt es kein Angehören.

Dennoch gibt es Vorlieben. Dennoch ist das Begehren unberechenbar und uneinsichtig, wie es immer ist. Manchmal ertappt sie sich dabei, dass ihr einer der Jungen gefallen will. Er ist kein Held der Jagd. Er ist ein Träumer. Er sitzt oft lange abseits und sieht den Libellen im Schilf am Ufer zu, wie sie sich langsam aus ihren Larven befreien. Er zeigt ihr, wie sie aus einer Öffnung hinter dem Kopf der Larve herauskriechen. Wie sie sich später am Schilfrohr aufrichten. Wie sie ihre Füße in Stellung bringen. Wie sie sich mit ihnen festhalten. Wie sie langsam, ganz langsam die Flügel entfalten, die feucht und eng zusammengefaltet an ihrem Leib kleben. Wie dieser Leib langsam

wächst, indem er sich in die Länge streckt, bis schwarzgelbe Streifen sichtbar sind, wo vorher nichts dergleichen war. Wie die Flügel im Wind zittern, der sie trocknet, bevor die Libelle sie ein paar Mal schlägt, um mit ihnen davonzufliegen, während die Larve, leer, eine bloße Hülle, am Schilfrohr hängen bleibt. Er löst sie vorsichtig. Er gibt sie ihr in die Hand. Er sieht ihr in die Augen. Sein Blick fragt, ob sie versteht, was sie gesehen hat.
Sie versteht. Eine Verwandlung. Etwas bleibt zurück. Es ist tot. Etwas anderes ist aus ihm hervorgekrochen, das mit durchsichtigen Flügeln über das Wasser fliegt. Sie selber hat sich verwandelt. Das Kind, das sie gewesen ist, lebt nicht mehr. Sie setzt die Larve zurück ins Schilf. Sie nimmt seine Hand und zieht ihn ein Stück vom Ufer weg aus der Gefahrenzone sich sonnender Schlangen und Krokodile. Er ist überrascht. Er ist klüger, wenn es um Insekten als wenn es um Frauen geht, stellt sie fest. Aber jetzt ist sie an der Reihe. Jetzt zeigt sie ihm auch etwas. Seit sie eine Frau ist, hat sie viel gelernt. Manchmal gefällt es den Frauen, wenn Männer schüchtern sind. Sie mag die Art, wie er sich von ihr beschenken lässt. Sie mag sein Staunen. Es ist ein Sieg der ganz eigenen Art, einen klugen Mann zu verführen. Einen, der wissen will.
Und obwohl er bald darauf an einem Schlangenbiss sterben wird, wird sie sich immer daran erinnern, wie es mit ihm war, und nach Männern mit dem Hunger nach Kenntnissen suchen. Sie wird sie an einem gewissen abwesenden Blick erkennen. Sie wird bei ihnen nicht hochmütig und verächtlich sein wie die anderen Frauen. Sie wird wissen, dass kluge Männer die besseren Männer sind. Und ein paar ihrer Kinder werden ein bisschen klüger sein als die der anderen.
Sie wird ein langes Leben haben und die Kinder ihrer Kin-

der sehen. Sie wird sie nicht zählen. Sie wird sie auch nicht beim Namen nennen. Dennoch werden sie ihr auf verschiedene Weise lieb werden, und sie wird sie mit je eigener Fürsorglichkeit auszeichnen. Das wird die letzte Verwandlung des stolzen Gefühls der Überlegenheit für sie sein.
Am Ende wird sie sich wie von einem langen sättigenden Mahl erheben, das sie ermüdet hat, und in den Busch gehen.

Dort wird sie selber Mahlzeit sein.

I quite liked having a baby …
But I had no intention of
allowing motherhood to
disrupt my work as an
archaeologist.

Mary Leakey

1948

Sie nannten ihn *Proconsul.* Sie hielt ihn während des ganzen mehrtägigen Flugs von Nairobi nach London in einer Blechbüchse auf ihrem Schoß, in der er auf einem Bett aus Watte und weichem Papier ruhte. Er war kostbar. Sie wagte sich kaum zu bewegen, so kostbar war er. Er war nicht einmal versichert. Keine Versicherung wäre bereit gewesen, für das Risiko einzustehen, ihn in einem Flugzeug zu transportieren. Doch niemand in den Maschinen von Nairobi nach Addis Abeba, von Addis Abeba nach Kairo, von Kairo nach Rom und von Rom nach London ahnte etwas von der kostbaren Fracht, die auf dem Schoß der jungen Frau in der Economy Class reiste. Auch der Taxifahrer, der sie in Kairo in ein billiges Hotel brachte, wusste nichts von dem kleinen Fahrgast auf ihrem Schoß. Es sah wie eine Keksdose aus, was sie mit sich trug. Es war eine Keksdose.

Manchmal löste sie den Bindfaden, der um die Dose geknotet war, öffnete den Deckel und strich zärtlich über die kleine gewölbte Stirn von *Proconsul.* Sein Köpfchen verschwand in ihrer Hand wie die Köpfchen ihrer Kinder kurz nach der Geburt. Es war noch kleiner. Noch schutzbedürftiger. Nur eine Mutter konnte so sorgfältig mit ihm sein.

Er war sehr fragil. Er war in wochenlanger Arbeit von ihr aus einzelnen Teilen zusammengefügt worden, Teilen, die manchmal nicht größer als ein Streichholzkopf waren. Sie hatten das Geröll an der Fundstelle durchsiebt, bis keine Hoffnung auf weitere Fragmente mehr bestand. Sie war eine große Künstlerin, wenn es darum ging, die Teile zu einem Ganzen zu fügen. Es entstand ihr unter den Händen, nahm die Form eines kleinen äffischen Kopfes an, dessen Stirn sich langsam rundete, sich der Form einer verkleinerten Kinderstirn annäherte, während aus den nahezu kompletten Kiefern mit den erhaltenen Zahnreihen etwas wie ein Gesicht wurde, ein Gesicht, das sie als Erste sah. Und sie ertappte sich dabei, wie sie mit ihm redete.

Ich habe dich gefunden, sagte sie. Ich war es.

Es war auf Rusinga Island im Victoriasee. Eine steinige Rinne wie viele andere. Eine Geröllhalde. Plötzlich die Ahnung von einem Zahn, der zwischen den Steinen lag.

Sie rief laut: Louis!

Sie kannten beide den elektrisierenden Ton in der Stimme des anderen.

Sie schabten, wühlten, fegten das Erdreich weg. Sie arbeiteten mit Dentalbesteck, bürsteten, kratzten. Sie sahen ein Stück Schädeldecke. Sie sahen, dass ein Teil der Gesichtsregion erhalten war. Sie begriffen, dass sie den ältesten Hominiden hatten, der je gefunden worden war.

In dieser Nacht zeugten sie zu Ehren ihrer Entdeckung und im Übermut des Erfolgs ihren dritten Sohn. Sie pflegten diese Legende. Wenn schon nicht die ganze Menschheit, so sollte doch Philip Leakey dem *Proconsul* sein Leben verdanken.

Der Name ging auf einen beliebten Schimpansen im Londoner Zoo zurück, der *Consul* genannt wurde. Dies war sein Vorläufer, *Proconsul africanus,* achtzehn Millionen Jahre alt. Die Abstammungslinien von Schimpansen und Menschen verliefen sehr viel später erst getrennt.

Sie war sehr aufgeregt, als sie sich mit ihm London näherte. Es war telegrafiert worden. Louis hatte ihr beim Abflug in Nairobi einen Empfang durch die Presse in Aussicht gestellt. Sie dachte an ein oder zwei Journalisten mit dem Notizblock, die sie womöglich erwarteten.

Was sie empfing, war ein Blitzlichtgewitter, waren Mikrofone und Fernsehkameras, waren Bodyguards, die sie zu einer VIP-Lounge im Flughafengebäude in Heathrow geleiteten. Sie stellte die Dose auf ein kleines Tischchen, umringt von Reportern. Sie kniete sich nieder. Sie öffnete sie. Sie nahm ihn vorsichtig heraus und hielt *Proconsul* in die Kameras. Sie glaubte fest daran, dass es um ihn gehe. Sie wollte keine Aufmerksamkeit für sich. Doch es ging um sie. Es ging um die schmale, fünfunddreißigjährige Frau im Tweedkostüm, um das versunkene Liebeslächeln, mit dem sie kniend ihr Baby betrachtete. Es ging um das Madonnenhafte in diesem Bild, um die alte Ikonographie der Mutter, die einer staunenden Welt den kleinen Erlösersohn präsentiert.

Etwas von diesem Zauber blieb um *Proconsul,* selbst dann noch, als Sir Wilfrid Le Gros Clark, Paläanthropologe in Oxford, den Schädel vermaß und feststellte, dass es sich, nun ja, um einen Affen, wenn auch um einen sehr alten, handelte und dass die Anfänge der Menschheit bis auf Weiteres, nun ja, im Dunkeln lagen. Ein Hauch des Rätsels, das Menschen sich selbst sind, hatte alle gestreift, die Mary mit dem kleinen Schädel sahen. Ganz kurz hatten sie in den tiefen Schacht der Vergangenheit geblickt und hatten sich, jeder auf seine Weise, selbst darin gesehen, winzige Affen, auf die der vor Stolz leuchtende Blick einer Mutter fällt, die ihrem Kind eine glänzende Zukunft versprechen kann. Es interessierten im Nachhinein keine Maße, keine Tabellen, keine kleinlichen Relativierungen. Als *Proconsul* seinen Platz im British Museum of Natural History gefunden hatte, kam ein ungebrochen starker Strom von Besuchern, um ihn zu sehen.

Auf ihrem Rückflug gerieten sie in Turbulenzen über der Sahara. Die Maschine sackte. Ein Ruck erschütterte sie. Die Tragflächen ächzten. Die Stewardessen verteilten Sauerstoffmasken und rieten, die Zigaretten zu löschen und sich anzuschnallen. Alles war plötzlich merkwürdig irreal und wie in ein anderes, paralleles Universum entrückt. Die Maschine zog hoch, dann sackte sie wieder ab. Ein schrilles Pfeifen erfüllte die Luft. Mary versuchte sich auf alles zu konzentrieren, was ihr wichtig war. Sie versuchte an Louis zu denken. Sie empfing den Stich einer dunklen Eifersucht, als sie an ihn dachte. Er würde ohne sie und mit anderen Frauen weiterleben. Es war ihr plötzlich, als habe sie immer gewusst, dass ihm andere Frauen als sie beschieden waren. Sie wünschte sich heftig, als Geist in sein Leben zurückzukehren. Sie hoffte, dass die vorauseilende Empörung, mit der sie an ihn dachte, ihr genügend Kräfte verleihen würde, um sich als Geist zu rematerialisieren. Aber gleichzeitig dachte sie nur an die Kinder. Sie empfand eine Verzweiflung, die schlimmer war als die Angst um sich selbst. Sie wusste, ihr stand ein Wunder zu, damit es den Kindern erspart blieb, ohne sie aufzuwachsen. Jonathan war acht und Richard vier. Es gab keine bekömmliche Liebe für sie außer der, die ihre Mutter für sie hatte.

Die Panik zwang sie, sich vorzustellen, wie sie in der Sahara notlandeten. Sie hatten schon vor einer Stunde den südlichen Saum des Mittelmeers passiert und würden zwei weitere Stunden über nichts als Sand fliegen. All ihren Gedanken liefen die Bilder dieser Notlandung parallel. Wie sie über eine Rutsche in den glühenden Sand hinabmusste. Sie fühlte, wie ihre Zehen sich in den Schuhen verkrampften. Sie durfte sie nicht verlieren. Sie musste nach Hause gehen. Sie musste sich bei Nacht aufmachen. Den Tag musste sie im Schatten des Flugzeugrumpfs verbringen. In ihrer Phantasie gab es keine anderen Fluggäste. Sie musste alles allein bestehen. Sie würde in der Maschine nach Trinkbarem suchen. Sie würde noch etwas finden in der Bordküche. Sie versuchte sich an Techniken zu erinnern, wie man den Nachttau einfängt oder den eigenen Urin destilliert. Plastikfolie fiel ihr ein. Man brauchte Plastikfolie und einen Löffel zum Graben von Löchern im Sand, in die man urinierte. Aber was dann? Was hatte dann zu geschehen? Sie erfand Oasen, die sie mit letzter Kraft erreichen würde. Sie war an Strapazen gewöhnt von den Grabungen. An Hitze bei Tag und kalte Nächte und den Mangel an Trinkwasser. Sie kannte das alles. Sie war unter den Mitreisenden vermutlich die zum Überleben Fähigste. Man sah es ihr nicht an. Doch sie hatte alle Prüfungen, die ihr von Louis auferlegt worden waren, bestanden. Sie konnte einen Keilriemen auswechseln, einen Motorschaden reparieren. Sie hatte schon Autos mit defekten Bremsen gefahren, indem sie den Wagen durch nichts als das Ausnutzen kleiner Bodenunebenheiten beherrschte. Sie hatte sich tagelang von Reis mit Sardinen und trockenen Haferflocken ernährt. Aber wo in der Wüste gab es Sardinen und Haferflocken? Und da war dann auch noch das Problem mit dem Wasser. Sie schwitzte. Sie verlor Flüssigkeit. Sie hatte gar nicht gemerkt, dass die Turbulenzen vorüber waren und die Maschine wieder ruhigen Kurs hielt.

Ihr war schlecht. Ihr fiel ein, dass sie schwanger war. Ihr fiel ein, dass sie allein deswegen schon das Wunder verdient hatte, das offenbar geschehen war. Ihr *Proconsul*-Kind war in ihr unterwegs. Sie hatte die Zeichen erkannt, während sie in London war. Sie hatte Louis noch nichts davon gesagt, weder bei dem kurzen, aufgeregten Stakkato ihrer sündhaft teuren Telefongespräche noch in den Telegrammen, die sie sich sandten, wo es um die Geschicke von *Proconsul* ging. *Beide gut angekommen. Überwältigender Empfang am Flughafen.*

Sie war stolz darauf, dass ihre Schwangerschaften sie nicht weiter belasteten. Es gehörte zu dem Bild, das sie von sich selbst hatte, gesund und stark zu sein und gesunde, starke Kinder zur Welt zu bringen.

Jonathan liebte Schlangen. Er spielte mit ihnen. Er brachte sie mit ins Haus. Es war schwer, ihm zu erklären, dass Schlangen manchmal gefährlich sind.

Er sagte: Mummy, aber doch nicht für mich.

Sie zeigten ihm Bilder von Grünen Mambas und Puffottern und sagten: Aber die darfst du nicht anfassen.

Aber die kenne ich doch, sagte er und beschrieb ihnen die Plätze auf Rusinga Island, wo er sie gefunden und, wie er sagte, mit ihnen gespielt hatte.

Sie wusste, dass es Kikuyu gab, von denen man sagte, dass sie immun gegen Schlangengift seien. Es ist eine Gabe, behaupteten sie. Es kommt selten vor.

Sie glaubte nicht, dass ihr Sohn die »Gabe« hatte. Sie machte sich nichts aus dem Aberglauben der Schwarzen. Sie hatte Angst um ihren Sohn, und doch gefiel ihr der Gedanke, dass eine Kraft in ihm war, die dem kreatürlichen Grauen vor Schlangen widerstand. Ein tiefes Einverständnis mit der Existenz von Geschöpfen, die denkbar unverwandt mit uns sind.

Sie spürte Wurzeln in ihm, die so weit in die Entstehungsgeschichte der Arten zurückreichen. Sie erkannte das Besondere, das ihren ältesten Sohn auszeichnete, und sie unternahm nichts, es um ihrer eigenen Angst willen zu bekämpfen. Sie vertraute darauf, dass er zum Überleben bestimmt war. Sie vertraute darauf, weil er ihr Sohn und der von Louis war.

Sie waren Götter. Damals waren sie Götter.

Bis Deborah kam.

Deborah war ihr zweites Kind. Sie war viel zarter als Jonathan. Sie schoben es darauf, dass sie ein Mädchen war. Deborah wollte nicht trinken. Dann und wann nahm sie zerstreut ein paar Züge aus Marys Brust, dann wandte sie sich offenbar gelangweilt ab.

Hast du mir sonst nichts zu bieten, schien sie zu sagen, als Muttermilch?

Sie ist zu intelligent, sagte der Kinderarzt im Hospital in Nairobi. Was wollen Sie? Die dummen Kinder wissen immer gleich, wie man trinkt.

Jonathan hatte sie mit dem wütenden Eifer hungriger Babys leer gesaugt. Er hatte immer ein bisschen mehr gewollt, als sie ihm geben konnte. Kleiner Vampir, hatte sie gesagt. Aber es hatte sie auf erschöpfende Weise befriedigt.

Deborah war anders. Sie schien mit Erwartungen auf die Welt gekommen zu sein, die ihre Mutter nicht zu erfüllen vermochte. Sie schrie viel. Sie schrie um etwas, das nicht zu erraten war. Sie gab ihr das Gefühl, als Mutter zu versagen. Dabei war Mary ihr von Anfang an zärtlich verfallen. Sie wollte das Schmatzen, das Sättigungsstöhnen, den tiefen vampirischen Ernst, mit dem ein Säugling sich nimmt, was er für sich braucht, das Verdrehen der Augen, die kleinen Fäuste, die sich wie beim Milchtritt der Katzen in ihre Brust gruben. All das wollte sie.

Sie wollte Louis zurück, der immer häufiger bis spätnachts im Museum blieb, wo er Kurator geworden war und die paläontologischen Sammlungen ordnete. Er sprach von der nächsten Grabungskampagne, als gingen die Vorbereitungen dazu nur ihn etwas an. Sie wagte daran zu denken, ihn mit Deborah zu begleiten.

Willst du sie umbringen?, fragte er. Das ist kein Kind für das Leben, das wir da draußen führen.

Warte, bis sie größer ist, fügte er hinzu.

Warten? In dem kleinen Bungalow auf dem Museumsgrundstück in Nairobi sitzen, während Louis vierzig Meilen weiter südlich in Olorgesaillie nach Steinwerkzeugen und Fossilien grub und vielleicht den Fund tat, der ihn unsterblich machen würde? Sie hatte Olorgesaillie gesehen. Sie wusste, dass es dort Berge von Steinwerkzeugen gab, die wie Muscheln am Meeresstrand einfach herumlagen. Olorgesaillie war ihre Entdeckung. Es war ihr Ort. Sie hatte ihn nur vorläufig verlassen, um in Nairobi ihr Kind zur Welt zu bringen. Nur mit der Maßgabe, später zurückzukehren und hier zu graben. Warten? Aufgeben? Ganz verzichten? War es das, was Deborah von ihr verlangte?

Sie gleicht mir, dachte sie. Sie ist wie ich. Was immer sie von mir verlangt, sie wird unbeirrbar sein.

Und als ein paar Tage später die Krankheit ausbrach, ein Fall von schwerer Dysenterie, deren Ursache keiner der Ärzte im Hospital feststellen konnte, als das Kind, zart, wie es war, von Tag zu Tag leichter und schwächer wurde, seine Haut weißer und durchsichtiger, als sein Lächeln, das erst ein paar Wochen alt war, wieder verschwand und einem Ernst Platz machte, der es um Jahrzehnte über sein Alter hinaushob, als es längst zu schwach war, um noch zu schreien, da begriff Mary, worin die

Unbeirrbarkeit ihrer Tochter bestand: Sie wollte gehen. Und ihr war klar, dass es nichts gab, um sie zu halten.
Deborah starb mit drei Monaten.
Kinder sterben nicht. Sie bleiben in den Familien. Kleine Gespenster, vorwurfsvoll, einsam, vernachlässigt, wohnen sie in den Verliesen der Erinnerung, wo ihre Mütter sie in quälenden Träumen dann und wann aufsuchen und mit Entsetzen erfahren, dass man dort auf sie gewartet hat. Niemand nährt diese Kinder. Niemand wechselt ihre Windeln. Wen wundert es, dass sie nicht größer geworden sind? Sie wissen alles. Sie wissen, was man getan hat, um sie zu vergessen. Weitergelebt. Neue Kinder gezeugt. Sie sind immer dabei. Auch die neuen Geschwister erfahren es. Deborah schläft. Mit Deborah kann nicht gespielt werden. Deborah ist das Kind, das nicht mit auf die Reise kommt. In einem ganz stillen, niemals betretbaren Zimmer im Haus, das keine Tür hat, wohnt Deborah. Die Kinder spüren, dass ihre Eltern auf Zehenspitzen daran vorbeischleichen. Sie werden niemals mehr Götter sein.
Im Jahr darauf wurde Richard geboren. Richard war bezaubernd. Ein schönes Kind mit braunen Augen und blondem Haar, das später ins Bräunliche nachdunkelte. Von Anfang an konnte sie die Lebensgier spüren, die in Richard war. Sie war in seinem Übermut, in der Unersättlichkeit, mit der er die Darbietungen der Erwachsenen für sich forderte, Grimassen, die ihn zum Lachen brachten, zärtlich-aggressive Berührungen, bis zur Erschöpfung wiederholte Luftwürfe, die sein Gefühl für das Oben und Unten im Raum festigten. Er belohnte sie. Er verfügte von Anfang an über das Instrumentarium, andere Menschen für sich einzunehmen und sie seinen Zwecken dienstbar zu machen. Er war das Kind, das eine Mutter wehrlos vor Liebe macht. Er gab ihr das Gefühl zurück, dass ihre

Kinder das Zeug dazu hatten, die Welt zum Staunen zu bringen. Er unterschied sich mithin in nichts von den Babys anderer Mütter. Außer dass er ihr Kind war.

Babys sind langweilig. Sie versteckte sich hinter solchen Äußerungen, wie sie ihren Sexappeal unter Tweedkostümen versteckte. *Ich war nicht gewillt, der Mutterschaft zu erlauben, meine Arbeit zu stören.* In Wahrheit war es die Mutterschaft, die sie beflügelte. Sie liebte es, wenn die Kinder während der Grabung in Sichtweite um sie herum waren, vorausgesetzt, dass sie sich selbst beschäftigten. Sie war keine Mutter, die mit den Kindern spielt. Das war es, was sie *langweilig* fand. Es ermüdete sie. Im Grunde sah sie darin nichts anderes als Zeitverschwendung. Hier war die Welt, sie bestand aus zu Entdeckendem. Sie erwartete von ihren Kindern, dass sie es genauso sahen und sich daranmachten. Spielen? Entweder hatte sie nie gespielt oder sie spielte immer noch. Sie hatte keine Zeit, sich darüber Gedanken zu machen. Mochten die Kinder sehen, was es zu entdecken gab. Schlangen, Ameisen, Käfer … und Fossilien. Manchmal gab es keinen Schatten, keine Spielgefährten, kein Wasser, nichts. *Ich habe Durst, mir ist langweilig …* Fliegen umschwirrten sie, kleine Steinchen steckten in ihren Sandalen und drückten ihnen die Füße wund. *Mummy?* Geh spielen!

Was denn spielen?

Sieh, was Mummy und Daddy machen!

Richard würde seinen ersten Fund mit sechs machen: der komplette Kiefer eines ausgestorbenen Riesenschweins. Einfach so. Mit dem Dentalbesteck, das sie ihm zum Spielen in die Hand gedrückt hatten.

Wow! Das ist – Richard! Das ist großartig!

Dann würden sie es ihm wegnehmen. Und Richard würde es

ihnen niemals verzeihen. Das Ding gehörte ihm. Er wollte es wieder eingraben und das Grabungsspiel damit spielen. Spiele werden beim Wiederspielen erst schön. Aber sie behielten es, obwohl er nichts ausließ, Stampfen, Schreien, Sich-auf-dem-Boden-Wälzen, Das-Abendessen-nicht-Anrühren. Richard würde beschließen, dass er niemals Archäologe sein wollte. Alles, Großwildjäger, Flieger, Schlangenfänger wie Jonathan, aber nichts, was mit Graben zu tun hatte.

Das flaue Gefühl in ihr blieb, obwohl die Maschine jetzt wieder ruhiger flog. Es würde sie ein paar Monate lang begleiten, bis das Kind groß genug sein würde, dass sie es fühlte. Sie kannte das. Das neue Kind würde ihr letztes sein, nahm sie sich vor. Sie wusste, dass Louis es auch so sehen würde. Sie waren beide von dem Schlag, der Kinder willkommen heißt. Eins mehr oder weniger, was war dabei? Es gehörte zu dem Lebensgefühl, das ihnen gemeinsam war, einer Art existenzieller Großzügigkeit, einer grundlegenden Bereitschaft, nicht aus-, sondern einzuschließen, was ihnen begegnete. Ihr ganzer Lebenszuschnitt war von dieser Großzügigkeit geprägt: Grabungskampagnen, Reisen, Gäste, wissenschaftliche Tagungen, die Arbeit im Museum – die Kinder waren immer ein Teil davon. Sie nahmen sie mit, wann immer es möglich war. Und sie ließen sie, ohne zu zögern, im Haus auf dem Museumsgrund, wenn es einmal nicht möglich war.

Natürlich hatten sie *ayahs,* afrikanische Kinderfrauen, solange sie klein waren. Alle weißen Babys und Kleinkinder in Afrika hatten *ayahs.* Sie lernten früh, sich im Fall elementarer Bedürfnisse an die Schwarzen zu wenden. Ein Leben lang würden sie in ihnen die geborenen Adressaten für ihre Unlustempfindungen sehen. Gute *ayahs* konnten die Kinder mit einem kehligen Gurgeln zur Ruhe bringen. Und mit vorgekauten süßen Mais-

körnern, die sie ihnen, wenn die Mütter nicht hinschauten, mit ihrer Zunge zwischen die Lippen schoben.
Mary lachte darüber, wenn sie es sah. Strenge Hygiene gehörte nicht zu den Prinzipien, nach denen sie ihre Kinder großzog. Sie selbst hatte ihren Tee mit Rhino-Urin-Wasser gekocht, wenn kein sauberes vorhanden war. Ihre Haut war oft von weißlichen salzigen Krusten bedeckt, wenn es bei den Kampagnen kein Wasser zum Waschen gab. Sie lösten sich, und mit ihnen lösten sich Schweiß und Schmutz. Darunter war die Haut rein. Sie roch wie ungewaschene Menschenhaut, sehr nach sich selbst, sehr eigen, sodass man den Geruch vermisste, wenn man wieder gewaschen war. Auch Louis roch nach sich selber, wenn sie ein paar Tage ohne Waschwasser waren. Und alle anderen. Die Weißen rochen nach Weißen und die Schwarzen wie die Massai, die sich niemals wuschen, aus Angst, dass ihr Geruch, und damit ihre persönliche Ausstrahlung, sie verließ.
Sie mochte es, wie Louis roch, wenn er nicht gewaschen war. Sie sog es tief in sich ein, wenn sie sich liebten. Sie mochte es lieber, als wenn sie geduscht waren.
Sie mochte auch den Geruch ihrer eigenen Kinder. Sie unterschied Noten darin, die altes Erinnern in ihr wachriefen. An ihre Mutter, ihren Vater, der starb, als sie dreizehn war. An Kindheitsnachmittage in Saint-Guilhem-le-Désert in den Cevennen, wo sie einen Sommer verbracht hatten.
Wir sind wie die Hunde, dachte sie.
Der Gedanke erschreckte sie nicht im Mindesten. Sie liebte Hunde. Sie besaß vier Dalmatiner, die Louis und sie vor Jahren angeschafft hatten, als eines ihrer Grabungslager, Hyrax Hill, in ihrer Abwesenheit überfallen und geplündert worden war. Sie wusste, sie lebte gefährlich. Sie war oft allein an den Grabungsorten gewesen, in Hyrax Hill, Olorgesaillie, Rusin-

ga Island und Olduvai, wenn Louis wegen seiner Arbeit für das Museum in Nairobi sein musste oder, wie es in den Kriegsjahren häufig der Fall war, für den britischen Geheimdienst arbeitete.

Kaum einer der Engländer kannte Kenia so wie er. Seine Stämme, seine Geheimnisse, seine Sprache, die geheimen Pfade im Norddistrikt nahe der äthiopischen Grenze, einer der sensiblen Zonen des Zweiten Weltkriegs, wo sich Italien und England belauerten. Im Sommer 1940 eroberten die Italiener British Somaliland. Es wurde befürchtet, dass sie auch in Kenia einfielen. Kenia war eine Bastion der britischen Militärmacht in Afrika. Die wilden nomadischen Stämme im Norden, die noch niemals loyal und von Nairobi aus beherrschbar waren, mussten hinsichtlich ihrer Bereitschaft zum Verrat beobachtet, äthiopische Partisanen, die sich dort versteckt hielten, mit Waffen versorgt werden. Sie brauchten jemanden wie Louis. Sie brauchten ihn immer noch. Überzeugt davon, dass nicht koloniale Dominanz, sondern Kooperation mit den afrikanischen Stämmen der richtige Weg war, um das Land auf Dauer zu befrieden, fürchtete er andererseits die gewaltbereiten Kräfte bei den Kikuyu, die Bewegung, die sich Mau Mau nannte, und übernahm für den »Special Branch« Aufträge. Es war gefährlich. Es war auch für seine Familie lebensgefährlich. Mary wusste es.

Sie wusste nie, wo er war, was er tat, was er vorhatte, wenn er ging. Und er sagte ihr nichts davon, wenn er nach Hause kam. Sie versuchte darüber zu spotten.

Er liebt dieses Mantel-und-Degen-Zeug, pflegte sie zu sagen. Alle Jungs spielen doch gern mit in einem solchen Stück. Sie glauben, dass sie die Frauen damit verrückt machen können. Es ist so romantisch, nicht wahr?

Was glaubte denn sie?
Ja, er bezauberte sie immer noch. Ja, das Geheimnis, das Abenteurerflair, der unsichtbare Mantel auf seinen Schultern gefielen auch ihr. Aber sie lag in den Nächten wach in ihrem Zelt, das sie während der Grabung mit den Kindern teilte, horchte auf das beruhigende Schnaufen der Hunde, ihr gelegentliches Japsen in Hundeträumen, wusste die Helfer und Grabungskollegen nahebei in den Zelten und fragte sich, wo Louis gerade war. Wo er schlief. Wessen Atem er hören konnte. Sie richtete sich auf, starrte in das Dunkel. Sie würde niemals genau wissen, wer er war, was er dachte, was er tat ... Sie erinnerte sich daran, wie ihre Liebe immer am stärksten in seiner Abwesenheit fühlbar war. Wie sie sich ihm oft entzogen hatte, um damit allein zu sein. Aber es fühlte sich jetzt nicht wie Liebe an, eher wie Angst. Wie die Angst, dass er sich ihr entzog. Warum war er nicht bei ihr? Hatte er Pflicht gesagt? Pflicht gegenüber der Regierung? Aber er war doch sein eigener Herr. Das war er immer gewesen. Er kannte keine Pflicht, nur Leidenschaft für das, was er tat. Welche Leidenschaft hielt ihn von ihr fern?
Der Nachtwind zerrte an den Zeltplanen. Die Kinder schliefen. Sie horchte. War das ein Auto, das sich näherte? Es war der Wind. Louis konnte zu jeder Tages- und Nachtzeit auftauchen. Sie wusste niemals, wann. Sie wartete auf den Schimmer eines Autoscheinwerfers am Zelteingang. Es war kein Sehnen, was sie fühlte. Sehnsucht hat Geduld. Es war vielmehr eine Attacke von einsamem Aufbegehren. Sie hätte in diesem Moment jede Niedertracht begangen, um zu wissen, wo er war, jeden Vorwand gebraucht, um ihn zu zwingen zurückzukehren.
Sie schnalzte nach einem der Hunde, der aufgewacht war, und er legte sich neben sie. An seinen warmen Körper gepresst, schlief sie wieder ein.

Sie wusste, dass der Zauber, der sie an Louis band, in seiner Ungebundenheit lag. Er war frei, und sie war es nicht. Das war der Pfahl, der in ihrem Fleisch steckte. Er hielt ihr Begehren wach, und er machte, dass es auf ihn gerichtet blieb. Sie war dazu verdammt, auf Louis zu warten. So würde es immer sein. Sie war die Wartende, er der Erwartete. Er wusste immer, wo sie zu finden war. Sie wusste es von ihm nicht. Er bestimmte den Zeitpunkt seiner Heimkehr. Ihr Part war es, bereit zu sein, wenn er kam. Sie empfing ihn oft abweisend. In ihrer Abweisung lag der Wunsch, ihn etwas merken zu lassen von der Ungeduld, mit der er erwartet worden war.
Es konnte sein, dass er sagte: Soll ich wieder gehen? Es sollte scherzhaft klingen, die Spannung, die auch er empfand, auflockern.
Und sie wollte sagen: Nein, bleib. Bleib so lange bei mir, bis ich vergesse, was ich gefühlt habe, als du nicht bei mir warst.
Du bist ja doch bald wieder weg, sagte sie, und es klang schärfer, als sie beabsichtigt hatte.
Sie wusste, dass andere Frauen sie beneideten, weil sie mit ihrem Mann nicht nur die Familie, sondern auch die Arbeit gemeinsam hatte. Sie wusste, wie selbstbewusst sie in ihren Augen war, freizügig, ehrgeizig. Sie spürte die Vorbehalte, die die englischen Ehefrauen in den Vorstädten Nairobis ihr entgegenbrachten.
Sie sind so selbständig, Mary.
Ihr war bewusst, was es bedeutete: Glauben Sie etwa, dass das Ihren Kindern bekommt? Und sind Sie sicher, dass Ihr Mann es mag?
Mein Mann würde es mir nie erlauben, sagten sie. Aber Louis ist so großzügig, so verständnisvoll.
Mary wusste, was sie von ihr dachten. (Sie wird ihn vertreiben,

dachten sie. Louis Leakey ist nicht der Mann, der sich von seiner Frau etwas bieten lässt.)
Sie war noch immer Mary Nicol. Eigenwillig. Auf eine Weise frei, für die sie ihren Vater zum inneren Kronzeugen hatte.
Du bist meine Mary, hatte er zu ihr gesagt. Du bist etwas Besonderes. Vergiss das nicht.
Mit dreizehn weiß man, dass es wahr ist. Mit dreizehn ist man noch der Junge, der man hätte sein können, wild, kämpferisch, auf Durchsetzung bedacht, der Junge, den man bald für immer in die Verbannung schickt. Dreizehn ist ein höllisches Alter, um den Vater zu verlieren. Sie würde ihm niemals zeigen können, wer sie geworden war. Diese leidlich hübsche Frau im Tweedkostüm, Mutter von bald drei Kindern, mit dem interessantesten Mann verheiratet, der ihr jemals begegnet war. Und anerkannte Archäologin. »Höhlenforscherin«, hatte sie damals gesagt. Ich werde »Höhlenforscherin«.
Du kannst alles werden, was du willst, meine Mary. Du bist gescheit, vergiss das nicht.
Woher hatte er gewusst, dass man es vergisst? Dass man es nach ein paar Kindern und vielen Nächten des Wartens vergessen kann? Was hatte ihr Vater vom Leben der Frauen gewusst?
Nicht werden wie meine Mutter. Nur nicht wie sie werden. Wie viele Frauen schöpfte sie Kräfte aus diesem Wunsch. Cecilia Nicol war seit vier Jahren tot, gestorben kurz nach der Ankunft ihrer Tochter zu einem Besuch in London, für den sie sich lange, schwer krank und sehr allein, am Leben gehalten hatte.
Mit diesem Mann wirst du nie glücklich sein.
Dann will ich eben unglücklich mit ihm sein.
Ach, du weißt ja nicht, wovon du sprichst.

Doch. Jetzt, dreizehn Jahre später, wusste sie es. Es war nicht das Glück, das ihre Mutter gemeint hatte. Aber es war *ihr* Glück, dachte sie, als das Flugzeug über Nairobi zur Landung ansetzte. Sie war ein wenig betrunken. Die Stewardess hatte Scotch angeboten, und sie war trotz des Babys in sich zu schwach gewesen, um sich für Orangensaft zu entscheiden. Es war ein Augenblick, in dem sie sich, hoch in den Lüften, allem enthoben gefühlt hatte, als wäre da nichts, dem sie verpflichtet war. Ihrer Schwangerschaft erlaubte sie zu beginnen, wann sie es für richtig hielt. Alles, was ihr Leben ausmachte, ihre Ehe, die Kinder, die Grabungen, das unaufgeräumte Museumshaus in Nairobi, die Freunde, die Hunde, all das lag tief unter ihr. Sie flog darüber hinweg, ganz Augenblick, ganz der Wärme hingegeben, die der Scotch in ihr erzeugte. Wie sie es liebte, betrunken zu sein. Sie hatte sich noch einen zweiten einschenken lassen. Es fühlte sich großartig an, schwanger und betrunken zu sein. Sie würde Louis von dieser Erfahrung berichten. Sie wusste, dass er sie erwartete, seine Frau, die von erfolgreicher Mission zurückkehrte. Sie hatte Zusagen für weitere Fördergelder für die Grabungen. Charles Boise, ihr gewogener Sponsor, war entzückt von ihr und *Proconsul* gewesen. Sie hatte einen Scheck von ihm im Gepäck. Louis konnte zufrieden mit ihr sein. Sie schwebte herab wie eine Glücksfee. Diesmal war es umgekehrt. Sie war die Erwartete, Louis der Wartende. Der Rollentausch gefiel ihr. Selbst der leichte Schwindel beim Landeanflug war ihr angenehm.

Dann sah sie ihn auf dem Rollfeld stehen. Sie kam die Treppe hinunter, und wie vor dreizehn Jahren am Kilimandscharo hielt sie etwas zurück, sich ihm in die Arme zu werfen. Sie blieb am Fuß der Treppe stehen, wartete, und mit plötzlicher Hellsichtigkeit wusste sie, dass es wie immer war. Woher kommt er?, dachte sie. Wo ist er gewesen, während ich nicht zu Hause war? Wen hat er gesehen? Was sagt mir das vertraute schiefe Lächeln, mit dem er mich empfängt? Und es schien ihr, als wäre er es, der von weither kam.

Und er sagte: Endlich.

Und sie sagte: Endlich was?

Und er sagte: Endlich bist du wieder da.

Ich habe dich so vermisst, sollte er jetzt sagen. Sie fühlte, wie sie ganz kalt und steif wurde, als er es nicht sagte, ihr die Tasche abnahm und ihr den Arm um die Schultern legte.

Ist was?, sagte er. War der Flug nicht gut?

Sie nahm sich vor, ihm die Neuigkeit von dem Kind bis auf Weiteres vorzuenthalten. So lange, bis ihm auffallen musste, dass sie es schon lange wusste und ihm nichts gesagt hatte. Etwas in ihr bestand darauf, ihn zu strafen. Wofür? Sie wusste es nicht genau.

Du gibst mir immer das Gefühl, etwas falsch gemacht zu haben, würde Louis eines Tages sagen.

Das ist offenbar dein Problem, würde sie antworten.

Sie waren längst auf dem Weg zu solchen Gesprächen.

Dabei hätten sie, ohne zu zögern, beide behauptet, dass sie glücklich waren. Sie hatten leidenschaftlichen Sex. Was sie anpackten, gelang. Gemeinsam hatten sie Verrat an Frida Leakey und ihren Kindern begangen. Sie hatten dem Urteil getrotzt, dem sie sich dafür ausgesetzt sahen. Sie hatten Missionar Leakey und seine gütige, fromme Frau gekränkt, als sie heirateten (»Wir beten jeden Tag dafür, dass Gott dich aus deinem Irrtum erlösen möge«). Es musste einfach so sein, dass sie füreinander geschaffen waren.

Ich habe mich nie einen Augenblick mit dir gelangweilt.

Wer sprach so? Louis. Und was kränkte sie darin? Sie fand keine Erklärung für die Nadelstiche, die sie peinigten.
Sie wusste noch nicht, dass der Schmerz über eine Entzweiung viel eher beginnt als die Entzweiung selbst. In ihm ist ein Wissen beschlossen, dass sich erst sehr viel später zu erkennen gibt. Aber der Schmerz trügt nie.
Sie waren ein ganz gewöhnliches Ehepaar.
Ein Paar

noch vor der Vertreibung

aus seinem Paradies …

Alles geschieht irgendwann zum ersten Mal. Und alles ist Wiederholung, wenn es zum ersten Mal geschieht. Diese eitle kleine Äffin, wie sie ihr Bild im Wasser betrachtet. Ein Windstoß kräuselt die Fläche des Wasserlochs. Sie wendet sich ab. Dann, als es ruhig wird, sieht sie wieder hin. Das Starren ins Wasser ist ein uralter Zeitvertreib. Man kann, wenn man will, die Steine am Grund sehen, das Einschießen der Quelle, die Bewegung, die von da ihren Ausgang nimmt und mit den Trieben der im Wasser wachsenden Pflanzen spielt. Man kann die Fische beobachten, wie sie mit auf- und zuschnappenden Mäulern nach oben schießen oder mit wehenden Rückenflossen im Wasser stehen.

Es ist nicht nur ein Zeitvertreib. Es geht auch um den Moment des erfolgreichen Zustoßens mit dem angespitzten Stecken, an dem sie von Zeit zu Zeit ein wenig herumknabbert. Es geht um den Aufruhr des am Stecken zappelnden Fisches, den Schrei, der ihr dabei entfährt, die herrische Bewegung, mit der sie den Stecken in den Boden stößt, den Fisch am Boden festnagelt, während sie seinen Todeskampf beobachtet und gleichzeitig weiß, dass sie der Gegenstand bewundernder, neidischer Blicke der anderen Zweibeiner ist, die sie auskostet und die ihr die folgende Mahlzeit noch schmackhafter machen, wenn sie den

Stecken wieder hebt und den Fisch, noch zappelnd, herunterreißt, bevor sie ihre Zähne kurz hinter den Kiemen in sein lebendiges Fleisch schlägt, ein paar Schuppen ausspuckt und unter Glucksen und Schmatzen das weiche, glatte Fischfleisch hinunterschlingt, das ihr Gaumen und Kehle sanft streichelt, wie es kein Fleisch von Landtieren, keine Frucht so genussvoll tut. Fleisch ist meistens zäh, Früchte sind säuerlich – nichts geht über die leicht salzige Zartheit der Fische, sofern man nicht der Gier erliegt und die Gräten mit hinunterschluckt. Jedes Kind muss lernen, dass das tödlich sein kann.
Alles, was aus dem Wasser kommt, ist verlockend, ist gefährlich und rätselhaft. Es geht nicht nur um den Fischfang, wenn sie am Wasser sitzt. Es geht auch nicht um den Zeitvertreib. Nahrungserwerb und Zeitvertreib sind ungeschieden für sie. Sie sieht die Fische. Die Fische interessieren sie. Nicht, weil sie mehr über sie wissen will, als sie sieht. Sie weiß genug. Sie weiß, wie die Fische schmecken. Sie weiß, wie sie von innen sind, weil sie sie mit ihren Zähnen zu öffnen versteht. Sie kennt ihre Organe. Die Gedärme, den Fischmagen spuckt sie aus. Die Leber lässt sie sich auf der Zunge zergehen. Den Rogen zerdrückt sie zwischen Zunge und Gaumen. Sie kennt nichts Köstlicheres. Sie begehrt nichts darüber hinaus. Das Missgeschick, das ihr begegnen kann, besteht darin, danebenzutreffen, wenn sie mit dem Stecken zustößt. Sie trifft übrigens meistens daneben. Die Trefferquote ist niedrig. Umso größer der Triumph und die Gier, wenn es gelingt. Sie ist gewöhnt daran.
Doch was sie jetzt erlebt, ist durchaus überraschend. Es ist neu, und es ist uralt zugleich. Eine Wiederholung und ein Neuanfang wie alles, was sich begibt. Tausendmal geschehen und zum ersten Mal.
Sie sieht ein Gesicht auf dem Wasser. Es ist ihr vertraut. Es ist

immer da, wenn sie sich über das Wasser beugt. Sie beachtet es nicht. Sie richtet den Blick auf das, was im Wasser ist. Dennoch lenkt es sie ab, das Gesicht zu sehen. Der Wind hat sich gelegt. Nur manchmal fährt ein Zittern über die Fläche hin. Dann zittert auch das Gesicht ein wenig.
Sie sieht das kleine braune Gesicht der Ihrigen. Überall, wo sie ist, sind solche Gesichter. Sie fletscht die Zähne. Das Gesicht im Teich tut es auch. Sie stülpt die Lippen vor. Sie ist nicht überrascht, dass das Gesicht im Wasser dasselbe tut. Plötzlich fühlt sie mit Schrecken, dass sich etwas verändert. Es sind die Augen, die ihr entgegensehen. Kleine dunkle Augen, weit geöffnet und starr. Sie beobachten sie. Was wollen sie? Es ist eine Frage, die sie an sie richten. Sie lassen sie nicht aus dem Blick. Sie wollen, dass sie die Frage beantwortet. Sie weicht aus. Sie blickt zur Seite. Doch als sie wieder hinsieht, sind die Augen im Wasser genauso bohrend auf sie gerichtet wie zuvor. Sie wird ärgerlich. Aufdringliches Starren gilt unter den Ihrigen als ungehörig, ist häufig Vorspiel zu Streit und Kampf.
Sie schlägt mit dem Stecken ins Wasser. Sie wartet ab, gespannt auf die Wirkung des Angriffs. Als das Wasser sich beruhigt hat, blickt das Gesicht im Wasser ihr genauso gespannt daraus entgegen. Sie beugt sich tiefer über die Fläche. Sie sieht in sich verengende Pupillen. Sie spürt die Macht dieses Blicks an sich. Es ist der bannende Blick, dem man sich nicht ungestraft überlässt: *Du gehörst mir ich gehöre dir.* Es ist ein Blick wie ein Zugriff. Eine Berührung. Gewalt. Aneignung. Wer ihm nicht ausweicht, erfährt eine Veränderung an sich. *Du wirst mit mir machen was ich mit dir mache.* Es gibt kein Mittel gegen die Gewalt dieses Blicks. Außer schnell wegzuschauen. Aber sie hat nicht weggeschaut. Es ist zu spät.
Es ist zu spät, weil jemand sie beobachtet hat. Es ist ein Mann.

Er tritt neben sie. Sein Schatten fällt über das Bild im Wasser. Er löscht es aus.
In diesem Augenblick begreift sie, wessen Gesicht sie im Wasser gesehen hat.
Sie dreht sich um. Sie bemerkt den bannenden Blick auch in seinen Augen. Aber er gilt nicht ihr. Er gilt dem Bild, das verschwunden ist. Sie sieht, dass er seine Hand danach ausstreckt.
Sie wiegt ihren Kopf. Sie wiegt ihn hin und her wie jemand, der noch unschlüssig ist, was zu tun ist. Sie blickt zum Wasser und wieder zu ihm hin.
Sie steht auf und tritt vor ihn hin. Er ist bedeutend größer als sie. Er ist auch doppelt so alt. Immer noch blickt er aufs Wasser und hält die Hand ausgestreckt.
Sie nimmt jetzt diese Hand und führt sie zu der Stelle unterhalb ihrer Brust, wo man es klopfen fühlt. Mit ihren beiden Händen drückt sie seine Hand dorthin. Ihre spitzen kleinen Brüste quellen aus dem dünnen Haarpelz hervor, der sie von den Schenkeln bis zu den Schultern bedeckt und dort wieder dichter wird. Sie weiß, dass es ihm gefällt, ihre Brust zu sehen, wie sie sich hebt und senkt. Sie weiß, dass er versuchen wird, sie zu berühren, wenn sie es ihm erlaubt.
Sie möchte, dass er es tut. Und sie möchte noch etwas anderes. Sie möchte, dass er begreift, was sie begriffen hat. Aus irgendeinem Grund ist es ihr wichtig, bevor sie ihn mit sich kopulieren lässt.
Sie formt den gurrenden Laut, mit dem sie als Kind ihre Mutter auf sich aufmerksam gemacht hat. Der Laut heißt: *Ich bin hier wo bist du.* Jedes Kind hat einen eigenen Ruf, und die Mütter haben eine eigene Antwort für jedes Kind. Die anderen in der Familie übernehmen sie mit der Zeit. Und sie rufen

das Kind noch so, wenn es größer geworden, ja, wenn es erwachsen ist.
Damit man weiß, wer gemeint ist. Damit kein unnützer Streit aufkommt.
Dieser Ton in der Kehle. Der bestimmte. Ihr eigener. Sie benutzte ihn.
Er war verwundert, antwortete mit seinem eigenen Ton, seinem *Ruf mich ich komme.*
Sie wies auf das Wasser, wiederholte den Ton.
Er verstand nicht. Blickte verlegen zum Wasser, dann wieder auf ihre Brust.
Sie sah zu ihm hoch. Es war ihr bewusst, dass sie ihn damit herausforderte. Nicht zum Kampf, das stand ihr nicht zu, sondern sie zu nehmen oder zu verschmähen. In seinen Augen erkannte sie sein Begehren, seine Entschlossenheit, sonst nichts. Sie begriff, es war nicht der Moment, ihm etwas erklären zu wollen. Männer mit erigiertem Geschlecht begreifen nichts. Sie sind gefährlich. Man kann sie nur auf eine Weise besänftigen.
Im nächsten Augenblick ließ sie sich auf die Knie nieder und wandte ihm ihre Rückseite zu. Sie beherrschte das Spiel von Aufbegehren und Unterwerfung, das jede Frau beherrschen muss. Männer sind stark. Sie sind um vieles größer als eine Frau. Sie können dir wehtun. Ihr Zorn ist manchmal unberechenbar. Aber dann, wenn sie die verborgene feuchte Stelle an dir entdeckt haben, als hätten sie nicht gewusst, dass es sie noch gibt, wenn der Geruch davon sie erreicht, wenn sie plötzlich alles andere vergessen, dann musst du klug sein. In diesem Moment bitte sie, worum du sie bitten willst. Sie werden bald danach wieder gleichgültig und grausam sein. Du hast nur diesen Moment. Nutze ihn!

Ein kurzer Laut der Überraschung. *Was tust du?*
Sie nutzte seine Verblüffung aus. Es war riskant. Es konnte sein, dass er Wut bekam und sie zwang. Doch es gelang ihr, sich umzudrehen. Einen Moment lang schien es, als ließe er von ihr ab. Sie schloss die Augen. Sie wagte nicht, ihm ins Gesicht zu sehen, das jetzt nah über ihrem war, nah wie bei einem Zweikampf. Sie fürchtete plötzlich, dass er es als *Unterwerfung* deuten könne. *Tu mit mir was du willst aber tu es nicht.*
Und es war *Unterwerfung.* Einen Augenblick lang fühlte es sich auch für sie so an. Das leichte Zittern der Unterlegenheit befiel sie. Sie fühlte sich schwach, unfähig, sich zu wehren, was immer er jetzt mit ihr vorhatte.
Ihr Geschlecht war seinem Geschlecht jetzt ganz zugewandt, geöffnet, und sie sah, dass sein Blick sich dorthin wandte. Ganz kurz sah sie den Ausdruck von Überwältigtsein darin. Als wenn er es nicht glauben könnte, tastete seine Hand nach ihrem Geschlecht, und sie stieß einen Laut der Zustimmung dazu aus. Er antwortete mit demselben Laut, als sie nach seinem Geschlecht griff. Alles schien sich von selbst zu ergeben, als hätten sie es nie auf andere Art getan.
Es war nicht *Unterwerfung.*
Es war etwas überraschend anderes, als sie sein Gewicht auf sich sinken fühlte und sie ihre Hände um seinen Nacken schlang. Sein Gewicht war schwer. Doch sie fühlte es wie etwas Eigenes, und ihre Körper begannen sich zu bewegen, als seien sie ein einziger, dessen Heben und Senken gleichzeitig Kampf und Ergebung, Siegen und Besiegtwerden war. Sie rechnete mit dem abrupten Absteigen, dem zerstreuten Wegwenden der Männer und war erstaunt, dass er noch lange, nachdem er geendet hatte, auf ihr liegen blieb, seinen Kopf zwischen ihre Wange und Schulter gebettet. Sie rührte sich nicht. Ihr Atem

beruhigte sich, wie sich sein Atem beruhigte. Es schien, als fließe ein Atem durch sie beide hindurch, und sie war nicht verwirrt und nicht gereizt wie sonst nach dem Akt, wenn sie sich wie ein Vogel auf schwankendem Ast gefühlt hatte, der seine Flugrichtung neu bestimmen muss.
Sie fühlte sich wie nach einem tiefen erquickenden Schlaf, aus dem sie schwer von Träumen erwacht war, in denen sich Gewünschtes erfüllt hatte: Sättigung, Paarung, Entkommen, angenehme Begegnung. Und mit Verwunderung nahm sie wahr, dass er für kurze Zeit auf ihr einschlief.
Da wusste sie, dass es gelungen war. Sie hatte nie daran gedacht, es so zu machen. Es war eine Eingebung: Und sie war selbst überrascht, wie gut die Eingebung war. Es war, was die Frau im Wasser von ihr gewollt hatte. Er musste es nicht verstehen. Es genügte, dass er es getan hatte.
In der folgenden Zeit sah sie es ihn mit anderen Frauen tun. Sie verstanden ihn nicht. Er rief kurze Befehle. *Sieh mich an. Dreh dich um.* Sie begriffen nichts. Sie versuchten immer wieder, sich auf die Knie zu drehen und ihr Gesäß zu präsentieren. Sie stießen dazu die kleinen gurgelnden Laute aus, mit denen Frauen die Männer und sich selbst beim Geschlechtsakt anspornen. Man konnte hören, wie sie in Laute der Empörung übergingen, wenn er sie auf den Rücken drückte und ihre Beine zu öffnen versuchte, bis er mit Brüllen und Fauchen wie ein kopulierender Löwe endete.
Sie begannen ihn zu meiden, und er mied sie. Er kam am Ende nur noch zu ihr. Sie erfand ein Spiel für sich und ihn. Sie versteckte sich hinter den Büschen am Flussufer, in Baumkronen, im hohen Gras und sah aus ihrer Deckung, wie er sie suchte. Sie ließ ihn durch kleine vertrackte Zeichen wissen, wo sie zu finden war, und stellte fest, dass auch er begann, sie zu täu-

schen, indem er das Spiel verfeinerte und so tat, als habe er ganz anderes im Sinn und sei nicht daran interessiert, sie zu finden, während er längst an dem Baum lehnte, in dessen Krone sie sich verbarg und durch leises Schnalzen auf sich aufmerksam machte. Schließlich wurde dieses Schnalzen ihr Erkennungslaut, und manchmal geschah es, dass sie dicht beieinander, Mund auf Mund ihren Erkennungslaut äußerten: *Ich bin hier du bist hier.*

Sie riefen einander bei ihrem Mutterwort, und wenn die anderen Frauen sie seinen *Namen* verwenden hörten, erschraken sie. Es war den Frauen verboten, erwachsene Männer beim *Namen* zu nennen. Sie ertrug manche Feindseligkeit von den anderen Frauen. Doch die Männer begannen, sie mit einer neugierigen Scheu anzusehen. Sie war anders. Und offenbar war sie auf erregende Art anders. Sie hatten gesehen, wie sie einem Mann ihr Geschlecht darbot. Und sie hatten unruhige Träume, aus denen sie mit dem Verlangen erwachten, es selber auszuprobieren, und bald sah man andere Frauen, die ihnen so zu Willen waren, wie es die Männer von ihnen verlangten. Denn Begehren und Gewähren ist wie Abend und Morgen, wie Tag und Nacht, wie Dürre und Regenzeit. Und es wurde ein reiches Jahr mit vielen Kindern, die ihren Müttern besonders schön und gesund und klug schienen. Auch sie hatte einen Sohn und nach ihm noch Söhne und Töchter.

Und manche von ihnen bekamen ein dunkelrot schimmerndes Fell, wie der Mann es trug, dem sie noch immer vor allen den Vorzug gab. Denn er brachte ihr Geschenke. Steine, die sie zum Zerteilen der Nahrung verwendete und die er vorher so bearbeitet hatte, dass man damit einen Stock zum Aufspießen der Fische anspitzen konnte. Ein leeres Schneckenhaus, das sie zu ihrem Erstaunen mehr freute als alles andere, obwohl man damit nichts anfangen konnte, außer es anzusehen. Sie fuhr mit dem Finger seine Windungen nach, wiederholte es, lachte, während er ihr zusah. Er senkte leicht den Kopf, ohne dabei die Augen von ihr zu wenden. Auch sie senkte ihren Kopf. *Ja. Ja.* Aber wozu gaben sie ihre Zustimmung?

Sie gab den Laut von sich, der *nicht von Nutzen* bedeutete.

Nein. Nein. Er lachte jetzt auch.

Nutzlos. Sie verwandte das Wort ohne den wegwerfenden Ton, in dem man es sonst aussprach. Ihr Lachen, ihre Freude gaben ihm einen neuen Ton. Entzücken drückte sich darin aus. Entzücken über die Ebenmäßigkeit des Gegenstands, seine zart schimmernde Färbung, die Glätte im Innern, den gewundenen Gang, dem kein Auge bis zum Ende folgen kann, will man das Gehäuse nicht zerstören. Sie fuhr mit dem Finger hinein, so weit es möglich war. Dann zog sie ihn halb ängstlich zurück. Vielleicht verbarg sich etwas darin. Etwas Kleines, noch nie Gesehenes.

Die Welt ist voller Dinge, die man nicht sehen kann und die es trotzdem gibt. Niemand kann wissen, ob sie gefährlich sind. Was verbirgt sich im Wasser, wo es am tiefsten ist? Woher kommt der Wind? Wessen Stimme spricht in dem Tosen, zu dem er manchmal anschwillt? Wessen unbändiger Zorn entlädt sich im Gewitter? Wohin geht die Sonne, wenn sie untergeht? Wie gelangt sie bei Nacht auf die andere Seite der Finsternis, aus der sie morgens wieder heraufsteigt? Wer sind die Lichter am Nachthimmel? Sie schweben. Sie flackern und flimmern. Sie bewegen sich. Also leben sie.

Es sind Käfer. Zuzeiten kommen sie herunter und lassen sich am Seeufer einfangen. Wem es gelingt, der hält ein leuchtendes kleines fliegendes Würmchen in der Hand. Niemand kennt die weite Reise, die sie gemacht haben. Niemand weiß, wie sie zurückfinden. Riesige Vögel machen am Nachthimmel Jagd auf sie. Manchmal kann man ihren langen leuchtenden Schweif sehen, nur für einen Augenblick. Und immer wieder schwindet das große Licht am Himmel Nacht für Nacht ein Stück, und es rundet sich wieder wie der Bauch einer Frau, die ein Kind gebären soll.

Sie wog das Geschenk in ihrer Hand, hielt es ein Stück von sich weg, um es zu betrachten.

Nutzlos, sagte sie noch einmal. Aber das Wort hatte sich durch die neue Betonung gewandelt. Es bedeutete: *Das ist schön.*

Er wiederholte es: *Das ist schön.*

Und da erst verstand sie selber, was sie gemeint hatte.

In diesem Augenblick erblühte der Garten um sie herum. Teiche spiegelten das Sonnenlicht. Seerosen entfalteten sich und schwammen auf ihrer Oberfläche. Grüne Feigen schwellten im Laub zu reifen süßen Früchten auf. Bananenstauden trugen schwer am Gewicht ihrer Fruchtstände. Flammenbäume überzogen sich mit roten Blüten. Euphorbien trieben aus und hielten summenden Bienen ihre geöffneten kleinen gelbgrünen Kelche hin. Kräuter schickten ihre Düfte aus. Farbig schillernde Vögel ließen sich im Gezweig nieder und flogen wieder auf. Ihre Stimmen schwollen zu einem Chor an, den die beiden immer gehört, aber noch niemals bemerkt hatten.

Sie sahen einander an und zeigten sich die Zähne, aber sie taten es nicht, wie man es vor dem Angriff tut. Nicht zum Zeichen, dass sie einander zum Kampf herausforderten. Sie zogen nur ganz leicht die Oberlippe hoch. Sie lächelten. Ihre Augen nahmen aneinander Maß, und sie erkannten, dass sie selbst schön waren. Ein großer kräftiger Mann mit breiten Wangen und niedriger Stirn mit Augenwülsten, zwischen denen tiefe Furchen verliefen. Jetzt, da sein Blick so freundlich auf sie gerichtet war, schienen sie sich etwas zu glätten. In den schwarzen Rillen um Mund und Nasenflügel glänzte der Schweiß. Seine Nase war nicht ganz so flach, wie es die ihre war, deren breite Flügel vor Freude bebten, als sie ihn so vor sich sah.

Und kurz darauf sah man sie Seite an Seite im Gras sitzen, zwei dunkelbraune Gestalten mit dichtem, strohigem Hauptchaar und schütterem Haarbewuchs an Rumpf und Gliedmaßen, dicht aneinandergeschmiegt, während sich ihre Köpfe einander zuneigten, sodass der Kopf der Frau auf der Schulter des Mannes und sein Kopf auf ihrem zu liegen kam. So sahen sie dem Längerwerden der Schatten zu, dem Spiel des leichten Windes im Blätterwerk, den anderen, die vom Schlaf der Mittagszeit in den Bäumen erwacht waren und sich auf die Suche nach Essbarem machten. Auch sie erhoben sich und mischten sich unter sie. Bald waren sie wieder nichts als Mitglieder der Gruppe, die ihre Familie war.

Jeder Mann war ihr Mann. Und jede Frau war seine Frau.

Dennoch blieb sie die Einzige, die sich ihm furchtlos näherte, selbst in den Jahren, als er der stärkste Mann in der Familie war, bevor ein anderer, jüngerer ihn ablöste, dem auch die Frauen mit größerem Eifer als ihm zu Willen waren. Jüngere Frauen als sie, die schon viele Kinder geboren hatte, von denen die ersten Söhne bereits mit auf die Jagd gingen und sich zu bewähren versuchten, indem sie sich nah an die Beute heranpirschten im Versuch, einen Lauf zu greifen, damit die älteren Jäger mit ihren Speeren zustechen konnten. Sie träumten bereits von dem Tag, an dem sie selber zu den Speerträgern gehören würden. Sie schwangen Stöcke und stachen damit in die Luft, seit sie kleine Jungen waren. Wenn sie etwas größer wurden, erlegten sie Hasen und Klippschliefer und kleine Kinder von Baumaffen, mit deren Blut sie sich wie die erwachsenen

Jäger einrieben. Dabei stießen sie ein Geheul aus, zu dem ihnen noch die Stimmgewalt fehlte, die erst den erwachsenen Jäger auszeichnet, diesen tiefen Ton aus der Brust des Mannes, der ihn zu einem gefürchteten Wesen macht.

Der am meisten gefürchtete Mann ist der, der den Weg wählt. Er geht den anderen voraus, und sie folgen ihm. Sie folgen ihm in einer Ordnung, die außer Frage steht: zuerst die Jäger nach dem Rang ihrer Kraft und ihres Todesmuts. Dann die Frauen mit ihren Milchkindern, gefolgt von den Heranwachsenden, die sich unterwegs balgen, und am Schluss die Älteren, die darauf achten, dass niemand vom Weg abkommt und sich alle dicht genug beieinanderhalten.

Mut ist immer Todesmut. Wenn die heranwachsenden Jungen auf der Jagd ihren Mut erproben, erproben sie die Dauer, die ihrem Leben zugemessen ist. Falscher Mut ist tödlich. Mut ohne Klugheit ist Dummheit ist kurzes Leben ist Schmerz für die Mutter, die einen solchen Sohn großgezogen hat.

Die meisten von den Älteren tragen Narben am Körper. Stellen, an denen das Haar nicht nachgewachsen ist. Knotige helle Gebilde auf ihrer dunklen Haut. Sie wissen, was Schmerzen sind. Sie haben Fieber gehabt. Auf ihren Stirnen war kalter Schweiß, der ihnen mit einem frischen Grasbüschel weggewischt worden ist. Sie haben angstvolle Träume gehabt. Ihre Körper haben gezuckt, ihre Zähne geklappert. Sie haben gewusst, dass beides, Tod oder Heilung, schnell kommen muss, weil die anderen nicht lange warten. Ein Kranker unter ihnen, womöglich mit offenen Wunden, zieht die räuberischen Feinde an. Sie sind nie weit weg. Die Vorsicht, die Angst sind niemals ausgesetzt.

Am schlimmsten ist es, wenn Knochen gebrochen sind. Dann gibt es keine Hilfe für den Verletzten. Wer sich nicht mehr aus

eigener Kraft bewegen kann, bleibt zurück, wenn die anderen weiterziehen. Wessen Knochen gebrochen sind, wer weder auf die Bäume noch überhaupt auf die Beine kommt, kann nicht mehr entrinnen, wenn Beute gemacht wird. Denn Leben bedeutet Entrinnen. Es wird immer Beute gemacht. Fragt sich nur, wer wessen Beute ist. Ob man der Schlange den Kopf zerschlägt oder ob man gebissen wird.
Gibt es einen sicheren Ort? Nur inmitten der Gruppe. Da, wo die anderen sind, darf man für kurze Zeit unaufmerksam sein. Man darf Nüsse knacken und Früchte mit den Zähnen schälen, um an ihr süßes Fleisch zu kommen. Man darf den Kindern beim Spielen zusehen und sich einen Gefährten zum Liebesspiel auswählen. Man darf sich streiten. Man darf sich zum Schlaf in der Sonne ausstrecken. Man darf sich gegenseitig von Parasiten befreien, von Läusen auf dem Kopf und Würmern, die sich in die Haut bohren und sie zu juckenden Pusteln aufschwellen lassen. Man darf die Zunge um einen lockeren Zahn spielen lassen und den noch erträglichen Schmerz austesten, dem Ärger nachspüren, den man fühlt, wenn der Erwählte eine andere Frau zum Liebesspiel erwählt.
Der Ärger ist von kurzer Dauer. Dennoch ist er da, wenn sie beobachtet, dass der Mann, dessen Beschenkte sie vorzeiten war, jetzt mit Vorliebe anderen, jüngeren Frauen beiwohnt. Die herrische Geste, mit der ein Mann eine Frau zu Boden drückt und zur Kopulation nötigt, löst in ihr noch immer das Verlangen aus, dass sie es sein möge, der es widerfährt. Diese Geste macht sie gefügig. Es geht ein Zwang davon aus. Immer wieder, wenn sie ein Kind gehabt und es entwöhnt hat, ist sie diesem Zwang verfallen. Sie ist entweder gleichgültig, als ginge es sie nichts an, was die Männer wollen – und die Männer verstehen das, solange es genug Frauen in der Familie gibt –,

oder sie will es unbedingt. Sie schwingt beim Gehen ihre Hüften. Sie streckt ihren Hintern heraus, den die Männer so gern betasten. Sie lässt ihre Brüste hüpfen. Es heißt: Schaut her. Ich säuge derzeit nicht. Sie weiß, wie man einen Mann verführt. Und sie weiß, dass sie auf keine andere Art wählen kann, als die Erwählte dessen zu sein, den sie haben will. Sie hat gelernt, wie man ihn bekommt. Man bekommt ihn nicht immer. Man muss verführen. Den Richtigen verführen.

Die Frau hat einen Duft, mit dem sie den richtigen Mann verführt. Sie hebt ihre Arme. Die Haare unter ihren Achseln sind lockig und feucht glänzend. Sie öffnet im Sitzen ein wenig die Beine. Ihr Duft steigt empor wie aus einem Blumenkelch. Sie sieht das Geschlecht der Männer anschwellen. Auch zu ihr gelangen Düfte. Man kann den Richtigen riechen.

Aber es ist nicht immer der Richtige, der sie nimmt.

Der Ärger, den sie darüber empfindet, ist nichts als eine Wolke, die vor die Sonne zieht. Nichts als der Schatten des Vogels, der über das Land hinwegfliegt. Nichts als ein toter Baumstamm am Tümpelrand, der einen Augenblick lang als Krokodil erschien.

Die Wolke verdunkelte sich. Sie wurde alt.

Ihr Wasserbild war das einer alten Frau. Ihre Brust hatte sich zurückgebildet. Ihre Schultern, ihr Hals waren sehnig, die Knochen standen hervor, und an Armen und Schenkeln war ihre Haut von Falten durchzogen. Doch sie war noch kräftig. Ihre Schultern waren schwielig und hart vom Tragen, ihre Arme noch immer muskulös. Allein ihre Augen trübten sich langsam ein. Vor allem in der Nähe sah sie nicht so scharf wie früher. Darum ließ sie den anderen den Vortritt beim Sammeln. Sie selbst brauchte nicht mehr viel. Sie war beliebt, weil sie teilte und abgab. Alt und gierig sein macht verhasst.

Ihr letztes Kind war noch bei ihr, eine Tochter. Sie behielt sie länger bei sich, weil kein Kind mehr nachkam. Sie war ihr *Bleib du bei mir dann bleib ich bei dir.*
Es ist nicht gut, dergleichen zu haben. Sie wusste das. Besser ist *Du für dich ich für mich,* wenn ein Kind kein Milchkind mehr ist. Es ist ja in der Obhut aller.
Kein Kind geht verloren, wenn es sich nicht von der Gruppe entfernt. Keines von ihnen muss hungern, solange es Vorräte gibt und Sammelgründe, wo es von den Erwachsenen lernt, essbare Früchte von ungenießbaren zu unterscheiden und – das Wichtigste, was ein Kind zu lernen hat – von den giftigen. Ein Kind, das den Lehrern nicht glaubt, das nicht auf sie hört, ist ein totes Kind. Ein Kind, das eine grasgrüne kleine Schlange auf dem Baum für ein Spielzeug hält, eine Art lebenden Ast mit bösen kleinen Augen, ein Kind, das ein solches Spielzeug für sich haben will, ist ein totes Kind. Es hat vergessen, sich Erlaubnis zu holen für dieses Spiel. Vergessliche Kinder sind tote Kinder. Das Kind, das nicht dem Ruf gehorcht, der es zur Gruppe zurückruft, wenn es sich beim Spielen zu weit entfernt, ist ein totes Kind. Es merkt nicht, wenn es dunkel wird und die gelben Lichter im Dickicht die Augen der Schakale sind, die es längst erspäht haben und ihm den Weg zu den anderen abschneiden. Ein unaufmerksames Kind ist ein totes Kind. Ein Kind, das daran zweifelt, dass die Erwachsenen klug sind, weil sie offenbar wissen, wie man seine Kindheit überlebt, ist ein dummes Kind.
Und nichts, nichts auf der Welt ist tödlicher, als dumm zu sein.
Außer dem Alter. Ganz wenige sterben alt. Sie wissen keine Maßzahl für ihr Leben. Dennoch wissen sie, wie alt sie sind. Ihr Altsein drückt sich nicht in Jahren – was ist ein Jahr? –,

sondern in der Erschöpfung aus, die sie befallen hat. Die Glieder schmerzen. Ihre Ausdauer lässt nach. Ihre Beine zittern. Ihr Rumpf ist schon länger gebeugt. Sie stützen sich seit geraumer Zeit auf einen Stock aus hartem Holz, den man ihnen gegeben hat. Sie atmen schwer. Irgendwann lassen sie sich mittags im Schatten einer Akazie nieder. Sie lehnen sich an den Stamm, schließen die Augen und weigern sich, wieder aufzustehen.

Als sie den Rothaarigen so sitzen sah, ging sie zu ihm und setzte sich neben ihn. Sie nahm seine kalten Hände, rieb sie etwas und legte den Kopf auf seine Schulter, woraufhin sein Kopf auf ihren sank. So saßen sie, wie sie vorzeiten nebeneinander gesessen hatten.

Sie saßen lange. So lange, bis sich die anderen auf den Weg machten. Sie sah ihre Köpfe über dem Gras. Dann verschwanden sie darin. Zuletzt kam ihre Tochter noch einmal zurück, *Bleib bei mir dann bleib ich bei dir.*

Sie nickte ihr zu. Ihre Tochter verstand. Sie war jetzt *Du für dich ich für mich.* Bald war auch ihre Tochter nicht mehr zu sehen.

Die Sonne sank tiefer. Das Wasser im Teich färbte sich rotgolden. Die Seerosen auf seiner Fläche schienen zu glühen. Flammenbäume überzogen sich mit roten Blüten. Euphorbien trieben aus und hielten summenden Bienen ihre geöffneten kleinen gelbgrünen Kelche hin. Kräuter schickten ihre Düfte aus. Farbig schillernde Vögel ließen sich im Gezweig nieder und flogen wieder auf. Ihre Stimmen schwollen zu dem Chor an, der sie immer begleitet und den sie niemals bemerkt hatte.

Das ist schön, sagte sie leise.

Sie war nicht sicher, ob der Mann sie noch hörte.

Dunkelheit kroch aus dem Buschwerk auf sie zu, als die Son-

ne sank. Sie sank schnell. Lange Schatten streckten sich nach ihnen aus und erreichten sie. Sie griff nach seiner Hand. Seine Hand war kalt. Die Dunkelheit hatte Augen. Sie leuchteten gelb, als würde die Sonne in ihnen nächtigen. Sie näherten sich. Sie erreichten sie.
Widerwärtiger ist nichts als der heiße Atem der Hungrigen, die sich an ihr sättigen wollen. Sie taucht ganz zuletzt darin ein.

Und es verging eine lange Zeit. Aus Abend und Morgen wurden Tage und Nächte und aus Tagen und Nächten Jahr um Jahr. Das Pliozän ging langsam ins Pleistozän über, und niemand merkte etwas davon. Tektonische Platten verschoben sich gegeneinander. Gebirge setzten den Prozess ihrer Auffaltung fort. Die Umlaufbahn der Erde ging unmerklich aus einer Kreisform in eine Ellipse über. Der Neigungswinkel der Rotationsachse der Erde zur Ebene ihrer Umlaufbahn veränderte sich ganz leicht und damit die Verteilung der Sonneneinstrahlung auf ihrer Oberfläche. Die Zeitpunkte der Tag- und Nachtgleichen erwiesen sich als nicht ganz konstant. Meeresströme änderten ihren Verlauf. Der Isthmus von Panama schloss sich und schied zwei Weltmeere, die vormals ihre Wasser ausgetauscht und ihren Salzgehalt angepasst hatten. Der Golfstrom entstand, durch den warmes, salzreiches Wasser Richtung Arktis fließt. Wasserdampf stieg auf und ging als Schnee über der Polregion nieder. Die Arktis vereiste. Die Lysokline sank. Riesige Mengen von im Kalk der Meeresböden gebundenem Kohlenstoff gelangten dadurch nicht zurück in die Atmosphäre. Ihr Kohlendioxidanteil nahm ab, es sanken die Temperaturen durch die Verringerung des Treibhauseffekts.
All dies geschah nicht auf einmal, und nichts davon geschah

nur für sich. Was immer geschah, hatte Ursachen und Folgen, die wiederum Ursachen für andere Folgen waren. Die Erde wogte und dampfte und brodelte und kühlte ab und erwärmte sich wieder. Sie spie Feuer. Sie überzog sich mit Eis. Sie bebte. Sie zerriss zu Gräben. Sie türmte Gebirge auf, deren Flanken an den Rändern der Kontinente ins Meer brachen, riesige Flutwellen auslösend. Inseln versanken. Andere Inseln stiegen daraus empor, fingen Samen und Keime aus dem Wind und bekleideten sich mit Flora, schön wie am ersten Tag.

All dies geschah völlig unbemerkt durch die Bewohner der Erde. Sie nahmen es nur als Wetter wahr.

Und das Wetter war launisch, erbarmungslos und unberechenbar, wie es das immer ist. Das Wetter war eine Sache von Tagen und Jahren, die ins Land gingen und mal wärmer, mal kühler, mal nasser und mal trockener waren. Es war das Veränderliche schlechthin, und wenn es gleich blieb, war es fürchterlich. Alles am Wetter ist gut, wenn es nur ein Ende hat: Hitze und Kälte, Nässe und Trockenheit. Allein die Dauer, die Unabsehbarkeit der Zustände macht es fürchterlich. Noch gab es keine feindseligen Horden, die übereinander herfielen. Keine Vertreibung durch Fremde, die einem das Land streitig machten. Noch war das Land grenzenlos und niemandes Eigentum. Zwar stritt man sich, aber man stritt sich um eine Mahlzeit, einen Schlafbaum, eine Frau oder einen Mann, nicht um das Land. Man verließ es, wenn es nichts bot, was zum Bleiben einlud.

Wetter war die Gewalt, vor der man wich. Dürres Land trägt nichts, wovon man sich nähren kann. Regen ist nur willkommen, wenn er wieder aufhört. Flüsse traten über die Ufer. In Talsenken entstanden morastige Teiche, dann, langsam, von Jahr zu Jahr stieg der See. Er trocknete wieder aus. Schorfiger, rissiger Grund und letzte Libellen, die ihre Brut in den Spalten ablegten, wo sie sich im nächsten Jahr schon nicht mehr verpuppte. Wasserschlangen auf der Suche nach etwas Feuchtigkeit, die die meisten von ihnen nicht überlebten. Sie dörrten im Schatten ehemals bemooster Felsbrocken zu schneckenförmig zusammengerollten Gebilden aus, als hätten sie in sich selbst zurückkriechen wollen. Gazellen, die das Rinnsal vom vorigen Jahr zu suchen gekommen waren und stattdessen den Tod fanden. Ihre Gerippe schneeweiß auf dem kahlen Grund, bald nur noch als leichte Erhebung zu sehen, vom treibenden Staub zugedeckt, der an ihnen hängen blieb.

Und keine Zweibeiner weit und breit. Sie sind vor der Dürre geflohen wie vor einem Feind, der ihr Land eingenommen hat. Der Feind hat sie vor sich hergetrieben. Es ist ein unbarmherziger Feind. Er verübt Genozide. Er erlegt Hungermärsche auf, deren Opfer wie die Gazellen und Wasserschlangen am Weg liegen bleiben. In ihren letzten Delirien sehen die Vertriebenen ein Land voller schattiger Bäume, unter denen saftiges Gras und feuchtes Moos wachsen. Sie hören das Murmeln der Quellen, den Gesang der Vögel im Geäst, sie sehen Früchte im Laub glühen, nach denen man nur greifen muss, wenn man Durst hat, und atmen den Wohlgeruch der Blüten und Heilkräuter. In diesen Augenblicken vor ihrem Tod glauben sie, dass nur das Wetter schuld an ihrem Unglück ist. Und da sie nichts von tektonischen Platten, von Neigungswinkel und Umlaufbahn und Vereisung der Arktis wissen, sterben sie erfüllt von Bitterkeit, erfüllt auch von dem Wunsch, es möge jemanden geben, an den man sie richten kann.

Aber dann stirbt die Bitterkeit mit ihnen, und der Wunsch vergisst sich für lange Zeit.

In Wirklichkeit trieb das Klima sie vor sich her. Sie erfuhren

es im Wetter, wie Moses später Gott im brennenden Busch erfuhr. Dürre. Wüstenwind. Kalte Nächte. Glühende Tage. Und Regen. Endlich wieder Regen, satt und genug …
Es gurgelt tief in der Erde. Quellen brechen hervor, strudeln, schäumen, schwemmen das Land zu Tal. Morastige Teiche füllen sich. Uralte Samen beginnen zu keimen, neue werden herangeweht. Das Tal begrünt sich. Und plötzlich sind auch wieder die Libellen da und legen ihre Eier im Feuchten ab. Nachts der Gesang der Amphibien, knarzend und brünstig. Selbst die Wasserschlangen finden zurück. Und Gazellen von irgendwoher, die ihren Durst stillen. Es steigt der See. An seinen Ufern Gräser und Heilkräuter. Früchte, die in dunklem Laub glühen, das genug Schatten spendet. Dann, eines Tages, ein Zug schmaler dunkler Gestalten, die auf zwei Beinen gehen.
Sie haben sich etwas verändert auf ihrem langen Weg. Sie scheinen gewachsen. Ihr Gang ist elastisch und leichtfüßig. Sie gehen schnell, obwohl sie nicht verfolgt werden. Es ist die Begierde, zu sehen, was ungekannt vor ihnen liegt, die sie vorantreibt. Der Weg, den sie gehen, ist kein Weg. Er ist unbegangen. Vielleicht folgen sie auch der Fährte einer anderen Art, von der sie wissen, dass sie dasselbe sucht wie sie: Wasser. Gewässertes Land, auf dem wächst, was sie brauchen: Bäume, die grün und fruchttragend sind. Plätze zum Schlafen, die Schutz bieten. Schatten bei Tag und tragfähiges Astwerk für die Nacht. Bäche und Quellen, aus denen man seinen Durst stillen kann. Es sind ungefähr dreißig von ihnen. Die meisten sind Kinder, die kleineren in Tragschlingen, mit denen sie auf die Hüften der Mütter gebunden sind. Sie saugen im Halbschlaf an ihren Daumen oder an den Fasern der Tragschlingen, die die Frauen manchmal mit Honig einreiben, damit das Kind auf dem lan-

gen Weg Ruhe gibt. Sie gehen schweigend, um Kraft zu sparen. Alle Aufmerksamkeit, alle Anspannung gilt dem Unbekannten, das vor ihnen liegt. Sie sind wie Spieler, deren Kugel rollt. Aber die Kugel, das sind sie selbst. Sie wissen nicht, wohin sie gehen. Sie wissen nicht, wo sie sind. Wer hat sie auf den Weg geschickt? Wer hat sie verleitet zu suchen, wovon sie nicht wissen, was es ist?

Jemand hat gesagt, dass man folgen soll. Irgendwer hat behauptet, es könne anderswo besser sein als dort, wo sie waren. Sie sind die Mutigen. Sie sind diejenigen, denen kein Weg zu weit ist, um anzukommen, wo sie hinwollen. Sie sind die, die nicht glauben, was sie nicht gesehen haben.

Grünes, grünes Land, die Heimat der Antilopen und Flusspferde.

Wo?

Hinter den Bergen.

Hinter –?

Warum nicht?

Es geht nicht. Man kann nicht hinter die Berge gehen. Hinter den Bergen, da ist … nichts.

Woher weißt du?

Seit alters her …

Hast du's gesehen?

Die Alten sagen …

Die Alten haben's auch nicht gesehen.

Aber sie wissen …

Sie wissen nicht mehr als wir.

Sie sprechen mit Gesten, mal knapp bemessen, mal weit ausladend. Sie verstärken ihre Aussagen mit Lauten, die sie durch Schnalzen, durch Summen und Knurren, durch die Arbeit von Zungen und Gaumen präzisieren, die nicht mehr nur Nahrung,

sondern ganz anderes kosten: den Geschmack der Dinge. Von ihm machen sie Mitteilung.
Wer hat gesagt: Folgt mir, ich führe euch? Ist es der Mann, der an der Spitze geht? Der Mann mit dem Stock, mit dem er auf den Boden klopft, um die Schlangen zu verscheuchen?
Die Frau hinter ihm ist nackt. Sie trägt keinen Haarpelz mehr. Nur ihre Scham und ihre Achseln sind noch behaart. Bei manchen Frauen wächst das Schamhaar auch an den Beinen hinunter und bis zum Nabel den Bauch hinauf. Doch Schultern, Brüste und Rücken sind unbehaart im Gegensatz zu den Männern, deren Körperbehaarung, wenn auch nicht mehr so üppig wie vormals, erhalten blieb. Die Männer lieben die gewisse Nacktheit bei einer Frau, die sie einerseits kindlich und schutzbedürftig erscheinen lässt, andererseits aber den Blick auf ihre unverhüllten Brüste lenkt. Sie zeugen lieber mit nackten Frauen, deren Töchter, wenn sie heranwachsen, ebenfalls nackt bleiben. Die immer selteneren Frauen, die noch ein Haarkleid tragen, gelten als unattraktiv, ja mit der Zeit als ausgesprochen schwierig und sogar bösartig. Garstige Weiber. Kein Mann lässt sich gern mit ihnen ein.
Und es steht ihr wirklich gut, so nackt zu sein. Ihre Gesäßmuskeln treten bei jedem Schritt hervor, schwarz glänzend wie ihre Schultern. An ihrem Rücken rinnt der Schweiß herab und trocknet, bevor er ihre Gesäßfalte erreicht: Schlieren, von denen salzige Ränder zurückbleiben, die eine weißliche Kruste bilden. Solche Krusten tragen alle, die unter der Sonne einherwandern, und in den Stunden der Rast, zwischen Ruhe und Schlaf, wenn der Hunger gestillt und die Kinder zur Nacht gebettet sind, lecken die Gefährten einander ihre Salzkrusten ab.
Es schmeckt gut, dieses Salz. Es schmeckt stets anders, je nach-

dem, ob man es von alter oder von junger Haut ableckt, von glatten weiblichen Rücken oder der rauen Männerbrust. Doch man schmeckt auch eine Krankheit, ein Gift, das in einem Menschen steckt, man schmeckt es, lange bevor es wirkt. Und auch den Tod. Man kann ihn schmecken.

Der Tod wandert immer mit. Folgt ihnen auf dem Fuß. Ein Fehltritt, ein gebrochenes Bein, eine Verletzung. Ein Dornriss, ein Insektenstich, der sich entzündet hat. Eine Niederkunft unterwegs, von der die Mutter nicht sogleich aufsteht und weitergeht. Überall, wo Menschen gegangen sind, findet man die Gerippe der *Zurückgelassenen.*

Die Frau ist schwanger. Ihr Bauch ist gewölbt. Sie geht schwer und ein wenig breitbeinig. Ihr Zorn gilt dem Mann, der vorausgeht, dem Mann mit dem Stock.

Wie weit noch?, fragt sie ihn jeden Tag.

Hinter den Bergen ..., sagt er.

Sie sieht ihm an, dass er es selbst nicht weiß.

Wir konnten nicht bleiben, wo wir waren, sagt er. Wir müssen zum Regen, wenn der Regen nicht mehr zu uns kommt.

Sie ärgert sich über ihn. Er denkt nur an sich.

Und wenn wir alle sterben, bevor wir ankommen?, sagt sie.

Ein paar von uns werden ankommen, sagt der Mann.

Sie weiß, dass er sich damit meint.

Aber die Kinder, sagt sie ...

Es wird genug Kinder geben, sagt der Mann. Wenn wir erst da sind.

Sie sieht seinen Rücken, sein hartes, schmales Gesäß vor sich. Er schreitet aus. Wenn er zwei Schritte macht, muss sie einen Schritt mehr machen mit der Last, die sie in sich trägt. Meist blickt er geradeaus, als wenn sie gar nicht da wäre. Sie spürt, wie das Kind in ihr genauso wütend wird wie sie.

Es darf sich nicht so gebärden. Es muss in ihr bleiben, bis sie hinter den Bergen sind.
Sie hat bisher nur Kinder gehabt, die gestorben sind. Manche waren noch *Fischchen.* Sie wurden während der langen Wanderung in Schwällen von Blut aus ihr herausgeschwemmt. Wie Fische auf dem Land mit geöffneten winzigen Mündern vergebens nach Luft schnappend. Gestrandet in dem Strom, der zwischen ihren Beinen versickerte.
Sie stand dann auf, und mit ihren blutigen Händen holte sie Sand herbei, den sie darüberhäufte und der sich vollsog mit dem, was aus ihr gekommen war, genügend Sand, bis er sich nicht mehr rot färbte.
Sie spürte den Zorn des Kindes, das sie jetzt in sich trug. Es war wegen der *Reise,* dass das Kind zornig war. Es wollte nicht mit. Es war kein *Fischchen* mehr. Es trat nach ihr. Sie konnte seine kleinen geballten Fäuste fühlen, mit denen es sich gegen sie zur Wehr setzte.
Bleib, verlangte das Kind in ihr. Bleib, wo du bist.
Und man tut schließlich, was sie wollen.
Niemand hat mehr Macht als ein ungeborenes Kind.
Steh auf.
Ich kann nicht.
Steh auf. Du musst. Wir gehen weiter.
Ich bleibe hier. Die Zeit ist da.
Sie ist noch nicht da. Es ist zu früh. Reiß dich zusammen. Steh auf.
Er stößt den Stock auf den Boden. Er ist der *Vorangeher.*
Ich gehorche wem ich gehorche.
(Du gehorchst mir, sagt ihr Bauch und zieht sich zu einer nussschalenharten Kugel zusammen.)
Wie lange dauert es?, fragt der Mann, der begreift.

Er begreift gar nichts.
Deine Zeit ist nicht mehr meine Zeit. Sie behält es für sich. Sie weiß, dass er es doch nicht verstehen wird.
Immerhin wird ihm klar, dass nichts zu machen ist. Sie bleiben.
Als die Sonne im Mittag steht, ist noch nichts geschehen. Außer dass der Zorn des Kindes in ihr gewachsen ist. Er kommt und geht. Er ist glühend wie ein Buschfeuer am dritten Tag. Sie ist mittendrin. Sie denkt nicht mehr an das Kind in sich. Es ist ihr Zorn. Ihre Qual.
Manchmal kommt eine der Frauen und hockt sich neben sie: *Wie lange noch?*
Sie legen ihr die Hände auf den geschwollenen Bauch, tasten und schütteln bedrückt den Kopf. Zwei von ihnen zerren sie ein Stück weit zur Seite, wo sie im Schatten liegt. Sie wehrt sich. Sie schreit. Sie weiß nichts davon.
Irgendwann erkennt sie, dass sie allein ist. Sie ist eine *Zurückgelassene.*
Sie versteht, dass es nicht anders sein kann. Sie versteht, dass es um Wasser, um Nahrung geht. Dass nicht *alle* für eine sterben wollen. Sie ist jetzt allein mit dem Ungeborenen. Es ist ein *ungezogenes Kind.* Sie begreift, dass solche Kinder nicht zur Welt kommen sollen. Dennoch erfüllt seine Kraft und sein Eigensinn sie mit Rührung und verzweifeltem Stolz. Sie richtet sich auf. Sie erinnert sich an das Entsetzen in den Gesichtern der Frauen, die zwischen ihre Beine geblickt haben. Sie sieht ein kleines Füßchen dort.
Das Reisekind. Das Kind der Wanderschaft, das die Welt mit den Füßen zuerst betreten will, wie es sich nicht gehört. Sie schließt ihre Hand um das Füßchen.
Das bist du, denkt sie. Es gibt noch jemanden außer ihr. Sie

zieht an dem Füßchen. Es geht nicht. Sie greift in sich hinein und findet noch einen anderen Fuß. Sie umschließt sie beide mit ihrer Hand. Der Schmerz ist ohnegleichen, als sie das Kind an den Füßen aus sich herauszieht.

Es ist ein lebendiges Kind. Ein Mädchen. Es öffnet seinen winzigen Mund. Es schreit. Sie hat eine Tochter geboren. Sie beißt die Nabelschnur durch und leckt das Kind sauber. Sie schmeckt den Geschmack der Kindsgeburt. Er ist etwas süß, etwas salzig. Es ist der Geschmack, den das Leben hat.

Dann kommt die Nacht.

Die Nacht ist mondhell und kalt. Sie wacht auf von der Kälte. Sie liegt auf der Seite, das Kind tief in der Krümmung zwischen Bauch und Schenkel, wo es geschützt ist. Sie richtet sich auf und findet sich auf einem Felsplateau, in ihrem Rücken die Wand, die Schutz gibt und noch einen Rest von Sonnenwärme gespeichert hält. Doch die Nacht ist noch lang. Sie erkennt die reglosen Schatten der *Hungrigen*, ahnt die Augen, die auf sie gerichtet sind und die Sprungweite taxieren. Es sind zwei. Es werden mehr kommen. Der Blutgeruch, der ihr immer noch zwischen den Beinen entströmt, zieht sie an.

Und die Nachgeburt. Sie liegt neben ihr. Mit Entsetzen wird sie sich der Gefahr bewusst, die die Nachgeburt für sie ist. Sie kann sie nicht entfernen. Also muss sie selbst mit dem Kind weg von hier.

Sie weiß, dass jede Bewegung den Angriff der Hyänen auslösen kann. Und sie kennt deren Plan: zuerst die Nachgeburt, dann das Kind, dann sie.

Sie blickt um sich, sieht die *Gaben*, die man ihr gelassen hat. Ein kleiner Haufen von Steinen, an dem sie erkennt, dass sie von den Ihren aufgegeben ist. *Stirb aber kämpfe noch wenn du kannst.* Steine sind die Wegzehrung für Sterbende. Sie brau-

chen nichts anderes mehr. Es ist ein *letzter Gruß.* Er kommt von dem Mann, dem sie bis hierher in Zorn und Ohnmacht gefolgt ist, und von allen anderen in der *Familie.* Sie ist geehrt damit. Sie erkennt es dankbar. Sie erfährt durch die Steine, dass um sie getrauert wird.
Sie bewegt sich *wie der Mond am Himmel.* Man darf nicht sehen, dass sie sich bewegt, und dennoch rückt sie unmerklich ein Stück weiter, weg von der Nachgeburt, deren Geruch in den Nasen der Hyänen ist. Mit einer Hand hält sie das Kind an sich gepresst, mit der anderen bewegt sie die Steine. Die Steine müssen mit. Sie bewegt sie Stück für Stück. Es darf kein Geräusch dabei geben. Jedes Geräusch kann den Angriff der *Hungrigen* auslösen. Es ist die längste Reise, die sie je gemacht hat. Von hier nach dort. Ein Stück weiter, seitlich entlang der Felswand.
Sie hofft, dass das Kind sie nicht verrät. Sie legt es an ihre Brust. Es saugt. Es trinkt die Milch ihrer Todesangst. Dann schläft es weiter. Und sie schiebt Stein um Stein und sich selbst an der Wand entlang. Ein Fauchen. Ein Knurren. Eins der Tiere schnappt sich die Nachgeburt. Sie kann es schmatzen hören, als es sie verschlingt.
Bald darauf wirft sie den ersten Stein. Es sind jetzt mehrere Tiere, die im Halbkreis um sie herum in Stellung gegangen sind und knurrend zurückweichen. Sie weiß, dass sie möglichst treffen muss. Hyänen kann man nicht durch Täuschung einschüchtern. Nur das Aufjaulen von einem Tier beeindruckt die anderen für kurze Zeit.
Und die Nacht ist noch lang.
Als die Sterne verblassen, hat sie noch einen einzigen Stein. Er verfehlt sein Ziel. Die bebenden Lefzen, die gebleckten Reißzähne, die zu Schlitzen verengten kalt glitzernden Augen tre-

ten ihr jetzt mit letzter Deutlichkeit entgegen. Sie kommen näher.
Sie steht auf, das schlafende Kind an die Brust gedrückt.
Etwas in ihr zwingt sie, auf die Hyänen zuzugehen, statt ihren Ansprung zu erwarten. Sie macht einen Schritt. Sie kann jetzt jedes Haar in ihrem räudigen grauen gesträubten Pelz sehen.
Sie weichen zurück.
Sie macht einen zweiten Schritt. Das Fell der Hyänen nimmt plötzlich einen leuchtenden Rotton an. Sie erkennt, dass die Sonne hinter ihnen aufgeht. Der Tag beginnt. Die Hyänen stehen einen Augenblick wie beschämt, dann wenden sie sich eine nach der anderen ab und trollen sich.
Die rasch sich entfärbende Sonne bescheint die kleine, nackte tiefschwarze Frau mit den blutigen Beinen und dem winzigen Kind auf dem Arm, die sich jetzt zitternd hinkauert und ihrem Kind die fast leere Brust gibt.
Dann sucht sie nach Spuren, zertretenem Gras unterhalb des Felsplateaus, und sie folgt ihnen.

Der Mann, der vorausgeht, ist mürrisch an diesem Tag. Geht er langsamer als sonst? Die Gruppe kommt kaum voran. Es gibt ein gewisses Zögern. Ein Bekämpfen des Wunsches, umzukehren und zu sehen, ob die *Zurückgelassene* noch lebt. Der Wunsch existiert, aber als ein zu bekämpfender.
Gegen Mittag stoppt der Zug. Die Sonne trifft fast senkrecht auf das verfilzte und bei den meisten dichtgelockte Haar der Zweibeiner, das sie schützt. Für ein paar Augenblicke ist alles still, die Gesichter erhoben. Wie Blüten, die sich der Sonne zuwenden, drehen sie sich langsam in eine Richtung. Ein Geräusch trifft ihre Ohren, eine Witterung ihre Nasen, etwas dergleichen. Dann rennen sie alle los.

Es ist eine Spalte im Felsgestein, zu der sie rennen. Im Näherkommen sieht man, dass sie sich zu einer tiefen Schlucht weitet, an deren Oberkante sie stehen bleiben.
In der Tiefe ist es grün. Kühler Dunst steigt zu ihnen auf. Das Rieseln und Gurgeln von Wasser.
Ein Hin- und Herrennen beginnt. Sie suchen nach einem Abstieg. Die Wand ist steil und glatt. Doch ein Stück weiter abwärts neigt sich die Kante und mündet in ein Geröllfeld, in das sie vorsichtig hinabsteigen, zuerst die Männer, dann die Frauen, die ihre Kinder fest an sich gepresst halten, während sie mit den Füßen Halt im Geröll suchen. Manchmal nehmen die jungen Männer ihnen eins der Kinder ab oder strecken den Alten eine Hand hin.
Alle sind lebhaft, erregt. Schon atmen sie feuchte Schwaden ein. Schon sind die Ersten am Wasser, tauchen ihre Hände, ihre Gesichter hinein, trinken, steigen bis zu den Hüften in den Bach, lachen, spritzen sich gegenseitig nass. Dann machen sie sich über die Ufer her, goldgelbe Früchte, Feigen ... Sie rasten. Sie werden dem Bachlauf folgen und nicht mehr fehlgehen. Wo immer er sie hinführt, ist ihr Ziel. Sie haben auf einmal sehr viel Zeit. Sie können schlafen, essen, trinken, sich balgen, einander besteigen, Fische fangen.
Am Nachmittag wird es kühl. Die Sonne trifft nicht mehr in die Schlucht. Dunkle Schatten legen sich auf die Ruhenden und wecken die Schläfer. Plötzlich scheinen die Wände zu beiden Seiten höher, als sie sind. Weiter unten treten sie so nah zusammen, dass kaum ein Durchlass ist. Das Geröllfeld sieht genauso abweisend und steil wie die übrigen Wände aus.
Der Mann mit dem Stock drängt zum Aufbruch. Er klopft auf die Steine am Bachufer, doch niemand scheint auf ihn zu hören. Er lässt seine Augen umherschweifen, erfasst mit einem

Blick das Immergleiche der Situation. Er sieht die Kinder kleine Wälle aus Schlamm formen, hört das Patschen ihrer Hände, erinnert sich an die Glätte von glänzendem Matsch unter einer Kinderhand, hört das Schmatzen der Säuglinge an den Brüsten ihrer Mütter, die sich dabei ein wenig Schlaf gönnen, sieht zwischen den Büschen die Gierigen hocken, die zu viele unreife Früchte verschlungen haben und sich jetzt entleeren müssen, sieht das Paar, eine der Frauen, die vorzeiten das Ziel seiner Begierden war, mit dem Einäugigen, die sich von den Mühen der geschlechtlichen Liebe eng nebeneinanderliegend ausruhen, erinnert sich an den Sturz des Einäugigen vom Baum, bei dem ihm ein Ast ins Auge gedrungen ist, seine Schreie, als er ihn herausgezogen hat, niemand sonst hatte den Mut dazu – so sind sie immer, denkt er, immer verlassen sie sich darauf, dass einer das Notwendige tut.
Er ruft laut das Wort, das *Aufbruch!* bedeutet.
Kaum sind sie satt, denkt er, kaum ist ihre Begierde nach was auch immer gestillt, vergessen sie *das Ziel.*
Er sieht es. Er sieht ein Tal vor sich, schattige Fruchtbäume, Wiesen, so weit das Auge reicht, einen Fluss, springende Fische, Wasserfälle, deren Gischt in allen Farben leuchtet, riesige Herden, die über Land ziehen, Antilopen, Elefanten, die sich zutraulich nähern, Vögel, die auf den Schultern der *Menschen* Platz nehmen, ihre Schnäbel an den Wangen reibend, Flamingos, deren Gefieder am Abend tiefrot leuchtet …
Ich träume, denkt er. Ich muss mich hüten zu träumen. Einer muss sein, der sieht, was gut für alle ist.
Er blickte hoch, um den Stand der Sonne zu prüfen, und sah die Frau über der Steilwand stehen. Sie sah sehr klein aus, wie eine Erinnerung. Sie stand ganz still.
Er hatte schon davon gehört, dass Menschen wieder *zurückge-*

kommen waren. Doch sie waren *Nichterwünschte.* Sie brachten den Tod mit, wenn sie zurückkehrten. Man durfte sie nicht berühren. Ja, man bemerkte sie nicht einmal. Niemand nahm Kenntnis von den lebenden Toten, die in einiger Entfernung um das Lager herumstreiften oder dem Stamm auf seinem Weg folgten. Sie erhielten nichts von den Vorräten. Nur manchmal warf jemand einen blanken Knochen, einen Fruchtkern hinter sich, Wegzehrung für die Toten.

Es war gut gemeint. Es hieß: Wir sehen dich und wir sehen dich nicht.

Es war ein sanfter Tadel. Es hieß: Sieh, das ist die Speise, die wir für dich haben.

Es war nicht gut für das Angedenken der Toten, wenn sie zurückkamen. Die Leute waren tagelang still und bekümmert. Mütter riefen die Kinder zurück, wenn sie sich den *Toten* näherten. Fass sie nicht an, riefen sie.

Die Kinder legten die Köpfe schief: Bist du tot?

Nein, sagten die Toten. Ich lebe.

Und die Kinder liefen schreiend fort und vergaßen es niemals. Das ist nicht mehr die, die du gekannt hast. Das ist nur ihr *Schatten,* sagte man ihnen. Sieh nicht hin.

Und um sie zu warnen: Sie holt dich. Sie nimmt dich mit, wenn sie zu den anderen *Schatten* geht.

Mit der Zeit hielt sich sogar das Gerücht, dass die *Zurückgekehrten* sich von den Kindern der Lebenden nähren, um sich von Schatten zu Lebendigen zurückzuverwandeln. Die Kinder fürchteten sie noch mehr als die *Fremden,* denen man auf dem Weg manchmal begegnete.

Die *Fremden* waren *anders.* Sie waren kleiner. Sie waren von Kopf bis Fuß behaart. Sie waren *hässlich.* Man ging ihnen aus dem Weg.

Und auch die *Fremden* gingen ihnen aus dem Weg.
Der Mann legte seine Hand über die Augen. Ich träume, dachte er.
Aber sie stand noch immer da.
Der Mann empfand großen Ärger. Er empfand großen Ärger und ein Erschrecken, das sich gleichzeitig wie große *Freude* anfühlte. Es war, als wenn plötzlich in seinem Innern ein Vogel aufgeflogen wäre. Der Mann ärgerte sich noch viel mehr, als er diese Freude bemerkte. Er klopfte energisch mit seinem Stock auf den Stein und befahl mit heiserer Stimme: *Aufbruch!*
Ihm fiel auf, dass auch die anderen jetzt alle nach oben sahen, wo die *Zurückgekommene* vor schräger Sonne stand, sodass ihre Gestalt von Licht umflossen war.
Sie brennt, dachte der Mann. Sie ist nicht mehr lebendig.
Er hatte Menschen im Feuer brennen sehen. Doch sie waren nicht still dabei. Sie waren schreiend aus dem brennenden Busch gerannt und hatten sich am Boden gewälzt, wo sie unter wilden Zuckungen verendeten und aus ihnen eine Zeit lang noch stinkender Rauch aufstieg.
Sie lebt, dachte der Mann voller wilder Freude und Ärger und Bitternis.
Aufbruch!, rief er.
Die anderen erschraken. Sie erkannten den Anlass seiner Gereiztheit. Sie fürchteten ihn, wenn er in dieser Stimmung war. Ihre Furcht hatte keinen Grund, außer dass er ihr *Vorangeher* war. Ihre Furcht machte ihn dazu. Es war ein Rätsel, dessen Lösung er selbst nicht gekannt hätte. Er war stark. Er war alt. Er war ein *Entscheider*. Andere waren auch stark und alt. Doch der *Entscheider* war er allein.
Aufbruch!, wiederholten jetzt alle, liefen durcheinander, rafften die Vorräte zusammen, verstauten sie in den Beuteln aus

Fasern und Häuten, die sie bei sich trugen, und nahmen ihre Plätze hinter dem *Vorangeher* ein. Niemand sah sich nach der Frau auf der Kante der Steilwand um.
Niemand sah, wie sie den Abstieg über die Geröllwand nahm, vorsichtig das Kind an sich pressend und, bereits zitternd vor Kraftlosigkeit, Fuß vor Fuß setzend, bis sie das Wasser erreichte und lange trank.
Dabei sahen sie alle.
Sie hat ein Kind bei sich, flüsterten die Frauen.
Das ist *nichterwünscht,* flüsterten sie und warfen Fruchtkerne hinter sich.
Heimlich warf die eine oder andere etwas getrockneten Fisch dazu.
Die Nacht verbrachte sie auf einem Felsen im Bach, wo er schon breiter war. Dort war sie geschützt vor den *Hungrigen.* Sie lag mit dem Kind auf dem bemoosten Stein, wusch es mit klarem Wasser, leckte und säugte es. Es war ein schönes Kind. Sie fuhr mit den Lippen über seinen glatten braunen Bauch, küsste das flache Näschen in seinem runzligen Gesicht, seine tiefdunklen Augen, die zarten Jochbögen, die sich darüberwölbten. Noch war sein schwarzes Haar weich und glatt wie der Flaum eines jungen Vögelchens. Das Kind greinte, aber das Rieseln des Wassers um sie herum machte, dass es bald wieder ruhig wurde.
Am nächsten Morgen folgte sie dem Bachlauf. Es gab keine Spuren, aber der Weg führte in jedem Fall abwärts, dahin, wo das Wasser floss.
Folge dem Wasser. Das war es, was der Mann gesagt hatte. Mit dem Wasser kommen wir in das *ersehnte Land.* Dort gibt es Früchte und Kräuter und schmackhafte Wurzeln zum Ausgraben. Dort gibt es Bäume zum Schlafen und Schatten, in dem

wir ruhen, so oft wir wollen. Dort gibt es Blüten, in deren Kelchen die Süße steckt, die die Bienen für uns in hohlen Stämmen zusammentragen. Es gibt Hölzer, deren Rinde köstlich zu knabbern ist. Es gibt Teiche voller Fische und Gewässer mit Flusskrebsen, deren Schale unter den Zähnen kracht und ihr zartrosa Inneres freigibt, von dem man nie genug bekommen kann. Es gibt Gazellen und Löwinnen, die deren Fleisch für uns erjagen, und wir werden zur Stelle sein, wenn es davon zu holen gibt, und wenn der Löwe schläft, werden wir selbst die Gazellen zur Strecke bringen mit Schnelligkeit und Geschrei und gespitzten Hölzern, die wir mit unseren steinernen Messern zurechtschneiden.

So hatte der Mann gesagt und gelacht und geschnalzt und sich die Lippen geleckt und den Bauch gerieben.

Männer reden gern von Taten, die sie noch nicht vollbracht haben. Doch das Wasser – das Wasser verspricht nicht zu viel. Komm, sagt das Wasser, folge mir in das *ersehnte Land.*

Als die Sonne über ihr stand, verbreiterte sich die Schlucht. Der Bewuchs wurde dichter. Sie nutzte die Steine am Rande des Bachlaufs, um sich fortzubewegen. Sie gab dabei acht, nicht auszugleiten. Die Schritte der Frauen, die ein Kind auf dem Arm tragen, müssen vorsichtiger sein als die der Männer. Dennoch kam sie schnell voran.

Sie erlaubte sich keine Rast, pflückte hier und da im Gehen eine reife Frucht und verzehrte sie. Sie war noch schwach. Aber der Weg ging zum Glück bergab.

Manchmal hörte sie im Murmeln des Wassers noch etwas anderes. Dann stand sie still und lauschte. Es waren die Stimmen der *Leute,* die zu ihr heraufhallten. Sie betrachtete ihr Kind. Das war kein *Schatten.* Das war ein lebendiges Kind, ein *Wir-sind-die-Leute-Kind,* nicht anders als alle anderen Kinder des

Stammes. Sie konnte sich nicht damit abfinden, dass es ein *Schattenkind* sein sollte.
Wir folgen ihnen, dachte sie. Es gibt nichts anderes, was wir tun können.
Keine Frau kann ihr Kind vor allen Gefahren selbst schützen.
Aber sie wusste, dass die größte Gefahr für sie die eigenen Leute waren.
Am nächsten Morgen näherte sie sich ihnen auf zwei Steinwürfe. Sie blieb stehen, wenn sie stehen blieben, und setzte sich in Bewegung, wenn sie sich bewegten. Sie fand die Gaben, die man ihr ausgestreut hatte. Sie war jetzt fast in Rufweite, hütete sich aber zu rufen. Wie alle *Schatten* war sie stumm.
Doch sie spürte, dass etwas anders geworden war. Die Leute liefen nicht mehr hintereinander. Sie lösten sich auf, rannten hin und her, riefen einander Botschaften zu, die sie nicht verstand. Es waren Botschaften der Freude, der Überraschung, des Überwältigtseins. Es hörte sich an wie ein Vogelschwarm, bevor er sich auf einen Baum voller Früchte stürzt, von dem nicht eine einzige übrig bleiben wird.
Die Leute warfen die Arme hoch, reckten Stöcke empor, stampften den Boden, schlugen sich gegenseitig auf die Schultern, Mütter hoben die Kinder hoch und wirbelten sie durch die Luft. Nur der *Mann* stand starr und streckte den Stab vor sich aus. Mit der anderen Hand beschirmte er seine Augen.
Er war ein Mann, der an sein Ziel gekommen war.
Sie blickte in die Ebene hinab und konnte jetzt sehen, was die anderen vor ihr gesehen hatten: das leuchtende Band des breiten Stroms, seine Ufer, die lichten Wälder, die sich bis zum Horizont dehnten, die Pfade der Herden, die zu den Ufern führten, die fischreichen Teiche, den farbig schillernden Dunst über den Stromschnellen – das *ersehnte Land.*

Aber es durfte nicht ihr Land sein. Sie war nichts als ein *Schatten.*

Sie folgte ihnen mit dem *Schattenkind.*

From small and unlikely
beginnings great things may grow.

Mary Leakey

1955

Sie hatten ein Haus in Langata, damals noch weit außerhalb des Zentrums von Nairobi. Es gab noch nicht viele Häuser dort. Man konnte meilenweit reiten, durch den Busch, über den Fluss auf die Ebene bis zu den Ngong-Hügeln.

Alle Leakeys waren leidenschaftliche Reiter, vor allem Richard. Er hasste Cricket und Rugby, Sportarten mit vertrackten Regeln auf begrenzten Plätzen mit Lehrern, die am Rande des Spielfelds stehen und schrille Pfeiftöne ausstoßen. Leakey, zurück! Zurück hinter die Linie! Er hasste das. Er liebte es, allein auszureiten, immer weiter, so weit, bis unbekanntes Terrain begann. Er wollte unbekanntes Terrain ausforschen. Seine Mutter hatte den Langata Pony Club für ihn gegründet. Sie wünschte, dass er mit anderen Kindern ausritt. Sie gab ihnen Lunchpakete mit, und er sollte am Flussufer mit ihnen picknicken. Aber Richard war stets vor den anderen am Fluss. Er sprengte durchs Wasser. Er fühlte sich wie ein General bei der Attacke, wenn er sich mit seinem Pony ins Wasser warf.

Doch das Pony war nicht so mutig wie Richard. Eines Tages am Ende der Regenzeit, als der Fluss mehr Wasser führte als sonst, scheute es und warf ihn ab. Das war bei den Felsen, und Richard fiel mit dem Hinterkopf auf eine Kante. Von da an war Richard in einem bösen Traum.

Er träumte, dass er in seinem Bett lag. Seine Mutter saß bei ihm und weinte. Sein Vater war auch in dem Traum, aber Richard konnte ihn nicht deutlich sehen.
Du darfst nicht …, sagte seine Mutter.
Richard wusste nicht, was sie meinte.
Du darfst nicht …, sagte sie und hielt ihn fest. Sie drückte ihn in die Kissen.
Sie war ganz verändert in seinem Traum. Seine richtige Mutter hätte niemals geweint. Auch sein Vater war verwandelt. Richard konnte sein Gesicht nicht sehen, weil sie ihm nicht erlaubten, den Kopf zu drehen. Es war auch nicht möglich. Er versuchte es und stellte fest, dass sein Kopf auf die Matratze genagelt war. Er konnte ihn weder drehen noch anheben. Ein entsetzlicher Schmerz an der Rückwand des Schädels verbot es ihm. Er hob die Hände, befühlte sich und merkte, dass da tatsächlich etwas war, eine Art Helm, in dem er feststeckte und von dem er so schreckliche Schmerzen litt. Er wollte seine Eltern bitten, ihn davon zu befreien, aber mit einem Entsetzen, das schlimmer als seine Schmerzen war, verstand Richard, dass seine Eltern es waren, die ihn so quälten.
Wie alle Kinder lebte Richard mit elf Jahren in einer Welt, in der es Gute und Böse gab, zwei Reiche, die miteinander Krieg führten. Richard wusste, dass die Mau Mau, manche Lehrer und alle Wilddiebe böse waren. Er wusste, dass Gott, die Queen in London und der Tierarzt, der die Hunde, den Affen, die Eule, die Klippschliefer, Jonathans Python und die anderen Haustiere der Leakeys behandelte, auf jeden Fall zu den Guten gehörten. Aber über allen Guten thronten seine Eltern und herrschten über sie. Dass er sie jetzt so verwandelt antraf, war das Schlimmste für Richard.
Sie stritten sich.

Sei doch leise, sagte seine Mutter. Du weckst ihn auf.
Richard verstellte sich. Er schloss wieder die Augen.
Er schläft. Er schläft viel zu fest, sagte sein Vater und trat nah an ihn heran.
Richard roch, dass sie beide getrunken hatten. Er kannte den Geruch wie jedes Kind, dessen Mutter ihn manchmal nach zwei, drei Brandys ins Bett bringt. Er hasste ihn. Ihm wurde schlecht davon. Etwas Warmes stieß ihm auf und rann ihm aus einem Mundwinkel.
Siehst du, was du angerichtet hast?, rief seine Mutter.
Ist das jetzt auch noch meine Schuld?, sagte sein Vater.
Es war der böse Vater, der so sprach.
Würde mich wundern, wenn es hier etwas gibt, an dem ich nicht schuld bin, sagte er.
Er hört uns, sagte seine Mutter. Ich bin sicher, er kann uns hören.
Bei ihren Worten erschrak Richard bis ins Innerste. Sie waren Feinde! Konnte es deutlicher sein? Sie hatten Angst, dass er sie belauschte. Ihr böses Geheimnis entdeckte. Sie durften nicht merken, dass er sie verstand.
Richard, sagte sein Vater. Richard, hörst du mich?
Er legte ihm eine Hand auf den Arm. Er schüttelte ihn etwas.
Ein stechender Schmerz fuhr durch Richards Hinterkopf. Er konnte es nicht verhindern zu stöhnen.
Du tust ihm weh, sagte seine Mutter. Siehst du nicht, dass du ihm wehtust?
Dann kann ich ja gehen, sagte sein Vater. Ich mache hier ja doch alles falsch.
Seine Schritte entfernten sich vor der Tür.
Nein!, rief seine Mutter. Nein, bleib doch. Bleib!
Es war ein flehender Tonfall in ihrer Stimme.

Der Brandy machte sie so. Der Brandy hatte sie schon manches Mal verwandelt. Seine richtige Mutter bat nicht, sie befahl. Sie wusste immer, was zu tun war. Sie gab dem Hauspersonal die Anweisungen. Sie kommandierte die Kinder durch ihren Tag. Sie war die Hundefrau. Die Dalmatiner gehorchten ihr aufs Wort. Sie umwinselten sie. Und manchmal hatte sich Richard gewünscht, nichts anderes als ihr Hund zu sein.
Wenn er ein Hund wäre, dann wäre Richard gern Mummys Hund.
Wohin gehst du?, rief sie.
Er konnte die Antwort seines Vaters nicht verstehen.
Dann fiel die Haustür ins Schloss. So laut, dass die Klapperschlangen im Korb unter dem Telefon in der Eingangsdiele rasselten. Sie rasselten auch jedes Mal, wenn das Telefon läutete. Wenn man den Hörer abnahm, beruhigten sie sich langsam, und das Vibrieren der Schwanzspitzen, das sich auf den ganzen Korb übertrug, ließ bei den ersten Worten, die man in die Muschel sprach, nach. Es schien, als wirke menschliche Sprache beruhigend auf die Schlangen. Vielleicht lag es eher daran, dass die Wärmestrahlung, die von menschlichen Körpern ausging, die Tiere ans Fressen erinnerte, an ihre nächste Mahlzeit, lebende Kaninchen, hilfsweise Ratten und Mäuse, die Jonathan von mehreren Lieferanten bezog und aus dem Gewinn eines schwunghaften Handels mit Puffottern und Vipern bezahlte, die er einfing und an ein Institut verkaufte, das Serum daraus gewann. Die Klapperschlangen waren ein Geschenk amerikanischer Freunde seiner Eltern an Jonathan. Sie gehörten zum Haushalt wie die Dalmatiner, die Eule auf dem Küchenschrank, Simon, der Affe, die Klippschliefer, die Tropenfische in acht Aquarien und Jonathans Python in seiner Grube vor dem Hauseingang sowie die anderen Giftschlangen, die

er in einer weiteren Grube vorrätig hielt, wie ein guter Geschäftsmann darauf bedacht, sein Warenkontor gefüllt zu halten.

Die Kinder waren nie allein. Hinter dem Haus standen die Hütten der Afrikaner. Dort wohnten der Koch und die Hausmädchen mit ihren Familien und einer unbestimmten Zahl näherer und ferner Verwandter, die auftauchten und verschwanden und wieder auftauchten. Ebenso unbestimmt war die Zahl der Hühner und Schweine, Hunde und Katzen, die zu ihnen gehörten.

Aber ein Junge mit einem gebrochenen Schädel ist überall allein.

Richard Traum wiederholte sich fast jeden Abend. Tagsüber dachte er nach, was der Traum bedeutete. Er hatte viel Zeit nachzudenken. Und obwohl er immer noch still in den Kissen lag – seine Mutter beschwor ihn, sich nicht zu bewegen, und der Schmerz in seinem Kopf verbot es ihm –, schlief er nicht mehr so viel. Richard begriff, dass seine Eltern dieselben wie immer waren. Sie gingen und kamen. Sie sorgten sich um ihn. Sie arbeiteten.

Richard hatte Eltern, die immer arbeiteten. Es gab nichts, was sie taten, das sie nicht Arbeit genannt hätten. Ob sie lasen oder schrieben, ob sie Knochen und Steine verglichen, ob sie Leute trafen, die meist auch Knochen und Steine verglichen, und mit ihnen debattierten, immer hieß es: Ich muss arbeiten. Außerdem leitete sein Vater das Museum in Nairobi. Das schien Richard ein Beruf, wie andere Väter ihn auch hatten.

Seine Mutter tat selten, was Mütter tun. Einmal hatte sie Orangenmarmelade gekocht. Sie fanden etwas Zigarrenasche darin, was schlüssig bewies, dass sie selber die Marmelade gerührt hatte. Louis hielt das Glas in die Sonne, und alle bekamen etwas von Mummys Spezialmischung auf ihr Brot. Sie fütterte auch die Hunde selbst. Für die Kinder war das Personal in der Küche zuständig. Die Hunde waren immer, wo seine Mutter war. Wenn Richard die Hunde roch, wenn er das Tapsen der Pfoten hörte, dann wusste er, dass seine Mutter nicht weit weg war. Es beruhigte ihn.

Manchmal mischten sich die Hunde in den Streit der Eltern ein. Es war nicht schwer zu wissen, auf wessen Seite die Hunde waren. Es kam vor, dass sie sich von ihren Matratzen erhoben und knurrten. Es war nur ein leises Knurren, aber es brachte Louis sofort aus dem Text.

Ist schon gut, sagte Mary, legt euch wieder hin.

Als es ihm etwas besser ging, versuchte auch Richard sich einzumischen. Richard war der Einzige, der das tat. Jonathan verschwand in seinem Zimmer, wenn es losging, und Philip war noch zu klein, um zu begreifen, wie schlimm es war.

Seid doch still!, rief Richard. Schreit doch nicht so.

Aber sie hörten nicht. Sie waren wieder woanders, tief in ihrem Streit, wo sie für ihn nicht erreichbar waren.

Richard war wütend auf Jonathan. Er war gesund. Er war der Ältere. Er hätte zu ihnen gehen können und sie zurückholen. Es war typisch für Jonathan, dass er nichts tat. Jonathan tat nie etwas. Alles, was ihn interessierte, waren er selbst und die Schlangen.

Richard hatte keine Angst vor Schlangen, auch wenn sie giftig waren. Er wusste so gut wie Jonathan, dass man sie schnell hinter dem Kopf packen muss, damit sie nicht beißen.

Tu's!, sagte Jonathan. Tu's doch, du Feigling!

Er machte es. Aber nur, damit Jonathan ihn in Ruhe ließ. Er hasste die Berührung der Schlangenhaut, ihre sich windenden Körper, in denen immer mehr Kraft war, als man vermutete, ihre Schwänze, die sich um seine dünnen Oberarme wanden. Er hasste sie, wie er Jonathan hasste. Seine heimtückische Kraft, gegen die Richard niemals eine Chance haben würde. Seinen spöttischen Blick. Seine Segelohren. Seine ganze verdammte Überlegenheit, mit der er manchmal in der Tür zu seinem Zimmer stand und auf ihn niederblickte, ohne dass er ihn rausschmeißen konnte, wie er es getan hätte, wenn er gesund gewesen wäre.

Na, Kleiner (er hasste es!), was macht dein Dachschaden? Hoffentlich bleibt nichts zurück.

Verpiss dich, Segelohr!

Ich geh, wenn ich es will. Weißt du, was sie von dir sagen? Sie sagen: Jonny, sei nett zu dem kleinen Richard, der ist jetzt behindert. Haben sie's dir noch nicht gesagt? Etwas bleibt immer zurück, wenn man so auf den Kopf gefallen ist wie du. Armer Richard. Ganz dicht warst du ja schon vorher nicht.

Ich sag's Mummy!

O, ganz schön stillliegen, Kleiner. Nicht bewegen. Sonst verrutscht dein Gehirn, weißt du.

Und dann war er weg.

Von Jonathan war nichts zu erwarten. Richard musste es selber tun. Er stand vorsichtig auf. Zuerst schob er die Beine über die Kante des Bettes. Sie waren ganz dünn geworden. Er konnte nicht glauben, dass das seine Beine waren. Dann versuchte er, seinen Kopf zu heben. Zuerst stützte er sich auf einen Arm. Auch sein Arm war dünn. Er zitterte. Doch es gelang ihm, sich aufzurichten. Er trug keinen Verband mehr, und sein Haar hing ihm fast bis auf die Schultern. Wahrscheinlich sah er wie ein Mädchen aus. Doch das war nicht der Moment, sich zu schämen. Die Eltern schrien. Keiner von beiden hörte, was der andere schrie. Es erinnerte Richard an seine Weißglutzustände mit Jonathan. Das konnte nur sein Bruder, ihn so weit bringen, dass er so schrie. Das tat man nur, wenn jemand gemein wie Jonny zu einem war. Nur wenn man ihn so hasste, dass man ihn umbringen wollte. Es wurde Zeit für ihn, seine Eltern zu retten. Einer musste es tun.

Mary hielt plötzlich inne. Sie hielt ein leeres Glas in der Hand, dessen Inhalt aus Louis' Haar tropfte. Sie sah zur Tür.

Da stand Deborah. Sie war jetzt zwölf Jahre alt. Ihr nachgedunkeltes blondes Haar fiel in dünnen Strähnen auf ihre Schultern. Ihre mageren Beine zitterten. Sie musste sich an einer Stuhlkante festhalten. Ihr schmales blasses Gesicht war verzerrt von der Anstrengung, bis zu ihnen zu dringen.

Ich gehe!, schrie Louis. Bei Gott, ich geh wirklich! Ich komme nicht mehr zurück!

Mary starrte die Erscheinung an. Jetzt sah auch Louis hin.

Richard!, sagte er.

Hört auf damit, sagte Richard. Hört sofort damit auf, euch anzuschreien!

Und zu Louis, im Ton dessen, der zu befehlen hat: Du bleibst hier! Niemand geht.

Und zu Mary: Stell das Glas hin! Entschuldige dich bei ihm! Du hast ihn nass gemacht.

Entschuldige, sagte Mary und stellte das Glas ab. Das wollte ich nicht.

Und jetzt, sagte Richard, wollen wir vernünftig miteinander reden. Du sagst, was du meinst, Daddy, und dann ist Mummy dran.

Richard, sagte Louis hilflos, du weißt nicht, worum es geht.

Es geht um Rosalie Osborne.

Um wen?, sagte Louis.

Mary brach in Tränen aus.

Ich habe euch gehört, sagte Richard. Es geht um diese Frau. Aber du bist mit Mummy verheiratet. Du kannst uns nicht alleinlassen.
Richard, sagte Louis und hob ihn vorsichtig wie etwas sehr Zerbrechliches auf seine Arme. Er wog ja nicht mehr viel. Nie. Niemals tue ich das.
Dann ist ja gut, sagte Richard und legte seinen Kopf an die Brust seines Vaters. Sein Kopf war schwer, und er konnte ihn kaum noch allein tragen. Dann gehe ich jetzt ins Bett.
Louis trug ihn in sein Zimmer und bettete ihn vorsichtig auf die Kissen. Mary war ihnen gefolgt. Sie setzte sich neben ihn, strich durch sein dünnes Haar. Alles in Ordnung, Schatz? Hast du Durst? Brauchst du noch etwas?
Nö, sagte Richard, ich schlaf dann jetzt.
Kurz bevor sie aus dem Zimmer waren, öffnete er die Augen noch einmal.
Geht ihr auch ins Bett?, fragte er.
Ja, sagten Louis und Mary fast gleichzeitig, wir gehen jetzt auch ins Bett.
Und Louis blieb.
Rosalie Osborne war nicht seine erste Affäre. Doch sie war eine der ernsteren. Mit Anfang fünfzig war Louis sträflich attraktiv. Sein schmales Gesicht war noch schmaler, seit sein Haaransatz zurückwich. Er war immer gut aussehend gewesen, aber jetzt sah er einfach verdammt wie der Liebhaber aus, den jede Frau sich vorstellt, wenn sie die Augen schließt. Groß, schlank, mit federnden Bewegungen und einem Körper, dessen muskulöse Festigkeit selbst unter den schlechtsitzenden Anzügen, die er trug, spürbar war. Und er wusste es. Es ist der Blick, der Männer zu Verführern macht.
Zu spät, sagte sein Blick den Frauen. Wenn du mich ansiehst,

bist du mir schon verfallen. Wir werden beide sehen, was daraus entsteht.

Da war immer noch etwas Jungenhaftes um ihn. Eine Spur von Verlegenheit, dass er so war, wie er war, einfach umwerfend. Die vielen Nächte, die er mit leidenschaftlichen Frauen verbracht hatte, die Stunden in verdunkelten Hotelzimmern, die heimlichen, leisen Verabredungen, die Blicke, die ihnen vorausgegangen waren, die kühnen Berührungen unter den Augen ahnungsloser Anwesender, die geflüsterten Bekenntnisse, jähes Begreifen, Hineingezogensein in Gefühlsstrudel, deren Vergänglichkeit in keinem Verhältnis zu ihrer Stärke stand, das Wissen um die Macht, die er besaß, zu Glück und Verzweiflung hinzureißen, die Tränen, die Schwüre, die alten und immer neuen sexuellen Übertretungen – all das hatte seine Spuren an ihm hinterlassen, ein undefinierbares Flair von Verführung und Verführbarkeit, unverborgen für die Frauen, die ihm begegneten.

Und für die Frau, die mit ihm verheiratet war.

Wo bist du gewesen?

Er log wunderbar. Er log mit großem Ernst, mit Wärme, mit sehr viel Einfühlung. Er war ein begnadeter Lügner, wie er ein begnadeter Liebhaber war. Seine Lügen waren wie tröstende Liebkosungen. Mary hätte weinen mögen vor Erleichterung, wenn er log. Es war so schwer, zu verdächtigen, zu misstrauen, sich zu empören, wenn man liebte. Ein Blick, ein Tonfall, ein Wort von ihm nahm ihr die Last der Gehässigkeit und zerstörte zugleich die Sicherheit, mit der sie ihn zu durchschauen geglaubt hatte.

Mary-mine, sagte er, und sie fühlte das Unrecht, das sie ihm tat.

In seinen Lügen war immer auch etwas Bekümmerung dar-

über, dass sie ihn dazu zwang. Es war ein Kern von wahrer Bekümmerung darin, von wahrem Bedauern, dass es nicht anders mit ihnen war. Und es war dieser Kern von Wahrheit in seinen Lügen, der ihren Stolz jedes Mal überwältigte. Gott, wie erleichtert sie war, dass er alles erklären konnte. Es schien plötzlich so einfach, so nachvollziehbar. Vielleicht war er nicht immer ganz unschuldig – welcher Mann ist das schon, Mary? –, aber diesmal verdächtigte sie ihn ganz grundlos.
Er verwirrte sie. Nicht er war es, der sich in Lügen verstrickte. Sie verstrickte sich im Gespinst falscher Annahmen. Unbezweifelbare Tatsachen erwiesen sich als absurde Behauptungen, wenn sie sie aussprach. Wie konnte sie! Kannte sie ihn denn so schlecht? Wusste sie nicht, dass er niemals, auch nicht im Traum und an diesem Abend schon gar nicht, und keine Zeit für so etwas, war bis halb elf im Büro, wollte sie etwa wissen, was er gemacht hatte, wirklich, wollte sie das, wollte sie seine Termine sehen, und sollte er erröten, wenn dabei auch Frauen waren, Mitarbeiterinnen, Ehefrauen anderer Männer, mein Gott, in welcher Welt lebte sie, und im Übrigen glaubte er nicht, dass Frauen die besseren Menschen seien, es gehörten immer zwei dazu, was hatte sie denn an diesem Tag gemacht, sollte er auch anfangen, sie zu verdächtigen, wie ihr das gefiele –
Gut, warf sie ein. Es gefiele ihr gut. Sie erwarte das.
Ach Mary, sagte er dann.
Und sie war so bedürftig nach einer Umarmung, nach der Erlösung von ihrer Anspannung, und sei es nur für einen Moment, dass sie fast bereit war, ihn darum zu bitten, wenn er es nicht von selbst tat. *Sie* bat *ihn,* und er gewährte es je nach dem Grad seiner Müdigkeit, seiner Verstimmung, des Leids, das ihm durch sie widerfahren war. Und sie dachte: Kann es

sein, dass Lügner leiden? Kann man ihnen unrecht tun? Kann es sein, dass dieser Ernst, mit dem sie lügen, ihr wahres Ich offenbart? Was wissen Lügner von sich? Wissen sie die Wahrheit über sich selbst, oder lügen Lügner auch, wenn sie mit sich allein sind?

Dann erst wurde ihr die Frage bewusst, die die ganze Zeit in ihrem Kopf darauf gelauert hatte, gestellt zu werden. Es war eine einfache Frage. Doch weil sie so einfach war, war sie in der komplizierten Situation vergessen worden. Jetzt erst fiel ihr ein, es ging nicht um Gefühle, nicht darum, wer von ihnen mehr Arbeit hatte und ob Männer oder Frauen die besseren Menschen waren, es ging um Miss Osborne.

Rosalie Osborne war Louis' Sekretärin. Und sie war jung. Er hatte sie im Jahr zuvor bei einem Studienaufenthalt am British Museum of Natural History in London kennengelernt. Sie war eins dieser Mädchen, die einem älteren, geistig faszinierenden Mann ihre Seele verkaufen und ihren Körper gratis dazugeben. (Und sie war eins von den wenigen, die diesen Handel niemals im Leben mehr rückgängig machen.) Sie reiste ihm nach Kenia nach. Es war der Schritt, mit dem sie ihm ihr Leben, ihre Zukunft, ihr ganzes Sein widmete. Sie erwartete nichts von ihm außer dem Glück, die Geliebte von Louis Leakey zu sein. Sie vergeudete sich daran, wissend, dass sie sich vergeudete. Miss Osborne war nicht dumm. Sie nahm Louis' Scheidungsversprechen als das Äußerste, was ein Mann in seiner Lage zu geben hatte. Als Ausdruck einer Verliebtheit, die auch ihn manchmal delirieren ließ. Es war ihm ernst, keine Frage. Denn selbst in seinen flüchtigsten Affären war immer ein Kern von Liebesernst. Das ist das Geheimnis erfolgreicher Liebhaber. Miss Osborne war nicht erfahren, aber dies ahnte sie, und sie hütete sich, auf Erfüllung zu drängen. Das

wiederum steigerte den Ernst der Gefühle, die er für sie hatte. Es machte, dass er tatsächlich daran dachte, sich von seiner Familie zu trennen.
Und Mary spürte es. Bisher hatte sie sich damit beholfen, die Frauen zu verachten, mit denen Louis sie mutmaßlich betrog. Diese Verachtung war Balsam für ihre Selbstachtung. Keine von ihnen besaß Klasse. Sie waren dumm, naiv, eitel, unerfahren, mit einem Wort: Hühner. Wie konnte ein Mann, der Ansprüche hatte, auf Hühner hereinfallen? Studentinnen aus dem Ausland, denen er Stipendien beschaffte. Junge Journalistinnen, die ihn unter dem Vorwand einer Recherche auffällig lange begleiteten. Museumspraktikantinnen. Tierfotografinnen, für die Louis sich die Zeit nahm, sie durch die Wildparks zu fahren. Allesamt junge Frauen von beklagenswert niedrigem Standard, wie Mary behauptete. Wenn sie mit ihnen zusammentraf, machte sie keinen Hehl aus ihrer Verachtung. Die jungen Frauen fürchteten die Begegnungen mit ihr. Sie machten ihrerseits keinen Hehl aus dem Bedauern, das sie für den Ehemann einer solchen Frau fühlten, und warfen ihre letzten Bedenken über Bord, sich mit ihm auf eine Affäre einzulassen.
Und hier war Rosalie Osborne, hübsch, lebhaft, intelligent und bis zur Selbstverleugnung verliebt in ihn. Mary spürte, dass sie bei ihr mit Verachtung nicht weiterkam.
Warst du bei Rosalie Osborne?, lautete die Frage, die Mary ihm stellen musste.
Sie zögerte einen Moment. Sie wusste genau, was die unausweichliche Folge sein würde. Doch sie hatte schon zu viel Brandy im Blut, um sich zu bremsen.
Warst du bei Rosalie Osborne?
Und an dieser Stelle begann Richards nächtlicher Albtraum.

Das Haus hallte wider von ihren Stimmen. Er hörte sie schreien. Er hörte all das, wovon er nur so viel verstand, dass er es nicht hören wollte.

Und er entfernte sich.

Er entfernte sich in eine Welt, in der es noch keine Häuser gab. Sie hatten kein Haus. In Langata gab es keine Häuser. Es gab überhaupt nichts zum Wohnen. Sie lebten am Fluss. Sie fischten und aßen die Fische roh, weil sie nicht wussten, wie Feuer gemacht wird. Sie waren mutig. Sie mussten mutig sein. Sie hatten keine Gewehre. Sie hatten nur Stöcke. Und sie waren nackt, wie die waren, nach deren Knochen die Eltern suchten. Es gab nur den Busch, wo Langata war. Es gab nur Wildnis, nur Tiere, die in der Wildnis waren, und sie. Und in diese Wildnis ging Richard.

Es gab keinen Pfad.

Der Junge

bog mit den Armen

die Äste zur Seite.

Der Junge bog mit den Armen die Äste zur Seite, die sein Gesicht streiften. Er versuchte leise zu sein, möglichst unhörbar. Hören und nicht gehört werden. Darauf kam es an. Hören. Ein Murmeln und Rauschen, leiser werdend. Das Wasser. Wissen. Der Fluss ist nicht weit, und der Junge bewegt sich stromaufwärts, weg von den Stromschnellen. Hören. Ein Summen. Und Riechen. Unangenehm. Wissen. Verwesung und Fliegen. Würmer. Larven. Nicht essen. Nur frisch gestorbenes Fleisch essen. Hören und spüren. Die Erde bebt unter den Füßen. Sehen. Meerkatzen, die in die Wipfel fliehen. Springhasen, Zwergantilopen auf ihrer Flucht. Wissen. Niemals zu nah an die Elefanten. Elefantenwut kann tödlich sein. Laufrichtung ändern.
Stehen bleiben. Genau hören. Plötzliches Aufflattern. Vogelschreien. Stimmen von jungen Pavianen, die sich dareinmischen. Kreischen von Pavianmüttern. Eine Baumschlange. Wissen. Es ist bald vorbei. Genau hinhören. Wie das Schreien des Paviankindes abbricht. Das Klagen der Mutter. Bewegungen in den Baumkronen, die vom Weiterziehen der Horde künden. Wissen. Die Schlange hat jetzt für lange Zeit genug. Doch es gibt andere. Vorsicht hier. Besser sich einen Stock nehmen. Umschauen. Die Bäume jetzt frei. Hinaufklettern. Sich

einen Ast brechen. Das Laub abstreifen. Astgabelungen beseitigen. Stock durch die Hand ziehen. Prüfen. Biegen. Nicht zu weich. Nicht zu hart. Harte Stöcke brechen leicht. Guter Stock. Zwischen die Zähne nehmen, damit beide Hände zum Klettern frei sind. Nach oben schauen. Sehen, wo die Sonne steht. Wissen. Es wird jetzt Zeit hinabzuklettern. Bedauern. Davon träumen, dass man den Nachmittag in den Bäumen verträumen kann. Hunger. Mit leerem Bauch kann nicht geträumt werden. In die Richtung des Flusses blicken. Erkennen. Die Stelle, an der es Fische gibt. Sich den Weg dahin einprägen. Sich erinnern. Die Bucht. Das seichte Wasser. Die blitzenden Fischleiber. Ihre Schnelligkeit. Hunger auf Fischleiber. Lust darauf. Wissen. Es kommt darauf an, dass man so schnell wie die Fische ist. Viel Ärger. Aber dann Zappeln. Und Schmecken. Zappeln und Schmecken, das macht den Fisch so gut.

Als der Junge zum Fluss kam, sah er jemanden, der schon in der Bucht fischte.

Was machst du hier?

Verschwinde!, sagte sein Bruder. Ich war vor dir hier.

Aber ich war es, der dir die Stelle gezeigt hat, sagte der Junge.

Verschwinde!, sagte sein Bruder. Sonst kannst du was erleben.

Ich habe einen Stock, sagte der Junge.

Ich auch, sagte sein Bruder.

Sein Stock war doppelt so lang und spitz am Ende.

Hast du schon was gefangen?, fragte der Junge.

In diesem Moment zappelte ein Fisch am Speer seines Bruders. Ha, sagte er und biss hinein. Es war ein großer Fisch mit schönen silbernen Schuppen.

Gibst du mir auch was ab?, sagte der Junge.

Ich bin doch nicht blöd, sagte sein Bruder. Fang dir selber was. Aber nicht hier. Das ist mein Fischgrund.

Er wies mit dem Kinn flussabwärts. Das Fischblut tropfte in die Haare auf seiner Brust. Der Junge war dort noch kahl.
Geh!, sagte sein Bruder. Versuch's unterhalb.
Dem Jungen lief das Wasser im Mund zusammen, als er seinen Bruder in den Fisch beißen sah.
Da unten stehen sie nicht, sagte er. Da ist viel zu viel Strömung. Er wedelte mit der Hand, um dem Bruder zu zeigen, wie stark die Strömung weiter unten war, und gurgelte.
Ist mir doch egal, sagte sein Bruder, spuckte ein paar Gräten aus und warf das Gerippe mit Kopf und Schwanzflosse ans Ufer, sodass es vor die Füße des Jungen flog.
A––––, rief der Junge. Es war ein böser, verbotener Name, den er seinem Bruder gab. Er verwandte ihn nicht zum ersten Mal.
Hast du A–––– zu mir gesagt?, fragte sein Bruder und kam jetzt aus dem Wasser drohend auf ihn zu, die Spitze des Speers auf seine Brust gerichtet.
Der Junge wich in Richtung eines Steinblocks zurück, der am Ufer lag.
Sag das noch mal, sagte sein Bruder.
Der Junge musste sich Mut machen. Seit er auf der Welt war, hatte er Angst vor seinem Bruder. Er wiederholte das Wort. Und mit jedem Mal wuchsen seine Wut und sein Hass auf den Älteren. Er wusste, dass der nicht zögern würde, ihm wehzutun. Er spürte bereits die Spitze des Speers, die sich in seine Brust bohrte, fühlte aber keinen Schmerz, sondern nur die Lust, die sein Hass ihm bereitete.
Gleichzeitig wusste er, dass es wie immer enden würde.
Ergib dich, sagte sein Bruder.
Nein!, schrie er.
Er war noch nicht so weit.

Der Druck des Speeres verstärkte sich. Jetzt konnte nur eine List helfen. Er wies zum Fluss und schrie *Flusspferd.*

Flusspferde waren die größte Gefahr für die Fischer. Sie waren *böse.* Sie griffen alles an, was sich am Ufer bewegte. Sie taten es nicht aus Hunger. Sie taten es, weil sie *böse* waren. Ein Flusspferd ist nichts anderes als eine riesige Masse Boshaftigkeit, die im Wasser wohnt. Sie liegen tagelang faul darin herum. Man sollte meinen, dass sie zufrieden sind, da sie von nichts als den Pflanzen im Wasser leben. Ein Flusspferd hat alles, was ein Flusspferd braucht, solange es Wasser hat. Doch dann erheben sie sich plötzlich, bewegen die massigen Leiber mit erstaunlicher Behändigkeit und sperren ihre hässlichen Mäuler auf, entblößen die entsetzlichen Hauer im Unterkiefer und schnappen zu. Sie töten nur, um zu töten. Nur um die Freude zu haben, dass sie es können. Jede grauschwarze Erhebung, die aus dem Wasser ragt, kann ein Flusspferd sein.

Flusspferd!, schrie er.

Und sein Bruder drehte sich um.

Er schlug den Speer zur Seite und entkam.

Lügner!, rief sein Bruder ihm nach. *Stinktier. Ratte.*

Er war schneller als der Ältere, schoss durch das Dickicht, das sich sofort hinter ihm schloss und ihn unsichtbar machte. Nur das Geräusch, mit dem die Zweige ihn peitschten, und der Rhythmus seiner Füße auf dem Boden verrieten ihn. Und obwohl eine blinde Flucht immer gefährlich war, weil jede andere Gefahr im Dickicht auf ihn lauerte – Dornen, die in seine Haut drangen, Elefanten, die plötzlich vor ihm auftauchten und ihn als Angreifer einstufen konnten, versumpfte Tümpel, in denen man plötzlich versank und im besten Fall voller Blutegel wieder herausfand, wenn dort nicht Krokodile und Schlangen auf einen warteten –, fühlte er sich doch als Sieger

und wusste, dass sein Bruder ihn nicht mehr einholen würde. Noch beschwerte ihn kein Gedanke an die Rache des Älteren, die ihn ohne Zweifel erwartete.
Er blieb stehen und drückte sich an einen Baumstamm. Man wusste nie, ob sich nicht vielleicht doch ein Verfolger anschlich. Vorsicht ist das erste Gebot, wenn man Feinde hat. Er sicherte nach allen Seiten, las die Spuren auf dem Grund. Seine eigenen, unter denen sich das Gras langsam wieder aufrichtete. Halbfrische Losung, die Fruchtkerne enthielt.
Früchtefresser.
Losung mit Kernen hat immer etwas Beruhigendes. Gefahrlos. Das lernt jedes Kind, sobald es von der Hand seiner Mutter losgelassen wird. Wo Losung mit Kernen ist, darfst du ruhig spielen. Aber dort, wo Gewölle und Knochen dabei sind, hüte dich, komm zurück, geh keinen Schritt weiter!
Aber dann fiel ihm die Menge abgeknickter Zweige im unteren Bereich der Bäume auf. Elefanten. Jetzt sah er auch, wo das Gras zu seinen Füßen vor kurzem niedergetrampelt worden war und sich wieder aufgerichtet hatte. Man musste genau hinsehen. Es war etwa zwei Tage her, dass sie hier gewesen waren. Nichts Beunruhigendes.
Doch etwas blieb, was zu erhöhter Aufmerksamkeit zwang. Er wusste noch nicht, was es war. Eine Anwesenheit von etwas an diesem Ort nicht zu Erwartendem. Genau hören. Genau riechen. Genau sehen.
Er weiß nicht, was, aber dass es da ist, kann er spüren.
Er darf nicht mehr wie ein Kind sein. Kinder sind sorglos. Kinder verlassen sich darauf, dass Erwachsene Sorge für sie tragen. Kinder sind dumm. Kinder sind noch keine *Waldgänger.* Auch er ist noch kein *Waldgänger.* Er ist entwischt, um allein am Fluss Fische zu fangen. Er weiß, dass er bestraft wird, wenn er

zurückkommt. Es ist ihm gleich. Er will kein Kind mehr sein. *Waldgänger* oder gar nichts. Wir werden ja sehen, wer schon ein *Waldgänger* ist.
Sie sagen: Geh mit deinem Bruder.
Aber er will nicht mit seinem Bruder gehen. Und sein Bruder will nicht, dass er mit ihm geht. *Schon wieder der Kleine.* Auch sein Bruder wird sehen, wer hier der bessere *Waldgänger* ist.
Genau riechen. Angst. Er riecht eine Angst.
Genau sehen. Ihm entgeht nichts. Nichts auf dem Boden, nichts in der Luft. In der Luft kreist ein Geier. Was sieht der Geier? Der Geier hat schärfere Augen als der Junge, der sich an den Baumstamm lehnt und nach oben blickt.
Genau hören. Da sind zu viele Geräusche. Das Summen der Insekten. Die Vögel im Laub. Das Rascheln kleiner Nager. Ein leichter Wind, der durch die Baumkronen geht.
Der Junge weiß, dass der Geier mehr weiß als er. Geier sind himmlische Wegweiser. Ihr Ort am Himmel zeigt an, wo bald gestorben wird. Ein Geier am Himmel macht Appetit auf frisch Gestorbenes. Man muss nur rechtzeitig am Ort sein, bevor die Geier Mahlzeit halten. Ein Geier zieht andere Geier an. Geier sind geduldig. Je länger sie ihre Kreise am Himmel ziehen, desto größer ist die Beute. Desto mehr lohnt es sich. Geier lassen sich vertreiben, wenn man zu der Beute kommt. Katzen kann man nicht vertreiben, auch nicht Hyänen, wenn man nicht selbst Beute werden will. Aber Geier fliegen auf, wenn sich ein *Langschatten* nähert. Selbst ein Junge kann sie vertreiben, wenn er mutig ist.
Schon kreisen mehrere.
Der Junge versucht sich der Stelle zu nähern, über der die Geier sind. Er versucht schnell zu sein. Es ist nicht nur der Hunger, der ihn antreibt. Es ist eine andere Gier. Es ist die Gier,

zu erfahren, was er noch nicht weiß. Warum dort die Geier sind.
Aber dort ist gar nichts.
Der Junge versteht es nicht. Die Sprache der Geier ist unmissverständlich und deutlich. Sie täuschen nie. Gerüche täuschen nicht. Spuren im Gras. Das Fauchen der Raubkatzen täuscht nicht. Die Winde täuschen nicht. Ein Baum voller Früchte täuscht nicht. Nur *Langschatten* täuschen. Sie täuschen mit Absicht. Sie *lügen.* So wie er seinen Bruder belogen hat. *Flusspferde.* Der Junge muss lachen, wenn er daran denkt.
Er schaut nach oben. Kann es sein, dass die Geier über ihn lachen? Kann es sein, dass sie sich an seiner Dummheit freuen, wie er sich an der Dummheit seines Bruders freut?
Der Junge fürchtet sich plötzlich. Er fühlt sich allein. Er denkt an den Stock, den er am Fluss zurückgelassen hat. Wenn er jetzt kämpfen müsste, hätte er nur zwei Hände, um sich zu wehren.
Die Geier kreisen am Himmel. Sie kreisen lautlos. Sie kreisen über ihm. Vielleicht ist er ihre Beute. Vielleicht ist es sein Fleisch, auf das sie es mit der Geduld hungriger Raubvögel abgesehen haben. Geier irren sich nicht. Vielleicht sehen sie auch den Feind, der sich ihm am Boden nähert, um gleichzeitig mit ihm auf ihn niederzustoßen.
Der Junge duckte sich tief unter die Zweige eines Fieberbaums. Doch ein Baum reichte nicht, um ihn zu beschützen. Er wünschte plötzlich, sein Bruder wäre bei ihm. Er war zu weit ins *Unbekannte,* zu weit weg von den anderen gegangen. Ihn umgab von allen Seiten das *Feindliche.* Wer würde ihm helfen, wenn er kämpfen musste?
Dann hörte er es.
Es war ganz nah. Es rief. Dann verstummte es. Der Junge hielt

den Atem an. Wieder rief es. Es war ein heiseres Rufen wie von etwas, das schon lange gerufen und keine Antwort bekommen hat. Die Erde erbebte leise, als seien da Hufe, die gegen sie trommelten, nur dumpfer, wie von weither, doch die Rufe kamen von nah.

Aber da war nichts.

Der Junge sicherte nach allen Seiten, soweit das Blattwerk es zuließ, unter dem er sich versteckt hatte. Dann verwandelte der Junge sich in eine Schlange. So, mit dem Bauch an der Erde, kroch er aus seinem Versteckt hervor. Die Schlange, die er war, fühlte das Vibrieren des Bodens unter sich, über den sie kroch. Sie folgte der Spur der Angst, die schon eine Zeit lang in seiner Nase war. Schlangen erkennen Gerüche, wie man ihm gesagt hat. Hier war der Geruch einer Angst, die mehr als Angst, die schon Ergebung in ein unabwendbares Ende war.

Plötzlich griffen seine Hände ins Leere. Ein neuer heiserer Schrei kam aus der Tiefe. Es war die Erde selbst, die so schrie. Der Junge fühlte, wie der Boden unter ihm nachgab. Er begriff, dass er verschlungen werden sollte. Die Erde tat sich wie ein Raubtiermaul unter ihm auf und zog ihn zu sich hinein.

Mit aller Kraft krallte der Junge sich im Wurzelwerk fest, das er greifen konnte, und wehrte sich dagegen, ins Innere der Erde gezogen zu werden. Er öffnete die Augen, die er im Moment des Entsetzens geschlossen hatte, und als sich sein Blick an das Dunkel im Innern der Erde gewöhnte, sah er, dass sie schon ihr Opfer verschlungen hatte: eine junge Antilope, die schrie und mit ihren Hufen gegen die Wände der Grube trommelte. Ihre Nüstern und Augen waren verklebt, ihr Fell schmutzig und schweißnass. Der Junge begriff jetzt, worauf die Geier warteten.

Und er begriff, die Geduld der Geier würde belohnt werden. Geduld ist die Tugend der Geier.
Geduld und Grausamkeit.
Sie würden der Antilope die Augen aushacken. Für den kurzen Rest ihres Lebens wäre sie noch blind, bevor ihr Herz unter den Schnäbeln, die ihre Decke öffnen und ihr das Fleisch von den Rippen reißen würden, zu schlagen aufhörte. Darauf würde es einer der Vögel in stolzem Flug sonnenwärts tragen und auf den höchsten Zweigen einer Akazie herunterwürgen, den Kopf weit im Nacken und um des besseren Schlingens willen hin- und herwiegend, um gleich darauf wieder hinab in die Grube zu fahren, wo von der Antilope bereits nicht viel mehr als ihr Gerippe übrig sein würde.
Der Geruch der Todesangst war übermächtig, da der Junge jetzt mit dem Kopf über der Antilope war. Und plötzlich wusste der Junge: Dieser Geruch zog auch andere an, die Appetit auf frisches Fleisch und leichte Beute hatten. Und wer frisches Fleisch mochte, hatte auch Appetit auf ihn.
Der Junge richtete sich auf, sprang vorsichtig auf die Beine, damit er nicht in die Grube fiel, und lief zum Fluss zurück.
Sein Bruder war satt. Er spießte eben ein paar Fische auf seinen Speer, um sie mitzunehmen.
Natürlich wird er sie nicht mit anderen teilen, dachte der Junge, sondern heimlich dörren und selber aufessen. Aber das zählte jetzt nicht. Was zählte: dass sein Bruder satt war. Das machte ihn umgänglich.
Der Junge rief ihn bei dem Namen, den ihre Mutter dem Älteren gab. Das sollte ihm zeigen, dass er in friedlicher Absicht kam.
Verpiss dich, sagte sein Bruder. Etwas dergleichen.
Der Erfolg beim Fischen hatte ihn besänftigt. In seinem vol-

len Bauch war die Wut zu Verachtung verdaut worden. Alles in allem war der Tag ein erfolgreicher für ihn. Der Junge erkannte, dass es nicht leicht sein würde, ihn zu neuen Taten zu inspirieren.

Er stieß den Ruf aus, den die Jäger nach der erfolgten Tötung der Beute ausstoßen.

Angeber, sagte sein Bruder, schulterte seinen Speer und machte sich auf den Weg.

Der Junge folgte ihm.

Klette, sagte sein Bruder.

Es ist nicht weit, bettelte er, komm mit.

Geh spielen, sagte sein Bruder und spuckte aus.

Es ist *Fleisch,* sagte er.

Hol's dir doch, sagte sein Bruder, wenn du kannst. Ich bin satt.

Es ist eine *F a l l e,* sagte er.

Sein Bruder blieb stehen.

Du lügst, sagte er. Hier gibt es keine *Anderen.* Das ist unser Land.

Sieh's dir an, bettelte er, sieh's dir an, sieh's dir an.

Er wollte auf keinen Fall mehr allein dorthin gehen.

Ist was drin?, fragte sein Bruder.

Eine Antilope, sagte er. Wir holen sie uns.

Sie werden zurückkommen, sagte sein Bruder. Sie kommen immer zurück.

Hast du Angst?, fragte der Junge.

Er selbst hatte große Angst vor den *Anderen.* Sie konnten überall sein. Man konnte nie wissen, ob sie einen nicht beobachteten. Einmal hatte er welche am anderen Ufer des Flusses gesehen. Seht nicht hin, hatte man den Kindern gesagt. Wenn ihr sie anseht, dann werdet ihr wie sie. Man hatte schnell nach ihm gegriffen, und sie waren weggerannt. Er hatte oft versucht, sich daran zu erinnern, *was* er gesehen hatte. Aber er hatte nur *viele* gesehen, und sie waren verschwunden, wie die Nacht vor dem Tag schwindet, und er hatte später gezweifelt, ob er sie wirklich gesehen hatte. Aber er traute sich nicht, jemanden von den *Seinigen* danach zu fragen, ob die *Anderen* wirklich da gewesen waren oder ob er es nur geträumt hatte. Doch später einmal fanden sie eine *Hinterlassenschaft,* und sie staunten alle sehr, weil es so schöne *Werkzeuge* waren, Messer mit ganz glatten Kanten, wie sie noch niemand gesehen hatte. Sie schnitten ins Fleisch, wenn man sie nur anfasste. Es wurde den Kindern verboten, sie zu berühren, und die Männer versteckten sie und suchten nach dem Stein, aus dem solche Werkzeuge gemacht waren. Aber sie fanden ihn nicht. Es war ein Stein aus dem *Anderland* auf der anderen Seite des Flusses, in das noch nie jemand gekommen war. Manchmal träumte der Junge davon, eines Tages auf die *andere Seite* zu gehen. Er sagte es niemandem.

Ich doch nicht, sagte sein Bruder. Ich habe keine *Angst.*

Ich auch nicht, sagte der Junge.

Der Ältere warf seine Fische ab. Daran konnte der Junge erkennen, dass es ihm ernst war. Er ging voraus, und sein Bruder folgte ihm.

Hören. Und nicht gehört werden. Sehen. Und nicht gesehen werden.

Es war noch nicht zu spät. Die Geier waren näher gekommen. Sie saßen in den Bäumen und warteten. Es waren jetzt viele. Dann und wann flog einer auf und ließ sich auf einem anderen Ast nieder. Die Sonne stand tiefer. Aber bis zu ihrem Untergang blieb dem Tier noch genug Zeit, in der Grube zu sterben. Es schlug immer noch mit den Hufen gegen die Wände.

Sollen wir es uns holen?, sagte der Junge.

Du bist verrückt, sagte sein Bruder. Sie kommen. Und dann holen sie uns.

Es gibt keine *Anderen,* sagte der Junge. Sie sind auf der *anderen Seite.*

Das sagen sie den Kindern, sagte sein Bruder. Ich habe welche gesehen.

Du lügst, sagte der Junge.

Sie verständigten sich miteinander wie Brüder, die in derselben *Familie,* an denselben Orten aufgewachsen sind. Sie brauchten nicht viele *Worte,* um zu verstehen, was der andere meinte. Es genügten ihre Stimmen, ihre Mienen, ihre Gesten, um sich einander verständlich zu machen. O, sie verstanden sich gut. Sie verstanden sich viel zu gut. Gut genug, um sich zu hassen. Und es war der Hass, der ihnen auch Worte eingab. Man braucht Worte, um sich zu streiten. Wo man einander versteht, braucht man sie nicht.

Du lügst war solch ein Wort.

Es klang ähnlich wie das Summen eines Insekts, das nah am Ohr vorbeifliegt, ein Summen, das plötzlich abbricht, weil es seinen Stachel in deine Haut senkt. Ein giftiges Insekt.

Wie sahen sie denn aus?, fragte der Junge.

Es sollte höhnisch klingen, aber es war auch Neugierde mit im Spiel, angstvolle Neugierde.

Sie sind viel größer als wir, sagte sein Bruder. Er flüsterte. Sie sehen schrecklich aus.

Wie schrecklich?, fragte der Junge.

Der Ältere riss die Augen auf und stieß Knurrlaute aus. So schrecklich, sagte er.

Glaubst du – der Junge benutzte den Ausdruck für *Fressfeinde*, ein Wort, das kein bestimmtes Tier meinte, kein Krokodil, keinen Löwen, keinen Python, nur ihren Hunger auf Menschenfleisch.
Sie sind *böse*, flüsterte sein Bruder. Und sie sind *schlau*.
Er wies auf die Grube. Sie machen so was, sagte er.
Lass uns gehen, sagte der Junge.
Es gab vieles, wovor er Angst hatte. Es gab Gewitter. Es gab Feuer. Er hatte noch keines erlebt, nur die verkohlten Baumreste gesehen, wo es gebrannt hatte. Er wusste, dass es das Schlimmste war. Es gab Fressfeinde. Es gab Kranksein, das Fieber, das machte, dass einem die Zähne klapperten. Es gab Stürze. Es gab Verletzungen. Es gab schmerzende Wunden, in denen Würmer wie Schlangen im Morast wimmelten. Es gab den Zorn erwachsener Männer in der Familie, vor dem er sich hütete.
Aber dies war schlimmer als alles andere: Wesen, die so sind wie wir, nur schlauer, nur noch gefährlicher.
Plötzlich schien es ihm, als ob fremde Augen ihn von überallher beobachteten. War es möglich, dass sie über den Fluss gekommen waren? Konnte man wissen, was sie vorhatten? Konnte man sicher sein, dass sie nicht Fallen für uns bauen? Wo überhaupt konnte man noch sicher sein, wenn es *Andere* gab, die uns gleichsehen und doch nicht so sind wie wir. Sie wären schlimmer als Löwen und Pythons zusammen, wenn sie auf unserer Seite der Welt wären.
Feigling, sagte sein Bruder. Such dir einen Stock und mach einen guten Speer daraus.
Und die *Anderen?*, sagte der Junge.
Es gibt keine *Anderen*, sagte sein Bruder, du *Baby*. Ich hab dich nur angeschmiert. Das ist ein trockenes Wasserloch. Die Antilope ist hineingefallen. Die holen wir uns.

Er starrte in die Grube. Der Duft der Todesangst, der aus ihr aufstieg, berauschte auch ihn.

Der Speer muss lang sein, sagte er. Lang und spitz.

Da war die bebende Flanke, schweißbedeckt, vor seinen Augen. Die Halsadern, geschwollen vor Anstrengung, die er öffnen würde, um das Blut in Stößen herausquellen zu sehen. Die in Todesangst geweiteten Augen, die er den Geiern nicht zu überlassen gesonnen war.

Mach schnell, sagte er.

Wann war ihm je eine Beute so sicher gewesen?

Der Junge war schon dabei, einen Stock mit den Zähnen zuzuspitzen, da er keinen passenden Stein in der Nähe fand. Er wusste, dass es nicht ratsam war, seine Frontzähne zu riskieren. Er kannte mehrere Jäger, bei denen sie abgesplittert waren. Aber auch er war ungeduldig.

Such dir selbst einen Stock, rief er seinem Bruder zu. Der ist für mich.

Er wusste, dass sein Bruder jetzt keinen Streit mit ihm anfangen würde. Es war nicht die Zeit dazu. Sie mussten zusammenarbeiten, um das Tier zu erlegen. Nur zusammen würden sie es transportieren können. Nur zusammen würden sie von den Ihrigen dafür gelobt werden. Ja, das Vorgefühl des Lobes, das ihnen sicher war, wenn sie die Beute ins Lager geschafft hatten, war ein wesentlicher Bestandteil ihres Jagdeifers. Sie redeten nicht mehr. Sie handelten.

Als sie am Rande der Grube auftauchten, stand das Tier zitternd still. Es senkte den Kopf und empfing den ersten Stoß, als hätte es ihn lange erwartet. Die Vorderläufe brachen ein, es fiel zur Seite, als wolle es sich nach langer Anstrengung endlich zum Schlafen legen. Als der zweite Stoß es traf, sprang es noch einmal auf, fiel aber gleich darauf wieder um. Die beiden

Jungen umklammerten ihre Speerschäfte mit beiden Händen, um sie wieder herausziehen zu können. Das Tier warf noch einmal den Kopf in den Nacken. Es verlor Blut, aber nicht genug. Die Jungen legten sich auf den Bauch, um die Reichweite der Waffen zu vergrößern. Noch hatten sie die Halsschlagader nicht getroffen.
Lass mich machen, keuchte der Ältere.
Doch er verfehlte sie wieder und brachte dem Tier nur eine weitere Fleischwunde bei. Jetzt stieß der Jüngere zu. Ein Schwall von Blut schoss aus dem Hals des Tieres. Es öffnete sein Maul, und auch aus seinem Maul floss Blut.
Ja!, rief der Junge.
Aber der Speer war seinen Händen entglitten. Er ragte aus dem Hals des Tieres, das ihn mit einer letzten Anstrengung abzuschütteln versuchte. Der Ältere stieß noch einmal zu, und das Tier lag still. Noch einmal hob sich seine Flanke. Die Zunge trat weit aus dem Maul, und das Tier war tot.
Ja!, rief der Ältere. Er brach in den *Gesang* des erfolgreichen Jägers aus.
Der Junge blieb stumm.
Das war ich, sagte er, als der Ältere geendet hatte.
Du hast deinen Speer verloren, sagte sein Bruder. Du bist *schwach.*
Aber ich habe getroffen, sagte der Junge.
Das kann jedes Kind, sagte sein Bruder verächtlich. Wieder herausziehen, das ist die Kunst. Daran erkennt man den Jäger.
»Daran erkennt man den Jäger.« Der Junge äffte ihn nach. Sein Bruder redete wie ein alter Mann, der die Jungen belehren will.
Aber er wollte keinen Streit.
Und was machen wir jetzt?, sagte er.

Er blickte in die Grube. Die Grube war etwas tiefer, als ein Mann groß ist.
Wir brauchen ein *Messer,* sagte sein Bruder, um es zu zerteilen. Am Fluss. Am Fluss liegen Messer. Wir haben sie mal gebraucht, um den großen Fisch zu zerteilen, weißt du noch?
Du läufst hin, sagte der Junge. Ich bleibe hier und verjage die Geier, wenn sie angreifen.
Die Geier saßen auf den unteren Ästen der Bäume und flatterten unruhig. Sie warteten auf einen günstigen Augenblick, um sich ihr Stück von der Beute zu holen. Es waren jetzt sehr viele.
Nimm meinen Stock, sagte der Ältere. Sie werden kommen, wenn du allein bist.
Schon war er weg.

Es war eindeutig die schwierigere Aufgabe, bei der Beute zu bleiben. Da waren nicht nur die Geier, auch andere Räuber würde der Blutgeruch anziehen.
Beeil dich, rief der Junge seinem Bruder nach.
Es war jetzt später Nachmittag. Sein Schatten wuchs, aber der Junge fühlte sich plötzlich klein wie ein Kind, das sich im Wald verlaufen hat. Das Flügelschlagen der Geier, der Lärm, den sie erzeugten, hinderte ihn daran, auf die Geräusche zu horchen, die Gefahr bedeuten konnten.
Bald saßen die ersten Geier am Rand der Grube. Der Junge fuhr mit dem Stock zwischen sie. Sie flogen auf und ließen sich wieder am Rand nieder. Der Junge begriff, dass es keinen Moment der Unachtsamkeit geben durfte. Er scheuchte sie wieder auf, doch sie kamen sogleich zurück. Er sah ihnen an, dass sie ihn verachteten und den Ausgang des Kampfes gelassen schon im Voraus für sich entschieden hatten. Und sie zu vertreiben war in der Tat eine Anstrengung, von der er fühlte, dass sie

seine Kräfte aufzehrte. Doch er wusste, wie schnell es gehen würde, bis von der Beute nichts außer ein paar Knochen übrig wäre. Außerdem fürchtete er den Zorn seines Bruders und, was schlimmer war, seinen Spott. Also kämpfte er.
Plötzlich flog ein Vogel ihm über die Schulter, streifte sein Haar und ließ sich auf dem Kopf des Kadavers nieder. Der Junge zielte mit dem Speer nach ihm, erreichte aber nur, dass der Vogel ihm auswich und eine andere Stelle in Angriff nahm. Währenddessen kam ein zweiter Vogel dazu, und bald war der Kadaver bedeckt von Vogelleibern, die mit ihren Schnäbeln Stücke aus ihm herausrissen und damit in die umliegenden Bäume aufflogen, um sie zu verzehren.
Der Junge überlegte nicht lange und sprang in die Grube. Er fuchtelte mit den Armen, klatschte in die Hände, er schrie, und es gelang ihm, alle Vögel zu verscheuchen.
Plötzlich war es still. Er sah nach oben. Er sah in die heimtückisch funkelnden Augen der Geier, die dicht nebeneinander wieder am Rand der Grube hockten und auf ihn niedersahen.
Er begriff: Es gab jetzt zwei Beutetiere für sie.
Und Geier haben Geduld.
Die Sonne stand tiefer. Sie erreichte nur noch die Kronen der Bäume, die der Junge von unten sah. Die Decke des Kadavers war aufgerissen, und alles war glitschig von Blut. An manchen Stellen, wo die Geier Stücke von Fleisch herausgerissen hatten, konnte man schon die Knochen sehen. Der Junge wartete. Seine Lust auf die Beute war jetzt verflogen. Er sah die Wand vor sich. Er sah rings um sich und suchte nach einer Stelle, um hinauszuklettern. Er fand keine. Die Wände waren glatt, lehmig und zerbröckelten unter den Händen bei dem Versuch, einen Widerstand zum Greifen zu finden.
Was machst du da unten?

Sein Bruder sah zu ihm hinab. Er war sehr weit über ihm.
Ich habe die Geier verscheucht, sagte er.
Das sehe ich, sagte sein Bruder. Du wolltest die Beute für dich haben. Du hast mich zum Wasser geschickt und schon Mahlzeit gehalten.
Du siehst doch, dass das die Geier waren, sagte der Junge.
Ich sehe keine Geier hier, sagte sein Bruder.
Die Geier waren verschwunden, als er gekommen war.
Hol mich raus, sagte der Junge.
Verräter, sagte sein Bruder kalt. *Dieb.*
Er benutzte das Wort für Jäger, die sich von der Beute aneignen, was ihnen nicht zusteht. Solche Jäger werden verstoßen. Sie dürfen nicht mehr mit den anderen aus der Familie jagen. Sie müssen zugrunde gehen. Kein Jäger kann allein auf sich gestellt ein Tier zur Strecke bringen. Wie sollte er es gleichzeitig umstellen und erlegen? Es war ein böses Wort.
Du kannst alles haben, sagte der Junge, wenn du mich hier rausholst.
Das ist eine Falle, sagte der Ältere, hast du doch selber gesagt. Und jetzt bist du dadrin.
Mach keine Witze, sagte der Jüngere, hol mich raus.
Dabei wusste er, dass sein Bruder nie einen Witz machte.
Und wie soll ich dich rausholen?, sagte er.
Du legst dich auf den Bauch, sagte der Junge, und reichst mir deine Hand, dann schaffe ich es.
Dummkopf, sagte sein Bruder. Dann falle ich selbst hinein.
Du musst dich mit den Füßen an einen Stamm klammern, sagte der Junge. *Hilf mir doch!*
Er hatte sich alles genau überlegt.
Hilf dir selbst, sagte sein Bruder.
Dann war er weg.

Als es dunkel wurde, gab der Junge es auf, zu rufen.
Er hatte Durst. Er riss Fetzen von dem Fleisch und lutschte das Blut heraus, das schon geronnen war. Der Kadaver war jetzt kalt. Der Junge fror. Er drängte sich an das Tote und suchte sich darin zu bergen. Mit seinen Händen und Zähnen grub er sich in den Bauch des Tieres und fand die Leber, die er verschlang. In den Geräuschen der Nacht unterschied er das Fauchen und Knurren der Raubkatzen, die Blut gewittert hatten und näher kamen. Dann war er plötzlich nicht mehr allein in der Grube. Er drängte sich an die Wand. Er hörte das Schmatzen und Reißen und Knochenzerbeißen. Er konnte den heißen stinkenden Atem der Raubkatzen spüren. Aber dann waren sie so plötzlich fort, wie sie gekommen waren, und hatten ihn übrig gelassen. Sie mögen *uns* nicht. Nur wenn es nichts Besseres gibt. Sie mögen Antilope. Erst wenn sie wiederkommen würden, gegen Morgen vielleicht, könnte es sein, dass sie Appetit auf den Jungen hätten, dessen Leib über und über von Antilopenblut verklebt war. Als sein Verstand wieder einsetzte, rieb er sich mit Erde vom Grund der Grube ein.
Gerüche. Gerüche sind unser Kleid, solange wir leben.
Der Junge erinnerte sich jetzt an vieles, was man ihm gesagt hatte.
Du sollst nicht allein gehen.
Du sollst nicht weiter gehen als der Ruf deiner Stimme.
Meide die Gefahr.
Begib dich nicht ohne Grund in sie.
Teile.
Jage nur das Wild, das sich von dir jagen lässt.
Er hatte bis jetzt nie darüber nachgedacht, was es bedeutete.
Jetzt, so schien ihm, verstand er es.

Er erinnerte sich daran, wie seine Mutter ihn *mein Schöner* genannt hatte, *mein Kluger, mein liebstes Kind von allen.* Und er verstand jetzt auch, dass sein Bruder nicht Hilfe holen gegangen war. In der Klarheit seiner Verzweiflung fühlte er genau, was sein Bruder gefühlt hatte.
Und er wusste, dass es für ihn keine Hoffnung gab.

Sein Bruder war erst bei Dunkelheit ins Lager gekommen.
Er war mürrisch und stumm gewesen wie gewöhnlich.
Wo ist dein Bruder?, hatten sie ihn gefragt.
Ich weiß nicht, hatte er geantwortet.
Und seine Mutter hatte ihren ältesten Sohn plötzlich scharf angeblickt.
Wo ist dein Bruder?
Soll ich meines Bruders Hüter sein?, hatte sein Bruder geantwortet.

Als es hell wurde, sah der Junge, dass die Katzen reichliche Mahlzeit gehalten hatten. Von der Antilope lag nur das Gerippe fahlweiß am Boden der Grube. Sie hatten ihm nichts übrig gelassen. Der Junge kauerte sich neben den Schädel. Er fuhr mit dem Finger durch die leeren Augenhöhlen, entfernte ein Stück blutiges Fell, das noch daran klebte, überlegte, ob es nahrhaft war, steckte es in den Mund und spuckte es sogleich wieder aus. Dann fiel sein Blick auf die Hörner.
Niemand will die Hörner außer *uns,* dachte er. Man kann damit graben. Man kann damit Löcher in Tierhäute machen, um sie an Stöcken zum Schutz gegen Wind und Regen aufzuspannen. Man kann –
Plötzlich fiel ihm ein, was er damit konnte. Er konnte damit die Wände der Grube bearbeiten, um Trittstufen für sich zu

schaffen. Er konnte sie weiter oben in die Wand bohren, um sich daran hochzuziehen. Er konnte –

Er machte sich an die Arbeit.

Er schlief oft ein. Wenn er aufwachte, sah er nach oben und glaubte die Geier zu sehen. Mittags traf die Sonne auf ihn. Er schauerte, als er sie auf der Haut spürte, und blinzelte. Er hatte großen Durst. Manchmal glaubte er menschliche Stimmen zu hören. Er rief. Niemand antwortete. Dann bestürmte er die Wand. Sie bröckelte. Seine Augen waren wund von dem Staub, der auf ihn herniederrieselte. Seine Hände zerrissen. Er leckte sein Blut ab. Es war die einzige Feuchtigkeit, die er fand.

Er träumte. Im Traum war es leicht, hinaufzusteigen. Es war, als ob man getragen würde. Er gelangte direkt auf die andere Flussseite. Dort war eine Höhle, an deren Eingang er saß und auf das silberne Band des Flusses hinabblickte. Ihm war so wohl, weil die Sonne ihn traf, und er schauerte. (War es der zweite oder der dritte Tag? Die Sonne kam nur ganz kurz zu ihm. Dann war sie schon wieder weiter.) Er sah herrliche Speere mit beinernen Spitzen, die kunstvoll an die Schäfte gebunden waren. Er sah einen Mann, der zwei Steine aneinanderrieb, wobei Funken ins Gras sprangen. Er sah, dass die Steine so dünn waren, dass fast der Himmel hindurchschien. Er sah eine Frau, die Fasern umeinanderwand, bis etwas entstanden war, in das sie ihr kleines Kind setzte, worauf sie es sich um die Schultern band. Er begriff, dass er Dinge sah, die es gar nicht gab. Er begriff, dass er träumte. Trotzdem schien es ihm, als sei er wach. Es schien ihm, als sei er im Traum auf die *andere Seite* gebracht worden und dort aufgewacht.

Wenn Jungen träumen, träumen sie dann nicht immer, dass sie gerettet sind?

Einmal hatte er seine Augen geöffnet und einen Mann am

Rand der Grube stehen sehen. Er war größer als *wir.* Er war größer als alle Menschen, die er jemals gesehen hatte. Neben ihm tauchte ein zweiter Mann von solcher Größe auf.
Der Junge schloss wieder die Augen. Er hatte genug Angst gehabt. Es war jetzt wirklich genug damit. Er ließ geschehen, was geschehen musste.

Um diese Zeit sah seine Mutter ihren ersten Sohn mit den Männern von der Jagd kommen. Sie sah, dass er noch stiller und mürrischer als gewöhnlich war. Sie sah genau hin. Sie war voller Trauer, und die Trauer machte, dass sie schärfer als sonst hinsah.
Komm her, sagte sie zu ihm.
Und er gehorchte, weil sie seine Mutter war. Aber er gehorchte noch weniger gern als sonst und näherte sich ihr so langsam, dass man den Widerwillen sah, der ihn beherrschte.
Du weißt, wo dein Bruder ist, sagte sie. Und plötzlich brach es aus ihr heraus: Du weißt, wo *mein Liebster von allen* –
Ein Blick in die Augen ihres älteren Sohnes machte sie stumm.
Dein *Liebling,* sagte er. Er benutzte das Wort, das nur Frauen benutzen. Er spuckte es vor sie hin. Dein *Liebling* lebt nicht mehr.
Zeig mir, wo er ist!, rief sie. Zeig mir die Stelle!
Es gibt eine Art der Mütter zu befehlen, der sich niemand widersetzt.
Als die Männer an den Rand der Grube traten, wandten sie sich zu der Frau, die ihnen gefolgt war und sich nicht abschütteln ließ.
Dein Sohn, sagten sie und wiesen auf den Jungen, der sie geführt hatte. Dein Sohn lügt.

Die Grube war leer. Nur die Knochen einer Antilope lagen auf dem Grund. Der Schädel war zersplittert. Jemand hatte versucht, das Gehörn daraus zu lösen.
Aber da war niemand.
Da ist niemand gewesen, sagten die Männer.

Er lebt noch, sagte seine Mutter.

Der Mann ist der Nebenbuhler anderer Männer. Er freut sich der Konkurrenz, und diese führt zu Ehrgeiz, welcher nur zu leicht in Selbstsucht übergeht. Die letzteren Eigenschaften scheinen sein natürliches und unglückliches angeborenes Recht zu sein.

Charles Darwin,
Die Abstammung des Menschen

1972

Seit vier Jahren lebt sie die meiste Zeit auf einem der Plateaus an der Schlucht. Sie bewohnt zeitweise noch das Haus in Nairobi, doch Olduvai ist ihr Zuhause geworden: die runde Hütte, ein metallener Container, in dem sie mit den Hunden schläft, die überdachte Veranda nahebei, wo das Team seine Mahlzeiten einnimmt, die Küche, ein kleiner Holzverschlag, das Magazin für die Fundstücke mit den überfüllten Regalen und Arbeitstischen sowie die Hütten und Zelte, in denen das Team und die Gäste untergebracht werden – das ist jetzt ihre Welt. Sie ist heiß. Sie ist staubig. Sie liegt weitab von allem, was Menschen anregend erscheint, weitab von Partys, Theatern, Konzerten, Golfturnieren …

Sie trägt ausgebeulte Baumwollhosen, verwaschene Blusen, Poloshirts. Ihr Haar steckt unter Baumwollhüten, die verbergen, dass es selten gewaschen wird. Sie hat nie Zerstreuungen gebraucht. Gesellschaftliche, kulturelle Anlässe, sich zu kleiden und ihr Erscheinungsbild zu perfektionieren, haben sie immer eher irritiert. Sie war niemals zufrieden mit ihrem Erscheinungsbild. Sich mit anderen Frauen vergleichen zu müssen schien ihr erniedrigend. Dabei bewundert sie elegante Frauen, schimmernde Frisuren, exakt aufgetragenes Lippenrot, auf den Farbton des Nagellacks abgestimmt, blütenbe-

druckte Chiffonkleider, deren Säume gebräunte Waden über hochhackigen Schuhen umspielen. Doch sie erlebt nie einen Hauch davon an sich selbst, auch wenn sie es versucht, nur ein in ihren Augen hoffnungsloses Zurückbleiben hinter anderen Frauen, eine Kränkung, die selbst dann schwer zu verwinden ist, wenn sie sich bewusst macht, dass die Attraktivitätsränge, die Frauen einander zuweisen, durchaus nicht mit der Attraktivität, die sie für Männer besitzen, identisch sind.
Sie glaubt, dass sie aus dem Spiel ist. Nicht weil sie neunundfünfzig ist. Sie kennt in Nairobi Frauen in ihrem Alter, die das Spiel weiterhin spielen, wenn auch mit schlechteren Karten. Aber sie konkurriert nicht mehr. Nicht mit anderen Frauen. Sie spielt längst ein anderes Spiel.
Es ist mehr als ein Rückzug. Es ist etwas anderes. Sie hat sich ein Reich geschaffen, in dem sie allein und unangefochten herrscht. Das ist Olduvai. Sie befehligt ihre kleine Armee aus weißen und schwarzen Mitarbeitern, sie empfängt Besucher: Wissenschaftler, Journalisten aus aller Welt, manchmal auch alte Freunde und Freundinnen, junge Studenten, das ganze Volk, das sich gern an exotischen Schauplätzen einfindet, ganz gleich, ob es dort Katastrophen oder Schätze zu bestaunen gibt, ob es um Opfer oder um Helden geht. Sie beherbergt und bewirtet sie, führt sie durch ihr Reich, öffnet ihnen ihre Schatzkammern und lässt sie staunen angesichts der Schätze, die sie gesammelt hat. Sie ist gastfrei und freundlich und bis auf seltene Ausnahmen immer ein wenig hochmütig. Sie ist die Königin. Olduvai ist ihr Reich. Das Lager ist ihre Königsburg. Ihre Hofhaltung ist sparsam, wie es der Lebenshaltung eines Grabungsteams entspricht, und verlangt vom Gast unbedingte Unterwerfung unter das tägliche Zeremoniell. Ihre Zeit ist knapp bemessen. Sie geizt mit sich. Sie gehört ganz ihrer Ar-

beit, am Tag an den Stellen, an denen gegraben wird, abends an ihrem Arbeitstisch im Magazin, wo sie ihre Fundstücke klassifiziert und Aufzeichnungen vornimmt, aus denen später ihre großen Werke über die Altsteinzeit werden sollen. Privilegierte Besucher dürfen ihr manchmal zusehen und Fragen stellen. In ihrem Gestus der Unvoreingenommenheit, mit dem sie Gäste willkommen heißt, ist ein Kern von Arroganz, den sie je nach Gutdünken und Sympathie schmelzen und wieder erhärten lässt. Niemand verlässt sie, ohne zu wissen, dass es ein Privileg ist, sie hier draußen besuchen zu dürfen.
Das gilt auch für ihre Söhne. Auch sie unterwerfen sich dem Hofzeremoniell von Olduvai, wenn sie hierherkommen. Es gilt nicht für Louis. Aber Louis ist selten hier.
Zurzeit ist er in London. Soviel sie von ihm weiß. Oder in Kalifornien. Oder in der Luft dazwischen. Louis ist häufig in der Luft.
Sie weiß nicht viel von ihm.
Sie weiß alles, was ihn betrifft.
Sie weiß, dass er nicht mehr lange zu leben hat.
Sie weiß, dass er herzkrank ist. Sie weiß von mehreren Attacken und Krankenhausaufenthalten. Sie ist nach Nairobi gefahren, wenn sie von einem ihrer Söhne über Funk davon benachrichtigt worden ist. Da ist noch immer etwas Derartiges zwischen ihm und ihr. Doch sie ist stets schnell wieder abgereist, wenn es ihm besserging.
Würde er zu mir kommen, wenn ich ihn brauchte?, hat sie gedacht.
Ja, das würde er.
Solcherart ist die Ehe, die nach wie vor das Gesetz ihres Lebens ist. Das einzige unumstößliche.
Sie weiß, dass er andere Frauen hat.

Louis ist neunundsechzig. Er ist dick geworden. Er atmet schwer. Seit einer Operation an der Hüfte stützt er sich beim Gehen auf einen Stock. Sein Haar ist weiß und schütter, sein Gesicht entweder leichenblass oder rot. Mehrere Frontzähne fehlen ihm. Er hat alles, um abstoßend zu sein.
Dennoch zieht er an. Immer noch.
Wenn er Vorträge hält – in London und Oxford, in Seattle, Chicago, New York, San Francisco, Minneapolis –, sind die Säle brechend voll. Seine Zuhörer tauchen in seine Gedanken ein wie in eine andere Welt, zu der sie lange den Schlüssel gesucht haben. Sie fühlen, dass zwischen ihnen und der Wissenschaft, die er vertritt, der Wissenschaft von der Entstehung des Menschen, nicht der Graben des Nichtwissens klafft, den andere Vortragende gern bewusst machen, sondern dass hier einer von dem spricht, was sie schon immer zu wissen gemeint haben, aber nicht in der Lage waren, so klar, so unverstellt zu denken, wie Louis Leakey es vorträgt. Er ist vom Holz seines Vaters, des Missionars. Er ist ein Prediger. Ein Verkünder. Er vermittelt nicht nur Wissenswertes, er befreit zu höherer, neuer Erkenntnis. Wenn er einen Kiefer vom *Homo habilis* hochhält, wenn er in seine Tasche greift und ein Steinwerkzeug präsentiert, wenn er versichert, dass beides aus derselben Sedimentschicht stammt, mithin als gleich alt zu betrachten ist, etwa eine Million achthunderttausend Jahre, wobei ein Unterschied von hunderttausend Jahren mitgedacht werden darf, scheinen die Zuhörer – nicht anders als die Gemeinde von Missionar Leakey – Zeugen eines Wunders zu sein, eines Erlösungswerks, eines Einbrechens höherer Weisheit und Logik in die kleine Welt ihrer bisherigen Denkgewohnheiten. Wie in der Kirche geraten sie außer sich, und wie ein guter Arbeiter im Weinberg des Herrn versteht Louis Leakey es, ihre

Bereitschaft zum Spenden zu wecken. All das, seufzt er, kostet viel Geld. Man glaubt es nicht, was alles nötig ist, um solche Schätze zu heben. Und es bleibt noch so viel zu tun. Die größten Fragen unserer Vergangenheit sind immer noch ungeklärt. Wir könnten noch viel genauer wissen, woher wir kommen, wie unsere Vorläufer auf Erden gelebt haben, wenn wir nur über die Mittel verfügten, weiterzugraben. Er wisse schon, wo. Wenn er nur genug Menschen fände, die ihn unterstützen wollten.

Er ist ein genialer Spendeneinsammler. Sponsoren lieben ihn dafür, dass er ihr Geld nimmt. Er bringt es fertig, sie glauben zu lassen, dass er sie dadurch auszeichnet. Und er bekommt es immer, wenn er es braucht.

Es ist das Werk eines Lebens, über Jahrzehnte aufgebaut, ein Netzwerk, an dem er beharrlich geknüpft hat. Pressekontakte. Reiche Privatleute. Wissenschaftliche Gesellschaften, Regierungsstellen. Je länger es besteht, desto öfter verfängt er sich in diesem Netz. Es muss ständig vergrößert und ausgebessert werden. Allzu viele Personen und Einrichtungen sind vom Fließen der Spenden abhängig, die er beschafft: neben verschiedenen Grabungsvorhaben das Zentrum für Prähistorie und Paläanthropologie in Nairobi und das Tigoni Primate Research Centre. Auch Marys Reich in Olduvai hängt von den Spenden ab, die Louis sammelt. Wenn irgendjemand weiß, dass es die Rastlosigkeit ist, die ihn töten wird, dann ist es Mary. Was sie nicht weiß: welchen Anteil sie hat an seiner Rastlosigkeit. Und sie weigert sich, darüber nachzudenken.

Natürlich tut sie es doch.

Hätte es für Louis ein ruhiges Leben an der Seite einer Frau gegeben? War sie die falsche dafür gewesen? Ist sie es, die ihn in die Rastlosigkeit getrieben hat, in der er umkommt? Ist sie

es, die ihn tötet? Und, ganz am Ende, will sie das? Wird das ihr Sieg sein?
Mary weiß, dass solche Fragen gedacht werden. Irgendwo in ihr, während der Brandy wirkt, den sie trinkt. Sie will die Antwort darauf nicht wissen.
Im Übrigen kennt sie sie: nein.
Sie hat einen Eroberer geheiratet. Zuerst hat er sie erobert und nach ihr andere Frauen. Er ist einfach immer derselbe geblieben.
Hat sie sich verändert?
O ja, das hat sie. Aber sie will nicht genau wissen, was mit ihr geschehen ist.
Sie ist alt geworden. Nun ja. Auch Louis ist alt geworden. Aber das ist nicht dasselbe. Er ist der Mann, den Frauen älter wollen. Er war es immer. Sie selbst hat den zehn Jahre Älteren so gewollt. Es hat ihr gefallen, dieses Gefälle zwischen ihm und ihr. Männlichkeit gewinnt für sie, wenn ein Mann älter ist. Sie will ihn überlegen. Seine Überlegenheit macht, dass sie sich selbst als Frau empfindet. Ihre Weiblichkeit nährt sich von seiner Überlegenheit. Die Frau in ihr will sie schwach, um desto stärker zu triumphieren. Was sie begehrt, ist der Mann, der ihr an Erfahrung, an Wissen, an Autorität überlegen ist. Warum sonst sollte sie ihn begehren? Sie will die Initiation durch ihn. Auch an sexueller Erfahrung soll er ihr überlegen sein. Sie will seine Führerschaft, auch im Bett. Ihre Neugierde, ihr Eifer wurzeln in seiner Inspiration, von der sie glaubt, dass sie ihm durch sie eingegeben ist. Sie schlägt ihm niemals etwas ab.
Sie ist von der Art Geliebten, von denen ein Mann gar nicht genügend haben kann.
Sie ist es gewesen. Diese Leidenschaft altert. Sie altert eher, als

man selbst altert. Sie altert mit den Männern, die ihr Gegenstand sind. Sie lassen nach. Ihr Vorsprung mindert sich, bis er ganz zunichte ist. Dann brauchen sie andere Frauen, jüngere Frauen, die das Gefälle für sie wiederherstellen. Frauen, die sich in ihren Armen zerbrechlich anfühlen. Zarte, feingliedrige Frauen, die sich unter dem Blick eines älteren, erfahrenen Mannes in Bestandteile auflösen, die er nach eigenen Vorstellungen wieder zusammenfügt.

Verzage nicht. Vertraue mir. Du bist so begabt. Dir hat nur jemand gefehlt, der dir den Weg weist. Jemand wie ich.

Es sind keine Frauen. Es sind Mädchen. Es ist jedes Mal Mary Nicol, ein junges Ding voller Lebensgier, voller Erfahrungshunger, voller Wissensdurst. Eines, das alle Fragen auf einmal beantwortet haben will. Das sich selbst noch nicht kennt und auf einen Mann gewartet hat, der ihm sagt: Ich weiß, wer du bist. Du bist etwas ganz Besonderes. Ich helfe dir dabei, das Besondere zu werden, das du schon bist. Du weißt nicht genau, was dich interessiert? Was dich so brennend interessiert, dass du dafür alles andere vergessen willst? Aber ich weiß es. Die Wildnis? Das Unbekannte? Die dunklen Anfänge der Menschheit? Ihre Nähe zu den Tieren, die so nah mit uns verwandt sind, dass ihr Verhalten Aufschlüsse über uns selbst gibt? Gorillas? Schimpansen? Siehst du, ich wusste es.

Jane Goodall war dreiundzwanzig, als sie fünfzehn Jahre zuvor in sein Büro in Nairobi gekommen war, ihre haselnussbraunen Augen zu ihm aufschlug und ihm gestand, dass sie in Afrika war, um »etwas mit Tieren« zu machen. Man habe ihr geraten, sich an ihn zu wenden. Da sei sie nun. Sie war so aufgeregt, dass ihr die Stimme wegblieb. Sie hauchte, sie habe *Tarzan* gelesen und alles andere, was ihr über den Schwarzen Kontinent in die Finger kam.

Er versprach ihr eine Anstellung. Welche Erfahrung, beruflich, meine er, sie mitbringe.
Sie habe als Sekretärin gearbeitet, hauchte sie.
Er versicherte ihr, dass es kein Schreibtischjob sein würde.
Sie fand ihre Stimme wieder und beteuerte, dass sie zu allem bereit sei.
Er fragte: Schimpansen? Ob sie sich für Schimpansen interessiere?
Sie habe Schimpansen im Londoner Zoo studiert, sagte sie.
Er lud sie zu einer Fahrt durch den Nairobi-Nationalpark für den nächsten Morgen ein. Sie brachen vor Sonnenaufgang auf und kamen erst mittags zurück. Sie begriff, dass es ein Examen war, und überraschte ihn mit ihren Kenntnissen. Selbst ein Wort wie »Ichthyologie« kam ihr glatt von den Lippen. Sie war ziemlich stolz auf sich. Allerdings wusste sie nicht, dass die schwerere Prüfung ihr noch bevorstand:
Er stellte sie Mary vor.
Man ritt gemeinsam aus. Mary gab ihr ein Pferd, das Jane sofort abwarf, kaum dass sie im Sattel saß.
Das arme Tier, rief Jane. Wahrscheinlich hat es eine entzündete Stelle unter dem Sattel!
Sie hatte recht. Mary schämte sich.
Was hältst du von ihr?, fragte Louis, als sie wieder alleine waren.
Sie versteht etwas von Tieren, sagte Mary. Aber du verstehst nichts von Frauen.
Was soll das heißen?, sagte er.
Sie will dich nicht, sagte Mary. Siehst du nicht, dass sie dich gar nicht will? Du bist über dreißig Jahre älter als sie. Sie träumt von einem hübschen jungen Mann, der ihr das Pferd bändigt.
(Mein Gott, sie wusste es besser. Sie wusste, wovon Mädchen wie Jane träumen.)

Geht es schon wieder los?, sagte er aggressiv. Kannst du an nichts anderes denken? Zum Teufel mit deiner Eifersucht. Ich brauche das Mädchen.
Daran zweifle ich nicht, sagte sie.
Ich will sie zu den Schimpansen an den Tanganjikasee schicken, sagte er. Sie ist genau die Richtige dafür.
Seit sie auf Rusinga Island und an anderen Fundstätten nah beim Victoriasee eine Menge weiterer Fossilien von *Proconsul* gefunden hatten, waren sie beide davon überzeugt, dass das evolutionäre Zentrum höherer Primaten einschließlich des *Homo sapiens* in Ostafrika liege und dass das Studium der dort lebenden Menschenaffen wesentliche Aufschlüsse über den Menschen erlaube.
Und? Hat sie Zoologie studiert?, fragte sie.
Ich schicke sie vorher nach London zu Osman Hill und John Napier. Die werden ihr alles über Primaten beibringen, was sie wissen muss, Anatomie, Verhalten ... In einem halben Jahr ist sie wieder hier, und bis dahin bekomme ich das Geld für die Feldforschung zusammen, Wenner-Gren oder die New York Zoological Society werden bezahlen, wenn ich es geschickt anfange.
Ohne Zweifel, sagte sie, wirst du erreichen, was du willst. Du erreichst immer, was du willst.
Sie sollte recht behalten. Nur in Jane Goodall sollte sie sich getäuscht haben. Louis Leakey sei ein wundervoller Mann, schrieb Goodall später, doch sie habe sich nie vorstellen können, mit ihm *romantically involved* zu sein.
Sie studierte die Affen am Gombe-Fluss. Sie bekam alles heraus, was man über sie wissen kann, wenn man jahrelang mit ihnen lebt. Sie war sein *chimpanzee girl.* War das etwa nicht genug romantisches *involvement*?

Er befahl ihr, für ihn bis ans Ende des Regenbogens zu gehen, und Jane Goodall ging. Er befahl ihr, auf die Gesellschaft anderer Männer zu verzichten, und sie verzichtete. Er verordnete ihr Strapazen, Entbehrungen, Einsamkeit, sexuelle Enthaltung um seinetwillen. Und sie nahm alles auf sich. Das war keine Affäre. Das war ein mehr als ernsthaftes Engagement, auch wenn sie später einen Wildlife-Dokumentarfilmer heiratete.
Da war Louis bereits in eine ähnliche Geschichte mit Dian Fossey verstrickt. Er traf sie auf einer Vortragsreise. In Louisville, Kentucky, stand sie in der Schlange enthusiasmierter Zuhörer, die sich gewöhnlich nach seinen Vorträgen bildete, Leute, die sich Bücher signieren lassen oder einfach ein paar Worte mit dem berühmten Louis Leakey wechseln wollten. Noch bevor sie an der Reihe war, bemerkte er die vor Verlangen brennenden Augen, die auf ihn gerichtet waren.
Warten Sie, sagte er, bis ich mit diesen Leuten fertig bin.
Am selben Abend noch rief sie ihre Mutter in Kalifornien an.
Dr. Leakey war hier, sagte sie. Er will mich zu den Berggorillas in den Kongo schicken. Er sagt, dass er mir ein Forschungsstipendium beschaffen kann.
Sie war drei Jahre zuvor in Afrika gewesen und hatte seitdem von nichts anderem geträumt als von Wildnis, Gefahr, Abenteuer und einem Mann, der sie auf die schwierigste Probe überhaupt stellte.
Was heißt das?, fragte ihre Mutter.
Das heißt, sagte sie träumerisch, dass ich mir den Blinddarm herausnehmen lasse. Dr. Leakey sagt, das sei vernünftiger, als in der Wildnis zu sterben.
Vernünftig!, rief ihre Mutter. Der Hörer fiel ihr aus der Hand. Sie begriff, dass ihre Tochter es ernst meinte.
Bevor Dian nach Nairobi flog, trennte sie sich nicht nur von

ihrem gesunden Appendix, sondern auch von einem Verlobten. Sie war dreiunddreißig. Sie gab jede andere Zukunft für die Unsterblichkeit auf, die denen verheißen ist, die konsequent ohne Rücksicht auf sich selbst und andere sind.
Louis verliebte sich fürchterlich in sie. Je mehr sie ausstand, Strapazen, Einsamkeit, Misshandlungen durch kongolesische Freischärler, Vergewaltigung, Angriffe von Wilddieben, gegen die sie ihre Gorilla-Schützlinge wütend verteidigte, je mehr ihre verzweifelte Kühnheit, ihr Mut einer Jeanne d'Arc der Affen, zutage trat, desto mehr leidenschaftliche Zärtlichkeit empfand er für sie. Hier war das Mädchen, das seiner Protektion ganz und gar würdig war. Hier war die Frau, die er brauchte. Er träumte davon, mit ihr zur Ruhe zu kommen. (Als wenn das möglich gewesen wäre.) Als schließlich die Krankheit sie zwang – eine Tuberkulose, die sie sich, mangelhaft ernährt, in den stets feuchten, kalten Bergwäldern zugezogen hatte –, den Posten zu verlassen und nach Nairobi zurückzukehren, erlebte er eins seiner Liebesdesaster mit ihr. Sie hatte ihm schon viel mehr als ihren Körper gegeben. Jetzt gab sie ihm viel weniger. Er war verzweifelt. Er bestand auf dem Glück, das mit ihr zu erleben er beabsichtigte. Er war ihr Meister, sie sein Geschöpf. Aber seine Fair Lady hatte sich schon ganz anderem widersetzt als dem Liebesbegehren eines Mannes in seinen Sechzigern. Sie entzog sich ihm nach England, wo sie ihre Dissertation ausarbeitete. Er schrieb ihr jeden Tag. *Meine liebste Dian ...* Seine Gefühlsenergie war unerschöpflich. Sie reichte, die ganze Welt mit allen Frauen darin zu umarmen. *Ich liebe, liebe, liebe alles an Dir.* Aber diese eine erreichte er nicht damit.
Die Frauen liefen ihm nach. Und er hatte Verwendung für alle. Biruté Galdikas sollte Orang-Utans erforschen. Frances Burton arbeitete in seinem Tigoni Primate Research Centre, wo

er auch Cynthia Booth untergebracht hatte. Juliet Ament im Prehistory Centre im National Museum in Nairobi. Gabrielle Dolphin, Elizabeth Meyerhoff und ungezählte andere, jung, zauberhaft, mit dem Willen zur Ungewöhnlichkeit, der bei jungen Frauen häufig anzutreffen ist, ohne dass sie genau wissen, wohin er zielt.

Louis wusste es. Er rekrutierte sie für seine Armee junger Heldinnen der Wissenschaft. Er fragte nicht viel nach Studienzeugnissen und Abschlüssen. Er war davon überzeugt, dass er selbst der beste Lehrer für sie sein werde. Und wie bei jeder Armee der Welt galt ihm ihr Todesmut, ihre Entschlossenheit, ihr unbedingtes Vertrauen in ihn als ihren Anführer mehr als ihre Kenntnisse.

Manchmal, wenn er sich in sein Haus am Indischen Ozean »zurückzog« – so nannte er es –, war er umgeben von einem Flor von Bikinimädchen, die darin wetteiferten, ihm gefällig zu sein. Er war nicht reich. Sein Haus war klein. Es ging um etwas anderes als bare Vorteile. *Etwas Wichtiges.* Das war es, was sie alle tun wollten. *Etwas Bedeutungsvolles.* Es waren die Sechziger. Sie waren die ersten Frauen, die eine Wahl hatten. Sie wählten den Mann mit den größten Versprechungen. Ihnen war es gleich, wie alt er war. Und wie viele Zähne ihm fehlten. Und dass er zu dick war. Und dass er zum Gehen einen Stock benutzte. Und dass sein Haar schütter war. Sie halfen ihm aus der Badewanne, wenn er nach ihnen rief. Sie kamen mit sich überein, dass ihm solche Hilfe nicht verweigert werden könne. Sie boten ihm ihre Schultern, auf die er sich beim Gang an den Strand stützte, indem er sie fest umfasst hielt und manchmal küsste, wenn er stehen blieb und ihnen etwas ins Ohr flüsterte, über das sie lachten, als habe er einen Witz gemacht. Dabei ängstigte sie, was er ihnen ins Ohr sprach.

Es ängstigte sie, weil sie nie genau verstanden, was er gesagt hatte.

Was hat er zu dir gesagt?

Ach, ich weiß nicht, irgendwas Komisches.

Sie setzten sich auf seinen Schoß, wenn er darauf bestand. Und einige von ihnen gingen womöglich manchmal auch mit ihm ins Bett.

Er war ein alter Mann für sie, aber er war ihr Türöffner zu einem Leben der Ungewöhnlichkeit, das sie so sehr für sich ersehnten.

Es war kein Zynismus in ihrem Verhalten ihm gegenüber, so wenig wie Zynismus in seinem Umgang mit den jungen Frauen war. Auf beiden Seiten ging es um große Gefühle, um hohe Ziele und verzweifelte Sehnsüchte.

Der alte Mann und die Mädchen. Der alte Mann ist ein Ermöglicher. Das ist sein Sexappeal. Sofern er ihn besitzt, fliegen die Frauen auf ihn wie Motten ins Licht. Sie sind nicht korrupt, im Gegenteil. Sie erhoffen sich, dass er ihnen den Weg zur Selbstverleugnung weist, zur vollkommenen Hingabe. Es ist mehr Erotik dabei im Spiel, als sie sich selber eingestehen. Der alte Mann ist leibhaftig in ihren Träumen. Es sind beschämend wollüstige Träume, die die jungen Frauen von dem alten Mann träumen. Sie sind alles andere als romantisch. Sie gehen in ihren Träumen viel weiter mit ihm, als sie es sich im Wachzustand vorstellen können. Junge Frauen sind große Heuchlerinnen, wenn es um ihre Träume geht. Vieles, was sie am Tag tun, tun sie, um zu dementieren, was sie nachts geträumt haben.

Beim alten Mann ist es umgekehrt. Am Tage gibt er sich törichten Träumereien hin, deren Erfüllung so gut wie ausgeschlossen ist. In der Nacht liegt er wach und fühlt die Last der Verpflichtungen, die er für die jungen Frauen eingegangen ist.

Jede Einzelne ein Projekt, das positioniert, mit anderen Projekten verlinkt, gefördert, strategisch bedacht werden muss und für das er vor allem Mittel anwerben muss. Die Mädchen sind in der Regel völlig mittellos, wenn sie zu ihm kommen, auf nichts vertrauend als auf seine Versprechungen.
Diese Last wird ihn umbringen, fühlt der alte Mann. Sie wird immer schwerer. Mit jedem Mädchen, das vor ihn hintritt, seine Augen zu ihm aufschlägt und ihm erklärt, dass es für ihn zu allem bereit wäre, wenn er nur wolle und es ihm ermögliche, mit jedem dieser Mädchen, die abzuweisen ihm als sinnlose Verschwendung erschiene, nimmt das Gewicht der Last zu, die er auf den Schultern trägt. Der alte Mann atmet schwer. Sein Herz rast. Sein Blutdruck ist viel zu hoch. Wenn der alte Mann in seinem Bett liegt und nicht schlafen kann, hört er den Hall seines Herzschlags im eigenen Kopf. Es klingt wie Schritte aus einem Stockwerk über ihm. Taktaktak. Aber da ist gar kein Stockwerk über seinem Schlafzimmer. Der alte Mann kann den Schmerz seines rasenden Herzens nicht mehr von dem Schmerz unterscheiden, den seine Seele fühlt, wenn er an all die Frauen denkt, die er nicht mehr lieben wird, obwohl er Vorräte davon angelegt hat, die für mehrere Männerleben hinreichen. Die Geschwindigkeit seines Herzschlags, sein Hall, das Gefühl von Beengtheit in seiner Brust, all das entspricht der Eile, die für ihn geboten ist, will er all seinen Verpflichtungen nachkommen. Der alte Mann leidet nicht wie andere alte Männer am Mangel an Gelegenheiten, er leidet am Mangel an Zeit, sie wahrzunehmen. Jedes Mädchen, das er an sich gebunden hat, wäre ein Lebenswerk. Ein Lebenswerk an Liebesbemühung, an Aufmerksamkeit, Pädagogik. Wenn ich nur Zeit hätte, denkt der alte Mann.
Er denkt nie: Ich bin zu alt.

Er denkt: Wenn ich nur genug Zeit hätte.
Schließlich sind da noch seine Forschungsvorhaben, die Grabungen, die Sammlungen, die Veröffentlichungen, die zu betreuen sind, seine eigenen und die seiner Mitarbeiter am Primate Research Centre und am Centre for Prehistory and Palaeontology, die Beiträge für *Nature* und die National Geographic Society und nicht zuletzt seine weltweiten Vortragsreisen, die wie immer der Akquirierung von Spenden für seine Forschungen dienen. Seine tägliche Korrespondenz. Die Briefe, die immer öfter mit *Vergib mir* enden, *aber ich bin sehr in Eile.* Und die Bücher. Auf Flügen schreibt er sie, in Zugabteilen und Hotelzimmern. Sie schreiben sich in seinem Kopf. Sie entstehen wie Gedanken, eine gewissermaßen unabwendbare Begleiterscheinung des Lebens. Er hat nie daran gezweifelt, dass seine Gedanken die ihnen gemäße Gestalt in Buchform finden. Das geschieht mit Selbstverständlichkeit. Er hat die Bücher – wissenschaftliche, politische –, die er geschrieben hat, nicht gezählt.
Manchmal erscheint es ihm, als bildeten all die zahlreichen Aktivitäten, für die seine Tage immer zu kurz sind, ein einziges System von auf so komplexe Weise miteinander verwobenen Fäden, dass ein einziger von ihnen, fallen gelassen, das ganze Gewebe zerstören müsse wie bei den Fingerfadenspielen, in denen er als Kikuyu-Junge ein Meister war und die er Mary als junger Frau beigebracht hat. Nur nichts verlieren. Alles sammeln. Alles sichern und kontrollieren.
Wo ist die Frau, die ihm dabei hilft? Wo ist Mary?
Mary ist weit weg in Olduvai. Seelenruhig birgt sie die Schätze, die zu finden er ihr ermöglicht hat. Nichts ficht sie an, wenn sie abends beim spärlichen Licht einer Karbidlampe sitzt und vor Millionen Jahren behauene Steine vor sich ausbreitet, ver-

gleicht, vermisst und sorgfältig katalogisiert. All ihre Gedanken sind bei ihrer Arbeit, so muss es ihm vorkommen. Sie ist zufrieden mit sich und ihrem Leben, wenn sie nur Steine vermessen kann. Insgeheim verachtet er ihre Gründlichkeit und ihren Fleiß. Die Ausschließlichkeit, mit der sie sich der Aufgabe widmet, den Werkzeuggebrauch früher hominider Spezies im Pleistozän zu erforschen. Die Strenge ihrer Beurteilung. Die wissenschaftlichen Skrupel, die es ihr verbieten, allzu schnell mit einer These hervorzutreten. Ihre Scheu, zu veröffentlichen.

Er selbst hat es immer geliebt, vor die Presse der Welt zu treten und einen neuen Menschen zu präsentieren.

Seht diesen Kiefer.

Seht seine Einzigartigkeit. Seht seine Menschenähnlichkeit. Begrüßt den Verwandten. Und seinen Entdecker. Mich.

Er hat keine Auseinandersetzung gescheut. Alles öffentlich. Er liebt die Öffentlichkeit. Er könnte sie umarmen, wenn man Öffentlichkeit umarmen könnte. Seid umschlungen ... Aber die Öffentlichkeit umschlingt. Er wird von ihr umschlungen. Sie verschlingt ihn. Sie verschlingt seine klaren Gedanken.

Mr. Leakey, sind Sie sicher, dass es sich um den Vertreter einer bisher unbekannten Spezies handelt?

Seine Sicherheit wurzelt in der Überzeugung, dass er zum Entdecker berufen ist. Er war es schon immer. Schon längst, bevor er dieses zufällige Ding gefunden hat.

Das Ding ist sein Beweis. Das Ding ist da.

Sehen Sie es an, sagt er. Sehen Sie *Kenyapithecus,* unseren Vorfahren aus dem Miozän, neunzehn Millionen Jahre alt, »die ältesten bisher identifzierbaren Relikte von Hominiden«, Vorläufern unserer Art, Mitgliedern unserer Familie.

Die Pressevertreter schreiben wie besessen mit. Dieser weißhaarige Mann. Seine Expeditionen ins Unbekannte, dem er Stück für Stück entreißt, was es nur ihm, nur dem Mutigen, nur dem Weisen, nur dem preisgibt, der zu deuten weiß. Er breitet die Stücke aus. Die Kameras klicken. Zähne. Splitter von Knochen, die einmal ein Gesicht geformt haben.

Für ungeschulte Augen mag es nicht spektakulär sein, sagt Louis Leakey.

Die Journalisten verstehen. Sie verstehen, dass der Mann, der vor ihnen steht, ganz im Gegensatz zu ihnen wissende Augen hat. Sie fragen ihn nicht weiter, was in einer Vorzeit, in der weder aufrechter Gang noch Sprache, noch nennenswertes Gehirnvolumen entwickelt war, eigentlich »hominid« bedeuten soll.

MENSCHLICHE VORFAHREN MEHR ALS 19 MILLIONEN JAHRE ALT titelt die *New York Times* am nächsten Tag, dem 15. Januar 1967.

Es ist ein Wettlauf geworden. Wer findet die ältesten Knochen des ältesten Vormenschen? Clark Howell? Bryan Patterson? Louis Leakey? Richard Leakey? Auch er spielt bereits mit. Louis ist immer noch Champion. Immer noch lässt er die Welt den Atem anhalten.

Wenn auch nur für den Augenblick.

Er kämpft hart darum, das letzte Wort zu behalten. Tun sie das nicht alle, die Wissenschaft treiben? Er kämpft härter als die meisten von ihnen. Härter, geschickter, beredsamer, fleißiger. Er rechnet mit den Feinden in seiner Zunft, missgünstigen, unterlegenen Kollegen, mit denen man immer rechnen muss. Er rechnet nicht mit den Molekularbiologen.

Sie nahmen Blutproben, verglichen Sequenzen, quälten weiße Mäuse und Küken, indem sie ihnen Proteine von Primaten injizierten, um ihre Immunreaktionen zu aktivieren, und stellten fest, dass Menschen, Schimpansen und Gorillas sehr nah verwandt waren, näher als diese drei mit Orang-Utans und Gibbons beispielsweise. Sie verfertigten Stammbäume. Es gelang ihnen zu zeigen, dass der letzte gemeinsame Vorfahre von Schimpansen und Menschen vor sicher nicht mehr als sieben Millionen Jahren, eher etwas später, gelebt hatte.

Wer war *Kenyapithecus*? Ein ausgestorbener Affe. Das ganze Spiel »Wer findet einen Vormenschen, der noch älter, noch archaischer ist« war zu Ende gespielt. Ab jetzt ging es nicht nur um Knochen. Es ging auch um DNA. Nicht die Pioniere der Wildnis, sondern die bleichen Fliegenbeinzähler in den Labors hatten gesiegt. *By the Evidence* würde Louis Leakeys letztes Buch heißen. Knochen waren *Evidenz.* Sie waren zum Anfassen. Unter Missachtung von Strapazen und Gefahr rang man sie der Erde ab. Man konnte sie ins Blitzlichtgewitter halten. Sie waren auf den Titelbildseiten von *Nature* abgebildet. Was hatten die Laborforscher dagegen zu bieten? Zahlenreihen. Tabellen. Verendete Mäuse. Feiges, defensives Absichern dürrer Erkenntnisse.

Es war das, was er auch Mary heimlich anlastete. Akribie. Fliegenbeinzählerei. Sie hatte schon immer gebremst, wenn er zu schnell vorpreschte. In ihrer eigenen Forschungsarbeit war sie gründlich, gewissenhaft, voller Skrupel, bevor sie Ergebnisse meldete. Sie zählte Steine, verglich, typisierte, maß aus. Sie tat es jahrelang, bis sie glaubte, berechtigt zu sein, in sorgfältig dokumentierten Werken Rückschlüsse daraus zu ziehen und sie der Öffentlichkeit zu präsentieren. Sie erforschte und vermaß eine ganze Kultur der Altsteinzeit und nannte sie »Oldowan«. Sie glich sie sorgfältig ab mit den Artefakten der folgenden Werkzeugkultur, des Acheuléen. Sie analysierte Bodenschichten und ihr Alter mit Hilfe von Geophysikern, die sie eigens kommen ließ. Man erläuterte ihr die neuen Möglichkeiten der radiometrischen Datierung, sie machte Gebrauch davon, kam zu exakten Datierungen, stieß an die Grenzen der Möglichkeit exakter Messungen, legte in ihren Schriften Zeugnis davon ab, wo diese Grenzen waren, vermutete nichts, wofür sie nicht gute Gründe fand, und trat nach vollbrachtem Werk hinter dieses zurück; sah es aus der Distanz noch einmal im Ganzen an und fragte sich, ob es der Mühe wert gewesen war, was sie herausgekriegt hatte. Dann erst machte sie sich an die Veröffentlichung.

Sie erwartete nicht viel davon. *Olduvai Excavations in Bed I and II.* Wer liest so etwas schon? Sie hatte eigentlich nichts anderes tun wollen, als Ordnung in ihren Archiven zu schaffen. Siebenunddreißigtausendeinhundertsiebenundzwanzig Fundstücke. Von Hand bearbeitete steinerne Werkzeuge. Hackmesser, Kratzer, Hammersteine, Meißel, vieleckig, spitz, rund, zweischneidig, oval, geschaffen, um Gegenstände damit zu bearbeiten, Hölzer, Rinden, Früchte, Häute ... Sie waren benutzt worden. Sie waren aus der Hand, die sie vor zwei Millionen Jahren benutzt hatte, in ihre Hand gelangt. Manchmal kratzte sie damit etwas an der Tischkante, oder sie prüfte die Schärfe der Schneide, indem sie sie ins eigene Fleisch ihres Handballens drückte. Sie wog sie in ihrer Hand, spürte mit ihren Fingerkuppen der Glätte des Feuersteins und der Rauheit des weißen Quarzits nach. Am meisten gefiel ihr der feinkörnige Phonolit, ein grünlicher Lavastein, aus dem die spitzesten Schneiden gefertigt waren. Es wäre leicht, sich damit die Pulsadern aufzuschneiden, dachte sie. Oder einem Tier die Kehle. Wer solche Steine besaß, konnte grausam sein. Er konnte Blut fließen lassen. Er konnte drohen. Er konnte sich gegen einen Angreifer verteidigen. Wer solche Steine besaß, konnte auch selbst der Angreifer sein. Sie legte den Stein aus der Hand, wo er warm geworden war. Steine scheinen menschliche Wärme schneller zu leiten als anderes Material. Es ist, als wenn sie sich beeilten, etwas davon zurückzugeben. Steine sind wie gemacht für die Hände der Menschen.

Es waren die ältesten Werkzeuge, die je entdeckt worden waren. Manche waren auch aus Knochen gefertigt, Knochen von Elefanten, Giraffen und Hippos, die Spuren von Bearbeitung aufwiesen. Sie legte sich die strengste Zurückhaltung auf, indem sie nicht viel mehr als hundert von den zwanzigtausend tierischen Fossilien, die sie gefunden hatte, eindeutig als Werkzeuge einstufte. Nachts lag sie wach und überlegte, ob sie nicht zu weit gegangen war. Die meisten Knochen, die sie fand, waren zerbrochen, benagt, zerbissen oder einfach vom Gewicht der Erdschichten, die sie bedeckt hatten, demoliert. Wie sollte sie unterscheiden, welche davon zu bewusstem Gebrauch hergerichtet worden waren? Sie hielt sich an ein strenges Ausschlussverfahren. Erst wenn sie keine andere Erklärung fand für die Beschaffenheit eines Fundstücks, nahm sie an, dass es als Werkzeug gebraucht worden war.

Und dann sah sie die Hand vor sich, die es führte. Sie sah sie schneiden und kratzen und hacken und Schläge ausführen, und es war ihre eigene Hand, die Haut faltig und welk, mit ersten Altersflecken darauf. Es war die gleiche, die vor zwei Millionen Jahren dieses Ding gehalten hatte. Es war die Hand. Sie erkannte sie. Dasselbe Design. Die Nägel zu brüchig und schwach, um sich damit zur Wehr zu setzen oder Beute zu machen. Degenerierte Krallen. Aber die Daumen. Ihr Stand in Opposition zu den vier Fingern. Eine Greifhand, die mehr kann als Äste umklammern. Sie greift ein Ding. Sie benutzt es. Sie beginnt, die Welt zu modellieren, zuerst nur den Stein,

dann den Knochen mit Hilfe des modellierten Steins. Dann blickt ihr Besitzer sich um und macht sich an die Arbeit. Er wird am Ende nichts lassen, wie es ist.
Er wird die Welt neu erfinden. Er wird sich selbst erfinden. Er wird sich den Namen »Wissender Mensch« geben. Er wird diese Steine betrachten, mit denen alles begonnen hat. Er wird versuchen zu verstehen. Er wird davon künden, was er verstanden hat. Heimlich träumt er davon, seinesgleichen in Erstaunen zu setzen. Er träumt von gefüllten Hörsälen, von Mikrofonen, die den Schall seiner Stimme um die Welt tragen, von einem Bild, das allüberall von den Wänden zurückgeworfen wird und das er selbst ist, er träumt von Aufmerksamkeit, von Zustimmung und Beifall, der aufbrandet, wo immer er sich zeigt. Er träumt von Fragen, die man ihm stellen wird:
Wer sind wir?
Woher kommen wir?
Was können wir wissen?
Und von den Antworten, die er weiß. Er träumt davon, seit ein Stein, von ihm behauen und geschliffen, von einer Hand zur anderen weitergereicht worden ist, während man seinen Namen mit Staunen und Ehrfurcht gesprochen hat. Seither kann er nicht genug davon kriegen, dem Staunen, der Bewunderung. Er nennt es Ruhm. Er geizt damit. Er will es für sich allein, während seine Gefährtin behauene Steine zählt, die sie gefunden hat, und die Ergebnisse sammelt. Waren nicht die Frauen von Anfang an eher zu Sammlerinnen bestimmt?

1968 bot ihr die Universität von Witwatersrand in Johannesburg die Ehrendoktorwürde an. Sie war überrascht. Erfreut. Sie hatte nicht damit gerechnet. Manchmal spürt man beim ersten Schluck erst, dass man durstig war. Sie hatte nie regulär

studiert, keine Abschlüsse. Eine Ehrung, der ein Hauch von Understatement und Beiläufigkeit anhaftete, das schien ihr nach eigener Einschätzung gemäß zu sein.
Louis, dem dieselbe Würde zugedacht war, sagte sofort ab. Ein Kenianer fährt nicht ins Land der Apartheid.
Und ich?
Du bist Engländerin. Du kannst es halten, wie du willst.
Dieser Stich saß. Er verletzte sie tiefer, als sie es merken ließ. Und ganz im Geheimen wusste sie, er ließ sie auf diese Weise dafür büßen, dass sie für diesmal gleichzog mit ihm. Dr. Mary Leakey. Er gönnt es mir nicht, dachte sie. Neben mir auf dem Podium zu stehen, das genügt ihm nicht. Jetzt geht das Spiel an ihn. Der große Louis Leakey. Der politisch Unbestechliche. Seht seine Frau. Seht, wie korrupt sie ist. Im Übrigen verdankt sie ja doch alles ihm. Wer würde Mary Leakey kennen, wenn sie nicht seine Frau wäre?
Sie fuhr trotzdem hin. Die Honoratioren, die sie empfingen, erwähnten Louis mit keinem Wort. Zum ersten Mal ging es nur um sie, um ihre Arbeit, ihre Entdeckungen, ihre ureigene Denkweise. Sie zwang sich, es zu genießen. Es war berauschend. Aber berauschend wie ein erster Schluck Alkohol. Man möchte sich schütteln. Man weiß, dass man sich um der berauschenden Wirkung willen an den Geschmack gewöhnen wird. Abends, allein in ihrem Hotelbett, weinte sie und konnte nicht aufhören. Sie ahnte, dass dies der Beginn ihrer bitteren Jahre sein würde.
Ruhm und Einsamkeit.
Und wie beides miteinander zusammenhing.
Sie wusste nicht, wie. Doch ein Zusammenhang war da. Sie versuchte ihn zu ergründen, hatte aber zu viel Alkohol im Blut, um klarzusehen.

Stattdessen verlor sie sich in einer frühen Erinnerung. Sie wanderten in den Bergen, ihre Eltern und sie. Es musste in den Cevennen gewesen sein, damals in dem Sommer, bevor ihr Vater starb. Ihre Eltern stritten sich nicht, doch sie waren in ein Gespräch vertieft, das sie als Tochter ausschloss. Sie spürte genau, dass sie um etwas Unaussprechliches kreisten, etwas, das in allem, was sie miteinander besprachen, anwesend war, aber niemals genannt wurde. Es gab ihren Gesprächen etwas Angespanntes und Lauerndes, das sie hasste, und sie versuchte, ihre Eltern abzulenken, indem sie von Zeit zu Zeit etwas dazwischenrief. Seht doch … Habt ihr gesehen … Aber selbst ihr Vater beachtete sie nicht mehr als flüchtig. Und so lief sie vom Weg ab, ein Stück weit in den Wald hinein. Sie hörte, wie die Stimmen sich entfernten, bis nur noch Stille und Summen und Vogelstimmen und das Knistern des Bodens unter ihren Füßen vernehmbar waren. Und dann folgte sie der Versuchung. Die Versuchung war stark und böse und hatte schon lange vorher in ihr zu flüstern begonnen. Sie ging tiefer in den Wald hinein statt zurück. Mit jedem Schritt, den sie tat, wuchs eine kalte Entschlossenheit in ihr. Du bist das Kind, flüsterte die Versuchung. Sie müssen auf dich aufpassen und nicht du auf sie. Wenn dir etwas passiert, ist es ihre Schuld.

Was soll mir schon passieren?, dachte das Kind, das auf einmal sehr mutig war und auch stolz darauf.

Du kannst verlorengehen. Du kannst dich verirren und nicht mehr zurückfinden, meldete sich das zaghafte kleine Mädchen in ihr zu Wort. Willst du das?

Ja, das will ich, dachte das kalte, entschlossene Kind und war währenddessen schon tief in den Wald gelangt, wo es sich nicht mehr zurechtfand und einfach irgendwohin weiterlief. Es fühlte sich wie ein Schwimmer im nächtlichen See, der angst-

voll darauf wartet, dass etwas von unten kommt und ihn in die Tiefe zieht.
O, es war ein Erfolg gewesen. Das halbe Dorf Saint-Guilhem-le-Désert war auf den Beinen gewesen, um nach ihr zu suchen. Ihre Eltern waren außer sich, als man sie brachte. *Votre fille, toute seule* ... Tagelang sprach man von nichts anderem.
Wie konnte das nur passieren? Antworte doch!
Ich weiß nicht ...
Erfolg und Liebe.
Ruhm und Einsamkeit.
Bei allem Willen zur Klarheit konnte sie nicht ergründen, wo die Verbindung war.
Hatte man sie nicht noch vor ein, zwei Stunden gefeiert, gelobt, bewundert? War sie nicht der Mittelpunkt einer ihr ergebenen Gesellschaft gewesen?
Sie dachte an ihre Reise vor zwanzig Jahren mit *Proconsul.* Den Vorgeschmack, den sie damals bekommen hatte. Ruhm und Einsamkeit. Aber damals war es ihr wie ein Spiel erschienen, das sie und Louis gespielt hatten. Vertauschte Rollen. Sie trat vor die Öffentlichkeit, während Louis mit den Kindern zu Hause blieb. Es war ein Spaß, den sie sich erlaubt hatten. Damals, als die Welt noch so etwas wie ihr gemeinsamer Spielball war.
Sie erinnerte sich an Kondoa Irangi in Süd-Tansania, wo sie zwanzig Jahre zuvor ein paar Monate lang mit Louis und den Kindern gelebt hatte, um jungsteinzeitliche Felsmalereien zu kopieren, über die sie später ein Buch veröffentlichte, *Africa's Vanishing Art.* Es war nicht ihr wichtigstes, aber ihr schönstes Werk. Spuren einer vergangenen Welt, ihrer Anmut, ihrer Lebendigkeit. Bilder, die davon zeugten, dass die Menschen, die sie gemacht hatten, schon Spiel und Tanz und Musik gekannt

hatten, Bilder, die bewahrten, was die Erde niemals bewahren kann, eine Ahnung davon, wie die Menschen in diesem Land vor mehreren tausend Jahren einmal gelebt hatten, in einer Zeit, als das Glück auf Erden möglich gewesen war. Jeder, der die Bilder von Kondoa Irangi in ihrem Buch ansah, spürte etwas davon. Eine Zeit zwischen den Zeiten. Es gab sie. Lange genug nach den Anfängen und lange genug, bevor *wir* kamen. Irgendwann.

Und sie und Louis hatten an diesem Glück teilgehabt. Auch sie beide hatten ihre Zeit gehabt. Wie konnten sie es vergessen?

Sie rief ihn an. Es war späte Nacht.

Als er sich meldete, wusste sie plötzlich, dass alles, was sie ihm sagen würde, das Falsche war.

Mary, bist du das?, sagte er.

Sie schwieg.

Auch das war falsch.

Sie schwieg und lauschte.

Es war das Falscheste. Sie hörte ein Geräusch, das möglicherweise nicht von Louis kam. Ein Kichern? Ein Flüstern? Das Reiben von nackter Haut an feuchtwarmer Bettwäsche?

Ein Ton kam aus ihrer Kehle, der wie ein Schluchzen klang. Auch das Schluchzen war falsch. Sie hatte nur etwas sagen wollen. Etwas Gutes. Etwas Versöhnliches. Irgendwas.

Du bist betrunken, sagte Louis. Ruf mich nicht an, wenn du betrunken bist.

Sie legte auf.

Die Klimaanlage rauschte und blies kalte Luft auf ihre Schultern. Sie war das Mädchen im Wald. Sie kauerte am Boden. Kam da jemand und rief nach ihr? Und wenn niemand kommen würde? Wenn sie unauffindbar war?

Ihr fiel ein, dass Louis nicht wusste, in welchem Hotel sie war. Er konnte nicht zurückrufen.

Er würde es auch nicht tun.
So wenig, wie sie noch einmal in dieser Nacht bei ihm anriefe.
Sie waren unauffindbar füreinander geworden.
Sie öffnete das Fenster und stellte die Klimaanlage ab. Die weiche trockene Nachtluft des südafrikanischen Spätsommers kam herein. Das Mädchen schmiegte sich an einen Baumstamm und lauschte hinaus in die Nacht. Es wartete darauf, seinen Namen zu hören. Es wartete verzweifelt.

Mrs. Leakey? Mrs. Leakey?
Jemand klopfte an die Tür ihrer Hütte in Olduvai. Es war der 1. Oktober 1972.
Kommen Sie schnell, Mrs. Leakey!
Als Erstes hörte sie das Geräusch. Sie blickte in den Himmel, als sie vor die Hütte trat, und sah, wie ein silbriger Vogel sich in einer Schleife von Westen her näherte.
Das kommt zu Ihnen, sagte Amini Mturi, ein tansanischer Gast, der an dem Tag bei ihr war.
Ich weiß, sagte sie.
Sie erwarten jemanden?, fragte Amini Mturi.
Ja, sagte sie. Könnte sein.
Die Piste lag auf der Ebene zwischen der Schlucht und der Straße, die nach Serengeti führt. Es ist schwierig für einen Piloten, dort zu landen. Das Terrain gehört zum Weideland der Massai. Man hat ihnen oft gesagt, dass sie es meiden sollen. Es ist ihnen sogar Geld dafür bezahlt worden, dass sie ihre Herden nicht mehr dorthin führen. Die Massai nehmen das Geld. Sie lächeln herablassend. Die Weißen wissen es nicht besser. Die Kühe weiden, wo sie immer geweidet haben. Der Interessenkonflikt zwischen Fliegern und Kühen geht zugunsten der Kühe aus. Wann kommt schon ein Flugzeug nach Olduvai? Selten genug.

Aber jetzt setzt eins zur Landung an.
Sie läuft zum Wagen. Der Schlüssel steckt immer. Sie startet ihn. Hinter ihr kommen sie aus den Hütten gerannt, die Helfer des Grabungsteams, die diesen Sonntag im Camp verbringen. Sie folgen ihr zu Fuß. Sie kann nicht viel schneller fahren, als ein Mensch laufen kann, den buckligen Fahrweg zur Schlucht hinunter und wieder hinauf bis zum Museum auf der anderen Seite. Als sie ankommt, ist die Cessna gerade gelandet. Ein paar Massai stehen schon herum. Sie sind immer da.
Sie sieht, wie die Tür zum Cockpit sich öffnet, wie Philip darin auftaucht, wie sein Blick nach ihr sucht. Er springt auf den Boden. Und wie vor vielen Jahren am Kilimandscharo, als sie seinen Vater traf, ist sie nicht fähig, auf ihn zuzugehen.
Philip sieht seine Mutter dastehen. Die Massai weichen zurück, während er sich ihr nähert.
Wieder ein Herzanfall?, sagt sie. Oder ist er tot?
Tot, antwortet Philip.
Einen Moment lang wirkt sie einfach ärgerlich. Als habe er etwas Unpassendes gesagt. Was!?, sagt sie. Dann sieht er, dass sie begreift. Es ist die letzte, die ungeheuerlichste Kränkung, die ihr zugefügt wird. Louis wird nie wieder zu ihr zurückkommen. Diesmal hat er sich für immer davongemacht.
Das

grausame

endgültige

Verschwinden der Toten.

Das grausame endgültige Verschwinden der Toten. Sie kannten es. Es war vertraut. Es geschah überall. Es geschah meistens sehr schnell. Ein heißes Atmen, ein Sprung, ein Knurren, ein Fauchen, ein Schrei, ein kurzer Kampf, ein Gurgeln, das Knistern und Knacken, mit dem Knochen brechen, das Scharren, mit dem ein Körper aus ihrer Mitte fortgezerrt wird, der noch lebendig und schon Mahlzeit ist. Sie hören das Schmatzen derer, die sich an ihm sättigen. Sie hören das Schlürfen, mit dem sie den Durst an seinem Blut stillen, das Krachen der Schädelknochen, bevor sie das Hirn heraussaugen. Sie wissen, dass es das Beste an jeder Beute ist, auch für sie. Sie wissen nicht, dass es der Sitz der Gedanken ist. Der Sitz des Schreckens, der Todesangst, des Entsetzens, das sie empfinden, indem sie es hören. Der Sitz der äußersten Wachsamkeit, die es ihnen erlaubt, eine Zeit lang noch demselben Geschick zu entgehen.

Die Gefahr ist überall. Sie lauert in der Dunkelheit. Sie verbirgt sich im Schatten der Bäume. Im Wasser verbirgt sie sich. Im Wasser ist sie noch dunkler, räuberischer, tückischer als auf dem Land. Schatten, die sich rasch nähern. Riesige Schlünde. Zähne, die ihre Beute zerschneiden, zerfetzen, zerreißen. Ein Wirbel. Ein rasches Gewoge. Ein Schrei, dann ein Gurgeln.

Und Blasen, die aufsteigen. Eine Wolke von dunklem Blut, die sich rasch vergrößert, bis sie sich schließlich, wenn alles still geworden ist, langsam zu klarem Wasser verflüchtigt.
So verschwinden die Toten. Im Wasser oder an Land. Sie verschwinden auf Nimmerwiedersehen. Wiedersehen wird man den Löwen, der Mahlzeit gehalten hat.
Der Löwe hat sich gestärkt. Er ist jetzt umso gefräßiger. Umso schneller. Umso ausdauernder. Es ist die Kraft seiner Beute, die der Löwe seiner Kraft zugeschlagen hat. Sie füttern den Löwen mit sich. Sie nähren ihn mit ihrem eigenen Blut.
Der Löwe mag sie.
Auch Krokodile, Hyänen und andere Raubkatzen mögen sie. Das ist *schlimm.* Ihr Wort dafür klingt wie das Grollen aus leeren Mägen, die nicht ihre eigenen sind, hohl und entsetzlich. Sie sprechen es nur leise und nicht vor Kinderohren aus. Die Kinder erfahren es früh genug. Sie erfahren es aus der Angst der Mütter. Sie schmecken die Angst mit der Milch, die sie bekommen. Wenn sie die Angst schmecken, ein wenig säuerlich, beginnen sie zu greinen, um sicherzustellen, dass sie im Fall einer Flucht nicht zurückgelassen werden. Wenn sie größer werden, begreifen sie selber, wann es gefährlich wird, und halten sich dicht bei den anderen.
Kinder, die nicht begreifen, verschwinden, wie sie gekommen sind. Mit Geschrei.
Wachsen und Begreifen, Lernen und Zum-Erwachsenen-Werden ist für Kinder eins. Kindisch zu bleiben bedeutet, nur kurz auf der Welt zu sein.

Der Junge war jetzt ein Mann. Er war stark. Er war klug. Er war vorsichtig. Er ging mit den Männern zur Jagd. Er war nicht ganz so schnell wie sie. Aber er war ein *Greifer.* Wenn

sie das Jungtier von der Mutter getrennt und es umstellt hatten, war er es, der sich von der Seite daraufwarf und einen der Läufe griff. Das Jungtier fiel. Es schlug mit den übrigen Läufen um sich. Es hatte Kraft. Er hielt trotzdem fest, bis die Jäger mit Stöcken und Steinen über ihm waren. Dann ließ er los, und die Jäger töteten es.
Er war ihr Greifer, weil er anders war. Er war kleiner. Nur sein Mut war groß. Es gefiel den Jägern, dass sein Mut groß war. So sparten sie ihren eigenen.
Sie riefen: Jetzt! Und dann griff er zu. Es konnte jedes Mal passieren, dass ihn ein Hufschlag traf. Es war oft passiert. Aber die Schmerzen ließen nach ein paar Tagen nach, und die Schwellungen verschwanden. Er wusste, dass seine Schmerzen der Preis für das Fleisch waren, das er abbekam.
Er war froh, dass er ihr Greifer war, und sie konnten froh sein, dass sie ihn damals aus der Falle befreit hatten. Sie gaben ihm zu essen. Sie riefen: *Komm!* Sie riefen: *Jetzt!* Und er tat seine Arbeit. Sie waren zufrieden mit ihm. Wenn ihn ein Huf an der Schläfe oder in den Bauch träfe, würden sie einen anderen Jungen zu sich holen, der wie er sein müsste.
Er dachte an seine Leute, wie ein Mann an seine Kindheit denkt. Er war dumm gewesen. Auch seine Leute waren dumm. Er schämte sich jetzt dafür, dass er noch an sie dachte und sich wünschte, sie wiederzusehen. Seine Leute waren wie er. Sie waren *anders.* So wie er anders war. Manchmal strich er über die Haare auf seinen Armen. Die, bei denen er jetzt war, hatten weniger Haare als er. Bei ihm waren auch der Bauch, die Schultern und die Schenkel behaart. Er mochte die Haare an sich. Es war ein gutes Gefühl, so viele Haare zu haben. Er fand die *Anderen* ziemlich nackt.
Die jungen Frauen mochten seine Haare nicht. Sie mochten ihn

überhaupt nicht. Ihm gefiel, dass sie nackt waren. O, ihm gefiel fast alles an ihnen. Die hohen Beine. Ihr festes, glattes Gesäß. Er sah sie gern von hinten. Dann merkten sie nicht, dass er sich an sie heranschlich. Sie fuhren zu ihm herum, wenn er sie zu nehmen versuchte. Sie schrien, und die Männer kamen und zogen ihn von ihnen weg. Er durfte die Frauen nicht berühren. Die Männer erlaubten es nicht und traten und schlugen ihn.
Iiih, machten die Frauen, wenn sie ihn mit aufgerichtetem Geschlecht sahen. Er wühlte sich in den warmen Uferschlamm und erleichterte sich.
Er träumte davon, eine Frau zu treffen, die ganz allein und ohne Männer war. Sie sollte auf ihn warten und, wenn er zu ihr kam, nur ihm gehören. Er streifte manchmal allein herum, obwohl er wusste, dass es gefährlich war. Er suchte diese Frau. Aber es gab keine Frau ganz allein im Busch.
Es gab Löwen und Hyänen und riesige Pythons. Darum gab es keine Frau im Busch.
Einmal, als sie auf der Jagd waren, sah er eine Gazelle. Die Gazelle stand auf einer kleinen Lichtung und hob den Kopf, als er näher kam. Die *Anderen* waren schon weit voraus. Er blieb stehen. Die Gazelle blieb auch stehen. Sie sah ihn an. Sie sah traurig aus. Sie sah aus, als ob sie wüsste, dass er ihr Greifer war. Ihre Augen waren schwarz und feucht wie die Nacht zur Regenzeit. Er wünschte sich, die Gazelle zu berühren. Er streckte behutsam die Hand aus. Die Gazelle wich zurück. Aber sie wandte sich nicht zur Flucht. Lange Zeit fühlte er die Augen der Gazelle auf sich gerichtet. Er tauchte in sie ein wie in einen See.
Wo bleibst du? Kannst du nicht schneller sein?, sagten die Männer, als er sie wiederfand.
Er sucht die *Waldfrau,* sagte einer von ihnen. Sie lachten.

Er verstand ihre Witze nicht. Er hatte noch nie verstanden, womit sie einander zum Lachen brachten. Sie lachten viel. Mehr als seine eigenen Leute gelacht hatten. Bei seinen eigenen Leuten hatte es nicht viel zum Lachen gegeben.
Die *Waldfrau*?, sagte er. Er versuchte das Wort nachzusprechen. Gibt es die?
Sie lachten ihn aus.
Also gab es sie.
Er versuchte sich sein Glück nicht anmerken zu lassen.
Wenn es die *Waldfrau* gab, dann würde er sie auch finden.
Er hatte keine Ruhe mehr.
Ihm war, als warte die Frau im Wald nur auf ihn.
Er würde ihr Retter sein. Angesichts der Gefahr, in der sie sich befand, durfte er keine Zeit verlieren.
Aber warum versteckte sie sich? War sie vielleicht wie er? Eine *Andere*? Sein Herz schlug bei dem Gedanken.
Sie gab ihm so viele Rätsel auf.
Er dachte an die Gazelle. Ihre Augen, die wie ein tiefer See gewesen waren, in den er eintauchte. Hatte vielleicht die Gazelle gewusst, wo die *Waldfrau* war?
Aber Gazellen sind stumm. Sie reden nur, wenn man ihnen den Speer in den Hals bohrt. Dann kommen die Schreie heraus, die in ihrer Kehle sind.
Die Männer riefen: Komm! Sie riefen: Jetzt!
Er griff den Lauf der Gazelle, die sie umstellt hatten.
Sie kämpfte. Sie schlug mit den Hufen. Er fühlte keinen Schmerz. Es war immer so. Den Schmerz fühlte er später.
Er ließ den Lauf los, als das Blut aus ihr sprudelte. Die Gazelle bewegte noch zuckend die Läufe. Ihr Blick war auf ihn gerichtet.
Du. Du hast mich zu Fall gebracht.

Er versuchte zu erkennen, ob es die Gazelle war, die er zuvor auf der Lichtung gesehen hatte.
Aber jetzt sah sie wie alle Gazellen aus.
Dann wurden ihre Augen blind.
Greifer, was starrst du so?, fragte ein Jäger. Willst du die Augen?
Gib sie ihm, sagten die anderen. Wir hatten nie einen Greifer, der so gut war wie er, sagten sie.
Der Jäger nahm ein spitzes Messer und schnitt die Augen heraus. Die Augen wollten nicht aus dem Kopf. Der Jäger zwang seine Finger in die Augenhöhlen und hob sie weit heraus. Etwas, woran sie festsaßen, dehnte sich. Es dehnte sich weiter, als man vermutete. Dann lösten sich die Augen mit einem Schnalzgeräusch, und der Jäger legte sie ihm auf die ausgestreckten Handflächen.
Der Junge sah auf seine Handflächen. Er bewegte die Hände. Die Augen rollten von einer Seite zur anderen. Sie schienen ihm kleiner, als sie ihm in der Gazelle vorgekommen waren. Dafür sahen die blutigen Höhlen in dem Gazellenkopf größer aus. Sie sahen viel größer aus. Der Junge wollte die Augen wieder hineindrücken. Er hatte keinen Appetit auf sie.
Die Jäger sahen ihn aufmunternd an.
Iss, sagten sie.
Die Augen waren ein Geschenk für den Tapfersten. Außerdem waren sie besonders wohlschmeckend. Sie waren voller Tränen.
Auch wenn dein eigenes Auge tränt, schmeckst du es. Wie im Saft deiner Haut. Es ist ein besonderes Aroma. *Salz.* Es ist im Blut der Tiere. Es ist in den Fischen. Den Krebsen. Den Muscheln, die du aus dem Wasser holst. Es ist sogar auf manchen trockenen Steinen, wenn du sie ableckst. Aber am meisten da-

von ist in den Augen der Beute, wenn man sie zwischen den Zähnen zerdrückt und an ihnen lutscht.
Iss.
Er sah die Augen an. Die Augen waren noch warm in seiner Hand. Ein Geruch nach Salz und Blut stieg von ihnen auf.
Ich will nicht, sagte er in der Sprache seiner eigenen Leute, die niemand verstehen konnte.
Was sagt der Kerl?, riefen die Jäger.
Er ließ die Augen zu Boden fallen. Sie rollten ein Stück weit durch den Staub und blieben zwischen verdorrten Grasbüscheln liegen. Sie sahen jetzt stumpf aus. Wie trockene alte Exkremente.
Was macht er da? Bist du verrückt, Greifer?, riefen sie.
Ein Jäger kam auf ihn zu. Er hielt das Steinmesser in der Hand, mit dem er gerade die Gallenblase der Gazelle entfernt hatte.
Der Junge wusste, dass er keinen Schutz hatte. Niemand würde sich für einen, wie er es war, starkmachen. Er machte ein paar Schritte rückwärts, dann drehte er sich um und rannte weg. Er rannte in das Dickicht hinein. Er drehte sich nicht mehr um, bis er wusste, dass kein Verfolger hinter ihm war.
Als die Dämmerung kam, wusste er, dass er allein war.
Es war schlimmer, als krank zu sein.
Es war schlimmer als Hunger.
Es war schlimmer als ein Rudel Hyänen, wenn kein Baum in der Nähe ist.
Es war so schlimm wie ein Nest voller giftiger Schlangen, auf das man sich zur Ruhe gebettet hat.
Es war schlimmer als das alles, denn alles das würde ihm jetzt passieren, ohne dass es Hilfe für ihn geben würde.
Er suchte sich einen Baum, um zu nächtigen. Er dachte an

die *Waldfrau* und dass sie ihm nur Unglück gebracht hatte. Jetzt war er da, wo sie war. Er schlief mit diesem Gedanken ein.
Viele Tage später lebte er immer noch. Er war hungrig. Er hatte sich Früchte gepflückt und nach Wurzeln gegraben. Aber von Früchten und Wurzeln wird ein Mann nicht satt.
Er kam an einen Fluss. Der Fluss floss träge zwischen seinen Ufern. Das andere Ufer war nicht weit, aber das Wasser zu tief, um es zu durchqueren. Er ging flussaufwärts. Er mied das Schilf und die dichten Gebüsche am Uferrand. Er hatte einen langen kräftigen Stock, mit dem er auf den Boden schlug. Er hörte, wenn die Krokodile, die sich an den Ufern sonnten, ins Wasser zurückglitten. Das kräftige Schlagen ihrer Schwanzspitzen. Wie Lärmen von Badenden. Doch es war schlimm. Er war jetzt inmitten des Schlimmen. Er wurde müde davon, dass er immerzu wachsam sein musste. Aber er durfte nicht müde sein. Nur auf den Bäumen. Wo sie dicht genug standen, bewegte er sich manchmal von Ast zu Ast und Baum zu Baum weiter, ohne den Boden zu berühren. Aber das machte ihn noch müder.
Wenn er Durst hatte, wagte er sich ans Ufer. Er sah sein Gesicht im Wasser gespiegelt. So träge floss es. Er erschrak. Er sah *fremd* aus. Ihm fiel wieder ein, dass er ein *Anderer* war. Niemand war wie er. Nicht an diesem Ufer.
Kann ein Mann in seine Kindheit zurück?
Er schämte sich nicht mehr. Wer ganz allein ist, schämt sich nicht. Er wusste nicht mehr, wer er war.
Der Fluss wurde lauter. Seine Stimme schwoll. Das Wasser floss immer schneller. Es rauschte und strudelte. Felsblöcke ragten daraus empor. Hier musste er sich nicht mehr vor den Krokodilen fürchten, sondern vor dem Wasser selbst. Er fand

eine Stelle unterhalb einer Staustufe, an der er den Übergang wagte. Er war so schwach, dass es ihm kaum gelang, sich ans Ufer hinaufzuziehen.
Er schlief dort den ganzen Tag, in eine Mulde unter der Uferböschung gepresst. Gegen Abend wachte er auf, steif vor Kälte. Er merkte erst jetzt, dass ihn unaufhörlich ein feiner Sprühnebel einhüllte, der an dieser Stelle über dem Wasser lag. Er zitterte. Er stand auf. Im letzten Sonnenlicht sah er das Gewimmel der Fischleiber zu seinen Füßen. Er hatte seinen Stock am anderen Ufer zurückgelassen. Er bückte sich, griff mit den Händen nach ihnen.
Als die Dunkelheit kam, versuchte er es immer noch. Die Fischleiber glitzerten im letzten Tageslicht auf wie Sterne am Nachthimmel. Er stand zwischen ihnen. Er trat auf sie. Aber sie ließen sich nicht von ihm fangen. Er brüllte. Er schlug um sich. Er griff nach den Sternen. Er wusste nicht mehr, was unten und oben war. Er fiel. Er stand wieder auf. Er trat und schlug nach den Fischen. Er wollte sie. Nicht einmal mehr für den Hunger. Für seinen Zorn. Sein Zorn wollte die Fische zwischen den Zähnen spüren.
Er fiel.
Er stand nicht mehr auf. Er trieb. Er sah zwei Augen am Ufer. Er erkannte dieselbe Gier darin, die auch in ihm war. Die Augen leuchteten gelblich. Sie konnten eine Sonne sehen, die nicht am Himmel stand. Es war tückisch. Es war ein Rätsel. Die Welt war voller Rätsel.
Wo stand die nächtliche Sonne, die in den Augen der Raubkatzen leuchtete?
Die Augen folgten ihm. Es waren mehrere Tiere. Sie warteten auf ihn. Sie warteten darauf, dass er ans Land zurückkam.
Er kam nicht ans Land zurück. Er trieb an einen Stein, der in

der Mitte des Flusses lag. Der Stein war noch warm von der Sonne. Mit letzter Kraft zog er sich hinauf.
Er schlief.
Gegen Morgen kam die Gazelle.
Er wunderte sich, dass sie ihn gefunden hatte.
Er wunderte sich nicht.
Sie beugte sich über ihn. Ihre feuchten Nüstern berührten sanft sein Gesicht. Er hielt seine Augen geschlossen. Er wollte sie nicht erschrecken. Er hielt ganz still. Sie leckte sein Gesicht. Sie sprach mit ihm. Sie sprach dunkel. Sie sprach wie ein Mann.
Sie sprach in der Sprache, die er in seiner Kindheit gelernt hatte.
Wer bist du?, sagte sie.
Ich weiß nicht, antwortete er.
Bist du einer von uns?, fragte sie.
Ja, sagte er. Von uns.
Sein Körper war ganz leicht. Er ließ sich hochheben. Er schwebte über dem Wasser. Er schwebte, und die Sonne stand über ihm. Als er am Ufer lag, öffnete er die Augen.
Sie standen um ihn herum. Sie sprachen durcheinander. Sie schienen ratlos.
Was machen wir mit ihm?, sagten sie.
Er ist krank, sagten sie. Lasst ihn hier.
Er gehört zu uns, sagten sie.
Aber wir kennen ihn nicht, sagten andere. Wen wir nicht kennen, der ist auch nicht von uns.
Jemand stieß einen Schrei aus. Es war eine Frau.
Er ist es, rief sie. Es ist der *Liebste von allen.*
Sie beugte sich über ihn.
Er ist zum Fischen gegangen, sagte sie. Und der Fluss hat ihn wieder zurückgebracht.

Frau, sagte einer der Männer. Du bist alt. Und das Alter hat dich dumm gemacht.

Meine Mutter, hörte er sich selbst sagen.

Er sprach es aus, wie ein Mann mit der Frau spricht, die ihn geboren hat.

Du bist alt, aber du bist nicht dumm.

Dann schlief er wieder ein.

Sie gaben ihm Wasser. Sie gaben ihm gequollene Samen. Sie betteten ihn auf Moos und deckten ihn mit frischen Fellen zu, in denen noch der Blutgeruch ihrer Träger war. Sie gaben ihm Blätter zu kauen, die man den Kranken gibt, wenn sie fiebern. Sie gaben ihm vorgekautes Fleisch.

Zuerst behielt er nichts bei sich. Dann kam er langsam zu Kräften.

Er schlief viel. Wenn er aufwachte, saß die Frau, die seine Mutter war, neben ihm.

Bist du auf der anderen Seite gewesen?, fragte sie.

Ja, sagte er.

Und was hast du gesehen?

Viel, sagte er. Ich habe viel gesehen.

Sind sie dort wie wir?, fragte sie.

Er dachte nach.

Sie sind wie wir, sagte er. Und sie sind nicht wie wir.

Seine Mutter wiegte den Kopf.

Auch du bist nicht mehr wie wir, sagte sie. Du träumst wie ein *Anderer.* Ich höre dich, wenn du träumst, und ich verstehe nicht.

Träume kann man nicht verstehen, sagte er.

Sprechen sie auf der anderen Seite so?, fragte sie. Wie ein Mann in seinen Träumen?

Ja, sagte er. So.

Aber wie soll man sie dann verstehen, fragte seine Mutter, wenn man sie trifft?
Man kann es *lernen,* sagte er.
Seine Mutter sah ihn voller Zweifel an.
Er hob einen Stein in der Nähe des Flussbetts auf.
Sie waren weiter flussaufwärts gezogen. Die Kräfte kehrten mit jedem Schritt, den er in ihrer Mitte machte, in ihn zurück.
Bald ging er unter den Männern, die die Vorhut bildeten.
Er zeigte ihnen den Stein.
Der Stein lag gut in seiner Hand. Das Wasser hatte ihn in langen uralten Zeiten rund gemacht.
Er ist hart, sagte er. Man könnte einen *Faustkeil* daraus machen.
Einen *was?*, fragten sie.
Man kann ihn in einem Schaft befestigen, sagte er, und den Schaft mit Fasern umwickeln, damit er hält.
Wovon redet der Kerl?, sagten sie.
Ich kann es euch zeigen, sagte er.
Wir brauchen deine Ratschläge nicht, sagte einer von ihnen.
Wir wissen selbst, was man mit Steinen macht.
Es war sein älterer Bruder. Er hatte ihn gleich erkannt.
Sein Bruder hatte sich nicht gefreut, ihn zu sehen.
Stein und Holz, sagte er. Jeder weiß, dass das nicht hält!
Er soll es uns *beweisen,* sagten andere.
Er musste es ihnen beweisen.
Er suchte sich einen *Hammerstein* und einen *Ambossstein* als Unterlage. Er suchte tagelang, bis er die passenden Steine gefunden hatte. Sie mussten noch härter als der Stein für den Faustkeil sein. Dann fehlte ihm noch ein *Meißel.* Es musste ein scharfer Meißel sein, mit einem spitzen Ende, das den Stein spaltete, wenn man fest genug schlug. Er sollte nicht zu dick

sein, sodass eine Hand ihn umschloss, wenn die andere mit dem Hammerstein daraufschlug.
Es war sehr schwer.
Man brauchte ... *das* ... und *das* ... und *das* ... und *das* ...
Wie will er das tun?
Er lügt, wenn er behauptet, dass er das kann.
Er macht sich lustig über uns.
Glaubt ihm nicht.
Beim ersten Versuch brach der Meißel.
Ha. Es ist, wie ich gesagt habe.
Wir hätten ihn im Fluss liegen lassen sollen.
Er ist ein *Betrüger.*
Er machte sich auf die Suche nach einem neuen Stein für einen Meißel. Aber er konnte keinen finden. Die Steine, die er im Geröll des Flussbetts fand, waren rund wie die, die er als Amboss und Hammerstein benötigte.
Die Männer verspotteten ihn.
Da kommt unser *Faustkeil.*
Es war nicht freundlich gemeint von den Männern.
Sie grinsten verächtlich.
Bruder. Versuch es, Bruder.
Der so sprach, war noch ein Junge. Er war in dem Alter, in dem er selbst zu den *Anderen* gekommen war. Der Junge gab ihm einen Stein, den er am Ufer gefunden hatte. Der Stein war wie eine Wurzel, kräftig, lang, mit einem spitz zulaufenden Ende.
Versuch es.
Der Junge wollte wissen, ob es gelang. Er wollte wissen, ob es möglich war.
Du musst ihn schärfen.
Der Junge sah dabei zu, wie er ihn schärfte. Der Stein war hart. Der Stein war richtig. Es war nicht leicht, ihn zu schärfen.

Alles, was richtig ist, ist nicht leicht.
Er spürte die Ungeduld des Jungen. Es war seine eigene Ungeduld. Der Junge wich ihm nicht mehr von der Seite.
Versuch es, Bruder. Versuch es noch einmal.
Er hatte die Steine beisammen. Er hatte … *den* … und *den* … und *den* … und *den* Stein. Er nahm den Hammerstein und schlug damit auf den Meißel. Es gab einen hellen Klang, bei dem alle, die in der Nähe waren, aufhorchten. Ein flaches Stück von dem Flusskiesel, den er zum Faustkeil machen wollte, brach ab.
Ja!, rief der Junge.
Ein zweiter Abschlag fiel.
Der Junge hob ihn auf. Ja!, rief er.
Er fuhr damit durch die Luft, als wolle er sie in Stücke schneiden.
Er setzte wieder den Meißel an.
Frauen und Männer umringten sie.
Ooh, sagten sie.
Was tut er?
Jemand sagte: Er macht einen Faustkeil.
Es klang, als ob er schon viele Faustkeile gesehen hätte.
Man kann ihn an einen Schaft binden, sagte ein anderer. Wenn man die richtigen Fasern hat, hält es auch.
Was man damit alles machen kann, sagten sie.
Er war jetzt sehr ruhig.
Er *arbeitete.* Schweiß tropfte von seiner Stirn. Er wischte ihn mit dem haarigen Handrücken ab. Er sah die Form des Faustkeils im Stein. Sie war noch nicht da, aber er sah sie deutlich. Er würde den Stein zu dem machen, was er noch nicht war.
Der Stein wehrte sich. Er war hart. Stein gegen Mann. Er muss-

te hart sein. Auch der Mann war hart. Er schlug. Ein weiterer Abschlag fiel. Der Stein hörte auf, ein Stein zu sein. Er wurde zum Faustkeil.

Die Leute waren stumm vor Begreifen. Sie stießen einander an. Sie wiesen auf den Stein, der kein Stein mehr war. Ihre Glieder zuckten im Rhythmus der Steine, die aufeinandergeschlagen wurden. Der Hall brachte alle anderen Laute zum Schweigen. Die Vögel schwiegen. Kein Windhauch regte sich. Alles Getier zog sich in seine Behausungen zurück, die Schnecken in ihr Schneckenhaus, die Füchse und Erdferkel in ihren Bau, die Elefanten ins Blätterwerk, und die Huftiere drängten sich eng aneinander, wie sie es bei Gefahr taten. Es war ein neuer Ton in der Welt. Er klang hart, fest und siegreich. Er war nicht zu überhören. Er würde nie wieder endgültig zum Verstummen zu bringen sein.

Es war *Lärm.*

Bisher hatte es Geräusche gegeben, Töne, Stimmen und Laute. Es hatte Summen und Brummen gegeben, Zischen und Fauchen, Brunst-, Schmerz- und Angstschreie jeder Art, das Singen der Vögel, das Schnurren der Raubkatzen nach gehaltenem Mahl, das Schnattern der Affen im Geäst, das Blätterrauschen, wenn sie durch die Kronen der Bäume jagten, den Wind, der die Stämme zum Ächzen brachte, und sein Gestöhn in der Luft, das Donnergrollen, das entsetzliche Krachen, das Blitzen folgte, den Regen, das Gurgeln und Rauschen der Stromschnellen, die lauten Rufe von Mann zu Mann auf der Jagd, das Murmeln der Frauen, wenn sie ihre Kinder in den Schlaf wiegten, das Schreien hungriger Babys, das Flüstern und Stöhnen der Paare beim Liebesakt. Aber dieser Lärm war neu. Er gehörte zu der Freude, etwas entstehen zu sehen. Er war Ausdruck der Lust, etwas zu können.

Er klang nach *Gelingen.* Es war ein schöner Lärm.
Trotzdem wurden die meisten müde zu sehen, wie er arbeitete.
Angeber, sagten sie.
Sie hatten schon viele Messer entstehen sehen. Kratzer, Schaber, Hackmesser … Sie entstanden, indem man zwei Steine aneinanderschlug. Und wenn es nichts damit wurde, warf man sie weg.
Man muss *Glück* haben, sagten sie. Wenn man lange genug am Ufer sucht, findet man immer etwas, was sich gebrauchen lässt.
Es klang wie ein kurzes, wegwerfendes Knurren, wenn sie solche Ansichten äußerten.
Nur der Junge blieb bei ihm, während er weiterarbeitete.
Hol einen Stock, sagte er und zeigte dem Jungen, wie dick der Stock sein sollte.
Er war jetzt ganz vertieft in seine Arbeit und merkte nicht, dass die Männer sich abgewandt hatten. Er bemerkte auch nicht die Frauen, die sich in einiger Entfernung niederließen und ihn beobachteten.
Die Frauen sahen nicht die Arbeit, sie sahen ihn selbst, wie er arbeitete.
Die Frauen sahen einen Mann, der die anderen Männer in Erstaunen gesetzt hatte.
Die Frauen spürten den Ärger der anderen Männer.
Die Frauen spürten die Neugierde der anderen Männer. Sie sahen, dass sie ihre Neugierde und ihren Ärger zu verbergen versuchten.
Die Frauen verbargen ihre Neugierde nicht. Sie waren Frauen. Sie saßen auf ihren Fersen und sahen dem Mann bei der Arbeit zu.

Es interessierte sie. Es interessierte sie nicht, was er tat. Es interessierte sie, was er tat, um die anderen Männer zu ärgern.
Die Frauen wussten sofort, dass es wichtig war. Sie erkannten es an der Spannung, die in der Luft lag. Sie hörten es aus dem hellen Klingen der Steine. Sie waren die Ersten, zu bemerken, dass jedes andere Geräusch zum Erliegen gekommen war.
Den Frauen fiel jetzt auf, dass es ein schöner Mann war, der aus dem Fluss zu ihnen gekommen war. Seine dichte Behaarung. Die flache Nase. Die schmalen, fleischlosen Lippen, die in der Anstrengung jetzt zusammengepresst waren. Die klugen schwarzen Augen unter mächtigen Jochbögen. Die Frauen lachten. Ihr Lachen klang hell wie die Steine. Er gefiel ihnen. Sie sahen seine Hände. Was für ein *geschickter* Mann, dachten sie.
Er merkte nichts davon, während er weiterarbeitete.
Als der Junge kam, wies er ihn an, das Holz ein Stück weit einzukerben, das er gebracht hatte.
Es brach.
Hol ein besseres, knurrte er.
Als er aufsah, waren auch die Frauen verschwunden.
Sie hatten genug gesehen.
In der Nacht stieg der Mond an den Himmel, ein helles Licht. Der Mann saß noch immer dort. Er stand auf und reckte den Stab, den er in der Hand hielt, zum Mond empor, als wolle er ihn zum Kampf herausfordern.
Ein *Speer.*
Er hatte einen Speer gemacht. In dem eingekerbten Holz steckte vorne der Faustkeil. Er hatte den Schaft mit Fasern umwickelt, die die beiden Hälften des Holzes zusammenpressten, dass kein Durchlass mehr für den Faustkeil war.
Es war einfach.

Es war schwer.
Es war eine Falle für den Faustkeil. Er saß fest darin, weil sein stumpfer unterer Teil breiter als der spitze obere war.
Es war möglich. Es würde nie wieder unmöglich sein, nachdem es einmal gemacht worden war.
Man musste den Stein überlisten.
Stein wächst nicht am Holz. Außer wenn man es will.
Wenn man will, kann man es machen.
Man kann noch viel anderes machen, dachte der Mann.
Er konnte seinen Schatten sehen. Es war der Schatten eines Mondmenschen. Er war dunkler als am Tag. Fremder. Schwärzer. Er fürchtete sich davor. Sein Schatten war lang. Sein Mondmensch war gewachsen. Er war viel größer als er selbst. Er hielt einen Speer in der Hand. Auch der Speer war viel länger als der, den er gemacht hatte. Und sein innerer Schatten wuchs. Er dehnte sich wie sein Mondmensch. Er konnte sein Wachsen in sich spüren. Er unterdrückte den Schrei, der in seiner Kehle saß. Er behielt ihn für sich, weil es Nacht war.
Er hatte keine Angst mehr. Er war der größte Mann auf der Welt.

Der Mond stieg über die Bäume. Sie konnte nicht schlafen. Selbst wenn sie ihre Augen schloss, war es zu hell in ihr.
Mondnächte sind laut. Sie schreien mit den Stimmen der Frösche am Flussufer. Sie lachen mit den Hyänen. Sie brüllen mit den Löwen. Sie knistern und rascheln mit den kleinen Nagern am Boden. Sie summen und schwirren von Mücken. Sie schlagen mit Flügeln. Sie stoßen die Rufe der Nachtvögel aus. Mondnächte sind wie der Tag, nur anders, nur viel gefährlicher.
Im Mondlicht sah sie von ihrem Baumbett aus den Mann. Sie sah seinen Schatten. Sie sah, wie groß er war. Sie sah, wie er

wuchs. Sie sah, wie er etwas nach oben reckte. Sie wusste nicht, was es war. Sie hatte so etwas noch nie gesehen. Es ragte gegen den Himmel.
Sie fürchtete sich, als sie den Mondmenschen erkannte, der in diesem Mann wohnte.
Der Mann war jung, aber sein Mondmensch schien älter als er zu sein, viel älter. Er kam von weither. Er kam aus dem Fluss. Er hatte die *andere Seite* gesehen. Niemand außer ihm kannte die *andere Seite.* Er wusste mehr als alle anderen. Sie sah, dass er furchtlos war, selbst mitten in der Mondnacht. Sie hatte nie einen Mann wie ihn gesehen.
Sie wünschte sich, sein Begehren auf sich zu lenken.
Das taten auch die anderen Frauen, die in den Bäumen lagen und keinen Schlaf fanden. Sie alle dachten noch lange über ihn nach, während er in den Bäumen verschwunden war und trotz des Mondlichts in tiefen Schlaf fiel. Er war erschöpft von der Arbeit. Er musste sich ausruhen.
Er war der Einzige, der in dieser Nacht tief schlief.
Die anderen Männer spürten die Unruhe ihrer Frauen. Sie dachten an das neue Werkzeug zum Töten, das entstanden war.
Das hätte ich auch gekonnt, dachten die Männer.
Jeder Einzelne von ihnen dachte es.
Wie einfach es ist, dachten sie. Warum bin ich nicht selbst darauf gekommen?
Es ist doch wahrhaftig keine *Leistung,* einen Stein an einem Stock zu befestigen. Und freilich wird er damit einen großen *Vorteil* bei der Jagd haben, dachten sie.
Sie dachten auch: Wenn er glaubt, dass er etwas Besseres ist als wir, wird es ihm schlecht ergehen.
Sie nahmen sich vor, den Neuen genau zu beobachten.

Aber zunächst sollte man sich gut mit ihm stellen. Wer so etwas kann – niemand weiß, wozu er noch fähig ist.
Am Morgen umringten sie ihn und ließen sich seinen Speer zeigen.
Er wog ihn in der Hand und schwang ihn über die Schulter.
Sie machten es ebenso.
Sie brachten ihm Steine.
Er wählte und verwarf. Es gibt nur wenige Steine, die für einen Faustkeil geeignet sind.
Sie nahmen vorsichtig den Hammerstein und den Meißel in ihre Hand.
Er zeigte ihnen, wie man sie hält.
Der Junge wich nicht von seiner Seite.
Er schickte ihn zum Fluss, um ihm weitere Steine zu holen.
Der Junge lief.

Sie nannten ihn *Faustkeil.* Es war jetzt sein Name. Sie lachten nicht mehr über ihn. Er war der Erste, der diesen Namen trug. Die anderen Männer hießen *Biber, Fuchs, Leopard …* Es war ein *neuer* Name für einen *neuen* Mann.
Die Frauen nannten ihn heimlich für sich den *Begehrten.*
Er wusste nichts davon.
Wenn sie zu ihm kamen und ihm etwas zu essen anboten, nahm er es schnell entgegen, ohne sie anzusehen.
Man darf nicht zeigen, dass man sie haben will, dachte er. Sonst würden sie sich umdrehen und Iiih rufen.
Er ist so stolz, sagten die Frauen. Wir sind ihm nicht gut genug.
Wie sollten sie es anfangen, sein Begehren auf sich zu lenken?
Sie war die Jüngste von ihnen. Sie wusste noch nicht, wie man es macht.

Er dachte: Sie ist kein Kind mehr. Sie ist schon eine Frau.
Sie gefiel ihm. Sie war klein und schnell. Sie sprach viel mit den Frauen. Aber wenn er zu ihr hinsah, dann war sie still. Sie senkte den Blick, wenn sein Blick sie traf.
Er schenkte ihr eine Nuss.
Sie nahm sie schnell und verschwand damit in die Bäume.
Sie hat Angst vor mir, dachte er. Sie auch.
Es machte ihn traurig.
Einmal zur Mittagszeit sah er sie zwischen den Bäumen verschwinden. Er folgte ihr. Sie sah sich nach ihm um.
Er rief: Bleib stehen!
Aber sie blieb nicht stehen.
Er wollte ihr sagen, sie solle keine Angst vor ihm haben.
Aber er fand sie nicht mehr. Vielleicht war sie in eine Falle gestürzt.
Aber es gab keine Fallen auf dieser Flussseite.
Er lehnte sich an einen Stamm. Er war ganz wirr von der Suche nach einer Frau.
Es war diese Frau.
Sie ist noch ein Mädchen, dachte er. Aber er wollte sie haben.
Je mehr er sie wollte, desto zorniger wurde er.
Es war ein Zorn, der nicht ihr, sondern allen Frauen galt, die ihn nicht gewollt hatten.
Plötzlich rauschte es in den Zweigen des Baumes, an dem er lehnte.
Er sah hoch. Sie stand über ihm.
Komm herunter, sagte er. Sonst komme ich rauf zu dir.
Seine Stimme war heiser. Sie bebte vor Zorn.
Da hörte er sie lachen.
Es war das Lachen, das Frauen für Männer haben, wenn sie

willig sind. Es klang wie das Gurren der Tauben. Wie Wasser, das über rollende Bachkiesel springt.
Komm doch, sagte sie.
Aber sie glitt herab.
Er begriff das Wesen der Frauen, die anders im Tun als im Reden sind.
Sie streckte ihm ihre Beine von oben entgegen. Sie waren nicht lang und glatt wie bei den *Anderen.* Sie waren kräftig und behaart. Sie gefielen ihm. Für einen Augenblick war ihr Geschlecht direkt vor ihm. Er drückte es an seinen Mund, während er sie umfasste und zu sich herunterhob.
Das war seine erste Frau.
Nach ihr wusste er, dass die anderen Frauen ihn begehrten und sein Begehren auf sich zu lenken versuchten.
Sein Zorn verflog.
Sein Verlangen nach Frauen war rasch entflammt und rasch gelöscht. Er befriedigte es, indem er die Frauen ein Stück weit mit sich in den Busch zog. Er mochte es nicht, wenn die anderen Männer ihm dabei zusahen. Es erinnerte ihn an die Zeit auf der anderen Seite, als man ihn beschimpft und geschlagen hatte, wenn er brünstig war.
Hier war er ein *Begehrter.* Er ging mit den Männern zur Jagd. Er war kein Greifer mehr. Er war jetzt der Mann, der den Stoß in den Hals des Beutetiers ausführte, wenn es am Boden lag. Er war der Mann mit dem Speer.
Er schnitt sich die Milz und das Herz heraus.
Er schlürfte das *Beste* des Tieres aus seiner Hirnschale, die er an einen Jäger seiner Wahl weiterreichte, wenn er genug hatte.
Er war der Größte.

Sie zogen ein Stück weit flussabwärts. Sie zogen ins Offene. Sie folgten den Herden. Die Herden folgten dem Gras. Und die Hyänen und Raubkatzen zogen mit.
Es war ein Zug der Verfolgten und der Verfolger.
Sie waren mitten darin.
Sie waren beides. Verfolgte und Verfolgende. Eine andere Art, durch die Welt zu ziehen, gab es nicht.
Über ihnen die Geier. Ihre Kreise zeigten ihnen, wie weit die Herden vor ihnen waren. Und sie zeigten den Raubkatzen und Hyänen, wo sich ihre Nachhut befand. Sie entdeckten die Langsamen. Die Kinder. Die Alten. Die Geier zeigten den Raubkatzen, wie groß ihr Abstand von der Gruppe geworden war. Sie waren ihre Augen am Himmel. Die Augen waren überall. Wer sie sah, sah den Tod, bevor er sich ereignete.
Sie verloren die Alte, die seine Mutter gewesen war.
Sie blieb zurück. Zuerst nur ein kleines Stück. Sie schien in Gedanken versunken, blieb manchmal stehen, sah in den Himmel, dann schien es wieder, als ob sie ihre Schritte beschleunigte.
Aber der Abstand vergrößerte sich langsam.
Sie legte die Hand über die Augen und sah angestrengt nach denen, die ihr vorausgingen, als suche sie jemanden.
Dann fiel sie wieder zurück. Manchmal schien es, als ob die anderen besonders eilig seien. Vielleicht war es der Tod, vor dem sie davonliefen.
Die Frau setzte sich, als müsse sie sich kurz ausruhen.
Sie setzte sich nicht in den Schatten eines Akazienbaums. Sie setzte sich mitten ins Gras, wo die Sonne auf ihren Kopf brannte.
Sie war nicht allein. Sie wurde beobachtet.
Aber es waren nicht die *Eigenen*, die sie beobachteten.
Niemand von ihnen konnte sie jetzt mehr sehen.

Sie konnte niemanden mehr sehen.
Wo ist sie?
Sie blickten zurück.
Sie ist nicht mehr unter uns, sagten sie.
Am Himmel kreisten die Geier. Es waren nur noch ein paar Punkte, die man am Himmel sah. Dann verschwanden auch sie.
Wollte er zurückgehen?
Er wusste, dass es nicht möglich war.
Nicht jetzt.
Man musste sie lassen.
Er hatte den seltsamen Wunsch, zu der Stelle zurückzukehren, wo er sie zuletzt gesehen hatte.
Auch wenn da nichts mehr war.
Nichts außer dem, was übrig gelassen wird.
Er wollte ein paar Steine aufeinanderlegen, damit er später wissen konnte, wo es war.
Die *Anderen* hatten es so gemacht. Auf der anderen Seite gab es solche kleinen Steinhaufen, wo jemand gestorben war.
Aber es war töricht. Er wollte nicht den Respekt seiner Leute verlieren, indem er etwas tat, was töricht war.
Vielleicht später, dachte er.
Aber später würde die Stelle nicht mehr zu erkennen sein.
Sie ist nicht mehr unter uns, sagte sein Bruder.
Sie ist nicht mehr unter uns, sagte er.
Es war wie immer, wenn jemand gestorben war. Nach einigen Tagen nahm eine Frau ihre Stelle auf den Schlafbäumen und in der wandernden Gruppe ein. Nur selten kam es vor, dass viele Tage vergingen, bis der Platz neu eingenommen war.
Dieses Mal vergingen sehr viele Tage.
Er duldete es nicht. Er sah die Frauen nur an, und sie wuss-

ten, dass er es nicht duldete. Sie senkten den Blick. Sie verzogen sich.

Eines Tages gab er es auf. Es war dumm. Es war nötig, zusammenzurücken. Die Toten brauchen keinen Platz mehr zum Schlafen. Sie sind *nicht mehr unter uns.*

Sie sind *in* uns, dachte er.

Es war seltsam. Er brauchte nicht einmal die Augen zu schließen: Da war die Frau, die seine Mutter gewesen war. Er konnte sie sehen. Er konnte auch andere sehen, die nicht tot waren. Die Leute der anderen Seite. Er sah sie. Sie waren noch immer voller Verachtung ihm gegenüber. Sie sagten immer noch *Jetzt!* Und *Fass!* Und ihre Frauen verabscheuten seine Männlichkeit. Er sah ihre Gesichter vor sich, wie sie sich verzerrten, wenn sie *Iiih!* riefen und die Männer *Pfui!* Er verstand, dass sie wie seine tote Mutter in ihm waren, nur auf die *böse* Art, und dass es keine Flucht gab, die ihn vor den *Anderen* in ihm selbst rettete.

Wenn man sie jagen und töten könnte wie Gazellen, dachte er. Aber man tötet nur, was man isst.

Trotzdem träumte er davon, seinen Speer in den Hals eines Mannes zu stoßen. Er sah das Blut daraus hervorschießen, sah eine klaffende Wunde, die sich öffnete. Etwas in ihm wurde satt davon. Etwas in ihm war auf die Art der Hyänen hungrig. Auch wenn er das Fleisch der *Anderen* zutiefst verabscheute. Er wollte sie gern sterben sehen.

Das Mädchen war eine Frau geworden. Sie erkannte es daran, dass sie jetzt den Männern gehörte.

Sie gehörte nicht allen, aber doch einigen. Es war neu für sie. Sie gebot über die Begierde der Männer, indem sie sie entfachte oder zum Erliegen brachte. Vieles stand in ihrer Macht, wenngleich nicht alles. Die Begierde der Männer war stark. Sie war

unabweisbar, wenn man die Männer nicht entmutigte, noch bevor sie entstand.
Das Mädchen lernte schnell. Es veränderte sich. Es war schwanger. Es stieg jetzt langsamer zu den Schlafplätzen in die Bäume. Als sein Bauch sich zu runden begann, ließen die Männer von ihm ab.
Es hatte jetzt einen Platz inmitten der Gruppe, wenn sie wanderten. Die Männer gingen voraus, und sie schützten die Flanken. Das Mädchen ging mit den Frauen, die ihre Kinder auf den Armen oder in sich trugen.
Es war kostbar geworden.
Das war die Wertschätzung, die man als Frau erfuhr.
Sie sah den *Begehrten.* Er kannte den Weg. Sie folgten ihm. Er wusste, wo sie gehen mussten, um Nahrung zu finden. Die Nachhut der Herden. Nahrhafte Wurzeln. Und Schlafbäume.
Er begehrte sie nicht mehr. Er begehrte andere Frauen.
Aber sie begehrte ihn immer noch.
Man musste warten.
Warten war die Sache der Frauen. Die Sache der Männer war Ungeduld. Je begehrter ein Mann war, desto ungeduldiger durfte er sein.
Die Kinder hatten eine Mutter. Aber sie hatten alle Männer der Familie zu Vätern.
Es gab keinen Vater für sie. Es gab nur Männer. Sie waren stärker als die Frauen. Sie waren größer. Sie waren schneller, weil sie größer waren. Sie waren gefährlich für eine Frau, wenn sie zornig waren. Männer wurden leicht zornig. Das kam von ihrer Ungeduld. Frauen mussten das begreifen.
Dumme Frauen leben gefährlich. Sie reizen den Zorn der Männer, statt ihn dadurch zu besänftigen, dass sie ihrem Begehren entgegenkommen, wenn sie es geweckt haben.

Dann schläft der Zorn wie ein Löwe nach einem reichen Mahl.
Er schläft eine Zeit lang.
Wie das Begehren einer Frau, nachdem sie ein Kind geboren hat.
Sie gebar einen Sohn, als es so weit war.
Die Frauen standen ihr bei. Es war schlimm, und es dauerte.
Es konnte nicht auf den Bäumen abgetan werden. Sie hockte auf der Erde.
Es war Nacht, als ihr Sohn auf die Welt kam. Es war dunkel. Kein Mond, kein Stern. Sie wusste, dass die Männer wachten und bei Gefahr von den Bäumen steigen würden.
Sie würden mehr tun als das. Sie würden den Kampf bestehen.
Und einer von ihnen würde den Kampf vielleicht nicht bestehen.
Denn auch die Hyänen und die Raubkatzen sind in solchen Nächten da. Sie sind in der Nähe. Man kann sie hören.
Sie hört sie, aber sie weiß, dass sie davon nicht betroffen ist.
Alles, was sie betrifft, ist das Kind, das aus ihr herausmuss.
Wenn jemand in dieser Nacht gefressen werden soll, dann wird es einer der Männer sein. Alle wissen das.
Das ist die andere Seite des Zornes der Männer. Die Frauen nennen es Mut.
Sie wollen mutige Männer.
Ihr Mut ist der Zorn, der sich gegen etwas anderes als die *Eigenen* richtet.
Die Frauen leben damit wie hinter einer Wand aus geflochtenen Zweigen und Palmblättern, die den Wind abhält. Der Wind ist da. Er bläst, aber man spürt ihn nicht. So leben sie im Schutz der Männer, die sich den Gefahren entgegenstellen.

Ein Stamm ohne mutige Männer ist wie die Spreu, die übrig bleibt, wenn man die Samen der Gräser gegessen hat: Er wird hinweggefegt.
Ihren neugeborenen Sohn konnte sie in der Nacht nicht sehen. Aber sie fühlte ihn. Sie tastete sein Geschlecht, und sie fühlte an seinem Saugen, dass es ein kräftiger Sohn war.
Er war jetzt da. Er war ihr Kind. Sie würde nie wieder für sich sein. Nicht, bis sie alt wäre.
Im ersten Morgenlicht sah sie ihn. Er gefiel ihr.
Sie dachte: Er wird ein *Begehrter* sein, wenn er groß ist.
Sie dachte es nicht. Sie wusste es.
Sie sprach zu ihm auf die Art, in der die Mütter zu ihrem Kind sprechen. Sie sprach die ganze Zeit mit ihm. Ihr Schlafen, ihr Wachen, ihr Stehen und Gehen, der Druck, mit dem sie ihn an ihren Leib presste, war ihr Gespräch mit ihm. Und er antwortete ihr, indem er ihre Milch nahm.
Er war ein zorniger Sohn, wenn er nicht genug bekam oder wenn sie ihn für kurze Zeit neben sich legte.
Alles an ihm war klein und fein. Nur sein Zorn war groß. Er brauchte nicht mehr zu wachsen. Es war ein erwachsener Zorn.
Sie nannte ihn *Löwe.*
Mein kleiner Löwe.
Löwen sind stark und gefräßig und faul und liebreizend. All das war auch ihr kleiner Sohn. Es gefiel ihr, dass er so war. Löwen bekommen von allem den größten Teil. Sie sind immer die Ersten, wenn es ums Fressen geht. So wollte sie ihren ersten Sohn.
Er nässte ihre Seite, wenn sie ihn trug. Der Geruch seines Urins hing in ihrem Haarkleid, auch wenn es getrocknet war. Es war der Geruch, der den Männern bedeutete, dass sie derzeit nicht

zu den *Begehrten* unter den Frauen gehörte. Er würde sich verlieren, wenn das Kind auf eigenen Beinen lief.

Dann wäre sie eine Zeit lang frei. Jetzt nicht. Jetzt war sie Mutter.

Manchmal hockte sie sich mit dem Kind auf die Erde und säuberte es mit Sand und Blättern von Kot und Schmutz. Wenn kein Wasser zur Hand war, nahm sie ihren Speichel zu Hilfe. Speichel säubert.

Nimm, nimm, gurrte sie, wenn sie ihm nach Art der Mütter die Körner, die sie gekaut und mit ihrem Speichel vermengt hatte, zwischen die Lippen schob.

Mehr, mehr, machte ihr kleiner Sohn.

Mit der Zeit wurde er eine Last für sie, und sie begriff, dass sie ihn verwöhnt hatte.

Weg, weg, sagte sie und schob ihn von sich weg.

Ihr Sohn versuchte sich in ein kleines Milchkind zurückzuverwandeln. Er drückte sich an sie und trommelte mit seinen Fäusten auf ihren Bauch.

Er benahm sich wie die Kinder, deren Mütter gestorben sind. Ihr Greinen ist betörend. Es kündet von Verlassenheit, vom Hunger nach Milch und Liebe, der die meisten Frauen schwach macht. Sie halten sich die Ohren zu. Sie müssen für ihre eigenen Kinder stark bleiben. Mehr als ein Kind kann keine Frau durchbringen, und wenn es selten genug geschieht, dass eine von ihnen Zwillinge zur Welt bringt, so ist das ein großes Unglück. Meistens sterben sie beide, wenn die Mutter beide behalten will. Oder eine der Frauen, eine erfahrene Mutter, nimmt ihr das schwächere der Kinder weg.

Sie trägt es weit genug in den Busch, dass man sein Schreien nicht mehr hören kann.

Es ist ein Geschenk. Geschenk für wen? Für die Hyänen, die

Löwen. Für alle, die nach einer solchen Mahlzeit vielleicht erst einmal genug haben.
Man stimmt die Feindlichen freundlich, wenn man ihnen *Gaben* gibt.
Allerdings nur für kurze Zeit.
Ihr Sohn konnte schon laufen, und sie trug ihn nur noch auf weiteren Wanderungen, wenn er müde war. Sie sprach jetzt nicht mehr mit ihrem ganzen Körper, sie sprach mit ihrem Mund zu ihm. Und er antwortete ihr mit seinem Mund.
Sie zeigte ihm, was essbar war.
Sie sagte *Beere.* Sie sagte *Gut.* Sie sagte *Nimm!*
Und ihr kleiner Sohn sagte *Beere. Gut.* Und er nahm sie sich.
Hmm, sagte ihr kleiner Sohn.
Und sie rief *Nein,* wenn er nach etwas Falschem griff. Sie rief *Iih,* wenn es nicht *gut* war. Sie sagte *Bah,* wenn er es ausspucken sollte. Sie sagte *Lauf!*, wenn sie ein Rascheln im Gras, ein verdächtiges Knacken im Geäst hörte. Sie sagte *Komm!* und schloss ihn in ihre Arme und zeigte ihm, wo er sicher war.
Sie hatte wieder zu bluten begonnen wie vor der Geburt ihres Sohnes. Sie wusste, dass die Männer sie wieder begehrten. Es war neu. Neu wie beim ersten Mal. Sie würde sich dem mit dem stärksten Begehren ergeben. Dem, der nach ihrem Begehren nicht fragte. Ihm gehörte es. Ihre Brüste waren hart von den Zähnen des Jungen und der Erwartung, dass der *Begehrte* kam. Sie war gereizt und ruhelos.
Daher hatte sie sich zu weit von der Gruppe entfernt und das Kind mit ihr.
Da hörte sie es.
Sie versuchte, die Entfernung einzuschätzen. Es war nah. Es kam näher. Es war nicht der Wind. Da war kein Wind. Die Halme neigten sich. Sie sah die Linie sich neigender Grashal-

me. Sie bewegte sich auf sie zu. Etwas glitt durch das Gras, teilte es. Etwas Langes. Etwas Schwarzglänzendes. Einen Augenblick lang schien es, als könne sie sich nicht vom Fleck rühren. Dann stieß sie den Schrei aus, der *Lauf!* bedeutete.

Das Kind sah zu seiner Mutter herüber. In seinen Augen war Nichtverstehen. Sie erkannte, dass es zu ihr wollte. Wohin sonst? Es hätte zu den Bäumen laufen sollen. Aber es war noch zu jung, um anderswo als bei ihr Schutz zu suchen.

Lauf!, rief sie, und das Kind lief auf sie zu.

Aber zwischen ihr und ihm war die Schlange.

Lauf!, rief sie und fügte den Kehllaut hinzu, der *Weg von mir* bedeutete.

Aber das Kind verstand sie nicht. Es hatte nur ihre Angst aus dem Ruf gehört, ihr äußerstes Alarmiertsein, und war selbst alarmiert. Es strebte zu ihr hin, wie es immer bei Gefahr zu ihr hinstrebte. Es antwortete ihr mit dem Ruf, der *Hilf mir!* bedeutete und der sich nur an die Mütter richtete.

Weg!, machte sie. *Weg, weg!* Es klang wie das Scheppern der Vogelstimmen, und Vogelstimmen, die warnten, mischten sich darein. Vögel flogen aus dem niederen Buschwerk auf. Auch sie hatten die Schlange entdeckt. Das Tal war erfüllt vom Gewirr der Stimmen, die die Gefahr nicht bannten, sondern ein Teil von ihr zu sein schienen: Alarm! Verwirrung! Flucht!

Auch die Schlange war auf der Flucht. Sie wusste, dass sie entdeckt war. Die Schlange war zu abscheulich, um Gegnerin zu sein. Man kämpfte nicht mit ihr. Man mied sie nur.

Bleib weg!, rief die Frau dem Kind zu.

Es war verwirrt. Es blieb stehen. Sie konnte die Verwirrung in seinen Augen sehen. Einen Moment lang schien alles stillzustehen, die Vögel in der Luft, die Bewegung am Boden.

In dieser Stille richtete sich die Schlange auf. Sie hob zuerst den

Kopf. Dann wuchs ihr Schlangenleib aus dem Gras. Er wuchs, bis ihr Kopf auf der Höhe des Kinderkopfes war, dessen Augen weit aufgerissen waren.
Sie sah den blitzartig vorschnellenden Schlangenkopf, hörte das Zischen, das dieses Vorschnellen begleitete. Sie sah das Tier am Hals ihres Kindes, das es mit seinen Ärmchen wegzuwischen versuchte wie einen Ast, der ihm beim Laufen entgegenschlug. Doch der Ast war lebendig. Er wand sich. Er hatte Kraft.
Sie sah das Entsetzen des Kindes und dann das Wegducken des Schlangenleibs, der sich mit peitschenden Schwanzschwüngen sehr rasch entfernte, während das Kind sich am Boden wand, schon vom Wesen der Schlange erfüllt, das mit großer Geschwindigkeit von seinem Körper Besitz ergriff.
Bitter war das Wesen der Schlange.
Das Wesen der Schlange war *ekelhaft.*
Es war *böse,* es war *tödlich.*
Sie füllte ihren Mund damit, als sie an der Wunde des Kindes saugte. Sie spie es aus. Das *Gift* der Schlange, das ihr Wesen war, vermischt mit den Körpersäften ihres Kindes, die sie ihm schon früher aus kleinen Wunden geleckt hatte.
Und diese Mischung war der Tod.
Sie sah die Lider des Kindes flattern. Sie sah, wie sie sich noch einmal öffneten, die schwarzen Pupillen geweitet wie sonst nur bei Dunkelheit, obwohl die Sonne direkt über ihnen stand. Sie fühlte den Krampf, in dem die Muskeln des Kindes hart wurden. Es bog sich in ihren Armen nach hinten. Es schien von ihr wegzuwollen. Es war das Wesen der Schlange in ihm, das von ihr wegwollte. Das böse Wesen der Schlange, das mit schaumigem Speichel jetzt aus seinem Mündchen quoll. Es färbte die Haut ihres Kindes schwarz.

Das Kind wurde schwarz wie die Schlange, deren Gift in ihm war.
Sie sang für ihr Kind. Ihr Gesang klang wie das Singen des Windes in den Baumkronen.
Sie sang das Lied der Mütter, die ihre Kinder in den Schlaf wiegen.
Ich bin da, sang sie. *Du bist da. Wir sind da.*
Sie wusste nichts davon, dass sie sang.
Sie sah, wie die Augen des Kindes herausquollen.
Nicht, Kleiner, sagte sie leise und presste die Zunge gegen den Gaumen, *t-t-t,* das mag deine Mama nicht.
Dann wurde sie streng: Sei brav!
Sie schüttelte den Jungen. Nein! Nein! Nein!, sagte sie auf jede Weise. Du machst mich ärgerlich. Komm, steh auf!
Sie stupste ihn an.
Aber der Junge rührte sich nicht mehr.
Am Abend saß sie noch immer neben ihm. Erst als die Dunkelheit kam, nahm sie ihn auf und trug ihn zu den Schlafplätzen.
Sie wollte mit ihrem toten Kind auf die Bäume.
Sie erlaubten es ihr nicht.
Es gehört nicht mehr zu uns, gaben sie ihr zu verstehen.
Sie trug es, wie man ein lebendes Kind trägt. Aber das Kind war schwer. Es klammerte sich nicht mehr an ihr fest.
Du kannst es nicht behalten.
Und dann, drohend: Du weißt, wem es gehört.
Sie drückte es an ihre Brust.
Er ist ich und ich bin er, sang sie.
Sie schluchzte. Ihr Gesicht war nass.
Bring es fort, verlangten sie von ihr.
Sie saß am Boden, den Sohn in ihren Armen. Sie wiegte ihn.
Morgen früh, bat sie. Nur diese Nacht lasst ihn mir.

Sie wusste nicht, ob die anderen sie verstanden.
Sie werden kommen. Sie holen es, sagten sie. Sie ahmten das Geheul der Hyänen nach, zuerst leiser, dann lauter.
Hörst du sie nicht?
Sie hörte sie. Noch waren sie fern auf den Hügeln. Bald würden sie kommen. Sie wusste es. Die Hyänen würden sich nehmen, was ihnen gehörte.
Im Dunkeln war sie jetzt umringt von Männern und Frauen, die von den Bäumen gestiegen waren und einen Kreis um sie bildeten, der langsam enger geschlossen wurde. Sie drohten ihr:
Bring es fort. Sonst musst du mit ihm gehen.
Da ging sie in die Nacht hinaus.
Sie legte das Kind ein paar Steinwürfe vom Schlafplatz entfernt unter einen Busch. Dann richtete sie sich auf und nahm zum letzten Mal die Witterung ihres Kindes, die schon anders geworden war. Aasgeruch. Sie erschrak. Es war der Geruch nach Fleisch, der sich in den Duft ihres Kindes gemischt hatte. Fleisch wie von einer Gazelle, die verendet ist. Gutes, nahrhaftes Fleisch, von dem man sich nimmt, so viel man bekommen kann.
Fleisch. Ein ganz besonderer Geruch. Blut und Süße. Und etwas anderes, Strenges. *Du sollst nicht.* Etwas, das gierig macht. *Aber ich will.*
Ihr wurde übel, als sie den Geruch davon an ihrem Kind wahrnahm.
Lauf, sagte der Geruch. Lauf und lass mich jetzt sein, was ich schon geworden bin.
Fleisch. Ich bin jetzt Fleisch.
Sie lief.
Kurz bevor die *Hungrigen,* die sich jetzt von allen Seiten nä-

herten, auch sie anfallen würden. Sie hörte ihr Hecheln, ihr Knurren, das heisere Gekläff, mit dem sie sich auf das Fleisch stürzten. Sie rissen es von den Knochen, zerrten diese aus den Gelenken und trugen sie mit sich fort an einen eigenen Platz, etwas entfernt von den anderen, wo sie sie gierig benagten und ihr Mark in sich aufsaugten. Ihre Augen kniffen sie vor Behagen zu Schlitzen zusammen, in denen genügend Misstrauen wachsam blieb, eifersüchtige Vorsicht, die sie dazu brachte, den Rest, zerbissen und leer gesaugt, im Boden zu verscharren, nicht um zurückzukehren, sondern um dieses Stück Erde mit ihrem Aroma zu versehen, dem ganz individuellen Geruch ihres Speichels, köstlich vermischt mit dem ihres Beutetiers, eines Zweibeiners, noch jung und zart, im Geschmack kaum zu unterscheiden von einem Affenkind. Den Hyänen war es gleich.

Sie ließen plötzlich ab von ihrem Tun, verharrten kurz, als müssten sie sich neu besinnen, wozu sie ausgezogen waren, hoben die Schnauzen, alle mit dem Gesicht zur Mondsichel, und ließen ihr Geheul hören, das weder Triumph noch Klage war, sondern nichts als Ausdruck, Botschaft von ihrer Anwesenheit. Es würde noch etwa eine Million Jahre dauern, bis jemandem auffiel, dass der Ruf der Hyänen wie menschliches Lachen klingt. Es würde ein Mensch sein, dem es auffiel, keine Hyäne. Die Hyäne bemerkt nichts davon. Sie wird weiterhin auf totes Menschenfleisch warten, um es sich schmecken zu lassen und die leeren Knochen im Sand zu vergraben. Und wenn die Menschen ihr Lachen hören, wissen sie, dass sie nicht heiter, sondern nur hungrig ist, und sie werden ein angstvolles Schauern spüren, ein Sich-Erinnern an etwas, das man nicht ungestraft vergisst.

Die junge Frau war zu den *Eigenen* zurückgekehrt, zu ihren Schlafplätzen auf den Bäumen. Sie war jetzt ein Teil der Nacht, die mit den Stimmen der nächtlichen Jäger sprach, der Stimme des Windes, die durch das Gras strich, dem Atmen der *Eigenen,* die auf ihren mit einem Flechtwerk aus Laub und Ästen verstärkten Baumbetten lagerten, so gut es ging, geschützt vor nächtlichen Angreifern, Alte und Junge, Männer und Frauen, die ihre Kinder im Schlaf an sich gepresst hielten und mit ihren Körpern davor bewahrten, herabzufallen.
Sie konnte nicht schlafen. Ihr fehlte der kleine Körper, der sich Nacht für Nacht an ihre Seite gedrängt hatte. *Du bist ich ich bin du.* Da war niemand mehr. Sie lauschte angestrengt. Rief das Kind nach seiner Mutter? Ich muss gehen, dachte sie. Ich muss ihn zurückholen. Doch wer bei den Hyänen ist, kommt nicht mehr zurück. Sie wusste es. Sie wusste, was die Hyänen mit den Toten tun. Dennoch war er bei ihr. Sie konnte ihn sehen, wie er auf sie zulief, Nichtverstehen in seinen Augen. Sie konnte ihn leibhaftig sehen, und alles war, wie es gewesen war: ihr Entsetzen, seine Verwirrung, die Spur der schwarzen Schlange im Gras … Es war der Moment, in dem es noch Hilfe gegeben hätte.
Sie erschrak fürchterlich. Sie begriff, dass das Kind zu ihr zurückkam, um ihr etwas zu sagen.
Lass mich dann lasse ich dich, sang sie.
Aber das Kind fuhr fort, mit ihr zu sprechen, indem es sie anblickte: *Hilf mir dann helfe ich dir.*
Was kann ich tun?
Der Gedanke verwandelte sich in ihr. Es war, wie wenn ein Wasserloch plötzlich die Farbe ändert, indem eine Wolke vorüberzieht. Es war derselbe Gedanke und war es doch nicht. Es bereitete ihr Mühe, ihn so verwandelt wiederzudenken: *Was*

hätte ich tun sollen? Es war nicht mehr als das Kräuseln der Wasserfläche, die ein Windstoß traf. Eine Mischung aus Trauer, aus Reue, Zerknirschung und wildem Aufbegehren. Weiter nichts. Das Kind blickte sie an. Sie verstand, dass sie die Antwort selbst finden musste. Sie war in den Augen ihres Kindes verborgen. Jetzt sah sie etwas darin gespiegelt. Etwas Schwarzes, Längliches, Gewundenes, das seinen Kopf aus dem Gras emporhob, etwas Abscheuliches, etwas Heimtückisches, Leises, Listiges, Schleichendes, etwas Tödliches …

Sie hörte sich den Laut ausstoßen, der *Lauf!* bedeutet, *Lauf weg!* Und sie begriff: Es war nicht genug. Das Kind verstand sie nicht. Sie hätte ein Wort für die Gefahr gebraucht! Ein Wort, das genauso abscheulich, heimtückisch, listig … so tödlich wie das war, was sich schon in den Augen des Kindes eingenistet hatte:

Schlange …

Es war nicht anders, als wenn sie das Tier mit ihren Händen berührt hätte, seine fremde feindliche Kraft, jede Windung seines verhassten Leibes an ihrem eigenen Leib gespürt, ja, als wenn sie es für einen Moment gebannt hätte, festgehalten mit der Kraft, die in dem Namen *Schlange* lag – ein neuer Gesang, ein nie gehörter. Sie erfand ihn nicht, es war, als wenn sie sich an ihn erinnerte. Und für dieses Erinnern brauchte sie all ihre Kraft und ihren Mut, nicht anders, als wenn sie die Schlange tatsächlich berührt hätte:

Schlange …

Es *hätte verstanden*, versuchte sie zu denken. Aber da war nur Verwirrung in ihr. Der Zorn, der sich gegen sie selbst richtete. Die Verzweiflung darüber, dass sie kein Wort gehabt hatte. *Schlange.* Sie spuckte aus, als wenn da noch Gift von dem Tier in ihr wäre.

Am Morgen lief sie zu der Stelle, wo sie ihr Kind den Hyänen gegeben hatte. Sie fand einen kleinen Zahn. Sie hob ihn auf, beroch ihn, nahm ihn in den Mund und lutschte an ihm. Sie behielt ihn. Nur beim Essen und Trinken spuckte sie ihn in die Hand und legte ihn neben sich.

Eines Morgens war er nicht mehr da. Sie hatte ihn im Schlaf verschluckt.

Du bist ich ich bin du, dachte sie traurig ein letztes Mal.

Bald war sie wieder schwanger. Sie vergaß ihren ersten Sohn. Aber das Wort vergaß sie nicht.

Sie brachte es den vier Töchtern bei, die sie noch aufziehen sollte, bevor sie alt wurde.

Sch-Schlange, sagte sie und sah Abscheu und Furcht in ihren Augen.

Sss-Slange, machten die Kleinen und wanden sich. *Slange.* Sie fügten den Laut hinzu, mit dem man lästiges Getier verjagt. *Ts, ts, ts.*

Manchmal sahen sie etwas Gewundenes, einen Wurm oder auch nur eine Ranke, die sich um einen Ast wand, und es durchzuckte sie ein jähes Entsetzen und das Wort dafür gleichzeitig. Und sie brachten es später ihren eigenen Kindern bei. Wenn sich etwas im Gras bewegte, riefen sie *Schlange!*, bevor sie noch recht erkannt hatten, was es war, und wenn sie sich irrten, dann lachten sie.

Denn es ist allemal besser, ein falsches Wort zu sagen, als eine Schlange im Gras zu übersehen.

Alle glücklichen Familien ähneln einander. Jede unglückliche aber ist auf ihre eigene Art unglücklich.

Tolstoi, *Anna Karenina*

1972

Der Tote im St. Stephen's Hospital in London sah sehr friedlich aus. Er sei ohne Schmerzen gestorben, sagte die Krankenschwester und benachrichtigte seine Tochter Priscilla, die kurz darauf in der Klinik eintraf und »mit einem Gebet und im Namen der ganzen Familie«, wie sie an Mary schrieb, von ihm Abschied nahm.

Mit seinen letzten Worten, berichtete die Schwester, habe er, wie es oft so sei bei Sterbenden, noch etwas sagen wollen –

Ja?, sagte Priscilla.

Etwas, das nicht recht verständlich gewesen sei. Zwar habe sie sich bemüht. Aber man wisse ja, wie das sei. Sie habe schon viele sterben sehen. Am Ende laufe es doch immer auf dasselbe hinaus.

Was denn?, sagte Priscilla, der es gefiel, dass sie es war, die man ans Bett des Toten gerufen hatte, der im Leben wenig für sie da gewesen war.

Reue, sagte die Schwester. Alle haben sie etwas zu bereuen.

Ja?, sagte Priscilla, in deren Herz plötzlich jäh die Hoffnung aufschoss, dass er sie gemeint hatte. Eine Kindheit ohne Vater. Sie fühlte sich plötzlich bereit, ihm alles zu verzeihen.

Was hat ihm leidgetan?, flüsterte Priscilla.

Eine Pressekonferenz, sagte die Schwester. Er sagte, es täte ihm leid, nicht dabei sein zu können.

Priscilla sah in das wächserne Gesicht des Toten. Er sah so unnahbar aus, so ungerührt und definitiv desinteressiert wie jeder Tote auf der Welt.

Er sah so feierlich aus, schrieb sie später an Mary.

Eine Pressekonferenz?

Ja, sagte die Schwester, es ist manchmal seltsam, woran sie ganz zuletzt denken. Er war schon verwirrt, als Mrs. Goodall ihn gebracht hat.

Mrs. Goodall?

Die Dame, die bei ihm war. Ist sie keine Verwandte von Ihnen?

Nein, sagte Priscilla kurz.

Vanne Goodall war die Mutter von Jane, dem *chimpanzee girl.* Wenn er in London war, dann stieg er bei ihr ab. Sie redigierte seine Bücher, wusch seine Wäsche, bekochte ihn und war seine Freundin, was immer das für ihn bedeutete. Vermutlich liebte sie ihn wie alle Frauen. Vielleicht war Vanne Goodall auch eine Botschaft an Mary, die in etwa lautete: Du behauptest, dass ich mich nur mit jungen Dingern abgebe. Aber da siehst du's. Ich brauche durchaus eine Frau, die reiferen Alters und für mich da ist.

So gesehen war Vanne eine ernsthafte Gegnerin.

Louis war drei Tage zuvor bei ihr angekommen, um mit ihr an dem zweiten Band seiner Autobiographie zu arbeiten. Wie üblich brachte er Stöße handbeschriebener Blätter aus dem Flugzeug mit. Vanne schickte ihn gleich zum Arzt. Er wirkte erschöpft, und sein Blutdruck war alarmierend hoch. Trotzdem plante er den Weiterflug nach New York zu einer neuen Vortragstour durch die Staaten für den 2. Oktober. Der Arzt riet zum Aufschub. Am Tag nach seinem Arztbesuch brach er zusammen, als er sich morgens ankleidete. Vanne fuhr ihn in die Klinik und ließ ihn im Laufe des Vormittags für kurze Zeit allein, um noch einmal nach Hause zu fahren. In dieser Zeit starb Louis.

Der Tod trat zu ihm ans Bett, ein knöcherner Geselle, der Louis sofort bekannt vorkam. Louis brauchte nicht lange, um ihn zu identifizieren.

Homo habilis, sagte er.

Der Tod nickte zustimmend.

Sein Schädel fasste ein Gehirn von circa achthundert Kubikzentimetern. Das war nicht viel, aber doch mehr als beim *Australopithecus.* Der Tod sah deutlich hominid aus. Seine Augenwülste waren nur moderat ausgeprägt, die Augenhöhlen groß, weit auseinander und beinahe kreisrund. Die untere Hälfte seines Gesichts nach vorn gezogen, die Zähne, soweit vorhanden, nicht allzu groß, die Nasenwurzel breit.

Wir kennen uns doch, sagte Louis. Koobi Fora am Turkanasee. Knapp zwei Millionen Jahre. Mein Sohn Richard hat Sie gefunden.

So ist es, sagte der Tod. Gestatten Sie, dass ich etwas näher herankomme?

Aber bitte, sagte Louis. Wir waren uns nicht ganz einig, Richard und ich, wie wir Sie klassifizieren sollten. Richard ist immer so vorsichtig. Diese Woche wird es in Nairobi eine Pressekonferenz geben, um Sie der Öffentlichkeit zu präsentieren.

Hier trat die Schwester hinzu und schnappte Bruchstücke des Gesprächs auf.

Es tut mir leid, sagte Louis. Ich werde nicht dabei sein können. Nehmen Sie es nicht persönlich. Ich weiß, dass Sie wichtig sind.

Ohne Zweifel, sagte der Tod. Beunruhigen Sie sich nicht. Ich habe mich heute hierher bemüht. Ich komme zu Ihnen, wenn Sie nicht zu mir kommen.

Das ist sehr freundlich von Ihnen, sagte Louis.

Der Tod setzte sich auf die Bettkante.

Louis überließ sich einer angenehmen Erinnerung. Ein paar Tage vorher hatten sie in Nairobi zusammengesessen, Mary, Richard und er. Richard hatte den Schädel in einer Holzkiste mitgebracht, um ihn seinem Vater zu zeigen.

Was hältst du von ihm?, hatte er gefragt.

O, er ist ein Prachtstück, hatte Louis gesagt. Das ist *Homo habilis.*

Und sie hatten einen Abend lang darüber diskutiert, dort in dem Haus in Langata. Sie hatten gelacht und gegessen, geraucht und getrunken. Und immer wieder hatte Louis den Schädel angesehen. Er hatte ihn in der Hand gewogen, ihn gedreht und von allen Seiten betrachtet. Es war wie früher gewesen. Sätze waren gefallen, die mit »Wisst ihr noch« anfingen, »Damals« … Er hatte plötzlich gespürt, dass sie eine *Familie* waren. Wenn Jonathan und Philip noch hier wären …, hatte er gedacht. Niemand außer ihnen hätte der Unterhaltung folgen können, die aus halben Sätzen und Anspielungen bestand, mit denen sie einander ins Wort fielen, sich gegenseitig zu Pointen provozierten, die nur sie verstanden und niemand sonst.

Wir sollten das öfter machen, hatte er gesagt.

Was?

Zusammen sein, Mary.

Du hast so wenig Zeit, sagte sie.

Das ist wahr, sagte er. Bringst du mich zum Flughafen, Richard?

Es war der Abend vor seinem Abflug nach London, und eine

alte Familienuntugend regte sich. Einer verließ sich auf den anderen, wenn es darum ging, zum Aufbruch zu mahnen. Hatten sie es etwa nötig, sich zu beeilen? Sie ließen sich alle nicht gern von Mächten beherrschen, die ihnen nicht untertan waren. Zeit zum Beispiel. Oder Geld. Sie verfuhren großzügig damit, um ihre prinzipielle Souveränität zu artikulieren. Diese Minuten gehören uns noch. Wir verfügen darüber. Es war ein wenig wie die Spiele, die Richard und seine Brüder in der Badewanne gespielt hatten: Wer zuerst auftaucht, hat verloren.

Wir müssen los, sagte Louis.

Du wirst alt, sagte Mary.

Wieso?, sagte Louis.

Je älter die Reisenden, desto früher wollen sie am Bahnhof sein.

Und du?, sagte er. Hast du keine Angst, den Zug zu verpassen?

Ich habe ihn wahrscheinlich längst verpasst, sagte Mary.

Ich wäre so gern noch geblieben, sagte Louis.

Dann bleib, sagte Mary. Wer zwingt dich, heute Nacht nach London zu fliegen?

Niemand, sagte er, niemand. Aber ich werde jetzt trotzdem gehen.

Einen Moment lang fühlte er eine wunderbare Müdigkeit, eine Lust, einfach ins Bett zu gehen und für immer zu Hause zu bleiben.

Natürlich, sagte Mary, bitter wie nur je, was würde Vanne sagen, wenn du nicht zu ihr kämst?

Da hast du recht, sagte Louis. Komm, Richard. Es wird Zeit.

Mary-mine, sagte er, wir sollten wirklich mal wieder in Ruhe zusammen sein.

In Ruhe?, sagte sie und hielt ihm mit einer Bewegung, die einem Kopfschütteln glich, die Wange hin. Gibt es das bei dir, Ruhe?
Bald, sagte er. Auf bald.
Es ist lange her, sagte Richard, als sie im Auto waren.
Was?, sagte Louis.
Dass wir so wie heute zusammen waren, sagte Richard.
Und plötzlich fühlte Louis, dass Richard ihm näher war als seine anderen Kinder.
Er ist mir ähnlich, dachte er. Er ist wie ich.
Der Gedanke war von keiner Empfindung begleitet. Er war so wenig sentimental wie die Lösung einer Gleichung.
Ja!, dachte Louis überrascht. Warum habe ich das nie bemerkt? Er ist es, nicht Priscilla, nicht ihr Bruder Colin (der ihm äußerlich am meisten glich), nicht Jonathan oder Philip, Richard ist es, der wie ich sein wird. Wenn ich ein Königreich hätte, er wäre es, der die Krone erben müsste. Er hat den Willen, die Härte, die Unbedingtheit, die ein Thronfolger haben muss.
Louis begriff, dass er Richard nicht genug geliebt hatte. Er hatte ihn nicht geliebt, weil es seine eigene Härte, sein eigener Wille, seine eigene Unbedingtheit waren, die er in ihm antraf. Richard musste nicht eigens geliebt werden. Er war da. Er war wie er. Philip und Jonathan mussten geliebt werden.
Richard, sagte er. Das ist ein toller Fund. Der wird dich berühmt machen, glaub es mir.
Ja, sagte Richard, und was das Beste ist, da oben in Koobi Fora gibt es noch mehr davon.
Du wirst es ihnen zeigen, sagte Louis. Du wirst es der ganzen Welt zeigen.
Werde ich, sagte Richard.
Louis begriff, dass es keine Großsprecherei war, wenn Richard

so redete, sondern die Äußerung einer baren Selbstverständlichkeit, die auch für ihn selbstverständlich war.
Und plötzlich dachte Louis an den Abend vor siebzehn Jahren, als Richard plötzlich erschienen war, um ihn daran zu hindern, Mary zu verlassen. Es schien ihm, als sei es damals nicht dieses Kind gewesen, dem er sich gefügt hatte, sondern der Teil von ihm selbst, der immer gewusst hatte, dass es nicht möglich gewesen wäre, zu gehen.
Schade, sagte Louis, dass wir nicht mehr Zeit miteinander verbracht haben.
Heute?, sagte Richard.
Nein, überhaupt, sagte Louis. Ich verspreche dir –
Versprich nichts, sagte Richard.
Und Louis war so erleichtert. Versprich nichts, hatte Richard gesagt. Immer hatte er etwas versprechen sollen. Sein Herz war schwer von nicht eingehaltenen und nicht einhaltbaren Versprechen in seiner Brust. Der ganze Schmerz darin kam davon, dass er zu viel versprochen hatte. Er seufzte tief.
Die Schwester beugte sich über ihn. So ist es immer, dachte sie. Wenn man denkt, dass es vorbei ist, nach langer Zeit, atmen sie plötzlich noch einmal.
Er musste sich jetzt beeilen. Er war wie immer zu spät am Flughafen. Warum warteten sie dort auch nicht auf einen, wenn man Louis Leakey war? Er nahm sein Bordgepäck und rannte. Er sah die Barriere vor sich, an der Richard zurückbleiben musste. Er ließ sie hinter sich, drehte sich noch einmal um. Da stand sein Sohn. Er winkte. Louis winkte zurück. Er wollte ihm noch etwas sagen. Aber er wurde weitergedrängt.
Ihr Boarding-Pass, sagte jemand.
Er blickte auf und sah den freundlichen Schädel von *Zinjanthropus* vor sich, wie Mary ihn 1959 in der Olduvai-Schlucht

gefunden hatte. Die hohen, nah beieinanderliegenden Augenhöhlen unter mächtigen Wülsten. Den seltsamen Knochenkamm, der in der Mitte der Schädeldecke verlief. Das gewisse Grinsen, das nicht von Intelligenz, eher von Gutmütigkeit kündete.

Australopithecus boisei, sagte Louis überrascht, so wie man einen alten Bekannten an einem Ort begrüßt, an dem man ihn nicht erwartet hat. Dann sah er die anderen.

Paranthropus robustus!, rief er. *Homo erectus!*

Sie waren alle da. Er blickte um sich. So viele. Er hatte nicht gewusst, dass es so viele von ihnen gab. Manche kannte er schon. Andere waren ihm unbekannt. Hier musste man suchen! Er dachte an all die Mühen auf Rusinga Island und in Olduvai. Hier war es! Er musste Richard diesen überraschenden Fund zeigen.

Aber er konnte Richard nicht mehr erreichen.

Sie wollten ihn in einem Londoner Krematorium verbrennen lassen. Er sollte als handlich verschnürtes Paket nach Nairobi zurückkommen. Eine Paketsendung von Vanne an Mary. Mit Dank zurück.

Als Richard davon erfuhr, tobte er. Der ganze Furor von Louis war in ihn gefahren.

Louis war ein Kikuyu!

Es ist den Kikuyu ein Gräuel, Tote zu verbrennen!

Louis wird nicht als Asche ins Kikuyu-Land zurückkehren, sondern als Toter!

Er wird in der Erde bestattet werden, aus der er selbst so viele Tote geborgen hat!

Richard war außer sich. Während er tobte, verstand jeder, seine Mutter, seine Brüder, die afrikanischen Hausangestellten,

die Hunde, einfach jeder, der Ohren hatte, wer jetzt das Oberhaupt der Familie war.
Wir bringen ihn nach Limuru, entschied Richard, wo seine Eltern bestattet sind.
Die kleine Kirche auf dem Hügel über Nairobi war umgeben von einem Eukalyptushain. Auf dem anglikanischen Friedhof lagen die Gräber der missionarischen Eliten von Kenia, weiße und schwarze Bischöfe, Erzdiakone, Erbauer von Kirchen und Schulen, die ihre Namen trugen, Vertreter einer Zivilisation, die niemand gerufen hatte und die das Land doch für immer prägen sollte. Ihre Ehefrauen, ihre früh verstorbenen Kinder und unverheirateten Schwestern und Schwägerinnen lagen hier. Das Land ringsumher war Kikuyu-Land. In Limuru war Louis in die Welt seiner Kindheit zurückgekehrt. Eine christliche Enklave in Afrika. Ein Weißer, der seine Heimat nirgendwo sonst hat als auf dem Schwarzen Kontinent.
Mary wurde immer erregter, als sie sich Limuru näherten. Sie fuhr mit Jonathan im Auto.
Ich will mit niemandem reden, sagte sie ein um das andere Mal. Ich will niemanden sehen. Habt ihr auch allen gesagt, dass ich nichts hören will? Ich hasse Beerdigungen. Ich brauche das nicht. Hast du das verstanden?
Hör jetzt auf, sagte Jonathan. Wir haben das alles besprochen. Jeder wird deine Trauer respektieren.
Es geht nicht um meine Trauer, sagte Mary. Es geht darum, dass man mich gefälligst in Ruhe lässt.
Bitte, sagte Jonathan, wir sind spät dran.
Das ist nicht meine Schuld, sagte Mary.
Sie hatten mal wieder die Zeit zum Zweikampf gefordert. Es war das Leakey-Spiel: Wetten, dass ich das noch schaffe? Jeder von ihnen hatte das Signal zum Aufbruch nach Limuru

von einem der anderen erwartet. In Wirklichkeit hatten sie alle darauf gewartet, dass Louis aufbrach. Aber dies war Louis' Beerdigung.

Marys Erregung wuchs.

Sind wir bald da?, sagte sie. Ich will nicht zu spät kommen.

Du kannst gar nicht zu spät kommen, sagte Jonathan. Sie fangen nicht an, bevor du da bist.

Du musst rechtzeitig abbiegen, sagte Mary. Du weißt doch, wo?

Hm, sagte Jonathan. Ich dachte, ehrlich gesagt, dass du es weißt.

Mein Gott, sagte Mary. Ich hab keine Ahnung.

Aber du warst doch schon mal hier, als Großmutter Leakey gestorben ist.

Großmutter Leakey, rief Mary, das ist ja ewig her! Außerdem warst du doch auch dabei.

Mein Gott, sagte Jonathan, ich war acht Jahre alt oder so.

Willst du damit sagen, du weißt nicht, wo man abbiegen muss?

Reg dich doch bitte nicht auf, sagte Jonathan.

Einer der Dalmatiner begann zu knurren, weil er eine Drohung gegen Mary heraushörte.

Halt die Schnauze, sagte Jonathan.

Er spürte, wie die Trauer wich und einer wachsenden Wut Platz machte.

Rechts abbiegen, rief Mary, als eine Abzweigung in Sicht kam. Sie rief es mit ihrer Stimme der Hundehalterin, der die Dalmatiner gewöhnlich winselnd Folge leisteten.

Jonathan fühlte sich auf einmal außerstande, ihr etwas entgegenzusetzen. Und mit dem sicheren Wissen, dass er einen Fehler machte, bog er nach rechts ab.

Das ist falsch, sagte Mary nach einiger Zeit. Es müsste bergauf gehen.
Wir fahren so, wie du wolltest, sagte Jonathan kalt.
Du sollst nicht fahren, wie ich will. Du sollst richtig fahren.
Du hast doch immer recht, sagte Jonathan. Darum fahre ich, wie du es mir befiehlst.
Mein Gott, Jonathan, sagte Mary.
Er fuhr zu schnell. Sie wussten beide, dass sie die ganze Strecke wieder zurückmussten.
Wende doch, sagte Mary.
Aber nicht hier!
Er stoppte abrupt vor einer Kurve und begann auf der schmalen Straße ein Wendemanöver.
Du bringst uns um!, schrie sie.
Die Hunde bellten im Fond.
Warum tust du das?
Dir kann man es einfach nicht recht machen, sagte Jonathan, nachdem sie es überlebt hatten. Nie im Leben kann man es dir recht machen.
Die Zeit war jetzt schon um Minuten überschritten. In der Kirche von Limuru wartete man dicht gedrängt auf die Witwe des Toten und seinen älteren Sohn.
Unter den Trauernden waren genügend, die mit sich wetteten – sie kommt, sie kommt nicht – und sich damit im Stillen die Wartezeit vertrieben. Sie trauten Mary zu, nicht zu erscheinen.
Langsam wich die Stille gespannter Unruhe. Kinder liefen herum. Männer räusperten sich. Frauen flüsterten. Allein der Repräsentant, den Präsident Kenyatta gesandt hatte, verharrte, eingerahmt von seinen Bodyguards, stumm und ohne sich zu rühren auf seinem Platz in der ersten Bank. Dann ging die

Kirchentür auf, das Tapsen der Hunde, ihr Hecheln kündigte an, dass Mary die Kirche betrat. Richard und Philip entspannten sich, wie sie es bei diesen Geräuschen immer getan hatten. Selbst jetzt, angesichts des Sarges, in dem ihr Vater lag, und der enormen Peinlichkeit, die die Verspätung ihrer Mutter bedeutete, fühlten sie etwas von der Erleichterung, die Kinder nach einem ausgestandenen Elternstreit empfinden, wenn sich beide Eltern bemühen, besonders nett zu sein.
Und dies war ja definitiv die letzte Unstimmigkeit, deren man sich zu schämen haben würde.
Das Harmonium setzte ein. Mary nahm in der ersten Reihe Platz, wo sich die Hunde zu ihren Füßen lagerten. Ihr geflecktes Black and White füllte fast den ganzen Raum zwischen ihr und dem Sarg.
Was wollen all diese Leute hier?, dachte Mary. Louis sprach die ganze Zeit zu ihr. Seit er nicht mehr lebte, redeten sie wie früher miteinander. Sie verstanden sich. Sein Tod hatte alle Missverständnisse ausgeräumt. Alles Trennende war ausgelöscht. Sein Tod war die Bedingung für ein immerwährendes Liebesglück. Mary wunderte sich jetzt, dass sie es nicht früher gewusst hatte. Es war nur das Leben, das sie auseinandergebracht hatte. Jetzt waren sie wieder vereint.
Ich bin gar nicht traurig, sagte sie. Kannst du das verstehen?
Niemand hier ist wirklich traurig, sagte Louis. Der Tod bringt immer so viel Erleichterung mit sich.
Auch für dich?, sagte sie.
Weißt du das nicht?, sagte er. Du kannst dir gar nicht vorstellen, wie erleichtert ich bin.
Du hast es gut, sagte sie. Du musst dir diesen Gesang nicht mehr anhören.
Das Harmonium dröhnte. Afrikanische Stimmen übernahmen

die Führung. Obertöne schwollen an. Erste rhythmische Akzente entwickelten sich. Bewegung entstand im Hintergrund der Kirche, die sich durch die Reihen nach vorne fortsetzte. Der anglikanische Choral, Ausdruck frommer Ergebung, verwandelte sich ins große ekstatische Klagelied.

Das gefällt mir, sagte Louis. Hat mir schon immer gefallen.

Ich weiß, sagte Mary.

Du bist zu streng, sagte er. Die Menschen brauchen das. Tradition. Rituale. Wie sollen sie sonst begreifen, dass ich hier im Sarg liege und, offen gestanden, schon nicht mehr ganz derselbe bin.

Soll das heißen, sagte sie, du willst auch den ganzen Rest? Lobreden? Frommes Gedenken? Einen Haufen Briefe an mich, die voller abgenutzter Floskeln sind? Und einen Stein auf dein Grab?

Was denkst du?, sagte er.

Einen Stein?, sagte sie. Klar. Warum keinen Stein? Wir könnten einen Quarzit aus Olduvai herholen. Faustkeilmaterial. Willst du das?

Ist mir egal, sagte Louis. Du glaubst gar nicht, wie egal mir das ist.

Mir auch, sagte Mary.

Sie verstand kein Wort, weder von der Predigt des Reverend noch von den Reden der Mitarbeiter und des Regierungsvertreters. Sie konnte nur auf die Stimme von Louis in sich hören. Mit ihm unterhielt sie sich während der ganzen Zeremonie.

Mary ist wie versteinert, sagte man. Wer hätte gedacht, dass der Tod von Louis sie so tief trifft? Nach allem, was er ihr angetan hat.

Nach einigen Wochen ließ es ein wenig nach. Sie gewöhnte sich daran, dass Louis jetzt immer zugegen war, und lern-

te, nicht darauf zu achten, solange sie nicht allein mit ihm war.
Aber nach einem halben Jahr war noch immer kein Stein auf seinem Grab. Es hatte etwas zu tun mit der alten Unsitte der Leakeys: Niemand von ihnen fing davon an, und solange niemand davon anfing, fing auch sonst niemand davon an. Schließlich eilte es nicht. Louis würde noch lange genug tot sein.
Es war Jonathan, der die Sache in die Hand nahm. Ein Jahr nach Louis' Tod fuhr er nach Limuru hinaus. Es war kurz vor Beginn der kleinen Regenzeit. Der Himmel war grau, und als er aus dem Auto stieg, empfingen ihn ein paar Windstöße. Das Tor zum Kirchhof quietschte in seinen Angeln, als er es öffnete. Die alten Eukalyptusbäume raschelten. Dann und wann fielen Früchte zu Boden. Jonathan empfand sich als Eindringling an diesem Ort. Es gab keinen anderen Ort auf der Welt, an dem sein Vater weniger anwesend war als hier.
Dann stand Jonathan plötzlich vor einem Grabstein. Der Grabstein war aus weißem Marmor und trug den Namen seines Vaters:

LOUIS SEYMOUR BAZETT LEAKEY
1903–1972

Wie geschmacklos, dachte Jonathan. Wie unpassend. Marmor für Louis Leakey! Wer hat das getan?
Niemand von ihnen war seit der Beerdigung in Limuru gewesen. Da war Jonathan sicher. Vielleicht handelte es sich um eine offizielle Ehrung. Man hatte seinem Vater ein Denkmal gesetzt. Aber wer? Die kenianische Regierung? Das National Museum? Irgendeine Stiftung in England oder den USA? Aber waren nicht Grabsteine auf einem Friedhof etwas ganz

und gar Familiäres? Und standen Denkmäler nicht auf öffentlichen Plätzen oder vor den Museumseingängen?
Jonathan las die Inschrift, die auf dem Stein eingraviert war. Er las sie wieder und wieder:

You live on
In the minds you inspired
In the projects you pioneered
In the lifes you improved and created
In the hearts that loved you
You cannot die.

Etwas daran missfiel ihm. Es passte ihm nicht. Jonathan fühlte sich wie jemand, in dessen Wohnzimmer plötzlich ein Fremder steht, der nicht angeklopft hat.
ILYEA stand ganz unten auf dem Stein.
Was bedeutete ILYEA?
Jonathan wandte sich ab. Er ging langsam zu seinem Wagen zurück. Der Wind hatte sich gelegt. Er setzte sich ans Steuer, ohne den Motor zu starten. Er sah hinaus. Etwas regte sich hinter ihm. Es war kein Laut, kein Geräusch. Dennoch war da etwas. Ein subakustisches Dehnen und Sich-Zusammenziehen, ein beharrliches Gleiten, das, immer noch lautlos, einen leichten Druck gegen seine Rückenlehne verursachte. Eine der Schlangen, die auf dem Sitz hinter ihm in zugebundenen Jutesäcken lagen und für seine Reptilienfarm am Lake Baringo bestimmt waren, war unruhig geworden und suchte sich zu befreien.
Ruhe, sagte Jonathan.
Er fuhr los. Das Vibrieren des laufenden Motors versetzte die Schlangen in eine Starre, die gewöhnlich während der Fahrt anhielt.

Sie fahren gern Auto, behauptete Jonathan. In Wirklichkeit, glaubte er, war es reptiles Entsetzen, das sie erstarren ließ. Es musste für sie die höchste Alarmstufe sein, vergleichbar dem Vibrieren des Bodens, mit dem sich Menschen und größere Tiere für sie ankündigten. Jonathan wusste, dass man bei fahrendem Auto besonders vorsichtig mit ihnen sein musste. Sie griffen sofort an, wenn man sie jetzt berührte.

Jonathan liebte Schlangen, weil sie so bedürftig waren. Bedürftig nach Ruhe und Wärme und seltenen reichlichen Mahlzeiten. Vor allem verlangten sie danach, nicht gestört zu werden. Es gibt kein furchtsameres Tier als eine Schlange. Sie verlangten ein Höchstmaß an Rücksichtnahme. Ein Höchstmaß an Beherrschtheit im Umgang mit ihnen. Keine abrupten Bewegungen. Keine lauten Stimmen und Schritte. Schlangen sind nichts für Tollpatsche. Sie selbst sind elegant, geschmeidig, lautlos, schnell. So wollen sie auch den Menschen, der sich ihnen nähert. Er muss sehr leise und wendig sein. Eine Herausforderung, die Jonathan immer geliebt hatte. Wer einer Schlange habhaft werden will, der muss ihr an List und Schnelligkeit ebenbürtig sein. Und an dem Todesmut, mit dem sich eine Schlange zum Kampf stellt, wenn ihr nichts anderes übrigbleibt.

Die Schlangen machten ihn zu einem besseren Menschen. Durch sie erfuhr Jonathan, dass er sanft und umsichtig und verständnisvoll sein konnte. Jonathan liebte Schlangen, weil sie das Beste in ihm zum Vorschein brachten. Er erwartete nicht, von ihnen wiedergeliebt zu werden, und doch war da manchmal etwas zwischen ihnen und ihm. Es gab Lieblinge. Es gab Momente von erwiderter Zuneigung, wenn er das Gleiten der Schuppen auf seiner eigenen Haut fühlte.

Auch jetzt bot ihre Anwesenheit ihm Trost. Er spürte ihre gespannte Anwesenheit hinter sich. Ihre Bereitschaft, sich aus den Säcken zu befreien und zu töten, was ihnen in den Weg trat. Sie versetzten ihn in einen Zustand hellsichtigen Misstrauens, in dem ihm alles möglich schien.

ILYEA, dachte er. Es klang wie der Name einer bisher unbekannten Schlangenart, die er entdeckt hatte.

Am Abend rief Jonathan Richard an. Und er wusste, was ILYEA bedeutete.

Die Frau war Anfang vierzig und weiß. Sie hatte ein Tuch um den Kopf geschlungen wie eine Afrikanerin. Dazu trug sie Jeans und eine Hemdbluse.

Sie kam meist gegen Abend. Sie trat durch das Tor auf den Friedhof und ging zu dem Grab. Manchmal brachte sie Blumen mit. Manchmal legte sie auch einfach nur einen Stein nieder oder einen Zweig vom Eukalyptusbaum, den sie auf ihrem Weg abgebrochen hatte. Sie setzte sich. Sie legte den Kopf an den Grabstein und sah, wie der Dunst über der Stadt seine Farbigkeit änderte. Der Dunst wechselte von Weißlich zu Goldgelb, Orange und Rot. Wenn er ins Violette spielte, stand die Frau auf und machte sich auf den Weg hinab nach Limuru, wo sie ihr Auto geparkt hatte.

Sie kam nicht jeden Tag hierher, aber oft. Die Frau war Lehrerin. Sie war in dieses Land gekommen, weil sie sich vorzeiten verliebt hatte. Aber der Mann, den sie geliebt hatte, konnte seine Familie nicht im Stich lassen. Die Frau hatte das verstanden. Es gab Kinder. Sie brauchten ihn. Kinder wollen, dass ihre Eltern, wenn möglich, einander in Liebe zugetan sind. Die Frau wusste das. Ihre eigenen Eltern waren einander nicht zugetan gewesen. Ihr Vater war eines Tages verschwunden und nicht mehr zurückgekommen. Sie hatte gewartet, gewartet …

Währenddessen war sie schön und klug geworden, um ihn mit sich zu überzeugen, wenn er käme. Sie war anziehend. Aber die jungen Männer, die sich um sie bemühten, waren nicht geeignet, die Leere, die in ihr war, auszufüllen. Sie beachtete sie gar nicht. Dann traf sie Louis Leakey. Er war alt genug, um ihr Vater sein zu können. Es hatte ihr sogar gefallen, dass er selbst Vater war, wenn auch nicht ihr eigener. Aber als seine Geliebte war sie ja mehr, viel mehr, als eine Tochter sein konnte. Sie liebte nicht nur ihn, sie liebte die Überlegenheit, die er verkörperte, sein Können, sein Wissen, seinen Erfolg, seinen Kontinent, in den sie ihm ohne Zögern gefolgt war. Sie wusste ja, dass das große Glück, einen Mann sein Eigen zu nennen, nur ein geliehenes ist. Sie wusste, dass es eines Tages vorbei sein würde.
Sie lernte seine Frau kennen. Ihr war klar, dass man einer solchen Frau keinen Mann wegnimmt. Ja, diese Frau erschien ihr nicht einmal als Gegnerin oder Feindin, sondern als die Verkörperung eines Geschicks, gegen das sich aufzulehnen vergebens ist. Sie beneidete sie nicht, sie hasste sie nicht. Sie hatte kein Mitleid mit ihr. Sie räumte einfach den Platz, als es so weit war.
Sie ging zurück nach England und schloss ihr Studium ab. Sie wusste, dass sie niemals einen anderen Mann lieben würde. Er war es. Wenn ihre Sehnsucht nach ihm zu groß wurde, schrieb sie ihm. Sie schrieb ans Museum in Nairobi. Manchmal erhielt sie Antworten. Sie las die Sätze, die nicht darin standen. Sie telefonierten nie. Seine Stimme zu hören, hätte sie nicht ertragen können. Einmal hörte sie einen Rundfunkbeitrag von ihm auf BBC. Das warf sie weit zurück. Sie weinte nächtelang. Sie hielt sich an die Zeichen seiner Gegenwart in der Welt, Nachrichten aus Afrika, Besprechungen seiner Bücher, einen Mond, der über Kensington stand und derselbe wie in Nairobi war.

Schließlich glaubte sie, stark genug zu sein, und bewarb sich auf eine Stelle als Lehrerin in Kenia. Hier war der Himmel, der sich auch über ihn spannte. Hier waren Straßen, die er durchfuhr, Lokale, in denen sie mit ihm gewesen war, Zeitschriften, in denen er seine Artikel veröffentlichte, Menschen, die ihn kannten, und wenn sie schwach wurde, parkte sie manchmal ihr Auto auf demselben Parkplatz und wartete auf einer Bank, um ihn schließlich zu sehen – wie er einstieg und nicht wusste, dass sie in der Nähe war. Der Schmerz wurde ihr lieb, weil er ihre Liebe lebendig hielt. Er bereitete ihr Genuss, und sie rief sich wieder und wieder Sätze von ihm ins Gedächtnis zurück, sie flüsterte sie mit ihrer eigenen Stimme, sodass sie langsam ein Teil von ihr wurden. Sie rief Erinnerungen ab, wie man sich Musik vorspielt. Ja, sie achtete darauf, dass kein Abnutzungseffekt entstand, indem sie die kostbarsten Versatzstücke ihrer Liebe seltenen Wiederholungen vorbehielt. Sie sah ihn mit anderen Frauen. Doch sie war bereits so tief in ihr schmerzhaftes Glück verstrickt, dass auch dies ihre Liebe nur steigerte. Manchmal, nicht häufig, schlief sie mit anderen Männern, die ihr versicherten, welch wunderbare Frau sie sei. Aber das wusste sie schließlich schon. Sie schrieb nur noch sehr selten Briefe an Louis. Es gab nichts mehr zu sagen. Ihre ganze Botschaft war ihre Unterschrift. ILYEA. »I'll Love You Ever Always«, lautete sie.

Als Richard Leakey sie anrief, um sie zu bitten, nicht zu der Beerdigung zu kommen, war sie sofort einverstanden gewesen.

Es sei zu schmerzhaft für die Familie, besonders für seine Mutter, sagte er.

Es sei auch zu schmerzhaft für sie, antwortete Rosalie Osborne. Sie werde fernbleiben.

Aber sie war noch am Abend zu dem frischen Grab gegangen. Die in der schwülen Dämmerung rasch welkenden Blumen hatten sie mit ihrem unerträglich schweren Duft empfangen, in dem die einzelnen Düfte nicht mehr zu unterscheiden waren. Sie fühlte sich wie am Ziel einer sehr langen Reise. Aus Kränkung, Liebe, Trauer und Einsamkeit entstand ein ganz neues Gefühl in ihr, das auf überraschende Art tröstlich war: Sie war die Witwe an diesem Grab. Sie allein hatte ein Recht auf diesen Titel und darauf, hier zu sein.

Es wird auch so bald niemand von ihnen wieder hierherkommen, dachte sie. Und hauptsächlich, um zu sehen, ob sie damit recht behielt, kam sie fast täglich zum Grab zurück. Er gehörte ihr. Ihr allein. Sie schmiedete Pläne, das Grab neben seinem für sich zu erwerben. Aber mit der Zeit reifte ein anderer Plan in ihr.

Als beinahe ein Jahr vergangen war und immer noch kein Grabstein stand, zählte sie ihre Ersparnisse – sie verdiente nicht viel als Lehrerin – und suchte einen Steinmetz auf.

Es muss Marmor sein, sagte sie. Und weiß.

Wie weiß, fragte der Steinmetz.

Weiß wie der Mond über Kenia, sagte sie.

Sie erschrak, als der Steinmetz den Preis nannte. Aber sie feilschte nicht, weil sie glaubte, dass Witwen nicht um den Preis eines Grabsteins für ihren Mann feilschen.

Und die Inschrift?, fragte der Steinmetz.

Sie holte das Blatt aus ihrer Schultasche, auf dem der Text stand, an dem sie seit Wochen arbeitete.

Der Steinmetz wiegte den Kopf. Mrs. Leakey, sagte er, das ist aber viel Arbeit, und schlug noch einmal die Hälfte auf. Dann nannte er die Transportkosten.

Sie dachte an die kleine Erbschaft, die sie in England gemacht hatte, und willigte ein.

Sollen wir ihn entfernen lassen?, fragte Jonathan.
Hm, sagte Richard, vielleicht sollten wir dankbar sein. Schließlich haben wir die Zeit verstreichen lassen und nichts getan.
Er erklärte seinem Bruder, was ILYEA bedeutete. Er hatte Briefe gefunden, die diese Formel enthielten.
Sie sind von –
Schmeiß sie weg, unterbrach ihn Jonathan.
Schon geschehen, sagte Richard. Es scheint so, dass unser Vater noch in seinem Grab für einen Skandal gut ist.
Sie lachten. Sie hatten lange nicht über dasselbe gelacht.
Der Stein blieb, wo er war. Es wäre der größere Skandal gewesen, ihn zu beseitigen.

Als Mary davon erfuhr, sagte sie nur: So?
Sie stellte keine Fragen. Man verschwieg ihr den Text und die Unterschrift.
Sie ging niemals zum Friedhof.
Sie pflegte zu sagen, sie gehöre nicht zu den Frauen, die einen Mann noch im Grab nicht in Ruhe ließen.
Sie hatte immer Bescheid gewusst.
Sie führte das Leben in Olduvai, das sie vor seinem Tod schon geführt hatte. Das Leben einer Witwe, die ein gemeinsames Lebenswerk fortführt. Es ging ihr wie vielen Frauen, die betrogen worden sind: Da sie nicht an einen Himmel voller Jungfrauen glaubte, beunruhigte sie die Abwesenheit des Toten viel weniger als die des Lebenden. Erstmals hatte er einen Grund, nicht bei ihr zu sein. Er war mehr als entschuldigt. Und sie vermisste ihn ohne Bitterkeit. Ja, sie gestand sich zum ersten Mal ein, dass er ihr fehlte, wenn er nicht bei ihr war, und jetzt erst konnte sie begreifen, dass auch sie ihm immer gefehlt hatte.

Gib es zu, sagte sie, nachts, wenn der Brandy in ihren Adern war und der Rauch ihrer Zigarre unter die Decke der Hütte zog und die Moskitos vertrieb, gib zu, du wolltest beides, du wolltest mich und die Mädchen.

Und wie damals, als er noch lebte, war ihr bewusst, dass man mit solchen Behauptungen nicht zu weit gehen soll. Irgendwo in einer Ecke schläft immer ein Löwe, den man nicht wecken darf.

Ach, Mary, sagte er. Diese kleinen Vergnügungen.

Sie liebte diesen Tonfall. Er war voller Wärme und Anzüglichkeit. Und voller Ignoranz.

Was konntest du dagegen haben?

Wenn du es genau wissen willst, sagte sie, es hat meiner Liebe für dich Abbruch getan. Sag nicht, dass dir das gleichgültig gewesen ist! Dann sollst du in der Hölle schmoren.

Du bist so streng, sagte er. Warum warst du immer so streng mit mir? So moralisch. Ich mag es nicht, wenn Frauen moralisch sind. Das ist einfach nicht sexy.

Moralisch?, sagte sie. Ich war nicht moralisch. Ich war verletzt. Und verletzte Frauen sind nicht sexy.

Offen gestanden, sagte er, wurdest du mit der Zeit auch ein wenig alt.

Aber du warst viel älter, sagte sie. Glaubst du, das hätte ich nicht bemerkt?

Nun ja, sagte er. Die Frauen mögen es, wenn Männer älter sind, habe ich recht?

Nein, sagte sie. Wie kommst du darauf?

Ehrlich gesagt, aus Erfahrung, sagte er.

Du meinst, die jungen Frauen, die du verführt hast, mochten dein altes Fleisch? Sie hätten nicht lieber einen jüngeren Mann umarmt? Es ist kein Geheimnis, dass eure Liebeskraft bekla-

genswert nachlässt, wenn ihr älter seid. Oder haben sie dich verführt?
Ach Mary, sagte er, frag mich was Leichteres.
Sag es mir!
An dieser Stelle hätte der lebende Louis ihr die Fortführung des Gesprächs versagt. Aber der tote war viel kommunikativer.
Weißt du, sagte er, die Sache mit den Frauen ist, dass sie keinen Charakter haben.
Wie bitte?, sagte sie.
Ich meine nicht Frauen wie dich, sagte er. Du hast Charakter. Du hast eher zu viel davon.
Was heißt das?, sagte sie.
Ach, vergiss es, sagte Louis.
Heißt das, dass du mir deswegen nicht treu sein konntest? Hattest du Angst vor mir?
O nein, sagte er, nicht Angst. Angst ist nicht das richtige Wort.
Was ist das richtige Wort?
Respekt?, sagte er. Vielleicht ist es Respekt.
Und vor den jüngeren Frauen hattest du keinen Respekt. Ist es das?
Sie hatten Respekt vor mir, sagte er vorsichtig. Ja, ich glaube, das hatten sie.
Aber ich hatte auch Respekt vor dir. Weißt du das nicht? Ich hatte so viel Respekt vor dir. Alles, was ich heute kann, habe ich von dir gelernt. Was ich bin, bin ich doch nur durch dich!
Über die weite Entfernung hinweg, die ihn von ihr trennte, konnte sie sein Befremden spüren.
So?, sagte er. Ist das wahr?
Sie wusste nicht, welchen Fehler sie gemacht hatte.

Mary, sagte er, was sagst du da? Ich habe immer geglaubt, dass du anders bist.
Anders?
Anders als die anderen Frauen.
Warum sollte ich anders sein?
Sie haben alle behauptet, dass ich sie zu dem gemacht habe, was sie sind. Und jedes Mal, wenn sie es sagten, fühlte ich, dass es zu Ende war.
Dann gab es also niemals eine Hoffnung für uns, sagte sie.
Mary, sagte er, vergiss nicht, wir sind jenseits aller Hoffnungen. Jedenfalls, was mich anbelangt.
Ach geh zum Teufel!, sagte sie und schenkte sich ein weiteres Glas Brandy ein.
Glaub mir, sagte er, sich bereits ganz zurückziehend, wenn ich eine Frau hätte mitnehmen können, wärst du es gewesen.
Und sie wusste nicht, ob es ein Liebesgeständnis oder eine Verwünschung sein sollte.
Man kommt mit den Toten kein Stück weiter, als man im Leben mit ihnen war.
Geh zum Teufel!, wiederholte sie.

In einer dieser Nächte hatte sie einen Traum. Es war einer von den Träumen, die einen zwingen wollen, vom Bett aufzustehen und zu handeln. Aber man tut es nicht. Wirklichkeit und Traum verbünden sich zu einer lähmenden Übermacht.
Ein Löwe war vor dem Fenster ihrer Hütte. Sie wusste sofort, er hatte es auf die Hunde abgesehen, die sich leise knurrend mit gesträubtem Fell aufrichteten. Entsetzt stellte sie fest, dass das Fenster nicht richtig geschlossen war. Sie musste die Hunde beschützen. Sie musste aufstehen und das Fenster schließen. Die Hunde bebten vor Lust, sich auf den Löwen zu stürzen.

Sie aber wusste, dass er sie mit einem Biss töten würde, alle vier, einen nach dem anderen. Sie musste sie zurückhalten und wusste nicht, wie sie gleichzeitig das Fenster erreichen sollte. Sie sah, wie der Löwe zum Sprung ansetzte. Sie hörte das Glas splittern. Sie wachte davon auf und sah, dass sie nicht geträumt hatte. Das Glas des Fensters war gesplittert, und nur der eiserne Rost, der innen zum Schutz vor dem Eindringen wilder Tiere angebracht war, hatte standgehalten. Der Löwe, der sich vermutlich eine blutige Schnauze geholt hatte, zog sich jaulend zurück. Die Hunde drängten sich an ihr Bett. In Wirklichkeit zitterten sie vor Angst und fiepten wie Welpen.

Seit Wochen trieb sich ein Rudel acht junger Löwen in der Gegend herum, deren Eltern sie entweder verlassen hatten oder von Massai-Kriegern getötet worden waren. Niemand hatte ihnen beigebracht, wie man nach Löwenart jagt. Sie waren kopflos vor Hunger und richtungslosem Instinkt und griffen wahllos die Kühe und Ziegen der Massai und Hunde an. Sie hatten auch schon ein Kleinkind der Massai getötet, das bei den Ziegen schlief. Mary hatte allen Grund, um ihre Hunde besorgt zu sein.

Aber ihr Albtraum blieb und kehrte immer wieder, als die Löwen längst zum Lake Ndutu weitergezogen waren. Ein Fenster stand auf … Sie konnte es nicht schließen … Da draußen war etwas … Wenn sie sich spätnachts zum Schlafen gelegt hatte, stieg sie noch einmal aus dem Bett und prüfte, ob Fenster und Türen verschlossen waren.

Haben Sie keine Angst?, wurde sie oft gefragt. Als Frau, so allein, in der Wildnis …

Sie lachte. Ich bin nicht allein. Wir sind ein Team.

Viele ihrer afrikanischen Helfer arbeiteten schon jahrelang für sie. Es gab keinen Grund, sich zu fürchten, solange sie bei ihr waren. Sie bezahlte sie gut. Sie verehrten sie, wie afrikanische Männer die älteren Frauen in ihren Dörfern verehren, die über die Sippen herrschen und Macht ausüben. Big Mama. Aber sie duldete nicht, dass sie sie so nannten. Sie war Mrs. Leakey. Sie war mehr als eine würdevolle alte Frau. Sie war die Chefin des Unternehmens, und die Männer wussten das. Sie ging immer davon aus, dass sie ihr Leben für sie lassen würden. Zum Glück kam es nie so weit.

Wir sind hier sicherer, sagte sie ihren Besuchern, als Sie auf der Autobahn oder im Stadtverkehr. Was soll uns schon passieren?

Sie las keine Zeitung. Sie hörte nicht Radio. Sie telefonierte nicht. Einziger Kontakt mit der Welt war eine Funkstation in Olduvai.

Sie erfuhr nichts über einen Militärputsch in Chile, nichts über eine Waffenruhe in Vietnam, nichts über einen Yom-Kippur-Krieg im Nahen Osten. Nichts außer dem, was ihre Besucher aus aller Welt berichteten. Es genügte ihr. Sie hatte viele Besucher. Wissenschaftler, Studenten, Freunde, die ein paar Wochen in Olduvai verbrachten und die sie ohne Bedenken für die archäologische Feldarbeit einteilte. Wer sich ihrem Regime nicht fügte, reiste bald ab. Sie zeigte sehr deutlich, wen sie gebrauchen konnte und wen nicht.

Wenn Safarigruppen kamen – sie bestanden zumeist aus Mitgliedern wissenschaftlicher Gesellschaften, deren Spendenbereitschaft nicht zu unterschätzen war –, empfing sie sie, wie eine Königin Delegationen empfängt: huldvoll, leicht reserviert, unmissverständlich bedeutend, dass ihre Zeit knapp war.

Sie zeigte ihnen ein paar Prachtstücke aus ihrer Sammlung von Steinwerkzeugen.

Sie sah ihnen an, dass sie nur Steine sahen. Ein Chopper oder ein Faustkeil galt ihnen gleich. Auch wenn eine halbe Million Jahre zwischen der Anfertigung des einen und des anderen lag. Sie zeigte ihnen einen Hammerstein, eine Ahle oder ein Hackmesser. Sie erlaubte ihnen, sie in die Hand zu nehmen.
Sehen Sie, wie sie bearbeitet worden sind? Sehen Sie die Idee und die Ausführung? Spüren Sie den Willen, der dahintersteht? Die Phantasie, die am Werk ist? Den Mut? Die Unerschrockenheit, etwas Neues zu wagen?
Die Besucher blickten entgeistert auf die Steine, die sie in der Hand hielten.
Stellen Sie sich vor, Sie haben ein totes Warzenschwein vor sich und wollen sich ein Stück herausschneiden.
Die Besucher legten die Steine schnell wieder zurück, als hätten sie sich die Hände daran verbrannt.
Manchmal führte sie sie sogar zu der Stelle am Donald Korongo im Nordosten der Hauptschlucht. Es war ihr Lieblingsplatz.
Dies ist das älteste bekannte Bauwerk, das Menschen errichtet haben, sagte sie.
Die Besucher blickten sich um. Da war nichts.
Wir sind am Bett I, sagte sie. Das ist die älteste Schicht, in der wir Funde gemacht haben. Sie ist mindestens 1,75 Millionen Jahre alt.
Oh, sagten die Besucher. Immer wenn sie eine Zahl bekamen, sagten sie: Oh.
Wir befinden uns am Ufer eines großen Sees, der hier einmal war.
Wirklich?, sagten die Besucher.
Es muss ein herrlicher Platz zum Leben gewesen sein, sagte sie.
Wir haben fossilierte Rhizome von Riedgras und Papyrus ge-

funden, typische Ufervegetation. Der See war alkalisch wie der im Ngorongoro-Krater und voller Flamingos, wie Sie sie dort gesehen haben. Es war wundervoll. Stellen Sie sich vor, Sie dürften im Krater Ihr Zelt aufschlagen und am Seeufer nächtigen. Wie es wäre, die Sonne dort aufgehen zu sehen.
Um Gottes willen, sagten die Besucher entsetzt.
Sie dachten an die Löwen und Leoparden und Geparden, die sie aus der sicheren Distanz ihrer Safariwagen im Krater gesehen hatten.
Alle Tiere streben zum Wasser, fuhr sie fort. Wir auch.
Wir?, sagten die Besucher.
Unsere Vorfahren, sagte sie. Es gab Fische und Krebse und Antilopen und Gnus, Jagdbeute noch und noch.
Und Hippos, sagten die Besucher und schüttelten sich. Krokodile.
Hippos, Krokodile und Raubkatzen, sagte sie. Alle kamen hin. Ohne Wasser kein Leben. Darum finden wir alles hier. Die ganze fossile Fauna des Pleistozän, Fische, Vögel und Schlangen, Kleinnager, Huftiere, Vorläufer der Arten, die wir heute kennen, manchmal von erschreckender Größe wie die riesigen Schakale und Säbelzahntiger, die wir gefunden haben. Oder das Rind mit einem Abstand von zwei Metern zwischen den Hörnern.
Was für ein schrecklicher Ort, sagten die Besucher.
Und wo ist das Bauwerk, fragten sie, von dem Sie sprachen?
Sie wies auf den Boden.
Die Besucher sahen noch immer nichts.
Sie beschrieb ihnen Lavabrocken, die in einem Kreis von etwa vier Meter Durchmesser angeordnet waren, den sie in dieser Schicht entdeckt hatten. Sie habe lange gezweifelt, ob es das Werk früher Menschen sei. Sie wisse, dass auch der Zufall der-

gleichen hervorbringen könne. Es sei allerdings von Anfang an etwas aufgefallen, nämlich, dass bis heute Nomaden auf diese Art Unterstände errichteten. Sie treiben lange Holzstecken in den Boden und fixieren sie mit Steinen. Oben werden sie nach innen gebogen, verflochten und mit Grassoden bedeckt. Eine Zeit lang bieten sie Schutz. Sie werden zum Schlafen genutzt. Das tägliche Leben findet im Freien statt. Deshalb finde man Reste von Mahlzeiten nie innerhalb der Steinkreise, sondern darum herum. So sei es noch heute in der Gegend des Turkanasees, wo Spuren solcher Unterstände zu finden seien.
Ob sie noch mehr solcher Hütten gefunden hätten, fragten die Besucher.
Nein, sagte sie. Obwohl sie danach gesucht hätten. Nur an dieser Stelle. Es sei eine Art Hügel über dem Seeufer gewesen. Vermutlich sei der tiefer gelegene Bereich zu morastig dafür gewesen. Außerdem sei Hütte bestimmt nicht das richtige Wort. Es sei vielleicht nicht viel mehr als eine Stelle gewesen, an der man ein künstliches Gebüsch errichtet habe, um sich darunter zu verkriechen, wie man es sonst unter Büschen und herumliegenden Zweigen tat. Doch man möge die exakte Kreisform beachten. Jedem sei es überlassen, sich vorzustellen, wie viel Geist dazu nötig sei, eine Kreisform zu denken, bevor man den Kreis markiert. Eine geometrische Figur immerhin.
Ob das Menschen gewesen seien, fragten die Besucher. Menschen wie wir.
Natürlich viel primitiver, das sei klar, warfen andere ein.
Nein, sagte sie. Nicht wie wir. Eine eigene Art. *Homo habilis.* Ihr Gehirn besaß etwas mehr als zwei Drittel des Volumens des unsrigen. Möglicherweise könnten wir von ihnen abstammen, aber ganz sicher sei das nicht. Es habe zur selben Zeit auch andere Arten gegeben. Eine von ihnen habe sich in der-

selben Schicht wie *Homo habilis* gefunden. *Australopithecus boisei,* dessen Gehirn nur halb so groß wie das unsere war. Sie müssten zur selben Zeit hier gelebt haben.

Verschiedene hominide Arten zur selben Zeit?

Warum nicht?, sagte sie. Es gebe ja auch verschiedene Fische im Meer und Vogelarten am Himmel. Warum solle es nicht verschiedene menschliche Arten zur selben Zeit auf der Erde gegeben haben? Erst seit mit den Neandertalern die letzten Menschen anderer Art ausgestorben seien, sei *Homo sapiens* der einzige Vertreter der Menschheit auf der Erde. Erst seit dreißigtausend Jahren, was, gemessen an der Zeit, die sich hier in Olduvai darstelle, ein sehr kurzer Zeitraum sei. Im Übrigen sei nicht sicher, inwiefern es für uns spreche, dass wir die letzte menschliche Art seien, die überlebt habe.

Nun, sagten die Besucher, das sei doch wohl auf unser stattliches Gehirn zurückzuführen. Selbst wenn man wisse, dass das der Neandertaler nicht kleiner als unseres gewesen sei, so seien doch alle die Arten, von denen sie spreche, nichts anderes als primitive Vorläufer von uns gewesen, deren Entwicklung in uns als ihr Endprodukt mündete.

Da sei sie nicht sicher, sagte sie. In gewisser Weise seien *Homo habilis* und alle die anderen Arten, die man kenne, in sich vollendet gewesen. Einmalig in der Schöpfung – sie gebrauche dieses Wort ausnahmsweise –, wie auch wir es seien. Und übrigens jedes andere Tier, dessen Vollendung darin bestehe, dass es so sei, wie es eben sei. Das gelte für jedes Evolutionsprodukt, so auch für *Homo habilis.* Dass es uns gibt, sagte sie, trägt so wenig zu seiner Vollendung bei, wie es zu unserer Vollendung beigetragen hat, dass es ihn nicht mehr gibt. Achthundert Kubikzentimeter Gehirn, das hat ihm vollauf gereicht, wie unsere zwölf- bis dreizehnhundert uns reichen, ohne Rücksicht

darauf, dass es vielleicht eines Tages Menschen mit doppelt so großem Gehirn geben könnte, die uns als ihre Vorläufer ansehen.
Die Besucher sahen zu Boden. Interessant, sagten sie.
Und wenn sie wieder in ihren Landrovern saßen: Vielleicht sollte eine Frau hier draußen nicht so lange allein bleiben. Es bekommt ihr nicht.

Sie schlief seit Louis' Tod nicht mehr gut. Es war die normale Schlaflosigkeit älterer Frauen. Sie grub sich in ihre Züge ein. Nächtliche Wachstunden, afrikanische Sonne und Brandy wirkten zusammen, um sie rücksichtslos altern zu lassen. Die Sonne gerbte, der Brandy vergröberte ihre Haut, und die schlaflosen Stunden der Nacht ließen sie erschlaffen. Ihre Nase, die immer ein wenig zu groß gewesen war, sprang jetzt noch schärfer vor.
Im April kam der Regen. Er kam über Nacht. Er weckte vergessene Düfte nach Erde und nassem Hundefell. Er troff vom Grasdach ihrer Hütte. Ein Hauch von England lag in der Luft. Das gleichmäßige Rauschen brachte alle Geräusche der Nacht, das Schreien der Hyänen, das gelegentliche Brüllen der Massai-Rinder, den Ruf der Nachtvögel, zum Schweigen. Die Erde trank. Das Geröllbett in der Schlucht füllte sich. Zuerst ein Rinnsal, das sich täglich verbreiterte, schließlich ein glänzendes Band, das plötzlich silbern aufleuchtete, wenn die Wolken tagsüber aufrissen. Es gurgelte und sprudelte.
In den Nächten, wenn sie wach lag und hinauslauschte, hörte sie den alten See steigen. Sie kannte genau seine Ausdehnung. Sie wusste, dass die Stelle, wo ihre Hütte stand, nicht weit vom Ufer gewesen war. Von hier aus hätte sie in Nächten wie dieser die Wellen gehört, die sich am Land brachen. Den Wind in

den Binsen. Sie öffnete das Fenster zur Schlucht hin, sog die feuchte kühle Luft ein, die von draußen kam. Die Nacht war rabenschwarz. Der Regen ging in Böen nieder. Sie schlug eine Decke um sich.

Wer in solchen Nächten nackt und ohne Behausung ist, wie muss der beschaffen sein, dachte sie. Zebras drängen sich um die Stämme der Schirmakazien. Rinder und Gnus stehen unbeweglich nah beisammen und bieten ihre Rücken dem Regen dar. Paviane finden notdürftigen Schutz unter einem Blätterdach. Raubkatzen suchen, wenn möglich, Felsvorsprünge auf, die ihnen als Dach dienen. Aber was tat bei Regen *Homo habilis?* Machte es ihm nichts aus? Fror er nicht? Wo fand er Schutz vor Wind und Nässe? Wurde er nicht krank davon? Bekam er nicht den Schnupfen? Sie hoffte, dass er einen Unterstand wie den am Donald Korongo gehabt hatte. Obwohl sie nicht glauben konnte, dass es darin bei solchem Wetter behaglich war.

Es war immer noch dieselbe Welt. Regen war Regen. Wind war Wind. Nacht war Nacht. Was hier in der Dunkelheit vor ihr lag, das war die Welt, die sie mit *Australopithecus, Homo habilis, Homo erectus* und allen anderen teilte, die hier gelebt hatten. Und sie fror bei dem Gedanken an die äonenlange Gleichgültigkeit dieser Welt, die dieselbe blieb, während die Wesen, die sie bewohnten, von ihr verschwanden und neue auftauchten, die sich an die verschwundenen nicht mehr erinnerten und Millionen Jahre nach ihnen sich plötzlich bückten und etwas in der Hand hielten, einen Stein, einen Backenzahn, ein Teil von einem Hüftknochen oder Schädel, die dem, woraus wir gemacht sind, hinreichend ähnlich sind, um uns die Botschaft vernehmlich zu machen: *Ich war da.*

Und während wir dem Blick aus blicklosen Augenhöhlen standhalten: *Auch du warst da.*

Sie war da. Sie erinnerte sich. Alles in ihr, was fror, was Dunkelheit und Regen fürchtete, alles in ihr, was erschrak, wenn sie das Fauchen der Raubkatzen bei Nacht hörte, alles in ihr, was das Rascheln von Schlangenhautschuppen auf Stein hasste, alles in ihr, was Hunger war, was begehrte, alles in ihr, was sich fürchtete, erinnerte sich an das Leben am Ufer des Olduvai-Sees, der vor einer Million Jahren von der Erde verschwunden war, indem er infolge eines Klimawandels austrocknete. Sie erinnerte sich so gut daran, dass sie mühelos verstand, wozu die Steinwerkzeuge gedient hatten, die sie fand. Sie konnte sich an so vieles erinnern. Die Kälte. Die Angst. Das große Verlangen, beschützt zu sein.
Sie sah angestrengt in die Dunkelheit hinaus. Ein Windstoß fuhr in die Zweige der Büsche vor ihr. Es sah aus, als ob ein paar Gestalten gebeugt vorbeiliefen. Sie glaubte ihr Wispern zu hören, das Geräusch nackter Füße auf morastigem Grund. Der Regen hörte auf. Die Wolken jagten dahin und ließen dann und wann etwas vom mondhellen Himmel dahinter sehen. Sein Abglanz ergoss sich sekundenlang in die Schlucht, über der bis in die Ferne ein weißer Schleier lag. Der See. Der See war zurückgekehrt.
Seine mondbeschienenen Ufer

erstreckten sich

bis zu den Bergen.

Sie hielten sich nahe der Mündung des Flusses auf. Sein Bett war breit und das Wasser seicht. Jetzt, am Ende der Trockenzeit, sammelte es sich in einzelnen Rinnsalen, die getrennt dem See zuflossen. Er erstreckte sich bis zu den Bergen, die in der Ferne im Dunst verschwanden und manchmal von den aufziehenden Wolkengebirgen nicht zu unterscheiden waren. Sie kündigten den Beginn der Regenzeit an.

Aber der Regen ließ auf sich warten. Der Wind kam von der Seite, zu der die Sonne ging. Er kam in warmen Böen. Doch den Regen brachte er nicht.

Manchmal war am Himmel ein fahler Dunst, der die Sonne verhüllte, deren Glut trotzdem nicht nachließ. Sie stand groß und weiß über ihnen und dörrte das Land aus. Die Blätter hingen staubig und grau an den Bäumen, die Früchte fielen mürbe ins verdorrte Gras. Taube Nüsse. Geschwärzte Beeren, die nichts als den Wurm in ihnen genährt hatten.

Es wetterleuchtete. Sie standen auf den Sandbänken in der Flussmündung und sahen zu den Bergen jenseits des Sees. Sie sahen das stumme Aufflackern und Erlöschen von Helligkeit.

Wir wollen dahin, wo der Regen ist, sagten sie. Er soll uns waschen.

Zwei Kinder waren gestorben. Die Frauen hatten nicht mehr viel Milch.

Der Regen kommt, sagte er. Er ist immer gekommen.
Er wies auf das Flussbett, in dem nur noch einzelne Tümpel standen.
Bis es wieder fließt, sagte er. So viel Regen kommt.
Die Frauen sahen zum Himmel. Dort stand eine milchige Sonne. Ihr Gluthauch schien nicht nur das Wasser, er schien die Luft, die man zum Atmen braucht, aufzuzehren.
Sie fürchteten sich.
Sie fürchteten sich, weil sie nicht wussten, was an den Rändern geschah. Dort, wo das Land an den Himmel stößt. Etwas leuchtete und erlosch. Sie wussten nicht, ob es gut oder schlecht für sie war. Sie rieben sich die Augen. Es war zu viel Staub in der Luft. Die Augen juckten. Die Nasen auch. Das Leuchten war weit weg.
Was bedeutet es?, fragten sie.
Sie fragten den Mann, der auf der anderen Seite des Flusses gewesen war.
Es bedeutet, sagte er, dass dort ein Gewitter ist. Das bedeutet es.
Führ uns dorthin, wo es regnet, sagten sie.
Er schüttelte den Kopf.
Nein, sagte er. Wir bleiben. Solange die Herden zum Wasser hierher kommen, bleiben wir.
Es war gut, da zu sein, wo das Wasser war, wenn ringsum Trockenheit herrschte. Die Herden drängten zu den immer dünner fließenden Rinnsalen.
Die Jäger machten Beute. Sie tauchten ihre Hände in die frisch Verendeten, schöpften ihr Blut und tranken es.
Blut ist ein besonderer Saft. Es stillt nicht den brennenden Durst. Es stillt auch nicht den Hunger. Blut stillt etwas anderes, das weder Hunger noch Durst ist.

Blut färbt die Zähne beim Trinken. Es färbt die Zähne der Lachenden, die ihren Durst an Blut gestillt haben und ihr Behagen kundtun. Es macht, dass ihre Zähne krank und zerstört aussehen wie die Zähne der Alten, bevor sie zu den Hyänen gehen. Blut, in zu großen Mengen getrunken, macht, dass man sich erbricht.
Sie erbrachen sich.
Die Fliegen kamen in Schwärmen und setzten sich auf das Erbrochene.
Es war nicht mehr genug Wasser da, um sich zu reinigen.
Wir haben genug vom Blut, sagten die Leute.
Sie wollten zum See ziehen. Aber das Wasser des Sees war verdorben und brackig, weil der Fluss kein frisches Wasser in den See spülte.
Er sah zum anderen Ufer. Das andere Ufer war steil und dicht bewachsen. Nur manchmal brach eine Gruppe von Warzenschweinen aus dem Gebüsch oder ein Rhinozeros auf der Suche nach Wasser.
Was suchst du dort?, fragten sie. Warum siehst du immer hinüber?
Da drüben ist nichts als das *Jenseits.* Der Fluss ist die Grenze. Man kann ihn nicht überqueren.
Und wo fliegen die Vögel hin, sagte er, die über den Fluss fliegen?
Und wohin ziehen die Herden, die wir am anderen Ufer sehen?
Und woher kommt der Mond, wenn er über die Wipfel der Bäume am anderen Ufer steigt?
Er sprach mit schönen großen, ausladenden Gesten.
Ich war dort, sagte er.
Sie sahen ihn verständnislos an.

Sahen sie nicht, was er sah?
Wer wollte, hätte den Fluss jetzt trockenen Fußes durchqueren können.
Er hatte Angst. Doch er hatte auch eine Erwartung.
Wenn das Wetter kommt, dachte er, wird alles anders.
Eines Nachts, bevor der Regen kam, kam der Sturm. Sie stiegen von den Bäumen und kauerten sich um die Stämme. Sie warteten. Alle warteten. Auch die Katzen und Hyänen. Niemand ging auf Beute in dieser Nacht.
Mit dem Sturm kam das Feuer.
Das Feuer kam aus dem Himmel. Es zog in grellen Blitzen über den See. Der See schäumte. Schwarze Wogen türmten sich auf und krachten an Land. Sie saßen ein Stück flussaufwärts und hielten sich die Ohren zu. Dies war die Nacht, in der der Himmel die Erde rammte und entzündete. Trockene Bäume gingen in Flammen auf und brannten lichterloh. Der Sturm blies die Flammen vor sich her. Er kam vom See her und drückte sie in die Flussmündung. Heiße Zungen leckten das letzte Wasser auf. Sie drängten mit allen Tieren in die Mitte des Flussbettes, weg von den Bäumen. Sie kauerten tief im Sand. Sie dachten: Der Regen. Wenn nur der Regen kommt!
Aus dem Himmel kommt das Feuer.
Aus dem Himmel kommt der Sturm, der das Feuer anfacht.
Aus dem Himmel kommt das Wasser, das das Feuer löscht.
Man kann gar nichts tun.
Feuer ist ein Geschehen von unbegreiflicher Entsetzlichkeit. Feuer ist Verwandlung. Feuer ist Auslöschung. Feuer ist eine Macht, der nichts entgegenzusetzen ist. Feuer frisst. Feuer frisst alles. Feuer rast. Feuer verschlingt die vor ihm Fliehenden. Feuer eint alle Feinde, indem es der Feind von allen ist

und sie jagt. Alles, was laufen kann, flieht vor dem Feuer. Löwen fliehen gemeinsam mit den Gazellen. Schlangen entwinden sich der Glut, qualmen, kriechen noch ein kleines Stück und bleiben als schwärzlich verkohlte, bizarr gewundene Gebilde zurück, während die Flammen über sie hinweggehen. Vögel fallen vom Himmel, einen Schweif von Funken hinter sich herziehend. Bewohner des Erdreichs graben sich verzweifelt tiefer ein und ersticken. Feuer schont niemanden. Außer denen, die schneller sind.

Sie schlossen die Augen. Aber der Blitz drang durch ihre Lider.

Sie wussten, was geschieht, wenn man getroffen wird. Sie wussten, was mit dem Fleisch wird, wenn es verbrennt.

Es ist entsetzlich, wenn man es erleidet.

Es ist köstlich, wenn man es isst.

Köstlich und entsetzlich ist verbranntes Fleisch, das manchmal nach einem Gewitter gefunden wird. Sie knien nieder. Sie warnen einander. Sie riechen daran. Es riecht nach verkohltem Haar und Horn. Es riecht abscheulich. Aber da ist noch ein anderer Geruch ... Sie greifen nach einem Lauf. Sie ziehen ihn aus der Glut. Er löst sich aus den Gelenken. Faseriges saftiges weiches Fleisch hängt daran. Es schält sich fast von selbst aus seiner Umhüllung aus Haut und Fell.

Sie können nicht widerstehen ...

Der Mann hielt seine Augen geöffnet. Er sah, dass das Feuer am anderen Ufer war. Wie Affen mit lodernden Schwänzen sprangen die Flammen von Baum zu Baum. So wuchs die tosende Wand flussaufwärts. Sie wuchs mit der Geschwindigkeit einer flüchtenden Horde, die mit Gekreisch aus den brennenden Bäumen stob.

Plötzlich sah der Mann eine Gestalt, die vom anderen Ufer kam und in das trockene Flussbett lief. In der Mitte blieb sie stehen, als wisse sie nicht, wohin sie sich wenden solle. Dann kam sie näher. Im Aufleuchten eines Blitzes erkannte der Mann, dass es eine Frau von der anderen Seite war. Auf einmal schien sie die Kauernden zu bemerken. Für einen Augenblick schien es, als sehe sie ihn und erwidere seinen Blick. Sie machte ein paar Schritte zurück, sah, dass ihr eigenes Ufer in hellen Flammen stand, und rannte weiter auf das andere zu.

In diesem Moment kam der Regen. Er fiel so plötzlich und dicht, dass der Qualm von den Bränden fast augenblicklich die Sicht nahm. Die Frau verschwand darin, und er konnte nicht sehen, wo sie geblieben war.

Im ersten Tageslicht, das mit dem Verlöschen der Brände aufzog, erhoben die Leute sich. Sie breiteten ihre Arme aus. Sie wandten ihre Gesichter mit offenen Mündern dem Himmel zu. Sie tranken. Sie seufzten vor Glück, verschont geblieben zu sein. Ihr Haarkleid kringelte sich in triefenden, glänzenden Locken auf Brust und Schultern. Sie hatten es überlebt. Sie würden es vergessen. Sie vergaßen schnell.

Immer wenn sich das Leben aufs Neue darbietet, bietet es sich als verlässlich und von Dauer dar. Sie begrüßten es wie etwas, das sie sich über Nacht verdient hatten.

Den Tieren ging es ebenso. Löwen verzogen sich zu ihren Tagesschlafplätzen. Huftiere rührten sich vom Fleck, an dem sie dicht aneinandergedrängt und bewegungslos ausgeharrt hatten. Vögel begannen zu singen. Da und dort hörte man wieder den ersten Streit der Affen in den Baumkronen. Über allem war das Rauschen des Regens, der jetzt beständig fiel und das Wasser im Flussbett rasch steigen ließ. Ja, es schien so, als stiege der Fluss aus der Erde, in der er versickert war. Zuerst bildeten sich Pfützen. Es schmatzte und gluckste überall. Nach

kurzer Zeit setzte die Strömung ein, und bald floss zwischen den Ufern wieder ein breiter Strom.
Niemand konnte jetzt mehr hinüber.
Als der Regen etwas nachließ, stiegen sie ins Wasser, bevor die Krokodile und Flusspferde von den Ufern des Sees in die Mündung heraufkamen, und wuschen sich. Sie wuschen den Staub der Dürre von sich ab, die Verkrustungen von Tierblut und Exkrementen in ihrem Haarkleid. Sie gurgelten und säuberten mit dem Zeigefinger ihre Zähne. Sie tauchten ganz in das Wasser ein und kamen wieder an Land, wo sie sich schüttelten und feiner gleißender Regen von ihnen wegsprühte.
Sie waren ausgelassen und paarungsfreudig wie immer, wenn etwas ausgestanden war.
Sie waren jetzt in der Stimmung für einen Aufbruch.
Eine Bereitschaft für Neues war in ihnen. Für einen Anfang, dem sie entgegenfieberten. Diese Bereitschaft einte sie. Sie war in allen. Sie brauchte keinen Anführer, um in die Tat umzusetzen, was als Bereitschaft in ihnen war. Nur in Zeiten der Ratlosigkeit braucht man ihn. Aber dies war der Moment der Entschlossenheit.
Manchmal war es, als wenn sie wie eine Person dachten, obwohl sie doch viele waren. In Gefahr. In Gewittern. Oder wenn die Erde bebte und brüllte und Feuer warf.
Oder wenn es vorbei war. Wie jetzt.
Sie liefen durcheinander. Sie rafften hier und da ein paar Dinge auf. Zu Messern gehauene Steine. Faustkeile. Vorräte. Sie packten alles in aus Häuten oder großen Blättern bestehende Behältnisse, die sie auf dem Kopf oder über der Schulter trugen.
Sie brachen auf.
Sie brachen in Richtung des Sees auf. Ins Offene.

Sie merkten erst sehr viel später, dass einer von ihnen nicht mitgekommen war.
Niemand erwähnte es. Niemand schien es zu bemerken. Wer nicht mitkommt, ist einfach nicht mehr dabei.
So ist es. So wird es immer sein. Es ist das eine Gesetz, das für ihre Gemeinschaft gilt. Es gibt kein anderes. Dieses Gesetz ist das Gesetz aller Gesetze.
Wer nicht mit uns ist, ist *niemand.* Es gibt ihn nicht. Selbst wenn man auf die Suche nach ihm ginge, es gäbe nichts, was es wert wäre, gefunden zu werden.
Niemand lebt allein. Niemand überlebt seine Absonderung von den *Eigenen.*

Sein Name war jetzt *Niemand,* wie vor langer Zeit, als er am anderen Ufer gelebt hatte.
Er hatte seinen Speer mitgenommen. Aber ein Speer macht noch keinen Mann. Andere Männer, Männer von seiner Art, machen den Mann zum Mann.
Wie soll ein Mann allein eine Beute erlegen, selbst wenn er einen Speer zur Hand hat? Wer kreist sie ein? Wer umstellt sie?
Er versuchte zu fischen mit seinem Speer. Aber das Ufer war noch gefährlicher jetzt als vor der Dürrezeit. Es wimmelte dort von jungen Krokodilen und frischgeschlüpften Schlangen.
Er dachte daran, zu den *Anderen* zurückzugehen. Aber dann fand er Spuren.
Es war am zweiten Tag. Der Boden war weich, und weich war auch das frischgesprossene Gras. Es war geknickt, wo die Spuren waren. Im Laufe des Tages würde es sich wieder aufrichten. Die Spuren waren noch nicht alt.
Er fuhr mit den Fingern darüber. Er blickte sich um. Wer hier gegangen war, konnte noch nicht weit entfernt sein. Er ließ sei-

ne Blicke durch die Baumwipfel schweifen. Seine Augen waren scharf. Er war ein Jäger. Er spähte nach leichten Bewegungen, wippenden Ästen, verräterischen Anzeichen. Er konnte nichts sehen, das jemand Anwesenden verriet.

Er maß mit den eigenen Füßen die Schrittweite der Spuren aus. Sie war kleiner als seine eigene. Auch die Füße, die hier gegangen waren, waren kleiner als seine eigenen.

Sein Herz klopfte. Er folgte den Spuren. Doch im neu einsetzenden Regen verloren sie sich. Das Gras stand wieder.

Als er am nächsten Morgen vom Baum stieg, fand er eine Frucht neben dem Stamm liegen, die nicht von diesem Baum war. Er hob sie auf, roch daran, biss hinein. Sie war köstlich. Er sah sich um, ging auf die Suche, doch er entdeckte keinen Baum, der solche Früchte trug. Erst ein Stück weit flussaufwärts gab es solche Bäume.

Es war eine Gabe. Die Gabe war für ihn. Und wo es eine Gabe gibt, muss auch ein Geber sein.

Er hielt Ausschau nach weiteren Spuren.

Manchmal sah er eine Gazelle, die zwischen den Bäumen auftauchte und verschwand.

Dann fand er die *Gesuchte.*

Er fand sie, als er ein Warzenschwein in der Falle entdeckte, die er im Unterholz gebaut und mit Hölzern und altem Laub getarnt hatte. Er tötete es mit seinem Speer. Das Schwein kreischte. Dann war es still. Die Frau stand ihm gegenüber. Sie kam nirgendwoher. Sie war da.

Ich habe Hunger, sagte sie.

Er erkannte die Sprache der *Anderen.*

Warte, sagte er.

Er zog das Tier an den Läufen nach oben. Sein Blut- und Fleischgeruch machte ihn blind vor Hunger. Auch er hatte

schon seit Tagen außer Früchten nichts mehr gegessen. Speichel tropfte aus seinem Mund und rann in die Haare an seinem Kinn, die sich kringelten.
Die Frau streckte eine Hand aus.
Warte, sagte er.
Mit seinem Steinmesser teilte er ein Stück vom Brustfleisch ab, schabte es aus der Decke und gab es ihr.
Sie aßen schweigend. Sie aßen lange. Ihr Hunger brauchte Zeit, um gestillt zu werden. Fleisch ist eine Mahlzeit, die lange währt. Ausgiebiges Kauen und Lutschen und Aussaugen, bis ein zäher, sehniger Rest im Mund übrig bleibt, den nur der äußerste Hunger hinunterwürgt. Besser, man spuckt ihn aus. Sie zogen ihn sich aus den Zähnen, betrachteten ihn und entschieden, ob es sich lohnte weiterzukauen.
Manchmal brummten sie beide, um ihr Behagen kundzutun.
Dennoch waren sie nicht entspannt. Der Mann behielt seinen Speer in Griffweite, und die Augen der Frau suchten unaufhörlich ihr Blickfeld ab. Das taten auch die Augen des Mannes. Und beide lauschten sie angestrengt.
Fleisch lockt die Hungrigen an, und Blut ruft Blut.
Was sie hier taten, war *nichterlaubt.* Mahlzeit zu halten, ohne dass die *Eigenen* zugegen sind.
Jeder isst für sich. Aber niemand isst allein.
Das war so bei den *Eigenen* wie bei den *Anderen.*
Sich nehmen.
Festhalten.
Sichern.
Abstand halten zu den anderen Hungrigen.
Auch *Habenichtse* sind hungrig. *Habenichtse* stehlen. Sie stören. Sie fallen zur Last. Am besten, man wirft ihnen dann und

wann etwas hin. Schlechte Stücke, zähes Zeug, das sie lange kauen müssen, damit man Ruhe hat.

Ruhe? Es gibt keine Ruhe. Außer man isst mit den Vielen. Viele sind immer mehr Schutz füreinander als wenige. Zwei sind, wenn man beim Essen ist, nicht genug.

Plötzlich sahen sie sich an. Zum ersten Mal trafen sich ihre Blicke. Der Mann sprang auf und zog die Frau am Arm mit sich. Auch sie war aufgesprungen. Sie hatten längst ihre Wahl getroffen, welcher der Bäume ihr Fluchtbaum sein würde.

Immer taten sie das. Wo immer sie sich befanden, wählten sie ihre Fluchtbäume. Wer es nicht tat, lebte nicht lange. Nicht lange genug, um Kinder zu haben, deren Nachfahren immer noch in ihren Träumen abheben, wenn sie verfolgt werden.

Als die Hyänen durch das Gebüsch brachen, saßen sie schon in den Ästen und sahen hinab auf die Mahlzeit unter sich, die sie zurücklassen mussten. Die Hyänen knurrten vor Gier. Ihre stumpfen struppigen Fellhaare sträubten sich. Sie zogen ihre Lefzen über die spitzen Eckzähne hoch. Es sah aus, als ob sie lachten. Aber Hyänen lachen nicht. Es ist kein Spaß, wenn Hyänen hungrig sind. Sie zerren dem Schwein seine kleinen ungeborenen Ferkel aus dem Bauch. Sie schlagen sich mit diesen Leckerbissen auf die Seite, um sich für kurze Zeit dem ungehemmten Genuss zu widmen, sie zu schlürfen, wie man ein Vogelei schlürft, dessen gesprenkelte Schale man mit den Zähnen aufschlägt. Lebendiges ist delikat. Zukünftiges Lebendiges ist eine Delikatesse.

Die beiden im Baum sehen ihnen zu, wie Verlierer eben zusehen. Dies ist ein Kampf, der schon entschieden war, ehe er begonnen hat.

So ist es mit den meisten Kämpfen. Man geht ihnen aus dem Weg.

Schlangen gehen allem, was Beine hat und die Erde tritt, aus dem Weg. Huftiere gehen den Katzen aus dem Weg. Kleine Nager den Huftieren. Die Huftiere den Zweibeinern. Die Zweibeiner den Katzen, wenn sie hungrig sind. Und selbst die großen Katzen gehen den Elefanten aus dem Weg, die über alles hinwegtrampeln, was ihnen nicht aus dem Weg geht.
Einander aus dem Weg zu gehen ist die wichtigste Kunst, um am Leben zu bleiben.
Es gibt genug Raum für alle. Es gibt Berge und Täler und Flüsse und Wälder und Buschland und Wüsten und Seen mit Schilfgürteln. Es gibt den Meeresstrand. Es gibt tiefe Schluchten und schroffe Felsen. Es gibt Höhlen. Es gibt Wasser, das von den Felsen springt und sich ins Tal ergießt. Es gibt Quellen. Es gibt Sümpfe. Es gibt Uferland. Es gibt Inseln. All das endet nirgendwo. Die Welt ist nicht rund, und sie ist keine Scheibe. Sie ist einfach da. Es ist nicht einmal eine Welt. Es ist ein großes vertrautes, unbegreifliches Umgebendes. Es schweigt und spricht, es braust und tost. Es wirft Hagel und Regen und Feuer und Sturm um sich. Es hat Hitze und Kälte und Tag und Nacht. Es hat die Frische des Morgens und die lastende Glut eines Nachmittags. Es hat Orte zum Leben und Orte zum Sterben. Orte für die Erquickung und für den Durst. Es hat Orte zum Bleiben und Orte zum Weitergehen. Es ist veränderlich, launisch, grausam und feindselig. Und es ist gut und vertraut, verschwenderisch und voller Gaben. Es trägt und nährt und vernichtet und tötet. Das ist das Umgebende. Es ist groß genug für alle, die sich darin finden und die sich darin meiden wollen.
Der Mann im Baum sah die Frau an. Sie war größer als er. Ihre Beine waren lang und fast unbehaart. Ihr Gesicht war schmaler als das der Frauen aus seinem Stamm. Es war eine *Andere.* Sie war aus dem Feuer gekommen. Sie hatte den Fluss über-

quert und war jetzt auf seiner Seite. Er hätte sie meiden können. Stattdessen hatte er sie gesucht und gefunden.
Komm, sagte er.
Der Mann spürte die Angst der Frau. Ihre Angst berauschte ihn. Sie berauschte ihn wie ein Tier in der Falle, dessen Blut man bald trinken wird.
Sie stiegen vom Baum, und die Frau wich vor ihm zurück, als er sich ihr näherte.
In ihren Augen konnte er sich selbst sehen: struppig, behaart und unbesiegbar in seiner Brunst.
Er zweifelte nicht daran, dass es die *Waldfrau* war, die er entdeckt hatte.

Sie fürchtete keine Männer.
Die Männer fürchteten sie. Das wusste sie.
Aber Männer lieben es, sich zu fürchten. Das wusste sie auch.
Sie kamen zu ihr. Sie brachten ihr, was sie brauchte. Sie brachten ihr Fleisch. Sie brachten ihr Knochen, mit denen sie sich ihr Haar kämmte. Ihr Haar war lang. Es war länger als das der anderen Frauen, weil sie niemanden hatte, keine Schwester, die es ihr mit einem Messerstein kürzte. Und keine, die es lauste. Aber sie kämmte es. So war es reiner und zarter als das der Schwestern.
Die Männer sagten es ihr.
Die Männer sagten ihr noch anderes.
Sie sagten: Keine ist wie du.
Sie kamen wieder, wenn sie einmal bei ihr gewesen waren.
An dich muss ich immer denken, sagten sie.
Und sie sagte: Wenn du wiederkommst, bring mir einen Fisch. Der Fisch muss glänzende Schuppen haben. Und er soll mit mir sprechen.

Was?, sagten die Männer. Was soll der Fisch?
Er muss frisch sein, du Dummkopf, sagte sie. Sein Maul muss noch auf und zu gehen. Sonst spucke ich ihn wieder aus.
Ach so, sagten die Männer.
Einer hatte ihr ein Fell gebracht. Es war das Fell einer Gazelle. Er hatte es sorgfältig ausgeschabt. Es war fast vollständig, und der Kopf des Tieres hing noch daran. Die Würmer hatten ihn gesäubert.
Sie trug das Fell. Sie trug es so, dass der Kopf über ihrem Kopf saß. Sie war die Gazelle. Sie hüllte sich in ihr Fell. Sie schloss mit den Händen die Decke vor ihrem Leib. Sie verschwand ganz darin.
Sie war eine Gazelle auf zwei Beinen.
Sie war das heimliche Wild, auf das die Männer Jagd machten.
Am Ende ergab sie sich. Sie stand vor ihnen, öffnete langsam das Fell und ließ sie einen Blick auf das tun, was darunter war. Dann sah sie zu, wie die Männer ihren Verstand verloren. Sie ließ langsam das Fell von ihren Schultern zu Boden gleiten und zeigte ihnen den inneren Kern jener Beute, die zu erjagen sie ausgezogen waren: die Frau.
Sie sah, wie die Wildheit der Männer, ihre Rohheit und Grausamkeit, sich verwandelte. Sie schmolzen, wie gefrorenes Wasser nach kalten Nächten in der Sonne schmilzt. Sie genoss die Verwandlung der Männer. Je wilder und roher sie vorher waren, desto mehr genoss sie es.
Na, sagte sie, was siehst du? Gefällt es dir, was du siehst?
Und dann fühlte sie, wie die Grausamkeit der Männer in sie selbst fuhr.
Bitte mich, sagte sie.
Bitte, sagten die Männer.
Sie verstanden nicht, was sie meinte.

Und was gibst du mir?
Was du willst.
Was ich will, sagte sie, nehme ich mir.
Und sie rang die Männer nieder mit ihrer Kraft und setzte sich darauf.
Was tust du da?, sagten sie stöhnend. Das hat noch keine mit mir getan.
Siehst du, sagte sie, wenn sie triefend von ihnen herunterstieg. Das ist es, was ich will.
Sie lebte mit den Tieren. Sie teilte die Bäume mit *Affenartigen,* die ihr Respekt entgegenbrachten, weil sie größer und anders war. Manchmal, wenn sie auf der Suche nach Essbarem umherstreifte, folgten ihr ein paar Schakale. Sie überholten, umkreisten sie, blieben wieder zurück und kamen niemals näher als einen Steinwurf zu ihr heran. Sie konnte sie hecheln hören, wenn sie eine Beute aufgespürt hatten. Sie sah die grauen Silhouetten durchs Gras streifen. Sie hörte sie knurren, wenn sie einander zu nah gekommen waren. Sie wichen vor ihr zurück, wenn sie kam, um sich von der Beute zu nehmen.
Sie schützten sie durch ihre Gegenwart. Sie bildeten einen Ring von Schnelligkeit, Gier und Angriffslust um sie. Etwas vom Wesen der Schakale war mit ihr und stärkte sie. In Träumen war sie die Schakalin. Sie jagte dahin. Ihre Pfoten berührten den Boden kaum. Ihr Fang grub sich in frisches Fleisch. Das Fleisch zuckte. Sie schmeckte Blut. Sie biss auf die eigene Zunge, wenn sie in solchen Träumen war.
Sie gebar häufig.
Sie wusste, dass eine Frau, die fern von den *Eigenen* lebt, ihre Kinder nicht behalten kann. Sie suchte sich ein Stück Rinde. Wenn es nicht groß genug war, band sie mehrere Stücke zusammen. Sie legte das Kind hinein. Das Kind schlief. Ihm ge-

fiel es in diesem Rindenbauch, der es von allen Seiten umgab. Das Kind wusste nichts. Wenn es die Augen öffnete, waren sie blau von dem Himmel, der über ihm war. Sie ging ein Stück weit in den Fluss und setzte die Rinde aufs Wasser. Sie trieb von ihr weg. Sie sah noch eine Zeit lang die kleinen Ärmchen und Beinchen, die über dem Rindenrand zappelten.

Gute Reise.

Dann rettete sie sich selbst ans Land.

Sie ertrug die Schmerzen in ihren Brüsten. Wenn sie sie berührte, sickerte Milch heraus. Manchmal, wenn es zu schlimm wurde, nahm sie eines der Kleinen der *Affenartigen* und legte es sich an. Doch die Mütter rissen es ihr weg. Sie glaubten, sie wolle es stehlen.

Diebin. Sie war eine Diebin, die Männer und Kinder stahl. Beide gehörten ihr nicht. Sie nahm sie sich. Und sie verließen sie wieder.

Die Männer verschwanden, wenn sie ihr Begehren an ihr gestillt hatten. Die Kinder trieben den Fluss hinab. Sie waren *nichterwünscht.* Sie selbst war *nichterwünscht.* Sie dachte an das erste Kind, das sie auf der Reise geboren hatte. An die Nacht, in der sie es vor den Hyänen gerettet hatte. Den Sonnenaufgang. Die Hyänen, die sie umringten und sich mit höhnisch über die Fangzähne gezogenen Lefzen entfernt hatten.

Sie war jetzt eine von ihnen. Sie wusste es. Sie war keine Frau mehr, sie war ein Tier.

Die *Eigenen* kannten sie nicht mehr. Sie riefen die Kinder zurück, wenn sie sich ihr näherten.

Sie hatte das Mädchen verloren, als es kein Milchkind mehr war. Sie hatte es nicht mehr den ganzen Tag auf dem Arm tragen können. Wenn sie Nahrung sammelte, lief es ein Stück von

ihr weg. Und es gab keine *Vielen*, die auf die Kinder der Mütter achtgeben und sie beschützen, wie es in der Familie ist.
Das Mädchen hatte mit den Welpen der Schakale zu spielen begonnen. Kinder brauchen Gefährten. Und wo die Welpen sind, sind auch die Alten nicht fern.
Sie sah, wie sie es wegtrugen. Sie hörte es schreien. Es rief in der Sprache der *Eigenen* nach ihr, die sie ihm beigebracht hatte.
Aber ihr Kind musste mit den Schakalen gehen.
Sie hörte, wie sich die Schakale um ihr Kind stritten. Sie konnte nichts dagegen tun.
Wenn jetzt die Schakale um sie waren, war auch ihr Kind um sie.
Danach begann sie, nach Rinden zu suchen, wenn sie ein Kind gebar.
Und noch später sprang sie von den Bäumen, wenn sie fühlte, dass ein Kind in ihr wuchs. Dann gebar sie ein blutiges *Fischchen.* Das warf sie in den Fluss. Sie sah dem Getümmel zu, wo es versunken war. All die anderen Fische, die kamen und es mit sich nahmen. *Gute Reise.*
Das war für sie einfacher.
Eine alleinstehende Frau. Eine Tote, die nicht sterben will.
Am schlimmsten waren die Donnerstürme für sie. Wenn sie heranzogen, versuchte sie, sich den *Eigenen* zu nähern. Die *Eigenen* vertrieben sie mit Steinwürfen:
Weg. Weg. *Nichterwünscht.*
Sie trieben sie ins Feuer.
Sie schrie. Sie lief zu ihnen zurück.
Nichterwünscht!
Tote fühlen keinen Schmerz. Keine Hitze. Sie fürchten nichts.
Aber sie war nicht tot. Sie fürchtete die Flammen.

Sie lief in die Mitte des Flussbetts. Sie suchte das Wasser. Aber da war kein Wasser mehr. Dann sah sie die *Anderen.* Sie kauerten mitten im Flussbett. Blitz flammte auf. Donner krachte. Hinter ihr sprangen die Flammen wie Affen mit lodernden Schwänzen von Baum zu Baum. Sie lief.
Dann kam der Regen. Der Fluss stieg. Er stieg weiter. Sie konnte nicht mehr dahin zurück, wo die *Eigenen* waren.
Jetzt war sie ganz allein auf der Welt.
Bis der Mann kam.
Er verstand ihre *Sprache.*
Er war klein. Er war von Kopf bis Fuß behaart. Er war *anders.*
Er trug das Gesicht, das sie im Donnersturm gesehen hatte.
Männer verstanden immer, was sie wollte. Und sie verstand, was die Männer wollen.
Bist du die *Waldfrau?*, sagte er.
Ich bin alles, was du willst, dachte sie.
Komm, sagte er.

Die junge Frau vermisste ihn.
Sie erinnerte sich daran, wie der *Begehrte* zu ihnen gekommen war. Wie er alle Frauen verschmäht hatte außer ihr.
Wie er ihr Erster geworden war.
Wie er sie aus dem Baum gepflückt hatte.
Sie erinnerte sich an die Nacht, in der er den Faustkeil gemacht hatte und sein Mondschatten in den Himmel gewachsen war.
Sie spürte dasselbe Begehren, das sie damals gespürt hatte. Sie wollte ihn immer noch.
Sie wollte keinen anderen Mann.
Das war absonderlich. Die Männer taten alle dasselbe mit ihr. Ohne Unterschied.
Sie fragten nicht, ob es ihr recht war.

Sie hätte gelacht.
Jede Frau hätte gelacht, wenn ein Mann sie fragte, ob es ihr recht sei.
Es war ihr recht.
Es war ihr recht, dass sie nicht gefragt wurde.
Ihre geschlechtliche Brunst war die Antwort auf eine Frage, die niemals gestellt wurde. Sie wäre sogleich abgekühlt, wenn man sie gefragt hätte.
War es etwas wie Hunger?
Es war kein Hunger. Man vergaß es häufig für lange Zeit.
Die Frauen vergaßen es, wenn sie kürzlich Mutter geworden waren. Und die Männer vergaßen es auf der Jagd. Man vergaß es bei Dürre, bei Kälte, bei Hitze und auf langer Wanderung. Vor allem vergaß man es, wenn man lange nichts zu essen gehabt hatte.
Dann, plötzlich, war es wieder da. Ein Wort, ein Geruch, ein Anblick weckten es. Plötzlich war da eine Möglichkeit. Lauter Absicht. Lauter Bedürfnis, das nicht zur Ruhe kam, ehe es gestillt wurde. Und keine Ablenkung. Jede Frau war von vielen Männern umgeben und jeder Mann von vielen Frauen. Sie waren da. Sie lockten. Sie wählten. Sie wiesen ab. Sie enttäuschten. Sie mochten sich. Und häufig mochten sie sich auch nicht. Sie experimentierten oder hielten sich ans Erprobte. Sie waren ganz versessen darauf.
Und häufig waren sie auch einfach nicht interessiert.
Manchmal geschah es allzu oft. Ein Paar begann damit und brachte die anderen dadurch auf den Gedanken.
Dann war es wie ein Buschfeuer, in dem sich hier und da einzelne Bäume entzünden und lichterloh abbrennen. Ein Flächenbrand, der erst gelöscht wird, wenn er keine Nahrung mehr findet. Männer und Frauen lagen erschöpft herum. Die Kinder

greinten und krochen zwischen sie. Dann besannen sich die Frauen, und bald war alles so, als wäre nichts geschehen.
Die Frau blickte zurück. Sie beschirmte die Augen mit ihrer Hand.
Warum vermisste sie ihn? Es gab genügend Männer. Sie dachte an einen.
Es war nicht mit ihr, wie es sein sollte.
Was guckst du?, sagte eine der Frauen zu ihr. Der kommt nicht mehr zurück.
Ich weiß, sagte sie.
Er war verrückt, sagte die andere.
Ich weiß, sagte sie. Aber klug. Er hat einen Speer gemacht, weißt du noch?
Das sind *Männersachen,* sagte die andere Frau.
Vielleicht kommt er doch zurück, sagte sie unbestimmt.
Du bist selbst verrückt, sagte die andere. Geh doch, sagte sie. Lauf doch hinter ihm her.
Ich laufe keinem Mann nach, sagte sie.
Warum auch, sagte die andere. Wir haben genug davon hier, nicht wahr?
Natürlich, sagte sie.
Sie wusste selbst nicht, warum sie so traurig war.
Sie sah ihn als Erste, als er eines Morgens zurückkam. Ihr Gesicht wurde fahl wie die Stämme der Bäume, durch die das Feuer gegangen war.
Da ist er, sagte sie.
Wer?, sagten die anderen Frauen.
Da begriff sie, dass sie sich verstellten. Sie war nicht die Einzige. Alle hatten sie ihn vermisst. Alle erwarteten ihn. Sie waren verrückt nach dem Mann, der gegangen war. Nach dem, der von einer Reise zurückgekehrt war.

Der Mann hatte ein Geheimnis. Sie warteten darauf, jede Einzelne, dass er es ihr verriet. Sie wollten etwas erfahren. Sie wollten ihn ergründen. Sie warteten, dass er eine von ihnen auszeichnete, indem er es ihr verriet.
Aber der Mann verriet nichts.
Er ging mit den Männern zur Jagd. Er zerstreute sich. Er sprach wenig. Er griff nach den Frauen, legte ihnen eine Hand in den Nacken und zog sie ein Stück weit mit sich, fort aus dem Kreis der anderen. Dort war das Gras nicht schlangenfrei. Die Frauen fürchteten sich, wenn sie sich für ihn ins Gras legten.
Dem Mann war das gleichgültig. Er wollte mit den Frauen allein sein, wenn er es mit ihnen tat. Das war seltsam. Der Mann erschien den Frauen seltsam. Er interessierte sie.
Mit der Zeit wurde die Furcht ein Teil ihrer Erregung. Sie dachten an Schlangen, wenn sie an den Mann dachten. An etwas Verborgenes, Heimliches, Unergründliches …
Sie wollten, und sie wollten nicht.
Sie beobachteten einander. Sie verglichen sich. Sie stellten zum ersten Mal fest, dass sie nicht gleichermaßen begehrt bei den Männern waren. Sie wunderten sich. So war es immer gewesen, aber erst jetzt fiel es ihnen auf. Es machte sie stolz oder ärgerlich, es empörte oder bekümmerte sie, je nachdem, was sie über sich selbst herausfanden.
Sie fanden heraus, dass sie sich veränderten, wenn sie alt wurden.
Die Alten begehrten gegen die Jungen auf. Und die Jungen verhöhnten die Alten.
Es war eine Saison voller Zank und Gereiztheit und Unzufriedenheit bei den Frauen. Das ging so, bis alle schwanger waren.
Frauen sind mal so, mal so, sagten die Männer. Sie sind *launisch.*

Es war ein neues Wort. Es fiel den Männern ein, als sie unter sich waren.
Auch sie waren gereizt. Sie beschuldigten einander, wenn sie ohne Jagdbeute heimkehrten. Sie stritten sich. Eines Tages entkam ihnen eine Gazelle, als sie bereits den Geruch ihres Blutes in den Nasen gehabt hatten. Auf einmal wandten sich alle gegen einen Jungen, der ein Neuling auf der Jagd war, und machten ihn dafür verantwortlich.
Der Junge blickte blöd und mit offenem Mund von einem zum anderen, dann lief er weg. Und plötzlich, ohne dass jemand ein Kommando gegeben hatte, war die Jagd auf ihn eröffnet! Sie jagten ihn durch den Busch. Sie riefen einander die alten Jagdrufe zu, die sie bei der Gazellen- und Antilopenjagd verwendeten. Sie jagten ihn auf die Bäume und bewarfen ihn mit Steinen und stachligen Früchten. Sie gewannen Spaß daran. Sie jagten ihn bis in den Wipfel hinauf, wo die schwankenden Zweige ihn kaum noch trugen, und freuten sich über seine Angst. Dann, genauso plötzlich, ließen sie von ihm ab und schienen sich später nicht mehr daran zu erinnern, was geschehen war.
Die Männer maßen sich aneinander. Es kam jetzt darauf an, dass man nicht der Gejagte, sondern einer der Jäger war. Man musste stärker und schneller und listiger sein als die anderen. Keiner von ihnen vergaß nämlich, was mit dem Jungen geschehen war.
Der Junge kam eines Tages einfach nicht mehr von der Jagd zurück.
Niemand wusste, wo er geblieben war.
Sie erzählten *Geschichten.*
Es waren viele Geschichten. Jede war anders.
Er ist vom Baum gefallen.

Er ist unter die Elefanten geraten. Sie sind über ihn hinweg, bis nichts mehr von ihm übrig war.
Er hat Flügel bekommen und ist mit den Vögeln davongeflogen.
So gehen Geschichten. Sie sagen, was man nicht sagen kann. Niemand fragt. Es gibt Geschichten. Und es gibt das, was geschehen ist.
Und es gibt das Schweigen, in das man sich versinken lässt, um in das Dunkel zu blicken, das zwischen den Bäumen herrscht. Es gibt ein Schweigen, das anzeigt, dass alle zufrieden sind. Und es gibt ein Schweigen, das dem lautlosen Schleichen der Katzen vor ihrem Angriff gleicht. Mit dem ersten Wort, das danach fällt, bricht der Streit los.
Sie hatten viel Streit in jener Zeit. Es gab Rempeleien und Kämpfe und Wörter, die wie das Gebell der Schakale oder der Lärm aufgescheuchter Vögel durch den Busch hallten. Die kleinen Kinder rissen sich an den Haaren, und ihre Mütter keiften sich darüber an. Die Schlafbäume schwankten vom Kampf derer, die einander die angestammten Plätze streitig machten. Es galt keine Gewohnheit mehr, kein Einvernehmen. Jeder Nahrungsrest, jeder Platz zum Ausruhen musste erkämpft und verteidigt werden. Es gab Hinterlist. Es gab Allianzen. Es gab Preisgegebene, die sich mit anderen Preisgegebenen verbündeten. Es gab Sieger, die nach neuen Herausforderungen auf der Suche waren. Es gab Besiegte, deren Blick unstet war und deren Kopf etwas tiefer zwischen die Schultern sank, als müssten sie ständig mit einem Schlag rechnen. Es gab solche, die vor Scham appetitlos waren, und solche, deren Hunger unersättlich geworden war und die den anderen die Bissen vom Mund wegrissen. Es gab plötzlich Schwächlinge, die vom Fleisch fielen und deren Rippen hervortraten, und es gab kräftig gerun-

dete Staturen, wo vorher alle gleichmäßig und je nach Lage der Dinge gut oder schlechter genährt waren.
Wenn die Männer ohne Beute von einem Jagdzug zurückkamen, steckten die Frauen die Köpfe zusammen.
Sie haben's selber gegessen, sagten sie.
Es war nur ein Verdacht. Aber sie taten, als wenn es keinen Zweifel daran gäbe.
Männer und Frauen misstrauten einander. Die Männer bemerkten plötzlich, dass ihnen nicht alle Frauen mit demselben Eifer zu Willen waren. Sie suchten ihren Blick. Der Blick der Frauen war anderswo. Sie waren nicht bei der Sache.
Die Männer machte das wütend. Ihre Brunst war von Wut kaum noch zu unterscheiden. Die Wut steigerte ihre Brunst. Die Männer wollten jetzt oft. Sie wollten noch öfter als bisher. Die Frauen ließen ihre Blicke umherschweifen, während die Brunst-Wut der Männer sich bis auf ein Maß steigerte, das die Frauen in Alarm versetzte.
Du tust mir weh, sagten sie.
Halt den Mund, sagten die Männer.
Sie hatten entdeckt, dass die Frauen zu viel redeten.
Wenn sie doch still wäre, dachten sie.
Wenn er doch mit mir spräche, dachten die Frauen.
Sie ahnten: Da war etwas. Sie argwöhnten. Sie spürten, dass ihnen etwas verheimlicht wurde. Ihr Desinteresse war nur gespielt. Sie suchten Distanz zu den Männern, um sie zu beobachten. Selbst in ihren Kämpfen entdeckten die Frauen ein Einverständnis, das sie nachdenklich machte.
Eine lauernde Aufmerksamkeit ergriff Besitz von den Frauen. Sie horchten. Sie schnappten Wörter auf, die die Männer einander zuwarfen. Faustkeil. Messerstein. Speer … Nichts Beunruhigendes.

Dennoch waren die Frauen nicht ruhig.
Da war ein Verdacht, bevor er sich auf etwas richtete. Unmerklich. Schleichend. Die meiste Zeit über vergaß man es. Die Tage bestanden aus Warten, aus Hunger und Sattwerden, aus Missen und Finden von Wasser, mit dem man den Durst löschen konnte, aus wippenden Zweigen und kitzelnden Grashalmen, aus Gerüchen, die behagten und lockten, und solchen, die warnten und abstießen, aus Dösen, aus Schlafen, aus Beieinandersein und Sich-gegenseitig-vom-Ungeziefer-Befreien, das es immer gibt: Läuse, Zecken, Flöhe, Larven, die sich in die Haut einnisten, Milben, die eine schwärzliche juckende Schicht in den Ohren bilden, kleine Fliegen, die die Augen umschwirren und unter dem Lid ihre Eier ablegen, winzige Würmchen, die nicht verheilende Wunden besiedeln und die man mit spitzen Fingern einzeln entfernen muss, Schorf, Krätze, Grinden – niemand wird allein damit fertig. Dass sie unablässig zusammen sind, ist auch ein Schutz dagegen, bis zur Unkenntlichkeit besiedelt zu werden von allem, was kratzt und juckt und durch die Öffnungen der Körper Einlass sucht in ihr Inneres. Sie wehren sich dagegen, indem sie einander dabei behilflich sind, sich zu wehren. Es ist die Hauptbeschäftigung für ihre Hände, einander diesen Dienst zu tun. Es verlangt viel Geschicklichkeit, übt ihre Feinmotorik und schult ihren Sinn für äußerste Präzision. Hüpfende Flöhe setzen ein beträchtliches Maß an Reaktionsschnelligkeit voraus, wenn man sie fangen will. Der Erfolg kündet in halblauten Rufen der Genugtuung von sich.

Es sind *Spiele.* Es ist ein Zeitvertreib. Es ist ein Geben und Nehmen. Es ist angenehm.
Angenehm ist auch die Ablenkung davon. Die Frauen blicken

auf. Eine spürt es, die anderen sogleich nach ihr. Ein kaum merkliches Vibrieren des Untergrunds.
Die Männer kommen vom Beutefang zurück.
Einer von ihnen trägt etwas über der Schulter, eine schwere Last. Das muss Fleisch sein. Die Frauen springen auf. Sie laufen den Männern entgegen. Dann erkennen sie, was es ist.
Die junge Frau erkennt es zuerst. Es ist ein Verletzter. Der Mann lässt ihn ins Gras gleiten. Den Leuten, die ihn umstehen, entfährt ein Schrei. Ein Knäuel bläulicher Schlangen gleitet, von einer zarten, durchsichtigen Haut umhüllt, aus einer Öffnung in seinem Bauch. Die Leute treten zurück. Sie haben nicht gewusst, dass im Bauch dieses Mannes Schlangen gewohnt haben.
Er war schon immer unheimlich, denken sie. Ein unheimlicher Mann, der Faustkeile machen kann und Schlangen in seinem Inneren nährt.
Die junge Frau tritt zu ihm. Sie sieht die Schlangen. Sie sieht das Blut.
Sie dreht sich zu den anderen um.
Es ist – sie benutzt das Wort für die ungenießbaren Teile im Inneren der Jagdbeute.
Man reißt diese Teile heraus. Man schmeißt sie weg. Nur die Hyänen fressen auch das, was im Inneren ist. Aber dies ist keine Beute. Dies ist ein Mann. Und er lebt. Er stöhnt. Man muss seine Wunde schließen. Kein Mann kann mit einem Loch in seinem Bauch leben, aus dem sein Inneres quillt.
Die Frau blickt sich um. Sie kann es nicht allein tun. Es muss ihr jemand helfen.
Die Männer, die ihn getragen haben, begreifen.
Sie treten herzu und knien sich neben den Verletzten. Sie wissen, dass er sich wehren wird. Sie halten seine Arme fest.

Die junge Frau begreift, dass sie es ist, die es tun soll, sie ganz allein. Sie kniet nieder, beugt sich über den Leib des Verletzten. Aus großer Nähe betrachtet sie den Eingang in sein Inneres, der geöffnet ist wie bei einem gerissenen Tier. Es sieht nicht viel anders als eine blutrote, saftige Frucht von innen aus.
Das Blut, das sich dort gesammelt hat, muss ablaufen, bevor man die Wunde schließt, weiß die junge Frau. Sie bettet den Mann auf die Seite. Der Verletzte schreit. Sein Blut versickert im Boden, auf dem er liegt. Dann greift sie, ohne zu zögern, nach dem, was aus ihm herausgeglitten ist, und drückt es wieder hinein. Sie schiebt die Wundränder aufeinander zu, presst sie zusammen und drückt mit beiden Händen fest darauf.
Die Umstehenden wissen es nicht, doch sie pressen alle die Hände an ihren eigenen Bauch. Ihr Aufschrei stimmt in den Schrei des Verletzten ein.
Dann ist es totenstill, bis das Echo kommt. Es tönt wie der Brunstschrei eines Elefanten von der Felswand am anderen Flussufer.
Als sie die Hände wegnimmt, klafft die Wunde von neuem auf. Sie sieht ein, dass sie aufgeben muss. Dieser Mann ist kein Jäger mehr, er ist Beute, gerissen, geöffnet, dazu bestimmt, zu verenden. Man wird ihn zurücklassen. Der Mann ist kein Mann mehr, der Mann ist Fleisch. Er ist Fleisch für die, die Appetit auf ihn haben. Sie haben schon seine Witterung aufgenommen. Sie warten, dass man ihnen dieses Fleisch überlässt. Er hat die Augen geschlossen. Der Mann weiß, dass er Beute ist.
Da tritt ein alter Mann aus der Gruppe hinzu. Was tut er? Will er ihn töten? Er hat ein paar Dornen vom Dornbusch gebrochen. Er geht neben dem Verletzten auf die Knie und zeigt der Frau, dass sie die Wunde wieder zusammendrücken soll. Dann nimmt er einen der leichtgebogenen Dornen und sticht ihn

durch die Wundränder. Der Verletzte reißt die Augen auf, als er es wiederholt. Er stöhnt.
Die Umstehenden staunen. Der Alte weiß viel. Der Alte weiß, wie man gerissenes Fleisch wieder zusammenfügt. Jetzt ist der Mann keine Beute mehr. Jetzt ist er wieder ein Mann, ein schwer verwundeter.

Der Rest ist ein Ringen unbeherrschbarer Faktoren.
Blut gerinnt. Fibrinnetze bilden sich. Wundränder verkleben. Serum tritt aus. Zellteilungen beschleunigen sich. Monozyten reifen zu Makrophagen, die Zelltrümmer abräumen. Fibroblasten entstehen und produzieren hexosaminhaltige saure Mucopolysaccharide. Verflüssigtes Fibrin begünstigt die Zellwanderung vom Wundrand zur Wundmitte. Füllbindegewebe bildet Kollagenfasern aus. Die Haut kann sich schließen. Doch im Körper des Verletzten tobt eine Entscheidungsschlacht: Staphylokokken sind immer da. Blut, Eiter, Herzrasen, Hitze, Schmerz. Es ist ein totaler Krieg, der nur mit der Vernichtung eines der Gegner enden kann. All das geschieht unbegriffen. Es geschieht, während der Kranke nicht einmal mehr von sich selber weiß.
Währenddessen ist er auf der *Reise.*
Er hetzt durch den Busch. Er ist allein. Er wird gehetzt. Er kann die Jäger hinter sich hecheln hören. Sein eigener Atem geht hechelnd und stoßweise. Er begreift, dass er Beute sein wird. Er begreift, dass alle Beute allein ist. Man sondert sie ab. Man jagt sie. Man umstellt sie. Man tötet sie.
Er weiß, dass sein Leben nur noch so lange währt, wie er rennt. Das ist fürchterlich. Er ist erschöpft. Er braucht Wasser.
Da ist eine Frau, die sich über ihn beugt und ihm zu trinken gibt. Er erkennt sie.

Was tut sie hier?, denkt er.
Manchmal erinnert er sich. Da war die Gazelle gewesen. *Willst du meine Augen?* Sie hatte ihn angesehen, bevor er ihr den Speer in den Hals bohrte.
Und er hatte zurückgesehen.
Ich esse keine Augen.
Da war es zu spät.
Er hatte ihr Zeit gelassen. Sie hatte sich die Zeit genommen und ihm den Huf in den Bauch gerammt, bevor er sie tötete. Ihr Huf war hart und kantig wie ein gutgeschliffener Messerstein.
Es gab keine Zeit. Es gab Dauer. Und auf der Jagd dauert ein Augenblick viel zu lang. Er dauerte immer noch. Manchmal ist ihm, als könne er auf sich selbst herabsehen wie die, die ihn umstanden, als es geschehen war. Was sehen sie? Ein Tier, das in eine Falle geraten ist.
Aber was tut die Frau bei ihm? Wenn er die Augen öffnet, sieht er das immer gleiche Gesicht über sich.
Sie bewachte die Wunde in seinem Bauch. Sie bewachte sie vor Fliegen, die ihre Eier darin ablegen wollten, vor Wespen, die gierig nach Süße und Feuchtigkeit waren, vor Mücken, die ihre Rüssel in Schleim und Blut tauchten. Sie fächelte ihm Kühlung zu mit großen Blattwedeln. Mit feuchten Wasserpflanzen vom Flussufer wischte sie ihm den Schweiß vom Gesicht. Sie sah der Wunde beim Schwären zu. Sie passte auf, dass er sie nicht berührte, wenn er in seinem Fieberschlaf unruhig war.
Sie wusste, dass er daran sterben würde.
Sie wunderte sich, dass sein Sterben so lange dauerte. Manchmal öffnete er die Augen. Er schien ärgerlich, sie zu sehen. Als wäre sie die Verursacherin seiner Qual. Dann schlief er wieder. Sie wünschte manchmal, dass es schneller gehen möge mit sei-

nem Tod. Sie wusste, dass die anderen bald weiterziehen würden.
Noch gab es genügend Früchte und junges Getier nach der Regenzeit. Zarte Frösche in den Wiesen am Flussufer. Flusskrebse. Laich in den Buchten. Und reifende Mangos. Später, wenn die Trockenheit zurückkehrte, würden sie sich zu den am Seeufer brütenden Vogelkolonien aufmachen, in die Hände klatschen und den Vögeln die angebrüteten Eier wegnehmen. Jede Zeit zwischen Mond und Mond hat ihre Reize, ihre Verlockungen, ihre Gerüche, ihre Not und Gefahr. Sie wiederholen sich im Wechsel von Blühen und Welken, von Hitze und Kälte, von Nässe und Trockenheit, Reifen und Absterben, Fäulnis und neuem Trieb.
Sie spürte nichts davon. Sie sah den Würmern zu. Die Würmer waren winzig und weiß und sehr viele. Zuerst hatte sie sie mit spitzen Fingern aus der Wunde entfernt. Dann sah sie, dass es zu viele waren. Je mehr Würmer sie entfernte, desto mehr wurden es. Die Wunde war wie ein tiefer Teich, in dem die Fische geschlüpft sind und alle auf einmal nach oben drängen. Sie lebte. Sie stank fürchterlich. Die Frau sah zu, wie der Mann bei lebendigem Leib von den Würmern gefressen wurde. Und sie flößte ihm immer noch Wasser ein und gab ihm mit ihrem Mund einen gründlich gekauten und mit viel Speichel verdünnten Brei.
Dann geschah etwas Seltsames.
Was tust du hier?, sagte der Mann plötzlich laut und deutlich.
Sie hatte geschlafen.
Ich habe geträumt, sagte sie.
Und wie es manchmal geschieht, hatte sie im Traum verstanden, was sie im Wachen gesehen hatte.
Du wirst gesund werden, sagte sie.

Ich werde gesund werden, wiederholte der Mann wie ein Kind, das ein neues Wort gelernt hat.
Ja, sagte sie, die Würmer fressen dein krankes Fleisch.
Sie fressen mein krankes Fleisch, sagte der Mann.
Er verstand nichts. Er brauchte nicht zu verstehen. Es genügte, dass sie verstand.
Totes Fleisch wird von Würmern befallen. Ist das nicht immer so? Was niemand will – nicht die Leute, nicht die Hyänen, nicht einmal mehr die Nager, die aus ihren Löchern kommen, daran riechen und sich abwenden, weil es schon grünlich ist, fault und stinkt –, das fressen die Würmer. Sie hatten das tote Fleisch des Verletzten gefressen, und das gesunde hatten sie übrig gelassen.
Sie untersuchte die Wunde. Da waren keine Würmer mehr. Die Würmer hatten den Mann verlassen. Sie hatten sich aufgemacht. Sie hatten sich auf die Suche nach weiterem toten Fleisch gemacht. Würmer sind unersättlich. Sie bleiben nicht da, wo es nichts mehr zu fressen gibt. Gute Würmer. Heilsame Würmer. Von den Rändern der Wunde her hatte sich Schorf gebildet. Nur in der Mitte nässte sie noch wie ein tiefes Wasserloch, das am Ende der Trockenzeit langsam verkarstet und sich schließt. Die Dornen hatte der alte Mann längst gezogen.
Du wirst gesund werden, sagte sie zu dem Mann.
Aber er schlief schon wieder. Ein kranker Mann muss viel schlafen, wenn er gesund werden soll.
Als sie aufbrachen, konnte er schon, auf einen Stock gestützt, mitgehen.
Bald war er wieder genesen, und nur eine Narbe, zuerst feuerrot, blieb ihm von der Wunde in seinem Bauch. Mit der Zeit wurde sie blasser. Schließlich stach sie weiß und unbehaart von

dem dunklen Fell ab, das seinen Bauch bedeckte. Es war ein Mal. Ein *Vergiss es nie.*
Männer mit Narben galten als ausgezeichnete Männer.
Der Schmerz hatte den Mann überwältigt.
Der Mann hatte den Schmerz überwältigt.
Das Fieber hatte den Mann gepackt.
Der Mann hatte das Fieber gepackt.
Die Würmer hatten sich an ihm gesättigt.
Der Mann hat den Würmern gegeben, was man ihnen geben muss, und den Rest hat der Mann für sich behalten. So war der Mann gesundet. Der Mann, der von einer solchen Wunde gesundet ist, ist ein starker Mann.
Sie hatte ihn schwach gesehen.
Wenn sie seine Narbe erblickte, konnte sie die Schwäche des Mannes sehen, die seine Stärke war. Dann fühlte sie etwas, wofür es kein Wort gab. Sie fühlte, was sie gefühlt hatte, als sie ihn leiden sah. Sie wollte die Narbe berühren. Der Mann erlaubte es ihr nicht. Er schlug ihre Hand weg, wenn sie sich der Narbe näherte. Er wollte sich nicht daran erinnern, dass sie sein Leiden gesehen hatte. Dennoch legte er sich zu ihr, wenn sie schlafen gingen, als könne es gar nicht anders sein. Und manchmal, wenn er schon fast eingeschlafen war, näherte sie ihren Mund seinem Mund, wie sie es getan hatte, um ihn zu füttern, als er krank gewesen war. Dann öffnete er die Lippen, als erwarte er, dass sie ihm wie damals Brei eingab. Seine Zunge suchte etwas in ihrem Mund. Sie hielten beide die Augen geschlossen, als schliefen sie schon, und vergaßen es, wenn sie dann einschliefen. Aber wenn sie am Morgen neben ihm aufwachte, war immer noch das Gefühl da, für das es kein Wort gab, ein Gefühl, wie es die eigenen Kinder manchmal in ihr weckten, aber doch anders, eine Art Wärme in ihrem Leib, kein Begeh-

ren, oder doch Begehren, wenn auch von anderer Art als die Brunst, die die Männer entfachten, wenn sie sich ihr näherten. Sie sah seine Narbe. Es war ihr, als sei das Fleisch von ihrem Fleisch.

Mein Mann.

Das war undenkbar. Mein. Dein. Unser. Das gab es nicht. Nichts gehörte ihnen außer dem, was sie sich durch die Münder einverleibten. Es wurde im selben Augenblick Teil ihrer selbst. Sie zermalmten, sie verschlangen, sie verdauten es. Das war die einzige Art, etwas zu besitzen. Bis sie es sich in den Mund gestopft hatten, konnte es ihnen entrissen werden. So lange war es noch nicht »ihres«. Essen ist Teilhabe am Reichtum der Welt, an ihrem Mangel, an ihrem Überfluss. Es ist die einzige Weise, in der man sich etwas zu eigen macht.

Darum sonderten sie sich zum Essen ein Stück voneinander ab. Das war ihr einziger Ausdruck für *Das gehört mir.*

Nichts auf der Welt gehörte ihnen. Kein Mann, kein Kind, keine Frau gehörte irgendjemandem. Nicht einmal sich selbst gehörten sie. Sie gehörten zueinander. Sie kannten nichts anderes.

Liebe? Die war lange noch nicht erfunden.

Wozu sollte Liebe gut sein, da sie zueinandergehörten wie eine Hand zur anderen, wie eine Frucht zu dem Baum, auf dem sie gewachsen ist? Will etwa die Frucht im Gras wachsen, wo sie verfaulen muss? Und wie will der Einhändige auf die Bäume gelangen?

Eine Frau, die einen Mann für sich will. Das ist unerhört. Das kann nur Zwietracht säen.

Mein Mann. Es sollte noch lange dauern, bis diese Worte gefunden waren.

Wurden sie im Zorn gesprochen? Aus Liebe geflüstert? Fielen

sie im Streit zweier Frauen? Und was fiel dem Mann dazu ein, der sich so bezeichnet sah?

Ließ er es auf sich sitzen? Empörte es ihn? Verbat er es sich? Oder war er entzückt, dass man es ihm so leicht machte?

Und verfiel er sogleich darauf, *meine Frau* zu sagen? Oder ahnte er, was er damit anrichtete?

Die junge Frau sah, dass der Mann wieder mit den Männern zur Jagd ging. Sie fürchtete um ihn.

Sei vorsichtig, sagte sie.

Ich hoffe, dass er sich diesmal besser in Acht nimmt, sagte sie zu den anderen Frauen.

Wer?, sagten die anderen Frauen. Wir hoffen doch, dass sie alle heil zurückkommen, sagten sie.

Natürlich, sagte die junge Frau.

Sie lernte, sich zu verstellen. Ihr neues Gefühl war nichts als sonderbar. Also verbarg sie es.

Doch die Verstellung ging über ihre Kräfte. Ihr neues Gefühl verlangte gerade nach Offenheit, nach unverstellter Äußerung.

Wo ist er?, rief sie, als er eines Abends nicht bei den anderen war, die zurückkehrten.

Die Männer grinsten. Sie stießen einander an. Sie spuckten auf den Boden.

Wir wissen es nicht, sagten sie, ohne die Frau dabei anzusehen.

Sie spürte, dass das nicht die Wahrheit war.

Wo ist er?, wiederholte sie nachdrücklich.

Halt den Mund, Weib, fuhr sie einer der Männer an.

Das war ein neuer Ton.

Alles Neue bringt neues Neues auf den Plan.

Sie zog sich zurück. Sie schämte sich. Es ist das Wesen sonderbarer Gefühle, dass sie diejenige, die so fühlt, absondern.

Bald darauf geschah es, dass auch die anderen Männer manchmal verschwanden. Sie kamen immer nach ein, zwei Tagen zurück, gesund und wohlbehalten, wenn auch ein wenig müde und abgekämpft.
Wo wart ihr?, sagten die Frauen. Wir haben uns Sorgen gemacht.
Wir waren im Wald, sagten sie.
Allein?, fragten die Frauen.
Warum nicht, sagten die Männer.
Wozu, fragten die Frauen, geht ihr allein in den Wald?
Ach, nur so, sagten die Männer.
Und, fragten die Frauen, habt ihr uns was mitgebracht?
Stimmt, sagten die Männer. Was mitgebracht.
Sie sahen angestrengt in den Himmel, als suchten sie dort nach etwas, das ihnen abhandengekommen war.
Und was?, fragten die Frauen.
Was?, sagten die Männer, als seien sie bei etwas Wichtigem gestört worden. Was? Ach nichts.
Was habt ihr denn im Wald gesucht?, fragten die Frauen.
Nichts Bestimmtes, sagten die Männer.
Und weil sie fühlten, dass sie sich zum Narren gemacht hatten, fuhren sie die Frauen an:
Haltet den Mund, sagten sie. Ihr schwätzt zu viel.
Da wurden die Frauen zum ersten Mal hellhörig.
Ach, es ist traurig, wenn man hellhörig werden muss. All die schöne Gleichgültigkeit war dahin, mit der sie bisher nicht so richtig zugehört hatten, wenn die Männer von sich sprachen. Und sie sprachen gern von sich. Sie übertrumpften einander. Sie verlangten Aufmerksamkeit für sich. Sie waren *Erzähler.* Männer sind große Erzähler ihrer selbst.
Die Frauen hatten ihnen nie geglaubt, was sie erzählten. Den-

noch amüsierte es sie. Die Männer übertrieben. Sie bauschten auf. Die Frauen liebten es, sich zu amüsieren. Sie liebten am meisten die Männer, die amüsante Erzähler waren. Die Frauen lachten, wenn die Männer Märchen von sich erzählten, Lügenschichten, in denen sie schnell wie die Löwen und stark wie die Elefanten waren. Männer übertreiben. Die Frauen wussten das. Sie lachten sich halb tot über die Männer.
Doch diesmal untertrieben sie.
Und das konnten die Frauen nicht komisch finden.

Eines Tages, als sie nach essbaren Wurzeln suchen, sehen sie eine fremde Frau.
Das ist unerhört. Das ist unbegreiflich.
Vielleicht ist es gar nicht wahr.
Die fremde Frau verschwindet im Dickicht. Sie suchen nach ihr. Aber sie bleibt verschwunden.
Sie sehen einander an. Sie sehen zu Boden.
Die Frau war groß. Sie war *anders.* Sie war wie eine Gazelle, die auf zwei Beinen geht. Eine *Gazellenfrau.*
Vielleicht ist es eine Frau von der *anderen Seite*? Doch wie soll sie über den Fluss gekommen sein? Niemand kann über den Fluss kommen.
Gibt es noch mehr von ihnen?
Der Gedanke allein ist schauerlich.
Sie ist *hässlich,* sagt eine andere. Ich würde mich schämen, wenn ich so aussähe.
Die anderen stimmen zu.
Sie hatte Angst vor uns, sagt die Mutigste. Ich glaube, sie wird sich nicht trauen, uns noch einmal so zu erschrecken.
Wir haben Männer, sagt eine. Vielleicht denkt sie, wir hätten keine.

Alle schweigen. Sie denken nach.
Sollen wir es ihnen sagen?
Den Männern?
Nein.
Vielleicht wissen sie es schon.
Ein entsetzlicher Gedanke.
Sie hätten es uns gesagt.
Glaubst du?
Wir sagen nichts.
Es ist besser, wenn sie nichts wissen.
Warum?
Du bist dumm. Weil sie so hässlich ist.
Und sie ist so *schamlos.* Ist euch aufgefallen, wie schamlos sie ist?
Beruhigt euch. Sie ist weg.
Und niemand wird erfahren, dass wir sie gesehen haben.
Niemand erfährt davon.
Vor allem kein Mann.
Und die Kinder?
Die Kinder haben sie nicht gesehen.
Und wenn doch?
Dann erzählt ihnen ein Märchen von der *Gazellenfrau.*
Jetzt haben auch die Frauen ein Geheimnis.
Am selben Abend weiß schon der erste Mann davon.
Sag es nicht weiter. Es ist nur, ich wollte dich warnen. Du darfst nicht allein in den Wald gehen.
Klar, sagt der Mann. Ich werde mich in Acht nehmen. Du kennst mich doch.
Am nächsten Tag wissen es alle.
Ihr spinnt doch, sagen die Männer.
Sie schlagen sich mit der flachen Hand an die Stirn.

Ihr seid verrückt. Es gibt keine fremde Frau im Wald. Müsste sie uns nicht begegnet sein, wenn es sie gäbe?
Den Frauen leuchtet das ein. Doch ein Rest von Misstrauen bleibt.
Vielleicht hat sie Narren aus euch gemacht, sagt eine.
Wie meint ihr das: Narren?, sagen die Männer.
Sie ist schwer aufzuspüren, sagen die Frauen. Sie lacht vielleicht über euch, wenn ihr sie nicht findet.
Sie benutzen ein Wort, das man sonst auf der Jagd verwendet, wenn es um das Aufspüren der Beute geht. Sie verwenden es in der Variante, in der man es auch für das Auffinden nahrhafter Pflanzen und Früchte gebrauchen kann. Sie wiegen die Köpfe. Sie lassen die Hände ein wenig wie taumelnde Falter vor ihrer Brust flattern. Sie tun es, um sich verständlich zu machen. Wörter und Gesten gehören zusammen wie der Flug der Graugänse und die Rufe, die sie ausstoßen, wenn sie hoch am Himmel dem Flusslauf folgen.

Alles spricht. Alles bedeutet. Das Rascheln der Blätter im Wind. Gerüche. Spuren im Sand. Die Länge der Schatten. Das Röhren der Böcke zur Brunftzeit. Der ferne Hall, wenn die Herden vorüberziehen. Die Rufe der Nachtvögel. Die Schreckenslaute, das Klagen, das Wehgeheul derer, die eben geschnappt und gewürgt, zerbissen und verschlungen werden. Die Sprache der Nacht und des Tages. Die Sprache der Qual und der Lust. Des Hungers und der Sättigung. Des Drohens und des Bedrohtwerdens.
Vieles versteht man. Vieles versteht man nicht. Vieles kann man *lernen.*
Am schwierigsten ist die Sprache der *Eigenen* zu verstehen. Sprechen sie mit den Flusspferden? Sprechen sie mit den Ga-

zellen? Sprechen sie mit den Fischreihern? Sie sprechen nur miteinander so. Niemand versteht sie außer denen, die wie sie sprechen. Den Wind verstehen alle. Alle verstehen den Löwen, wenn er vor Hunger brüllt. Aber die Sprache der *Eigenen* ist eine Geheimsprache. Sie teilen sich Geheimnisse darin mit. Sie teilen sich mit, was sie wissen, und was sie wissen, wissen nur sie. Nicht einmal die *Affenähnlichen* verstehen sie.
Alles Wissen ist geheim. Es gehört nur den *Eigenen.* Sie bringen es ihren Kindern bei. Die Kinder lernen. Sie fragen.
Was ist eine *Gazellenfrau*?, fragen sie.
Nimm dich vor ihr in Acht, erfahren die Kinder.
Sie blicken sich um. Sie sehen das Dunkel auf sich zukriechen, wenn es Abend wird. Da draußen wohnt etwas.
Ist sie böse?, fragen sie.
Wer?
Die *Gazellenfrau.*
Böse? Ja, sie ist böse, sagen die Frauen.
Es ist ein Kinderwort. Ein Wort für Schlangen im Gras und Krokodile am Flussufer.
Frisst sie uns?, fragen die Kinder.
Natürlich, sagen die Frauen. Sie hat großen Appetit auf euch.
Wie wir uns vor ihr fürchten, sagen die Kinder. Wenn wir groß sind, dann machen wir Jagd auf sie.
Ja!, sagen die Frauen. Und bringt uns ihren Gazellenkopf. Wir hätten auch gern etwas, um uns zu *bekleiden.*

Wer hat euch gesagt, dass ihr *nackt* seid?, fragte er die junge Frau.
Sie blickte zu Boden.
Niemand, sagte sie.

Frauen sind dumm, sagte er. Sie glauben alles, was jemand sagt.
Hast du sie gesehen?, fragte sie.
Wen?, sagte er.
Die *Gazellenfrau.*
Lass mich in Ruh, sagte er und ließ sie stehen.
Sein Ärger, nicht was er sagte, sprach zu ihr.
Sein Ärger war größer als der über eine Frau, die Dummes spricht.

Sie beugte sich über das Wasserloch, wartete, bis die Büffel getrunken hatten, und sah ihr Bild. Manchmal zitterte es, wenn ein Vogel die Wasserfläche im Flug streifte. Was sie sah, war eine Frau aus dem Stamm der *Eigenen.* Sie war es selbst. Sie lächelte, und die Frau lächelte zurück. Sie kräuselte die Lippen, und die Frau im Wasser tat es auch. All das war gewohnt und vertraut wie ein müßiger Nachmittag, den man miteinander im Schatten der Bäume verbringt. Ein wenig Ärger, ein wenig Spaß, ein wenig Für-sich-Sein, ein wenig Einigkeit und ein wenig Streit, wie immer unter den *Eigenen.* Plötzlich war da etwas wie ein kühler Hauch, der zu ihr aufstieg. Eine rätselhafte, fremde, beunruhigende Anwesenheit.
Sie fröstelte. Sie blickte auf.
Vor ihr am anderen Ufer stand eine *andere* Frau. Sie sah nicht wie die *Eigenen* aus. Sie war größer. Ihre Beine waren lang und unbehaart. Ihr Gesicht glatter. Ihre schwarze Haut schimmerte im Widerschein der Lichtflecken auf dem Teich. Sie blickte ernst und unbewegt zu ihr hinüber.
Es war die *Gazellenfrau.* Es gab keinen Zweifel. Auch wenn sie keinen Gazellenkopf und kein Pelzkleid trug. Sie beugte sich zum Wasser, schöpfte mit ihren Händen und trank. Dann

erhob sie sich und verschwand zwischen den Bäumen. Sie verschwand, ohne sich umzudrehen, ihren Blick unverwandt auf die kleine behaarte Frau am anderen Ufer des Wasserlochs gerichtet. Während sie rückwärtsgehend zwischen den Bäumen verschwand, sah es aus, als tauche sie in das Dunkel ein wie ein Fisch, der in die Tiefe abtaucht, bis man ihn nicht mehr sieht. Die kleine Frau starrte die Stelle an, wo sie verschwunden war.

Habe ich geträumt?, dachte sie.

Man kann Dinge sehen, die es nicht gibt. Dinge, die vergangen sind. Dinge, die noch geschehen werden. Dinge, die gerade geschehen, aber nicht da, wo man selber ist.

Das *andere Gesicht.* Die kleine Frau dachte lange darüber nach.

Plötzlich bemerkte sie etwas im Gebüsch auf der anderen Seite, wo die Frau verschwunden war. Ihr Herz klopfte, als sie darauf zuging. (Es klopft, wenn man etwas *Verbotenes* tut. Etwas noch nie Getanes. *Tu's nicht. Tu's nicht.*) Sie blickte sich um. Da war niemand von den *Eigenen,* der sie beobachtete. *Verboten* sind die Dinge, die man allein tut. Das Herz klopft vor Angst. Wer inmitten des Stammes ist, hat keine Angst.

Sie roch daran. Sie berührte es. Es fühlte sich weich an. Es roch nach Tier. Es hatte den Duft der Herden, wenn sie in der Nähe vorüberziehen. Dung und Schweiß. Eine Wärme wie von etwas Lebendigem war darin. Sie trat etwas zurück. Sie wartete. Sie wartete darauf, dass es sich bewegte. Aber es bewegte sich nicht. Es war leer. Es war nur eine Hülle. Sie suchte die Augen. Die Augen waren nicht mehr da, nur die trockenen schwarzen Höhlen, in denen sie einmal gewesen waren. Sie schauderte. Gleichzeitig dachte sie: Das ist es also, nicht mehr als das. Die Gazelle. Sie sah die räudigen Stellen. Das Ungeziefer, das dar-

in nistete. Sie sah, dass der Pelz glanzlos war, der Kopf nichts als knöcherner Schädel, an dem die letzten Reste von Fleisch verrottet waren.
Es ist leblos, dachte sie.
Sie zog es von den Ästen.
Ihr Herz klopfte immer noch. Aber es klopfte vor Freude. Es klopfte vor Stolz. Es klopfte, wie das Herz eines Jägers klopft, wenn er sich der Beute bemächtigt. Wenn sie ihm schlaff vor die Füße sinkt. Sie nahm die *Gazelle.* Sie nahm sie, um sie den anderen Frauen zu bringen. Dies war eine Beute für die Frauen. Und sie war die Jägerin. *Da,* würde sie sagen. Das ist es. Es ist nichts. Es ist leblos. Es ist nur ein *Kleid.* Es ist hässlich. Es ist kein Geheimnis. Es ist nichts weiter als ein Fell.
Und sie würden lachen, sie und die anderen Frauen.
Da stand plötzlich die *Fremde* vor ihr. Sie sah sie an. Sie sprach zu ihr. Sie streckte die Hand aus.
Die Gazelle gehörte ihr. Sie gehörte der *Fremden.*
Einen Augenblick lang standen sie voreinander, eine große schlanke Frau und eine kleine gedrungene. Es war der Augenblick, in dem sie sich schämte. Sie schämte sich, weil sie kleiner war. Sie schämte sich, weil sie erkannte, dass es doch ein Geheimnis gab. Es war das *Geheimnis* der Frau, die sich zu kleiden wusste. Es war das Geheimnis ihrer Überlegenheit über die kleine Frau. Eine Überlegenheit wie von einem Tier, das nicht erlegt werden kann, weil es zu schnell und zu stark ist. Eine Löwin. Eine Elefantenkuh. Eine Gazelle, die sich keinem Jäger jemals ergeben wird.
Die kleine Frau begriff das alles nicht. Sie erkannte es nur an der Hitze, die ihr zu Kopf stieg, und an ihrer Unfähigkeit, den Blick der *Fremden* zu erwidern, der auf sie gerichtet war. Und indem sie ihre Augen niederschlug, wusste sie plötzlich: Die

Frau war *schön.* Die Überlegenheit, die sie sie fühlen ließ, bestand darin, dass sie *schön* war.
Es war ein neuer verwirrender Gedanke. Waren Frauen *schön*? War sie selber *schön*? Sollte sie *schön* sein? Wie konnte sie *schön* sein, wenn sie kein *Kleid* besaß? Sie blickte an sich herunter zu ihrem schütter behaarten Bauch, ihren Beinen, zu den kräftigen, von Haarbüscheln bewachsenen Füßen. War das *schön*? Sie berührte noch einmal das Gazellenfell. Sie strich darüber. Es schien ihr weicher und seidiger als vorher. Dann gab sie es der *Fremden,* wandte sich um und lief, so schnell sie konnte, dahin, wo sie die *Eigenen* vermutete, ein paar Frauen und Kinder, die auf der Suche nach Früchten waren.

Ich habe sie gesehen, sagte sie.
Die Frauen scharten sich im Kreis um sie und berührten sie vorsichtig mit den Fingerspitzen, als sei etwas von der *Fremden* auf sie übergegangen und mache sie *anders.* Es war ihr unangenehm, was die Frauen mit ihr taten, und um jeden Zweifel auszuschalten und zu zeigen, dass sie Herrin der Lage war, entfuhr es ihr:
Man muss sie töten.
Zustimmendes Gemurmel erhob sich.
Sie häutet sich wie die Schlangen.
Die Frauen zogen die Luft durch die Zähne ein.
Ich habe ihre Haut gesehen. Sie hing in den Zweigen wie eine abgestreifte Schlangenhaut.
Sie zeigte es ihnen.
Die Frauen sahen ihre Hände durch die Luft gleiten. Sie sahen eine Schlange aus ihrer Haut herauskriechen. Die Schlange war auf unaussprechliche Weise nackt. Sie schüttelten sich. *Iiih,* sagten sie. Sie sagten es auf jede Weise, die ihnen mög-

lich war. Sie wanden sich. Sie streckten die Hände zur Abwehr aus.
Das *Kleid* der *Gazellenfrau* hatte tatsächlich etwas von einer alten Schlangenhaut gehabt, wie man sie manchmal findet, nachdem sich die Schlange herausgeschält hat. Etwas Abscheulicheres kennen die Frauen nicht.
Hat sie etwas zu dir gesagt?, fragen sie.
Man versteht sie nicht, sagt die junge Frau. Sie spricht –
Wie?
Sie spricht, wie die Schlangen sprechen. *Ihre Zunge ist gespalten.*
Die junge Frau beginnt zu fürchten, dass die anderen Frauen das Interesse verlieren. Sie steht noch zu sehr im Bann ihrer eigenen Geschichte, um sie nicht weiterzuerzählen.
Sie hat mir einen Baum gezeigt, sagt sie.
Was für einen Baum?, sagen die Frauen. Hier gibt es genug Bäume.
Einen Baum, der voller Früchte war. Gute, saftige Früchte.
Wo ist dieser Baum?, sagen die anderen Frauen. Führ uns hin.
Sie erinnert sich an diesen Baum. Doch sie erinnert sich nur an sein Spiegelbild, das sie im Wasser sah.
Folgt mir, sagt sie zu den Frauen.
Wo ein *Wasserbild* von einem Baum ist, ist auch ein Baum, denkt sie.
Die Frauen sind hungrig, die Kinder auch. Sie haben an diesem Tag nur wenig Essbares gefunden. Sie folgen ihr.
Es ist nicht weit zum Wasserloch. Dennoch wird ihnen der Weg beschwerlich. Ihnen ist, als ob sie bergauf gingen. Dabei führt ihr Weg, der von Elefanten gebahnt ist, durch die Ebene.
Wo ist der Baum?, sagen die Frauen, als sie am Wasserloch sind. Wir sehen keine Früchte.

Da, sagt plötzlich eine von ihnen und weist auf das Wasser.
Oh, sagen die Frauen. Sie schnalzen mit den Zungen am Gaumen. Sie seufzen. Die Zweige des Baumes sind schwer von Früchten, die sich im Wasser spiegeln.
Die Frauen rennen los und ziehen die Kinder hinter sich her. Jede von ihnen will zuerst am anderen Ufer sein, wo der Baum seine Zweige über das Wasser breitet. Doch da ist kein Baum.
Die Frauen stehen still. Sie blicken sich suchend um.
Es muss hier sein, sagen sie.
Nein, dort drüben, sagen andere und rennen weiter.
Schließlich sieht man sie alle ohne Ziel durch das ans Ufer angrenzende Gebüsch streifen. Ihre Stimmen verlieren sich. Da und dort erklingt noch einmal ein Rufen, eine Frage, deren Tonfall zunehmend ärgerlich und ungeduldig wird.
Der Baum mit den grünlichen Früchten steht nahe am Ufer des Wasserlochs.
Ist es der?, fragen die Frauen, die plötzlich einhalten und sich mit den flachen Händen an die Stirn schlagen.
Er muss es sein. Es war hier.
Das *Wasserbild* ist von hier aus nicht mehr zu sehen. Doch der Baum steht da, über und über mit Früchten behangen.
Aber was ist das für ein Obst? Kann man es essen? Ist es reif? Ist es wohlschmeckend? Ist es sauer? Oder wird man krank davon?
Man muss es probieren, sagt eine alte Frau. Man muss immer probieren, ob etwas essbar ist. Woher wissen wir, ob eine Frucht uns schmeckt und ob sie uns auch bekommt? Jemand vor uns hat es ausprobiert, sagt die alte Frau.
Sie pflückt eine Frucht. Sie riecht daran. Sie reicht sie weiter. Die anderen riechen daran. Die Frucht riecht gut. Sie riecht frisch. Ein wenig sauer. Was sauer ist, ist meistens gut.

Schließlich beißt die junge Frau, die sie geführt hat, ein wenig Schale und Fruchtfleisch ab.
Es schmeckt säuerlich. Aber wenn man ein wenig kaut, verwandelt sich das Säuerliche in Süße. Die Süße wird schal, kurz bevor man das Fruchtfleisch hinunterschluckt, und der Mund verlangt sofort wieder nach Saurem, das sich in Süßes verwandeln kann.
Das ist gut, sagt sie.
Es ist nicht, wie wenn man Fleisch, Nüsse oder Wurzeln isst, kein voller runder Geschmack, der Sättigung vorausfühlen lässt. Es ist ein Reiz, ein Versprechen, das wieder und wieder unerfüllt bleibt. Die Säure, die sich in Süße, und die Süße, die sich in Fadheit verwandelt. Es macht nicht satt. Es macht Appetit auf mehr. Es schürt das Verlangen nach einem nächsten Mundvoll von diesem Reiz.
Hmm, macht die junge Frau.
Die anderen Frauen tun es ihr schon lange nach. Sie stöhnen vor Genuss. Sie schmatzen. Sie geben den Kindern von der neuen Frucht.
Allein die alte Frau versucht zu warnen.
Man muss warten, sagt sie. Es gibt Früchte, die köstlich und trotzdem nicht *essbar* sind.
Doch niemand hört auf sie.
Plötzlich schreit jemand von ihnen auf. Eine *Schlange*!
Sie ist um den Stamm gewunden, als sei sie Teil des Baumes. Als wohne sie darin, wie die Menschen bei Nacht in den Schlafbäumen wohnen. Sie sieht ihnen mit dem unergründlichen Blick der Schlangen beim Essen zu.
Die Frauen weichen zurück.
Das ist sie!, sagen sie.
Die Bissen bleiben ihnen im Mund stecken.

Die Schlange lässt sie ihre gespaltene Zunge sehen. Die Zunge fährt zitternd in ihrem Maul hin und her. Sie lässt dabei ein leises Zischen hören. Solange die Frauen das Zischen vernehmen, stehen sie starr, ihre Blicke auf die Schlange gerichtet. Dann fährt ein Fließen durch den Schlangenleib. Dieses Fließen ist wie die Welle des Wassers im Fluss. Es ist wie der Wind, der durch Gräser fährt. Es ist unendlich sanft und unendlich heimtückisch. Es geschieht schneller, als jeder Gedanke es einzuholen vermöchte. Die Schlange ist einfach nicht mehr da.
Sie suchen nach ihr. Sie bewaffnen sich mit Stöcken. Sie rufen: Wo ist sie? Sie war gerade noch hier! Sie laufen durcheinander. Sie fahren einander an: Geh mir aus dem Weg! Gerade habe ich sie noch gesehen!
Sie ist oben im Baum! Sie versteckt sich im Blätterwerk!
Nein! Sie hat sich in der Höhle unter dem Wurzelwerk verkrochen!
Schlagt sie tot!

Die *Fremde* sah ihnen aus der Entfernung zu. Sie verbarg sich. Sie wusste, wie man sich verbarg. Nichts verstand sie so gut, wie sich zu verbergen.
Sie lächelte, als sie die Frauen sah. Wie dumm sie sind, dachte sie.
Sie fürchtete sich nicht vor Schlangen. Sie liebte sie. Allerdings hielt sie sich fern von ihnen. Wie sie sich von allem fernhielt, was ihr lieb war.
Sie sind wie ich, dachte sie. Sie sind vorsichtig. Sie können sich unsichtbar machen. Das war die Kunst, die auch sie verstand.
Sie hatte Baumkronen mit dichtem Blattwerk.
Sie hatte alte hohle Baumstämme, die ihre Zuflucht waren.
Sie hatte Höhlungen im Boden, aus denen sie die vertrieb, die

sie gemacht hatten, Erdferkel, Warzenschweine. Sie deckte sie ab mit Hölzern und altem Laub. Sie war die Tochter der Erde, wenn sie drinnen lag. Sie war in ihrem Bauch, wie es die Kinder, die sie gehabt hatte, in ihr gewesen waren, sicher, geschützt, solange sie nicht herausgekommen waren.

Sie kannte ihre Feinde. Ihre Feinde waren stark und listig und zahlreich.

Es waren Menschen.

Sie ging ihnen aus dem Weg.

Es waren Hyänen.

Sie floh vor ihnen auf die Bäume. Hyänen sind keine Kletterer.

Es waren Katzen.

Ihr tägliches Leben war ein Umeinander-Herschleichen. Die Katzen umschlichen sie, und sie umschlich die Katzen. Es gab keinen Augenblick, in dem sie nicht auf der Hut vor ihnen war.

Außer zur Mittagszeit. Zur Mittagszeit ging die *Fremde* zum Fluss oder zum Wasserloch, um zu trinken. Es war die gefährlichste Zeit des Tages. Hier musste sie sich vor den Menschen in Acht nehmen. Alle Menschen gehen mittags zum Wasser. Mittags schlafen die Katzen. Mittags sind sie satt von ihrer letzten Blutmahlzeit. Jede Tageszeit hat ihre eigene Gefahr, ihre eigenen Wohltaten. Mittags ist Zeit, um zu trinken.

Mittags hatte sie die Frau am Wasserloch gesehen. Da war sie nicht vorsichtig. Da hatte sie ihren Pelz abgelegt, damit er nicht nass wurde, wenn sie das Wasser über Gesicht und Brust rinnen ließ. Mittags wurde es ihr heiß unter ihrem Pelz. Mittags war sie müde. Mittags war sie es leid, immer nur vorsichtig sein zu müssen.

Ihr Herz hatte geklopft, als sie die junge Frau von nahem sah.

Die Frau war eine Gefahr. Die Frau war eine Verheißung. Es war so lange her, dass sie mit einer Frau gesprochen hatte. Sie erinnerte sich an die besondere Sanftheit der Frauen. An ihre Berührung. Sie erinnerte sich daran, dass Frauen andere Dinge wussten als Männer. Dinge, die kein Mann versteht. Besänftigungswissen. Schmerzwissen. Notwissen. Wissen, wie man die Not wenden kann, die einen anderen Menschen betroffen hat.

Männer haben ein anderes Wissen. Jagdwissen. Tötungswissen. Verfolgungs- und Selbstrettungswissen. Wissen über Orte, über die Wege der Herden, Wissen über Flussläufe. Männer wissen die Richtung, in die man gehen muss.

Sie hatte viel Wissen von den Männern erfahren. Männer waren die *Lehrer,* die sie gehabt hatte. Männer hatten ihr gezeigt, wie man sich bei großer Gefahr in Sicherheit bringen kann.

Sie hatte schon seit langem nur Umgang mit Männern.

Männer waren ihr vertraut. Männer halfen ihr. Männer brachten ihr Nahrung. Sie brachten ihr *Geschenke.* Männer hatten ihr den Pelz geschenkt, den sie trug. Sie trug ihn, um sich zu verbergen. Sie trug ihn, um darin kenntlich zu sein. Sie trug ihn, weil sie es war, die ihn trug. Sie war die Einzige. Und weil sie die Männer um den Verstand brachte, wenn sie ihn öffnete.

Das war die andere Kunst, die sie beherrschte. Männer um den Verstand zu bringen. Je mehr Verstand ein Mann hatte, umso größer war ihr Triumph, wenn es ihr gelang. Sie liebte kluge Männer. Sie liebte es, wenn sie die Klugheit ablegten, wie sie ihr *Kleid* ablegte. Ihre Klugheit wich der Begierde, wenn sie zu ihr kamen. Sie wartete auf den Moment, in dem die Klugheit sie ganz verließ. Dann äußerte sie ihre Wünsche.

Was hast du mir mitgebracht?, fragte sie.

Es war nie genug. Das war ihr Geheimnis. Davon lebte sie.

Bring mir süßere Früchte, sagte sie.
Das Messer ist stumpf, das du mir gegeben hast. Wenn du kein besseres hast, musst du wieder gehen.
Das Fleisch, das du mir gebracht hast, war mir nicht frisch genug. Ich habe es den Schakalen gegeben, die mich bei Nacht besuchen. Die Schakale wollen das nächste Mal besseres Fleisch.
Schaff mir einen Pelz, der weniger räudig ist. Schaff mir eine Kürbisschale, in der ich Vorräte sammeln kann.
Bau mir einen Windschutz. Wenn er fertig ist, will ich dir zu Willen sein. Aber er muss einen Sturm aushalten. Ich sage dir, mach ihn gut.
Die Männer versprachen zu tun, was sie forderte.
Wenn du tust, was ich will, sagte sie, dann tue ich, was du willst. Ich weiß, was du willst. Jetzt weißt du auch, was ich will.
Später, sagten die Männer.
Nein, sagte sie, gleich. Später tun wir das andere.
Die Männer überlegten, ob es nicht möglich wäre, sie mit Gewalt zu nehmen. Sie sah ihnen an, dass sie es überlegten.
Doch sie war stark. Sie war um einen Kopf größer als die Männer.
Sie gehorchten ihr.
Sie gehorchten nicht ihr, sie gehorchten ihrer Begierde. Das wusste sie. Die Begierde der Männer war ihre Zuflucht, ihr Jagdrevier, ihre Fischgründe, ihr Fruchtbestand. Durch sie bekam sie alles, was eine Frau zum Leben braucht. Frisches Fleisch und Wurzeln und Fische und Baumfrüchte und noch so mancherlei.
Dafür bekamen die Männer sie.
Die Männer hatten genug Frauen. Die konnten sie haben, wann immer sie dazu Lust hatten. Und überall.

Das war es. Sie hatten genug von ihnen. Sie hatten genug von Frauen, die immer zur Stelle waren.
Aber von ihr bekamen sie nie genug. Sie hatte einen Preis. Und je höher der Preis war, desto größer war die Begierde der Männer nach ihr.
Was willst du, was ich für dich tue?
Schaff mir ein Kind.
Da wichen sie vor ihr zurück.
Du bekommst keine Kinder.
Aber du, sagte sie.
Ich bin ein Mann.
Deine Frauen bekommen Kinder. Gib mir nur eines. Es gibt genug davon bei euch.
Was willst du mit einem Kind tun?, sagten sie. Willst du es verderben? Frauen wie du können kein Kind haben.
Woher weißt du das?, sagte sie.
Jeder weiß das, sagten die Männer.
Da schien sie auf einmal doppelt so groß wie sie. Ihre Haare standen ihr wild wie Schlangen um den Kopf. Ihre Augen sprühten Blitze. Nichts!, rief sie mit der Stimme einer Schakalin, die sich auf die Beute stürzt. Nichts wisst ihr!
Nichts von ihrer Tochter, die mit den Schakalen gegangen war und die sie nächtens mit den Schakalen besuchte.
Nichts von ihren Kindern, die sie im Fluss auf die *Reise* geschickt hatte. (Und da trieben sie. In unendlicher Ferne von ihr trieben sie immer noch dahin.)
Nichts von den *Fischchen,* die sie gebar, nachdem sie von den Bäumen gesprungen war, und die in kleinen Bächen von Blut aus ihr davonschwammen.
Nichts wisst ihr!, rief sie.
Und die Männer wichen vor ihr zurück. Sie hatten Angst vor

ihr. Sie gingen zu ihrer Familie und wohnten den Frauen bei, die sie dort hatten. Sie machten ihnen Kinder und beschützten sie. Und sie sagten den Frauen: Gebt acht. Da draußen ist etwas, das eure Kinder will.
Ist es eine Hyäne?, fragten die Frauen. Ein Python? Eine Löwin? Eine Elefantenkuh, groß wie ein Berg?
Es ist von allem etwas, sagten die Männer.
Tötet es!, sagten die Frauen. Tut es für uns!
Die Frauen ahnten nicht, wie nah sie ihnen war und wie gut sie sie kannte. Oft hätte sie nur die Hand ausstrecken müssen, um sie zu berühren. Oder um sich eines der Kinder zu nehmen, das sich ein wenig beim Spielen entfernt hatte.
Komm!, riefen die Mütter. *Komm her!* Da draußen ist etwas.
Aber sie tat es nicht. Sie wollte den Kindern nicht wehtun. Und die Frauen durfte sie nicht berühren. (Nur manchmal im Schlaf fuhren sie plötzlich auf. Wer hat mich angefasst, murmelten sie. Da war niemand, sagten die anderen. Schlaf! Du hast nur geträumt.)

Sie wusste, was ihnen geschehen würde. Sie wusste so viel mehr als die Menschen auf dieser Seite. Sie waren zum Erstaunen dumm. Von diesen Früchten zu essen. In der Nacht hörte sie, wie sie sich übergaben. Der ganze Stamm krank. Sie hatten auch den Männern davon mitgebracht und ihnen zu essen gegeben.
Probiert diese Frucht!
Sie ist süß, sagten die Männer. Gib mir mehr davon! Und am nächsten Morgen: Was hast du mir da gegeben!
Das war ich nicht, sagten die Frauen, das war die Schlange, die uns überredet hat.
Selber Schlange, sagten die Männer. Ihr Frauen seid so falsch.

Ich habe sie gewarnt, sagte die alte Frau.
Aber wer hört schon auf alte Frauen.
Am Morgen war eines der Kinder tot. Es hatte nichts von der Frucht gegessen, weil es noch ein Milchkind war. Wie konnten die Früchte das kleine Kind töten, das nur die Milch seiner Mutter getrunken hat?
Alle denken dasselbe. Eine spricht es aus.
Sie verdirbt unsere Milch, sagt sie. Sie tötet unsere Kinder.
Niemand fragt: Wer? Alle wissen es.
Ein neues Wort ist in der Welt. Sie hat Gift, heißt es.
Gift ist der Tod, den die Schlangen bringen. Das ist nicht neu.
Neu ist eine gewisse Unschärfe. Eine fehlende Eindeutigkeit.
Wer ist es, der den Müttern die Milch verdirbt und die Kinder mit Gift tötet? Ist es die Schlange? Kriecht sie auf dem Bauch?
Ist es ihr Biss, der das Kind getötet hat?
Hat das jemand behauptet? Ja und nein.
Ja und nein. Das ist neu. Ab jetzt ist das *Gesagte* nicht mehr das *Gemeinte.*
Aber was ist gemeint? Hat die Schlange gesprochen? War es überhaupt die Schlange, die gesprochen hat? Oder war es die Frau, die gesprochen hat? Eine Frau, deren Anwesenheit so hinterlistig und heimlich wie die der Schlangen ist? Und wie ist das Schlangengift in gesprochene Worte geraten, sodass es giftige Worte sind? *Zweideutige* Worte. *Sie verdirbt unsere Milch.*
In diesen Worten steckt das Gift.
Lügen. Verleumdungen. Böse Nachrede. Das ist das Gift, das den Stamm krank gemacht hat. Die Frauen haben es mitgebracht. Die Männer haben davon gekostet.
Es hat allen geschmeckt.
Alle haben sich den Magen daran verdorben.
Und alle haben Appetit auf mehr.

Sie betrachten einander mit anderen Augen. Plötzlich stellen sie fest, dass man voreinander auf der Hut sein muss.
Fragen schwirren durch die Luft: Wo bist du gewesen? Wo gehst du hin? Sag mir die *Wahrheit* (ein neues Wort).
Ist es meine *Schuld,* dass dir das Zeug nicht bekommt (ein neues Wort)?
Vorwürfe. Ausflüchte. Es wird nie wieder so sein, wie es war, als das Gesagte noch das Gemeinte war.

Die junge Frau steht am Wasserloch. Die fernen Hügel sind in goldenen Dunst gehüllt. Die Luft riecht nach Dung, nach Staub, nach Elefantenurin, der sich in das täglich weniger werdende Wasser mischt. Das Wasser ist trübe. Blasen steigen daraus empor und platzen an der Luft. Geier sitzen in den Bäumen ringsum. Ein paar schmutzige Flamingos stehen im Seichten. Ein Reiher starrt auf seine Füße im Wasser, wo sich nichts rührt. Unbewegt glotzen die Augen der Flusspferde, die dort beieinanderstehen, als erwarteten sie voller Hass und Entrüstung ihr Ende, das Austrocknen des Wasserlochs.
Die junge Frau bewegt ihre Lippen. Die Lippen sind flach, leicht gekräuselt und nach vorn gestülpt. Es sieht wie ein Lächeln aus. Aber die Frau lächelt nicht. Sie spricht. Die Frau spricht zu sich selber. Denn außer ihr ist niemand da.
Sie geht manchmal allein zum Wasser. Sie ist nicht vorsichtig. Dabei will sie nicht trinken und keinen Fisch fangen. Es gibt keine Fische mehr in dem schmutzigen Wasser. Die Frau geht zum Wasserloch, weil sie allein sein will.
Warum will ein Mensch allein sein? Es ist nicht gut, allein zu sein. Nur kranke Menschen wollen allein sein. Nur solche, für die es keine Hilfe gibt. Nur solche, die wissen, dass sie bald sterben müssen.

Die Frau weiß, dass sie sterben muss. Dabei ist sie nicht krank. Sie ist noch jung, und sie ist gesund. Wenn sie auf sich aufpasst, hat es noch Zeit mit ihr. Trotzdem trägt sie etwas in sich, das sich wie ein schweres Gewicht anfühlt. Es ist nicht das Kind, das sie auch in sich trägt. Das Kind fühlt sie nicht. Es ist wie ein Teil von ihr selbst. Sie steigt auf die Bäume. Sie rennt. Sie springt. Sie hat es immer getan mit einem Kind in sich. Das Gewicht, das sie in sich trägt, ist ein anderes. Es ist da. Es gibt kein Wort dafür. (Das Wort wäre *Traurigkeit.* Es wäre *Verlassenheit.* Es wäre *Liebesleid,* wenn es das schon gäbe.)

Es gibt nur den Wunsch, allein zu sein. Den Unwillen zu reden. Es gibt den Mangel an Appetit. Obwohl die junge Frau schwanger ist, mag sie nicht essen. Ihr ist manchmal sogar übel. Sie übergibt sich. Sie weiß, dass es am Beginn einer Schwangerschaft oft so ist.

Es gibt noch etwas anderes.

Sie sieht, dass sich die Sonne röter färbt und auf die Erde zufällt, wo sie an den Himmel stößt. Dieses Fallen geschieht sehr rasch und sehr langsam zugleich. Der Widerschein der Röte fällt in die Augen der jungen Frau. Er färbt das Wasser des Teiches glutrot. Selbst die Augen der Flusspferde leuchten wie Feuerbälle auf. Gefährliche Feuer, in denen die Welt verbrennt.

Die Frau atmet tief. Es ist der Geruch vom Ende des Tages, den sie einsaugt. Es ist das Strahlen vor der Dunkelheit, das sie empfängt.

Die junge Frau weiß, dass es lebensgefährlich ist, jetzt allein zu sein. Die Dunkelheit kommt schnell. Sobald sie da ist, gehen die nächtlichen Räuber auf Beutefang. Wer das Licht des nächsten Morgens sehen will, bringt sich jetzt in Sicherheit.

Die Sonne sinkt. Die Glut in den Augen der Flusspferde verglimmt langsam und verlöscht. Es ist das Glimmen der Bos-

heit, die ihnen eigen ist. Sie fürchten keine Dunkelheit. Sie sind darin ganz bei sich. Sie ruhen im Seichten, wenn die Nacht einfällt.
Schon hört sie in der Ferne, wie sich die Katzen vom Schlaf erheben, ihren Mischruf aus Gähnen, Fauchen und Gebrüll ausstoßen und sich auf den Weg zum Wasserloch machen. Schon hört sie vereinzelt das Schnauben der Elefantenbullen, die ihre Kühe zum Schlafen um sich versammeln. Schon fällt die Sonne der Grenze zu, die den Tag von der Nacht scheidet – da spricht die junge Frau das Wort aus, das dies alles meint.
Abend, sagt sie.
Sie wiederholt das Wort. Sie sieht, dass alles geschieht, was sie damit gemeint hat. So, als sei sie es, die der Sonne befiehlt: Sink! Und sie sinkt. Und dem Staub zu leuchten. Und der Staub leuchtet noch einmal glutrot auf. Und den Hügeln zu dunkeln. Und die Hügel hüllen sich in Dunkelheit. Und dem Gewicht in ihr: Werde leicht. Und das Gewicht schwindet.
Sie hört die Stimmen der anderen. Sie weiß, dass sie jetzt die Schlafbäume aufsuchen. Es gibt jedes Mal ein wenig Gedränge, ein wenig Herumgeschubse, ein wenig Streit. Auch das ist mitgemeint, wenn man Abend sagt. Bald wird es stockfinster sein. Sie muss sich beeilen. Sie rennt. Mit leichten Füßen erklettert sie ihren Baum.
Was sagst du?, sagt der Mann neben ihr.
Das Wort ist wie schwerer Honig aus hohlen Waben, der in ihre Kehle rinnt.
Lass mich schlafen, sagt der Mann.

Die Zeit des großen Regens kam. Aber es kam kein Regen.
Wo bleibt der Regen?
Sie hoben ihre Gesichter. Sie zogen die Luft ein. Da war kein

Geruch nach Regen in der Luft. Die Früchte verdorrten. Das Erdreich war zu hart, um nach Wurzeln zu graben.
Der Regen kommt immer.
Der Mann hat recht.
Er ist auf der anderen Seite gewesen.
Er kennt sich aus.
Sie sahen einander nicht an. Sie saßen unter den Akazien und blickten in das verdorrte Buschwerk ringsum. Die Erde war braun. Allein unter dem flachen breiten Geäst der alten Akazien, in ihrem Schatten, wuchs noch ein wenig Gras. Doch auch das Gras war braun.
Manche von ihnen knabberten Baumrinde. Manche knabberten auch an ihren Nägeln.
Gegen Mittag kam Wind auf. Aber es war nur der heiße trockene Wind, der das Wasser im Fluss verdunsten ließ. Je flacher das Wasser wurde, desto rascher verdunstete es. Selbst das Rinnsal in der Mitte des Flusses war seit kurzem nicht mehr da. Sie mussten ans Seeufer. Doch das Seeufer war jetzt gefährlicher, als es jemals war. Alles drängte zu ihm hin, die großen Herden, die Antilopen, die Gazellen und mit ihnen die *Räuberischen,* die immer waren, wo ihre Beute war, und die auch Appetit auf Menschen hatten. Es war die Zeit der Hyänen, der großen Katzen und auch der *Räuberischen,* die im Wasser waren, der Krokodile, der Pythons, die im Uferschlamm auf Beute warteten. Nichts war jetzt riskanter, als sich einen Fisch aus dem See holen zu wollen. Dort gab es Fische im Überfluss. Woanders gab es nichts. Nur Feinde. Es war eine schlimme Zeit.
Man muss graben, sagte der Mann, den sie *Faustkeil* genannt hatten und der auf der anderen Seite gewesen war. Unter uns ist Wasser. Wenn man tief genug gräbt, ist es da.

Die Erde ist hart, sagten sie. Unsere Stöcke brechen ab. Die Erde ist härter, als es unsere Stöcke sind.
Man muss im Fluss graben, sagte er. Unter dem Fluss ist noch ein anderer Fluss. Er trocknet niemals aus.
Wer hat dir das verraten?, fragten sie.
Der Mann schwieg. Er stand auf.
Schaff uns Wasser, sagten sie. Wir haben Durst. Schaff uns etwas zu essen. Wir haben Hunger.
Wer dumm ist, sagte er, wird auch nicht satt.
Der Fluss unter dem Fluss führte klares und reichliches Wasser. Sie staunten. Sie tranken. Sie füllten ihre Behältnisse. Sie entdeckten, dass der Schlamm, den sie aushoben, voller nahrhafter Würmer war. Sie pickten sie heraus. Sie aßen sie.
Das ist gut, sagten sie. Gibt es auch Fische und Krebse in dem verborgenen Fluss?
Nein, sagte der Mann.
Warum nicht?, fragten sie, aufsässig wie Kinder, die glauben, dass alles, was sie begehren, ihnen auch geschuldet ist.
Ein heißer Windstoß fuhr durch das Flusstal. Das trockene, dürre Geäst am Ufer knackte und knisterte wie im Feuersturm.
Das wird brennen, sagte der Mann.
Was sagst du?, riefen sie. Es brennt? Wir sehen keine Flammen!
Das *wird* brennen, sagte er, wenn das Gewitter kommt.
Kommt dann der Regen?, fragten sie.
Ja, sagte er. Sonst sind wir verloren.
Was redet der Mann?, sagten sie. Man versteht ihn nicht.
Die junge Frau verstand ihn. Ein tiefer Schauer durchfuhr sie.
Sie sah ihn an.
Sind wir verloren?

Wenn es so weit ist, halt dich an mich, sagte er.
Das gefiel ihr. Es gefiel ihr so, dass sie sich Stürme und Flammen wünschte, weil er das zu ihr gesagt hatte.

Aber was dann geschah, war fürchterlicher als alles, was ihnen jemals geschehen war. Und als es ihnen geschah, fielen ihr seine Worte ein. *Wir sind verloren,* dachte sie.
Wenn das möglich ist, dann sind wir verloren.
Wie wird mir auf einmal so kalt, dachte sie, da doch Mittag ist. Sie blickte zum Himmelslicht. Sie beschirmte die Augen. Trotzdem war das Licht zu grell. Kein Mensch kann direkt in das Licht blicken.
Ihr fiel auf, dass die anderen auch ihre Augen beschirmten, um in das Licht zu sehen.
Wie wird uns?, sagten sie. Wie wird uns allen?
Ein Luftzug erhob sich. Ein Rauschen fuhr durch die Bäume. Der Luftzug kam nirgendwoher. Er schien aus den Dingen selbst zu kommen. Ein Wind, der aus der Erde stieg. Eine Bewegung der Bäume, die aus ihnen selber kam. Dieser Luftzug war kalt. Er war kalt wie der Tod. Kalt wie das Ende einer Nacht, auf die kein Morgen folgt.
Die Menschen hielten inne. Was immer sie gerade taten, sie hörten auf damit. Die Mütter hörten auf, ihre Kinder zu schelten. Die Kinder hörten auf zu spielen. Ja, selbst die Säuglinge hörten auf, an den Brüsten der Mütter zu saugen. Sie starrten mit geöffneten zahnlosen Mündern in einen Himmel, der sich zusehends verfinsterte. Die Männer hörten auf, Steine zu behauen. Die alten Frauen hörten auf, Körner zu zerstampfen. Es wurde auf einmal seltsam still ringsumher. Nur ein Geschwirr von Vögeln war zu hören, die flügelschlagend über den Bäumen in der Luft standen und sich plötzlich alle mit ei-

nem Mal herabließen und wie zum Schlaf in den Kronen verschwanden. Hier und da noch ein vereinzeltes Rufen, ein Flattern von Ast zu Ast, dann waren auch die Vögel still.
Die Menschen rückten zusammen. Sie wussten es nicht. Doch sie standen Schulter an Schulter. Die Kinder drängten sich eng zwischen die Erwachsenen.
Was ist das?
Unter ihnen lag der See. Seine Fläche war matt und unbewegt wie ein Meer aus grauem Stein. Alles Leben in ihm schien erstarrt. Die Reiher, die eben noch auf Fischfang gewesen waren, steckten ihre Köpfe ins Gefieder und rührten sich nicht. Die Herden am Ufer standen wie die Menschen dicht bei dicht, ihre Köpfe zu den Flanken der Nächststehenden gesenkt. Löwen und Leoparden stießen ein Jaulen aus, drängten sich nah zu den Herden und duckten sich tief ins Gras. Es schien, als wenn sie bei den Herden Schutz suchten, statt auf Beute auszugehen. Und die Tiere der Herden fürchteten sich nicht mehr vor ihnen.
Es war jetzt empfindlich kalt. Der Wind hatte sich gelegt. Die Kälte war in allem und überall. Es gab keine Quelle der Wärme mehr auf der Welt. Nirgendwo. Am Himmel erlosch die Sonne. Sie erlosch Stück für Stück. Finsternis schob sich langsam in sie hinein. Eine schwarze Sonne bedeckte nach und nach das Lichtgestirn.
Sie bedeckte sie ganz. Und Finsternis herrschte auf der Welt.
Es war eine graue, kalte, leblose Finsternis. Die Dinge waren zu ihren eigenen Schatten geworden. Schatten und Ding waren eins. Es war eine *Schattenwelt.* Niemand zweifelte daran, dass dies das Ende von allem war.
Die junge Frau blickte dahin, wo die Sonne gewesen war. Da

war nichts anderes mehr als Dunkelheit, an deren Rändern sich ein dünner Lichtkreis abzeichnete, von dem keine Helligkeit kam, nur äußerste Blendung, von der die Augen schmerzten. Doch sie konnte sie nicht abwenden. Denn jetzt geschah etwas Neues. Alle Farbe, die aus der Welt geschwunden war, hatte die schwarze Sonne zu sich geholt. Da war ein Glühen und Gleißen von Farben um sie herum. Farben, die sie nie gesehen hatte. Es war ein anderes Licht als das Licht, das die Erde bei Tag erleuchtete.

Das Licht der Finsternis.

Es war farbig, wie es die Welt war. Aber es war nicht von der Welt. Es kam von der schwarzen Sonne, die Wärme und Leben und Tageslicht auf der Welt ausgelöscht hatte.

Die junge Frau blickte in die fahlen, grauen Gesichter um sich herum. Sie trugen alle denselben Ausdruck. Da war kein Unterschied zwischen Jungen und Alten, Männern und Frauen. Sie waren alle *außer sich.*

Sieh, dachte die junge Frau, sie sind außer sich. Sie haben ihre Leiber verlassen. Sie sind anderswo. Auch sie war außer sich. Sie schloss die Augen. Doch was sie blendete, war noch da, auf der Innenseite der Lider, derselbe unbeschreibliche Lichtkreis. Sie würde nie wieder die Augen schließen können, ohne ihn zu sehen.

Langsam erwachten die Menschen aus ihrer Erstarrung. Ihnen entrangen sich Laute, die man noch nie gehört hatte. Sie heulten. Sie schluchzten. Sie klagten. Sie warfen sich zu Boden. Sie schlugen die Erde mit ihren Fäusten und Stirnen.

Sie riefen: Wer hat uns das getan?

Sie riefen die Sonne an.

Sie riefen: Komm! Komm, Lichtgestirn, zurück!

Und die Sonne kam.

Wie sie das Lichtgestirn verdeckt hatte, so gab die schwarze Sonne es wieder frei. Die Farben am Himmel erloschen. Ein schmaler Sonnenmond zeigte sich wieder. Er wuchs. Die Erde gewann wieder ihre Farbigkeit. Der See erglänzte. Er spiegelte wieder das Blau eines blauer werdenden Himmels. Die Vögel regten sich. Die Herden erwachten aus ihrer Unbeweglichkeit. Die Reiher am Seeufer schüttelten ihr Gefieder und gingen auf Fischfang aus. Die großen Katzen reckten und streckten sich, als habe sie nur ein kurzer Schlaf übermannt. Sie gähnten, wie es die Katzen tun, wenn ihnen etwas peinlich ist. Es war ihnen peinlich, dass sie bei dem, was geschehen war, nicht Herren der Lage geblieben waren. Ihre geweiteten Pupillen zogen sich wieder zu Schlitzen zusammen. Die Herden lebten so gefährlich wie vor der Verfinsterung.

Die Menschen erhoben sich aus dem Staub, in den sie sich geworfen hatten. Sie waren wie von Sinnen vor Erleichterung. Sie brachten den restlichen Tag mit Lachen und Scherzen in seltsam gehobener Stimmung zu.

Was wir erlebt haben, sagten sie.

Niemand hat das jemals erlebt.

Sie fühlten sich tagelang unfähig zu streiten. Sie teilten die letzten Vorräte der Trockenzeit. Dann vergaßen sie es langsam. Die meisten Menschen vergessen schnell.

Wo bleibt der Regen, klagten sie wie vor dem Tag, an dem die schwarze Sonne kam.

Doch die junge Frau vergaß es nicht. Sie vergaß es nicht, weil ihre Augen es nicht vergessen konnten. Sobald sie sie schloss, tauchte der Lichtring in ihnen auf. Und mit der Zeit sah sie ihn auch, wenn sie sie geöffnet hielt. Ja, sie sah kaum etwas anderes als dieses Licht. Sie erkannte immer weniger von dem, was ihr vor Augen war.

Die schwarze Sonne hat dich blind gemacht, sagten sie zu ihr. Du wirst uns beim Sammeln von Essbarem nicht mehr von Nutzen sein.
Es ist das Licht, sagte sie. Das Licht der schwarzen Sonne, das in meinen Augen wohnt.
Was siehst du?, sagten sie. Siehst du etwas, was wir nicht sehen?
Ich sehe *Unglück*, sagte sie.
Was ist Unglück?, fragten die anderen.
Unglück, sagte sie, ist das, was kommt.
Wird die Sonne wieder verlöschen?, fragten sie.
Nein, sagte sie. Ein Unglück ist niemals das, was man erwartet. Die Sonne verlöscht nur einmal. Es war ein *Zeichen.*
Was redet die?, sagten sie. Zeichen. Was bedeutet das schon wieder?
Was bedeutet es?, fragte der Mann, der mehr wusste als die anderen.
Es bedeutet, sagte sie, dass wir nicht allein auf der Welt sind.
Das ist bekannt, sagte der Mann ärgerlich. Auf der anderen Seite gibt es die *Anderen.*
Die meine ich nicht, sagte sie.
Sag schon, wen du meinst, sagte der Mann.
Wie alle Männer hatte er nicht viel Zeit für ein Gespräch mit einer Frau.
Da ist noch jemand, sagte sie.
Andere *Andere*?, fragte der Mann.
Vielleicht, sagte sie. Erinnerst du dich an den Tag, als die Sonne erlosch?
Jeder erinnert sich daran, sagte der Mann ärgerlich.
Ich habe ihn gesehen, sagte sie.
Wen?, fragte der Mann.

Den, der die Sonne auslöschen kann, sagte sie.
Du hast ihn gesehen?, sagte er.
Nicht mit meinen Augen, sagte sie. Aber er war da.
Wo war er?, fragte er.
Er war in der Finsternis, sagte sie. Er war im Wind. In der Kälte, die wir gespürt haben.
Wie sah er aus?, fragte der Mann.
Ich weiß nicht, sagte sie. Die schwarze Sonne hat mich geblendet. Sie blendet mich immer noch.
Siehst du, sagte der Mann. Warum soll man einer Blinden glauben, was sie gesehen hat? Vielleicht war da überhaupt niemand.
Und wer hat dann die Sonne ausgelöscht?, sagte sie.

Kurz darauf kam der Sturm. Die *Gazellenfrau* blickte zum Himmel. Das Lichtgestirn verschwamm in gelblichen Schwaden. Wo der Himmel die Erde berührte, zog Finsternis auf, in der es dann und wann grell aufflammte.
Dort regnet es, dachte sie. Aber das ist weit von hier.
Das Wasserloch war trocken, die Erde hart und rissig, die es umgab. Sie hatte Durst. Sie war hungrig. Die Männer kamen nicht mehr zu ihr, weil sie selbst hungrig waren. Hunger löscht das Begehren aus. Nur satte Männer, Männer, die von der Jagd zufriedengestellt wurden, suchen die Frau im Wald auf. Nur sie bringen Geschenke. Hungrige Männer bekümmert der Hunger der Frauen in ihrer Familie. Der Hunger der *Waldfrau* bekümmert die hungrigen Männer nicht.
Sie hat die Schakale.
Hyänen und Schakale haben jetzt eine gute Zeit. Je ausgehungerter die Herden, desto leichtere Beute bieten sie. Wenn das Gras saftig und grün ist, am Ende der Regenzeit, müssen die

Räuberischen ihr Äußerstes geben. Sie verfolgen ein Tier oft bis zur eigenen Erschöpfung. Auch sie können erliegen. Auch ihre Kraft ist begrenzt. Auch ihr Blutdurst bleibt nach langer Jagd manchmal ungestillt. Auch sie haben Junge, die sie mit ausreichend Milch aus den Zitzen der Mütter versorgen müssen. Auch ihre Jungen verenden, wenn die Mütter nicht zur Jagd begabt und vom Jagdglück begünstigt sind. Doch jetzt, wenn die Antilopen vom Fleisch fallen, wenn sie von weither zum See gezogen sind, wenn sie sich mit letzter Kraft zum Wasser schleppen, wenn sie keine Wahl haben, als zu trinken oder sich fressen zu lassen, können die Verfolger sich die jungen Tiere aussuchen, dann nehmen sie sich so viele davon, wie sie brauchen, um selbst satt zu werden.
Sie rief die Schakale.
Sie lockte sie zu sich.
Sie sprach gut und sanft zu ihnen.
Sie legten sich nieder.
Sie näherte sich.
Sie streckte vorsichtig die Hand aus.
Der Schakal knurrte. Sein Fell sträubte sich.
Sie zog die Hand zurück.
Der Schakal sah sie an, seine Augen unter tiefen Stirnfalten gelblich und unbewegt.
Sie streckte die Hand wieder aus.
Der Schakal wich zurück. Er kroch auf seinem Bauch rückwärts, ohne die Augen von ihr zu wenden. Plötzlich ließ er das Fleisch fallen, wandte sich um und trottete fort.
Sie griff danach. Sie senkte ihre Zähne hinein. Sie sättigte sich.
Sie benagte den Knochen, bis er das Mark freigab.
Die Schakale hatten reichlich am Ende der Trockenzeit.
Auch sie hatte genug.

Sie grub im Fluss nach Wasser, wie man es bei den Leuten auf der anderen Seite gemacht hatte. Sie trank vom Wasser des Flusses unter dem Fluss. Sie hatte keine Angst vor der Trockenheit.
Doch sie hatte Angst vor dem Feuer. Sie war aus dem Feuer gekommen. Das Feuer hatte sie über den Fluss gejagt, als er trocken war.
Jetzt war er wieder trocken. Sie hätte ihn überqueren können. Aber für eine wie sie, eine *Nichterwünschte,* war es gleich, wo sie allein war, hier oder dort, auf dieser Seite oder der anderen. Hier kannte sie die Schakale. Hier kannte sie die Männer, die zu ihr kamen. Hier hatte sie eine Frau am Wasserloch getroffen, und die Frau hatte die Hand ausgestreckt und ihr das Gazellenkleid gegeben. Hier war sie unter den Menschen gewesen, als die schwarze Sonne das Lichtgestirn auslöschte. Sie war zu ihnen geflüchtet, als es geschah. Sie hatte nichts zu befürchten gehabt. Da war kein Unterschied zwischen Männern und Frauen, zwischen Alten und Jungen gewesen und zwischen den *Einen* und den *Anderen.* Die *Finsternis* war größer als jedes Anderssein. Selbst ihr Nichterwünschtsein hatte sie ausgelöscht. Und erst als das Licht zurückkehrte, als die Menschen nicht mehr außer sich, sondern wieder bei sich waren, hatte sie sich aufs Neue verborgen, bevor man auf sie aufmerksam wurde.
Ein kurzer vergeblicher Traum davon, unter Menschen zu leben. Vorbei.
Sie sah zum Himmel. Das gelblich graue Gewölk türmte sich dichter auf. Der See schäumte. Der Sturm drückte seine grauen Wellenberge in die Flussmündung. Ein gewaltiges Krachen warf sie zu Boden. Sie schmeckte Rauch.

Wohin?
Auf die *andere Seite*, sagte der Mann, den sie *Faustkeil* nannten und der Rat wusste.
Auf die *andere Seite*?, riefen sie. Man kann doch nicht auf die *andere Seite* gehen!
Wollt ihr verbrennen?, sagte der Mann. Unser Ufer brennt, und der Wind drückt die Flammen flussaufwärts wie beim letzten Mal.
Sie drängten sich in der Mitte des Flussbetts zusammen.
Wir können hier nicht bleiben, rief der Mann.
Jedem Blitz folgte sogleich ein gewaltiger Donnerschlag. Und der Donner trieb sie vor sich her. Die Stimme, die aus dem Unwetter spricht, ist der Donner. Und ihr gehorchten sie. Ihr widerstanden sie nicht. Die meisten Blitze verschonen die Davonrennenden. Der Donner trifft sie jedes Mal mit voller Gewalt. Dem Donner widersteht niemand. So liefen sie.
Sie liefen dahin, wo sie niemals gewesen waren. Seit unvordenklichen Zeiten hatten sie nie das andere Flussufer aufgesucht. Sie wussten, dass sie dort *nichterwünscht* waren. Das andere Ufer war unbetretbar. Eine Welt voller Gefahren, die unbekannt für sie waren. Ihre Angst musste entsetzlich sein, dass sie das andere, das unbekannte Ufer aufsuchten.
Aber der Stimme des Donners, der Angst vor dem Feuer, wer kann ihr standhalten?
Sie fanden die Böschung. Sie erkletterten sie. Sie fanden eine Stelle, an der die Böschung von der Strömung des Flusswassers ausgehöhlt war.
Hierher!, rief der Mann.
Der Donner übertönte ihn voller Wut. (Wessen Wut?)
Ein entsetzlicher Zorn tobte. (Wessen Zorn? Wer hat ihn so erzürnt?)

Trotzdem folgten ihm alle. Die Erde nahm sie auf. Sie bot ihnen ihren Schutz, wölbte sich über ihre Köpfe. Sie duckten sich hinein. Das andere Ufer brannte. *Ihr* Ufer brannte. Es brannte bis weithin den Fluss hinauf.
Wir sind verloren, sagte die junge Frau.
Niemand hörte sie. Immer noch fiel kein Regen. Immer noch schlugen Blitze ein und entfachten Brände. Auch auf dieser Flussseite brannte es bereits. Doch unter der Böschung am Flussbett waren sie vorläufig sicher.

Die *Gazellenfrau* war allein.
Im Feuer ist jeder allein. Da sind nur Flammen und jemand, der sich davor retten will.
Und da ist Glut. Glut ist fürchterlich.
Flamme ist frei, ist entfesselt, ist siegreich, wohin sie kommt. Glut ist heimlich und heimtückisch. Glut ist verborgen, bis man mit den Fußsohlen auf sie tritt. In der Glut wohnt die Schlangennatur des Feuers. Glut beißt und sticht. Glut frisst alles. Glut frisst schnell. Glut ist nicht wählerisch.
Als die Frau an ihren Füßen den Biss der Glut fühlte, sprang sie hoch. Aber sie kam nicht weit. Sie fiel zurück, und sie fiel in die Glut zurück. Der Schmerz ließ ihr keine Zeit, sich umzusehen, in welche Richtung sie laufen müsste, um der Glut zu entkommen. Die Glut biss, und sie lief. Sie fand einen Baumstamm, an dem sie sich ein Stück weit hochzog, um ihre Füße aus der Glut zu ziehen. Aber sie sah, dass die Glut auch den Baumstamm erreicht hatte und dass bereits Flammen an ihm emporzüngelten. Sie ließ sich zurück in die Glut fallen und lief ein Stück weit auf ihren brennenden Fußsohlen. Sie roch Fleisch. Es war ihr eigenes Fleisch, das sie roch.
Sie wollte zum Fluss. Es war ein einziger klarer Gedanke in

ihr: zum Fluss. Aber wo war der Fluss? Auf brennenden Füßen bleibt man nicht stehen, um die Richtung auszumachen. Sie lief, bis ihre Füße sie nicht mehr trugen. Sie fiel. Sie stützte sich auf Knie und Hände und versuchte weiterzukriechen. Sie fühlte den Biss der Glut nicht mehr, sie fühlte Flusskiesel unter sich. Hinter ihr schossen Flammen im Ufergesträuch empor. Sie kroch Richtung Flussmitte. Gleichzeitig fielen die ersten Tropfen. Der Regen kam.

Die Menschen unter der Böschung am anderen Flussufer riefen: Der Regen kommt! Sie liefen ein paar Schritte in das Flussbett hinein und streckten die Hände aus. Der Regen kam in Strömen herab. Sein Prasseln mischte sich in das Getöse von Sturm und Donnerschlägen.
Bleibt!, rief der Mann. Kommt zurück!
Sie alle wussten, dass der Blitz einen Menschen erschlagen kann. Menschen verbrennen nicht wie ein Baum, wenn der Blitz sie trifft. Sie erstarren. Sie stürzen zur Erde. Rauch steigt von ihnen auf. Sie verbrennen von innen. Manchmal verbrennt auch nur ihr Verstand. Ein Blitz fährt in sie hinein. Er lässt sie leer zurück. Ihre Augen sind leer. Sie erinnern sich nicht mehr, was ihnen geschah. Sie erkennen niemanden wieder, nicht einmal das eigene Kind. Was haben sie im Blitz gesehen? Welches *Furchtbare* ist ihnen im Blitz gezeigt worden, dass sie davon verstummt sind? War es der Tod? Doch den Tod haben viele schon gesehen und sind nicht stumm davon geworden.
Kommt zurück!, rief der Mann.
Dann sah er, was die anderen sahen.
Was ist das?, dachte er. Ist das ein Tier? Was will es bei uns? Was kriecht durch den Sand des Flussbetts? Was sucht Hilfe bei uns? Oder will es uns angreifen?

Inzwischen sahen alle zu dem seltsamen Wesen hin. Es kam näher. Sie sahen, dass es ein Mensch auf vier Beinen war.
Die Frau richtete sich auf die Knie auf. Sie versuchte, sich an der Böschung hinaufzuziehen. Ihre Hände glitten ab. Sie fiel auf ihr Gesicht. Langsam zog sie sich wieder hoch. Sie sah die Menschen über sich an der Böschung stehen, wie sie ihr fremd und unbewegt entgegensahen.
Sie haben Angst vor mir, dachte sie. Warum haben sie Angst vor mir?
Sie wusste, dass es gefährlich war, wenn sie Angst vor ihr hatten.
Bitte, sagte sie. (Ein unbekanntes Wort.) Es ging in einem Donnerschlag unter.
Sie rutschte wieder ab.
Die Menschen sahen in einem aufflammenden Blitz das Gesicht der Frau, ihre weitgeöffneten Augen, ihre Züge, verzerrt von Schmerz und Anstrengung.
Was will die von uns?, riefen sie.
Es ist ein Tier. Es geht wie ein Tier. Es kriecht wie eine Schlange am Boden. Habt ihr gesehen? Es gehört nicht zu uns! Lasst es nicht heran!
Sie bückten sich und hoben Steine vom Flussufer auf. Die Steine waren rund und schwer. Sie schleuderten sie nach der Frau.
Die Frau sackte zusammen, als der erste Stein sie traf.
Sie begriff nicht.
Bitte, sagte sie noch einmal.
Sie schmeckte Blut. Wessen Blut war das?
Sie dachte an die Schakale. Waren sie gekommen? Hatten sie ihr blutiges Fleisch gebracht? Es ist gut, wenn man *Freunde* hat, dachte sie. *Freunde.* Es war ein Wort aus dem Leben,

das sie vor langer Zeit einmal geführt hatte, als sie noch unter Menschen war. Jetzt sind nur noch die Schakale da, dachte sie. Ein freundlicher Gedanke. Es genügte ihr. In dem Moment kam das Feuer, das sie von innen verbrannte, und sie ließ es geschehen.
Aufhören!, rief der Mann. Aufhören!
Aber der Donner war lauter als er. Er sah, wie die Frau sich noch einmal aufrichtete. Er erkannte sie. Ihm schien, dass ihr Blick auf ihn gerichtet war wie beim ersten Mal, als sie im Gewitter das Flussbett durchquert hatte.
Hört doch auf!, rief er.
In diesem Augenblick wurde sie von einem Blitzstrahl getroffen. Ihr Haar flammte auf. Ihr Gesicht war umstrahlt von den Flammen. Aus ihren Augen, ihrem Mund schossen sie auf ihre Angreifer, als sei der Blitz ihr Verbündeter. Dann sank sie hin. Sie erlosch.
Ein wenig Rauch stieg noch von ihr auf. Dann war auch das vorbei.
Inmitten der Flusskiesel, die man auf sie geworfen hatte, lag sie und sah in dem abziehenden Gewittersturm, aus dem es dann und wann nur noch von ferne wetterleuchtete, wie einer der Felsen im Flussbett aus. Regen umspülte sie. Regen wusch ihr die Asche ab, die in grauschmutzigen Streifen von ihr niederfloss. Regen wusch die Brandwunden ihrer Füße, die Wunden, auf denen sie um ihr Leben gelaufen war. Regen ließ das Wasser im Fluss wieder anschwellen.

Da waren die Menschen schon wieder auf ihre Seite zurückgekehrt.
Sie wühlten in der Erde nach verbrannten Nagern und jungen Huftieren, die auf der Flucht vor dem Feuer zurückgeblieben

waren. Sie zogen ein Stück weit flussaufwärts, wo es nicht gebrannt hatte. Sie warteten ab, bis neues Grün aus der verbrannten Erde spross, bevor sie wieder in Richtung der Flussmündung zogen. Die Welt war groß. Sie war schrecklich. Sie war voller neuer Verheißungen. Sie war mörderisch. Sie dampfte. Sie blühte. Sie gab und nahm. Sie verdorrte. Sie versumpfte. Sie brannte. Sie überzog sich mit Stürmen. Sie spie Feuer aus. Sie vertrieb, und sie lockte an. Es war nicht ihre Welt. Es war die Welt, in der sie zu leben versuchten. Es gab keine andere.
Ich habe *Unglück* gesehen, sagte die junge Frau. Ich sah Flammen, die ein Gesicht umloderten. Das Gesicht sprach zu mir.
Die schwarze Sonne hat dich geblendet, sagten die anderen. Du siehst jetzt überall Kreise aus Feuer. Wir haben nichts gesehen.
Und warum habt ihr Steine geworfen?, sagte die junge Frau.
Es heißt doch, du siehst nicht gut, sagten sie. Steine? Wir?

Was hat sie zu dir gesprochen?, fragte der Mann, den sie *Faustkeil* nannten, weil er klüger war.
Wer?, sagte sie.
Du weißt schon, sagte der Mann.
Bleib nicht, wo du bist, hat sie gesagt. Du bist *verloren*, wenn du bleibst.
Sie hat recht, sagte er. Lass uns gehen.
Die schwarze Sonne hat mich geblendet, sagte sie. Ich weiß nicht, ob ich den Weg finde.
Halte dich an mich, sagte er. Ich finde unseren Weg.
Sie hatte den klügsten Mann gewählt. Er konnte Faustkeile machen. Er sah, was nicht ist. Dann machte er, dass es war. Er konnte sich etwas *vorstellen*. In seiner Vorstellung war der Ort, wohin sie gelangen würde, wenn sie mit ihm ging.

Auch sie war klug.
Sie nahm den geflochtenen Beutel mit Vorräten, den er ihr gab, und hängte sich den Träger über die Stirn. Auch er trug einen solchen Beutel. So gingen sie.
Sie gingen den Fluss hinauf. Der Fluss war in sein Bett zurückgekehrt, aber das Flussbett war nach einer kurzen Regenzeit nicht gefüllt. Sie nutzten den Streifen am Ufer, der trocken war, und kamen gut voran. Sie gingen viele Tage flussaufwärts.
Wohin gehen wir?, fragte sie.
Wir gehen dahin, wo der Regen herkommt, sagte der Mann. Wenn der Regen nicht mehr zu uns kommt, gehen wir zu ihm.
Werden wir Menschen treffen, wo der Regen ist?, fragte sie.
Wenn sie klug sind, sagte er, sind sie auch auf dem Weg dorthin.
Und die *Unseren*?, fragte sie.
Die *Unseren* werden Durst haben, sagte er. Es werden Regenzeiten kommen, und der Regen wird ausbleiben, sagte er.
Woher weißt du?, fragte sie.
Ich weiß es nicht, sagte er, aber ich fürchte es.
Und der Fluss?, fragte sie.
Der Fluss wird ein Fluss aus Steinen und Geröll werden, sagte er.
Und der See?
Der See wird ein Sumpf sein, sagte er. Schlangen und Kröten werden darin wohnen.
Und der Sumpf?
Der Sumpf wird austrocknen, sagte er. Er wird *Wüste* sein.
Wüste, sagte sie, was ist das?
Wüste, sagte der Mann, ist, wo wir nicht hinwollen.
Und die Tiere, sagte sie, all die Herden, die Elefanten, die Gnus, die zarten Flamingos, die Flusspferde –

Sei still, sagte der Mann. Frauen reden zu viel
Und die Menschen?, flüsterte sie. Unsere Leute?
Er antwortete nicht mehr.
Ich habe Unglück gesehen, sagte sie nach einer Weile. Doch mir ist Rettung widerfahren.
Rettung gibt es nicht, sagte der Mann, dem sie blind folgte. Außer für die, die sich selbst retten.
Und ihre Kinder, sagte sie.
Ihr Bauch war prall und rund. Sie würde bald gebären.
Und ihre Kinder, sagte der Mann.

Es gab Regenzeit ohne Regen. Es gab Stürme, die Sand vor sich hertrieben. Es gab brüllende Herden. Brüllend vor Durst und Qual. Es gab totgeborene Kälber und Kühe, die das Feuchte aus dem Fell ihrer Totgeburt leckten. Es gab Vögel, die ihr Gelege verließen, weil das Verlangen nach Wasser sie vertrieb. Es gab Kröten, die auf dem Weg von ihren Laichplätzen verendeten, während der Laich in ausgetrockneten Pfützen zu Staub zerfiel. Es gab das trügerische Behagen der Katzen, denen die Beute wie von selbst zufiel und die sich an ihr labten, während die Herden, die sie bejagten, vor ihren Augen zugrunde gingen und selbst ihnen der Gestank verrottenden Fleisches zusetzte und ihnen den Appetit verdarb. Die große Zeit der Insekten, die die Kadaver als Brutstätten nutzten. Dann war auch das vorbei. Ausgehungerte Löwen trotteten umher und kamen nicht darauf, was es war, was sie vernichtete.
All das geschah über lange Zeit. Es geschah den Nachkommen von Nachkommen, die sich immer wieder einmal einer üppigen Regenzeit erfreuten. Siehe, der Himmel schüttete über sie aus, was sie erwarteten. Flussbette füllten sich mit reißenden Wassern. Der See überschwemmte die alten Ufer. Gras spross-

te grün. Die Bäume belaubten sich neu. Früchte reiften. Die Not vergaß sich. Alles Leben besteht im Vergessen der Not. Leben ist gedächtnislos.
Nur das Unbelebte bewahrt die Spuren der Vergangenheit. Nur was toter als tot ist, hat Bestand. Keine Verwandlung, kein Verfall kann ihm etwas anhaben. Nur das Gedächtnis der Steine bleibt bestehen.
Die Tote im Flussbett wird ein Stück weit bis zur Mündung in den See gespült. Auf ihrem Weg wird sie gründlich von Fischen und Amphibien benagt, die von ihrem Fleisch nichts übrig lassen. Ihr zerbrechliches Skelett gerät zwischen die Steine, die sich zu beiden Seiten der Mündung auftürmen. Es wird vielfach gebrochen und stellenweise so fein zerrieben, dass es Bestandteil des Sandes wird, der im Mündungsgebiet angeschwemmt worden ist. Eine Zeit lang klemmt der Schädel zwischen zwei Felsbrocken fest, die aus dem Mündungsgebiet ragen, Zeugen uralter Zeit, in der der Fluss noch ein wildes, reißendes Gewässer war, das die Berge, aus denen es kam, zu Tal schleifte. Ein Erdstoß setzt ihn frei. Die Strömung trägt ihn ein Stück weit mit sich fort, wo er ins Schwemmland sinkt. Schlamm deckt ihn weiter zu. Lehm und Sand schwemmen an. Gase entweichen. Minerale aus dem Wasser lagern sich in den feinen Poren des Knochenmaterials ein. Anaerobe Prozesse sorgen für seine Versteinerung. Weitere Schichten lagern sich an. Vulkanasche fällt, verbackt zu Tuff. Der See ist lange schon trocken. Tektonische Platten verschieben sich. Spannung entsteht im Stein. Risse bilden sich. Der Stein erodiert.

Eine Frau hält ihr Auto an.
Sie transportiert im Fond einen Eimer mit Farbe, den sie für das neue Olduvai-Schlucht-Museum braucht. Der Eimer rutscht

hin und her. Sie muss ihn fixieren. Sie steigt aus und sucht nach einem Stein, um die Räder zu blockieren, weil sie den Bremsen auf der abschüssigen Piste zur Schlucht hinab nicht traut. Sie bückt sich. Ihr Blick fällt auf einen Gegenstand, der am Wegrand liegt. Sie erkennt einen Unterkiefer mit drei Zähnen. Das Gestein, die Matrix, in die er gebettet ist, erweist sich später als aus einer sehr alten Schicht stammend, die man in Olduvai Bett II nennt. Sie ist zwischen zwanzig und fünfunddreißig Meter dick und besteht aus Lehm und Sandstein aus dem Mündungsbereich des Sees, der hier vorzeiten war.
Sie nimmt den Steinklumpen in die Hand. Sie erkennt, dass es sich um den unteren Teil eines Schädels handelt. Ihre Hand zittert, als sie ihn hält. Ihr Herz jagt wie immer, wenn sie auf ein Fundstück gestoßen ist.
Sie ist schon oft an der Stelle vorbeigefahren. Nicht auszudenken, dass es ihr unter die Räder hätte geraten können. Nicht auszudenken, dass sie die anderen Teile des Schädels vielleicht überfahren hat. Der Gedanke entsetzt sie wie ein Verkehrsdelikt mit tödlichem Ausgang, das sie beinah begangen hat.

Homo erectus, vermutet Mary Leakey.

> Wir sehen jetzt durch einen Spiegel in einem dunklen Wort, dann aber von Angesicht zu Angesicht. Jetzt erkenne ich's stückweise, dann aber werde ich erkennen, gleichwie ich erkannt bin.
>
> 1. Korinther 13,12

1996

Was für ein weiter Weg. Wo sind meine Schuhe?, dachte sie. Dann fiel ihr ein, dass sie keine Schuhe mehr brauchte. Ah, dachte sie, das ist gut. Schuhe waren so unbequem. Alle Schuhe. Ihre Füße einer Dreiundachtzigjährigen waren voller Druckstellen und Schwellungen. Sie verstand nicht mehr, warum sie so viele Jahre in Schuhen gegangen war.

Sie setzte ihre Schritte vorsichtig in die Fußspuren, die sie fand. Die Spuren waren zu groß. Ihre Füße hatten reichlich darin Platz, anders als in den zu engen Schuhen, in die sie sie ein Leben lang gezwängt hatte.

Wohin gehen wir?, dachte sie.

Sie sah sich nach den anderen um, Paul Abell, Richard Hay, Peter Jones, Ndibo Mbuika ... Niemand von ihrem Team in Laetoli war zu sehen.

Ich bin allein, dachte sie. Das ist nicht gut. Bei der Feldarbeit sollte niemand allein sein. Man weiß nie, was passieren kann. Feindselige Massai. Puffottern. Ein Hitzschlag.

Die Hitze war groß. Sie hatte Durst.

Mrs. Leakey? Trinken Sie. Trinken Sie.

Sie wollen alle nicht trinken. Aber man muss es ihnen einflößen. Sie brauchen Flüssigkeit.

Sie brauchte Flüssigkeit.
Die Spuren, denen sie folgte, verloren sich in der Ferne. Sie hörten nirgendwo auf. Dabei hatten sie doch nur dreiundzwanzig Meter davon freigelegt. Tonnen harter grauer Asche, die die Männer abgeräumt hatten, bis sie zum Vorschein gekommen waren, Fußabdrücke wie in trockenem Zement, die, obwohl mit Erde und abgestorbenen Wurzeln gefüllt, zu erkennen gewesen waren, wenn man sich neben ihnen auf den Bauch legte, den Kopf auf der Erde, und sie von der Seite betrachtete. Sie hatten bald herausgefunden, dass sie morgens und abends bei schrägstehender Sonne besser zu sehen waren als zur Mittagszeit.
Spuren. Spuren von Leuten, die uns vorausgegangen sind.
Wohin? Sie würde es herausfinden.
Wie? Indem sie ihnen folgte.
Es ist so einfach, dachte sie.
Wenn es nur nicht so weit wäre. In der Ferne die Vulkane Lemagrut, Sadiman und Oldeani. Vor ihr die Ebene, von Schluchten durchzogen, die längst ausgetrocknete Flüsse und Erdbeben geformt hatten, gesäumt von Schirmakazien und altem Lavagestein.
Ich war hier, dachte sie. Es ist noch nicht lange her.

Es war noch nicht lange her, im vergangenen August, dass sie zum letzten Mal in Laetoli gewesen war.
Möchten Sie sie noch einmal sehen, Mrs. Leakey?
Die Spuren? Was haben Sie vor?
Wir werden sie zudecken. Plastik, Erde, eine Schicht von Gestein. Wir versiegeln sie.
Für immer?, hatte sie gefragt und keine Luft gekriegt, was ihr in letzter Zeit manchmal passierte, wenn sie sich aufregte.

Für fünfzig Jahre.
Der Kultusminister von Tansania, der sie aus dem Ministerium in Dodoma anrief, fragte plötzlich: Alles in Ordnung?
Ja, sagte sie und hoffte, es klänge wie Lachen, als sie nach Luft schnappte: Zweitausendsechsundvierzig. Aber dann lebe ich ja nicht mehr.
Ich auch nicht, sagte der Minister. Darf ich mich Ihnen anschließen, wenn Sie dem Ort Ihres Ruhmes noch einen letzten Besuch abstatten? Mir wäre es eine Ehre, Sie zu begleiten. Sie haben unserem Land seinen großen Platz in der Geschichte der Menschheit geschenkt, Mrs. Leakey. Sie haben uns alle unsterblich gemacht.
Sie lächelte. Den Afrikanern verzieh sie ihr Pathos. Sie sind auch nicht besser als wir, dachte sie.
Es ist eine Ehre für mich, sagte sie, dass Sie mich einladen.
Davon hatte der Minister nichts gesagt. Aber so war es dann.
Sie schenkten ihr einen Abdruck.
Sie war sehr bewegt.
Das kann man sich wahrhaftig auf den Kaminsims stellen, hatte sie damals gesagt, als das Team die erste Fußspur freigelegt hatte, und sich eine ihrer Zigarren angesteckt.
Wir müssen sie schützen, sagte der Minister. Vor Witterungseinflüssen und Erosion. Wir dürfen nicht zulassen, dass sie verschwinden. Sie sind für die Ewigkeit.
Dreieinhalb Millionen Jahre, dachte sie. Ist das die Ewigkeit?
Sie war müde. Der Minister bot ihr den Arm.
Ist Ihnen nicht wohl, Mrs. Leakey?
Ach was, nur ein Schwindel. Das geht vorbei.
Sie war nicht der Typ alte Frau, der am Arm geführt werden will.
Lassen Sie mich.

Wie Sie wollen. Der Arzt kommt gleich.
Ich brauche keinen Arzt, wollte sie sagen. Sie öffnete die Augen.

Also doch, dachte sie. Sie haben mich in ein Krankenhaus gebracht. Sie hasste es, wenn etwas geschah und sie war nicht gefragt worden. Schließlich war sie immer noch Chefin des Teams. Wo ist Peter?, dachte sie. Peter soll das regeln.
Peter Jones war ihre rechte Hand bei den Grabungen in Laetoli gewesen. Peter kannte sie. Peter liebte sie, da war sie sich sicher. Er war einundzwanzig, ein Junge mit schlanken Gliedern und dunkel gebräunter Haut. Am Abend saß sie mit ihm auf der Veranda. Noch einen Drink, Peter? Sie wusste, dass Peter nur ihr zuliebe trank. Derart junge Männer mögen keinen Brandy. O, Peter tat ihr alles zuliebe. Er hielt das Camp in Gang, verwaltete die Vorräte, teilte die Arbeit ein. Sie nannte ihn ihren vierten Sohn. Da war sie fünfundsechzig.
Wie lange war das her? Die Zahl der Jahre hatte ihre Bedeutung verloren. Peter war der junge Mann, den sie niemals gehabt hatte. Als sie selbst jung war, war Louis gekommen, der Mann, der von Natur aus der Ältere ist. Der Mann, der die Frauen die Geheimnisse ihrer Väter an sich lieben lässt, von Anfang an unerreichbar, wie es die Väter am Ende alle sind.
Nie einen jungen Mann geliebt, nie solch schlanke Gestalt umarmt, nie die Zartheit gespürt, die darin noch von der Kindheit wohnt, nie solche Haut liebkost. Außer wenn sie ihre Söhne, halb widerwillig geduldet, flüchtig umarmt hatte.
Dennoch hatte sie deutlich gespürt, dass es möglich gewesen wäre. Durch vier Jahrzehnte, die sie zu alt für ihn war, erreichte sie die Botschaft von seiner Männlichkeit. Es war ein klarer, luzider Gedanke: Es hätte sein können. Und der Gedanke

war von dem Wissen begleitet, wie es zwischen ihnen gewesen wäre, wenn sie ihn verführt hätte. Jetzt, vierzig Jahre zu alt, besaß sie dieses Wissen. Sie wusste um die Unwiderstehlichkeit, die sie beide füreinander gehabt hätten. Es war ein ganz und gar unnützes Wissen. Im Alter ist das meiste, was man weiß, redundant. (Daher das Gefühl der trügerischen Überlegenheit, die irrige Meinung, man müsse urteilen, Rat geben, daher die Verbitterung, dass niemand fragt.)
Spätes, unnützes Liebeswissen, wenn sie mit Peter am Abend auf der Veranda im Camp von Laetoli saß. Es tat nicht weh. Es war einfach da. Wenn ich ein Mann wäre, dachte sie, und Peter ein Mädchen, dann würden wir es tun. (Wie Louis es getan hatte.) Sie rauchte Zigarren. Sie trank zu viel. Die Sonne ging unter. Sie legte den Strohhut neben sich auf den Tisch. Wo das Band verlief, zeichnete sich ein dunkler Schweißrand ab. Ihre ungewaschenen Haare klebten ihr an der Stirn. Sie fuhr mit den Fingern hinein und strich sie nach hinten. Einen Augenblick zuckte es durch ihr Bewusstsein: Ich sehe unvorteilhaft aus. Sie nahm den Strohhut und setzte ihn wieder auf.
Frauen mit Hut, sagte Peter, haben mir immer Angst gemacht.
Ich auch?, fragte sie.
Nein, sagte Peter, du nicht.
Ich liebe Menschen, die keine Angst vor mir haben. Weißt du das?
Da bin ich ja Mitglied in einem kleinen, feinen Club.
Das kannst du laut sagen, sagte sie.

Peter!, rief sie. Ist Peter hier?, fragte sie streng.
Eine Schwester beugte sich über ihr Bett. Er ist draußen, sagte sie.

Dumme Gans. Worauf wartete sie? Man soll ihn holen!

Die Tür ging auf.

Richard!, sagte sie. Was soll das? Was geschieht mit mir?

Alles in Ordnung, Mum, sagte er. Du bist im Krankenhaus.

Wieder ein leichter –?

Ja, sagte Richard. Er setzte sich neben sie auf ihr Bett.

Sie bemerkte jetzt erst die Schläuche, die Nadeln, das Infusionsgerät.

Ich muss hier raus, sagte sie. Kümmerst du dich darum?

Klar, sagte Richard.

Du weißt ja, sagte sie. Die Leute machen, was sie wollen, wenn man nicht danebensteht.

Die Schwester trat wieder heran. Sie machte sich an ihrem Handgelenk zu schaffen.

Was will die?, sagte sie. Habe ich diese Frau eingestellt?

Nein, sagte Richard. Sie gehört zum Pflegepersonal.

Schick sie weg, flüsterte sie und schloss die Augen. Sie gefällt mir nicht.

Entschuldigen Sie, sagte Richard.

Schon gut, sagte die Schwester und zog sich zurück.

Peter war hier, sagte Mary. Auf ihn ist Verlass. Er ist einer der wenigen –

Du meinst Peter Jones?, sagte Richard. Er war schon seit Jahren nicht mehr bei uns.

Sag ihm, dass ich ihn sprechen will, sagte sie.

Das geht nicht, Mum, sagte er vorsichtig.

Richard, sagte sie, hier bin immer noch ich es, die bestimmt.

Sie schloss die Augen. Müde. Strapaziert von allzu viel Inkompetenz in ihrer Umgebung.

Richard? Warum sagte er nichts? Sie hatte ihn durch das Camp geführt. Sie hatte ihm die Fundstellen gezeigt. Sie hatte ihm alles erklärt. Dann hatte sie ihre Fundstücke ausgebreitet: zwei guterhaltene fossile Unterkiefer, einer adult, einer juvenil, den Teil eines Oberkiefers und einige Zähne. Fundstücke, die dreizehn Individuen zuzuordnen waren, alle eindeutig hominid.
Wir haben die Ergebnisse der Datierung der Fundschicht durch Garniss Curtis zurück, hatte sie gesagt.
Richard wusste natürlich, dass Garniss Curtis in Berkeley unschlagbar in Fragen der erdgeschichtlichen Datierung war. Mary hatte sich nie bemüht, genau zu verstehen, worum es ging. Irgendetwas, das mit dem Zerfall von Atomen zusammenhing, der Verwandlung von Potassium in Kalzium und Argon im Verlauf von Jahrmillionen. Sie verließ sich fest darauf, dass Garniss Curtis es verstand. Er hatte das Verfahren schließlich entwickelt. Außerdem mochte sie ihn, und wen sie mochte, der hatte recht. Falsch: Es waren die, die recht hatten, die sie mochte. Egal. Es gab eine Uhr, die langsam, unendlich langsam im Gestein tickte. Ihr gefiel diese Vorstellung. Und Garniss, der gute alte Garniss, hielt sein Ohr daran. Drei Komma fünfunddreißig bis drei Komma fünfundsiebzig Millionen Jahre!
Glückwunsch, Mary, hatte Garniss ihr geschrieben, du hast die ältesten Hominiden-Fossilien der Welt entdeckt!
Hörst du mir überhaupt zu, Richard? Was ist los?
Er schwieg.
Oder glaubst du, dass sich Garniss irrt?
Er schwieg.
Gespannte, mahlende Kiefer, gepresste Lippen, leerer Blick. Sie kannte den Jungen, der so am Tisch gesessen hatte, wenn er wütend und beleidigt war. Das war ihr Sohn. Sie kannte ihn.

Sag mir deine Meinung dazu, Richard! Diskutier mit mir! Sag mir, wenn du es anders siehst!

Hör zu, Mutter, sagte er, warum regst du dich nicht einfach ab? Mach dir doch keinen Stress mehr. Niemand hindert dich daran, dich zur Ruhe zu setzen. Du hast doch alles erreicht. Was willst du noch? Setz dich doch einfach zur Ruhe, genieß dein Leben.

Zur Ruhe setzen? Jetzt? Wo sie auf dem Weg zum ganz großen Erfolg war? (Bald würde sie die Fußspuren in Laetoli finden.)

Wie meinst du das, Richard?

Wissenschaftliche Fragen hatten die Leakeys immer in aller Offenheit diskutiert.

Habe ich mich geirrt?

Nein, Mutter, du irrst dich doch nie.

Was ist los, Richard? Warum redest du so mit mir?

Sie wusste es. Ein Jahr zuvor hatte Richard am Turkanasee einen Schädel gefunden, der auf mehr als zwei Millionen sechshunderttausend Jahre geschätzt worden war.

Mein Junge, hätte sie sagen müssen, ich werde mich nie unterstehen, etwas Älteres als du gefunden zu haben. Ich bin nur eine alte Frau. Aller Ruhm ist für dich.

Stattdessen plante sie eine Pressekonferenz in Washington, ihre erste seit 1947, als sie den *Proconsul* vorgestellt hatte. Sie fühlte sich dafür gerüstet. Sie fühlte sich gut. Sie dachte nicht daran, sich zurückzuziehen. Sie war auf ihrem Weg … Niemand konnte sie mehr aufhalten … Ihr großer Triumph lag noch vor ihr, sie spürte es … Irgendwo hier gab es Spuren, die zu entdecken waren. Sie durfte nicht aufhören, nach ihnen zu suchen … Sie musste sie finden … Jetzt … Jetzt, bevor andere sie fanden … Sie war Mary Leakey … Sie konnte es … Etwas von großer Bedeutung musste noch von ihr entdeckt werden …

Ein Rätsel gelöst, dass nur sie zu lösen befähigt war ... Sie musste sich auf den Weg machen ... Sie musste aufstehen ... Richard! Was wollte er von ihr?
Er hielt sie fest. Die Schwester gab ihr eine Spritze.
Das wird sie ruhig machen, sagte sie. Man glaubt nicht, wie viel Kraft noch in ihnen steckt.
Du musst jetzt liegen bleiben, sagte Richard. Schluss damit, hörst du. Du kannst nicht aufstehen!
Er drückte ihre Schultern auf das Bett, wie ein Ringer den anderen niederdrückt.
Hör endlich auf!
Aufhören, murmelte sie. Schon?
Ihre Muskeln entspannten sich. Sie erschlaffte in seinen Händen. Ihre Züge nahmen einen zutiefst leidenden Ausdruck an. Einen Augenblick durchfuhr es Richard, er habe sie umgebracht.
Mutter!, sagte er.
Sie schläft, sagte die Schwester.

Sie schlief nicht. Sie folgte den Spuren. Es war ein weiter Weg, der vor ihr lag. Aufhören, dachte sie voller Verachtung. Sich zurückziehen. Wohin? Es führt kein Weg zurück, wusste sie. Man musste geradeaus gehen, immer einen Fuß vor den anderen in den nächsten Abdruck setzen. Die grau-braune Ebene dehnte sich weit vor ihr aus, baumlos, leicht abschüssig.
Dann und wann begegneten ihr kleine Gruppen von Massai-Kriegern. Auf ihre Speere gestützt, standen sie zu zweit oder dritt am Weg oder zogen an ihr vorbei, als sei es ihr einziger Beruf, die Welt mit den Farben ihrer Gewänder zu beleben. Man weiß nie, wo sie herkommen. Man weiß nie, wo sie hingehen. Ihre Manyattas sind immer verlassen, ihre Hütten Phan-

tome, in denen der Wind, ein paar Kinder, alte Frauen und ein Gleichmut zu Hause sind, den noch niemand ergründet hat. Sie nahmen keine Notiz von ihr.
Sie sind stolz, sagt man. Sie sind zu stolz, um etwas anderes zu tun, als einfach da zu sein. Sie verschönen die Welt mit sich. Die Welt hat es nötig. Sie ist öd und grau. Die Massai sind farbig. Und sie sind schön. Das ist ihr Beruf. Sie sind wirklich schön. Für ein Foto von sich wollen sie zwanzig Dollar, selbst wenn ihre Zähne beim Fotolächeln etwas schadhaft sind. Jeder tut, was er kann, und kriegt Geld dafür. Die Massai können sich fotografieren lassen. Davon leben sie. Und von den Kühen, die sie mit sich führen. Aber die Kühe sind nicht zum Fotografieren schön. Sie sind dürr und klapprig. Kaum vorstellbar, dass sie viel Milch geben. Sie geben ein wenig Fleisch und Blut, wenn man sie tötet. Und Haut und Sehnen und Hörner und Knochen und ein ganz klein wenig Fett. Alles andere findet sich, wenn man in der Welt herumläuft. Und das tun die Massai. Es findet sich Holz, um die Manyattas zu bauen und Feuer zu machen. Es finden sich Gras und Wurzeln und noch so allerlei, wovon man nichts verrät. Es finden sich sogar irgendwo die Gewänder, die sie tragen. Die Massai verstehen die Frage danach, woher sie die Kleider bekommen, nicht. Sie verstehen überhaupt keine Fragen. Sie lächeln, ein wenig verlegen. Aber es ist ein Fehler, von ihnen zu glauben, dass sie verlegen sind. Sie sind da. Etwas anderes sind sie nicht.
Mary wundert sich nicht, dass sie ihnen begegnet. Die Massai sind ihre Nachbarn. Sie ist immer auf gutem Fuß mit ihnen gewesen. Man kann nur auf gutem oder auf gar keinem Fuß mit ihnen sein.
In Olduvai hat sie eine Art Apotheke für sie gehabt. Sie ka-

men morgens früh und holten sich Medikamente bei ihr ab, die sie in großen Mengen aus Nairobi mitbrachte: Chinin. Aspirin. Wundsalbe. Sie ist eine Art Wohltäterin der Massai. Doch die Massai kennen keine Wohltaten, die ihnen nicht geschuldet sind. Wohltäter sind für sie wie Bäume, die Früchte tragen. Man pflückt sie, und es sind nie genug.
Jetzt gehen sie grußlos an ihr vorbei. Es stört sie nicht. Sie hat keine Zeit, sich mit den Massai zu befassen. Sie muss weitergehen. Das Gefühl, keine Zeit zu haben, beherrscht sie ganz. Der Weg scheint endlos, der sich vor ihr bis zu einem dunstigen Horizont hin erstreckt. Ein fast unendlicher Raum, den sie durchqueren muss und dessen Tiefe sie erschreckt.
Seit vierzehn Jahren hat sie nicht mehr räumlich gesehen. Damals ist sie eines Morgens in ihrer Hütte an der Olduvai-Schlucht erwacht und hat festgestellt, dass ihr linkes Auge erblindet ist. Ein Blutgerinnsel hatte sich darin festgesetzt, das seine Sehkraft für immer zerstört hat. Seit vierzehn Jahren ist sie einäugig, unfähig, eine Entfernung oder die Tiefe der Schlaglöcher in den Straßen Kenias abzuschätzen. Sie ist eine Gefahr im Straßenverkehr von Nairobi, den sie trotzdem noch unsicherer gemacht hat, als er ohnehin schon ist. Jetzt trifft die Erfahrung des Raumes sie plötzlich und ungeschützt wie ein Sturm, ein Akkord, der plötzlich aufbrandet.
Das ist schön. Das ist entsetzlich, denkt sie.
Ich kann wieder mit beiden Augen sehen.
Eine Art Schwindel erfasst sie. Sie blickt sich um. Nach jeder Seite Unendlichkeit. Sie hat vergessen, dass der Raum, der uns umgibt, unendlich ist.
Was tue ich hier?, denkt sie. Wohin soll ich mich wenden?
Sie braucht etwas, worauf sie sich stützen kann. Wenigstens etwas, woran sich der Blick festhält. Aber da ist nichts, kein

Baum, kein Strauch, nur die unendliche Einöde, die sich um sie zu drehen beginnt. Sie merkt, wie ihre Knie nachgeben, wie sie zu Boden sinkt –

Die Ausschläge des Elektrokardiogramms verringerten sich, wurden flacher, Pieptöne setzten ein, Ärzte eilten herbei, erteilten kurze Befehle, Adrenalin, Orciprenalin, die Türen von Arzneimittelschränken flogen auf, Sauerstoff? Vorsichtig. Das Klirren der Kanülen in den Sterilisationskästen. Passen Sie doch besser auf. Aber sie kommt wieder, sehen Sie. Mein Gott, dreiundachtzig. Wir tun unser Bestes, klar?
Das ist Mary Leakey.
Wer?
Sie kennen Mary Leakey nicht? Sie ist berühmt.
Wofür?
Ich weiß nicht genau.
Irgendetwas mit Leichen.
Anatomie?
Damit wird man nicht berühmt.
Affen.
Nein, keine Affen, das Missing Link.
Aber es gibt doch gar kein Link mehr, das missing ist. Sie hat alles gefunden.
Wirklich?
Sie kann es beweisen. Wir stammen von Affen ab.
Aber wir sind Gottes Kinder. Jeder von uns ist ein Kind Gottes. Wir alle sind auf dem Weg zu Ihm. Sie auch. Eine Frage des Glaubens.
Schaut euch das EKG an!
Sieht wieder stabil aus.
Dann hat sie noch einen weiten Weg vor sich, nehme ich an.

Es war ein weiter Weg. Sie richtete sich wieder auf. Mir bleibt keine Zeit, um schwach zu sein, dachte sie. In ihrem ganzen Leben hatte sie das gedacht, und jetzt erst recht. Die Zeit war knapp, die ihr blieb, und der Raum war unendlich, den es zu durchmessen galt. Die prinzipielle Unlösbarkeit der Aufgabe war ihr bewusst. Dennoch machte sie sich mit der Entschiedenheit dessen auf den Weg, der keine Wahl hat.
Die Sonne stand im Zenit. Trotzdem waren die Spuren, denen sie folgte, plastisch und scharf konturiert. Welch phantastische Arbeit, dachte sie. Welches Team hat das hier freigelegt? Hatte sie selbst nicht für nur dreiundzwanzig Meter eine ganze Saison gebraucht? Obwohl sie die Besten in ihrem Team hatte, Ndibo Mbuika, Heselon Mukiri und alle die anderen, mit denen sie viele Jahre gearbeitet hatte, ihre Hominiden-Gang. Wer besaß ein noch besseres Team als sie? Hier aber mussten nicht zwanzig oder dreißig, hier mussten Tausende von Grabungshelfern beschäftigt gewesen sein. Warum hatte sie davon nie etwas gehört? Mit welchen Millionen war das finanziert worden? Welche Foundation hatte ein solches Vorhaben subventioniert? (Sie wusste schließlich, wie schwer es war, für die Kampagnen Geld aufzubringen. Nicht jeder war so geschickt wie Louis darin, und es hatte ihn umgebracht.) Sie empfand die reinste kollegiale Bewunderung. Richard wird staunen, dachte sie. Louis hätte längst die Weltpresse informiert und einen Kongress geplant. Die ganze paläanthropologische Community wird über mich herfallen, weil ich die Erste gewesen bin, die dies sieht.
Denn das war sie offenbar. Sie war die Erste und die Einzige.
Seltsam, dachte sie. Warum ist niemand hier außer mir?
Selbst die Massai waren verschwunden. Sie war allein.
Sie befürchtete plötzlich, dass ihre Kräfte nicht ausreichten,

um den ganzen Weg zu gehen. Hin und zurück. Sie musste ja auch zurückfinden, um davon zu künden, was sie gesehen hatte.

Meine Damen und Herren, zwischen Himmel und Erde gibt es mehr, als Ihre Schulweisheit sich träumen lässt … Der Text war nicht von ihr, doch der Text war gut. Sie hatte in Berkeley gesprochen, in Oxford, in Cambridge, in Yale, in Chicago. Die Säle waren voll, wenn sie sprach. Vielleicht nicht so voll wie bei Louis. Doch das Bewusstsein, etwas zu sagen zu haben, machte sie sicher. Sie besaß kein rednerisches Talent, das wusste sie. Sie ließ die Dinge sprechen. Sie übersetzte nur.

Dieser Stein, sagte sie, mag wie ein gewöhnlicher Stein aussehen. Aber er ist kein gewöhnlicher Stein. Er hat eine Geschichte. Und die Geschichte dieses Steins ist unsere Geschichte. Jemand hat ihn vor eineinhalb Millionen Jahren in der Hand gehabt. Sehen Sie diese Kante? Sie ist von einer Hand geschlagen worden. Diese Hand war eine Menschenhand, nicht viel anders als die Hände, die wir haben. Sehen Sie Ihre Hände an. Diese Hände können einen Stein halten und ihn mit einem anderen Stein bearbeiten. Diese Hände haben die Welt verändert, und sie verändern sie immer noch –

Sie liebte die Stille, die im Saal eintrat, wenn die Menschen auf ihre Hände blickten und begriffen, dass es nicht ihre Hände waren, sondern die Hände uralter Vorfahren, Teil ihres genetischen Erbes. Steinzeithände. Über Tausende Generationen in eine Gegenwart gelangt, in der sie Autos lenkten und Tastaturen betätigten … Sehen Sie, sagte sie dann und hielt einen Faustkeil hoch, es ist die Geschichte Ihrer eigenen Hände, die dieser Stein erzählt …

Es gab noch so vieles, wovon zu reden war. So viele Vorträge zu halten. So viele Bücher zu schreiben. So viele Fundstücke

vorzustellen. Es war ja nur ein Anfang, den sie gemacht hatte. Dies erst war ihr großer Fund, diese nicht endenden Spuren, die sie entdeckt hatte.
Wie sie staunen werden, wenn ich ihnen dies zeige!
Aber ich bin dreiundachtzig, dachte sie. Mir bleibt nicht mehr viel Zeit. Sie spornte sich zu größerer Schnelligkeit an. Atemnot befiel sie. Sie hörte sich schnaufen und wunderte sich selbst, wie laut es war. Nur weiter, dachte sie. Weiter.

Langsam kam sie in Regionen, wo Gras und Sträucher wuchsen. Die Sonne stach nicht mehr so heiß vom Himmel. Einzelne Vogelstimmen wurden laut. Grillen zirpten im Gebüsch. Ein paar Zwergantilopen kreuzten ihren Weg. Ein Reiher flog, einen silbrig glänzenden Fisch im Schnabel, aus den Wiesen auf, wo ein Bach plätscherte. Fieberbäume und Akazien säumten ihn. Der Jasmin trug weiße Blüten, deren süßer Duft sich mit dem der Gardenien mischte. Korkeichen standen in saftigem Grün. Wilder Teak hatte sich mit gelben Blüten überzogen, in seinen Zweigen Paviane und Meerkatzen.
Wo bin ich?, dachte sie.
Sie ging zwischen lockerbewaldeten Hügeln. Ein Schwingen war in der Luft. Kein Wind. Etwas anderes. Etwas Neues. Etwas ganz und gar Überraschendes. Etwas wie Vogelgesang. Doch es gab keine Vögel, die so sangen. So schön, so anders, so sehnsuchtsvoll.
Musik, dachte sie. Das ist Musik. Eine Flöte. Ein Instrument. Ein Weidenrohr, ein hohles Holz, das jemand bläst. Der ausgehöhlte Knochen eines Straußenvogels, in dem eine Säule aus Luft steht und schwingt und schwingt … Die Luft selbst hatte Flügel. Sie hob sich und sank und hob sich und sank wieder. Dann erhob sie sich aufs Neue.

Sie fühlte, dass in diesen Hügeln zum ersten Mal Musik erklang. Sie erschrak. Sie war außer sich. Es war, als wenn sie selber zum ersten Mal Musik gehört hätte. Sie hörte die kühne Erfindung mit, die solche Töne hervorgebracht hatte. Sie hörte die Sehnsucht nach ihrer Schöpfung mit, das Verlangen danach, sie reiner und immer reiner hervorzubringen, das Ringen, das sich in Versuch und Irrtum, Versuch und Irrtum … tausendmal erschöpft hatte, bis das Gelingen die kühnsten Erwartungen übertraf. Sie hörte die Freude der Genialität an sich selbst heraus, die Anmaßung, die Welt mit nie Gehörtem zu erfüllen, auf dass sie einer Schönheit innewurde, die nicht aus ihr selber kam.

Höre … Höre …

Sie näherte sich einem Hirten, der ein paar Schafe und Ziegen weidete. Er sah nicht auf, als sie vor ihm stand. Er schien ganz in sein Spiel vertieft, und als sie weiterging, fuhr er fort, sodass die Töne, die er hervorbrachte, in einem unendlichen Diminuendo hinter ihr verklangen. Sobald sie horchte, vernahm sie sie wie das Echo eines Echos … immer leiser, immer zarter, aber immer da.

Wo bin ich?, dachte sie, indem sie ihren Weg zwischen den Hügeln fortsetzte. Grotten taten sich auf, von Felsüberhängen geschützt, vor denen Ranken wie grüne Vorhänge herabhingen. Die Luft roch feucht. In den Spalten der Felsbrocken rieselten Quellbäche, die hier und da in regenbogenfarbenen kleinen Fontänen zu Tal sprühten, als wenn sich Wasser und Luft in bunten Nebeln vermählten.

Dies, dachte sie, ist ohne Zweifel der schönste Ort auf der Welt. Und indem sie es dachte, wusste sie auf einmal, wo sie war. Diese Bäume erinnerten sie an englische Eichen. Wo immer sie Brachystegia in Afrika antraf, spürte sie einen Hauch von

Heimweh, gerade so viel, dass es sie anrührte, ohne sie zu quälen, wie es denen geht, die längst in einer neuen Landschaft zu Hause sind.
Kondoa Irangi, dachte sie.
Mein Gott, wie schön. Sie war noch einmal zurückgekehrt. Noch einmal zu den Höhlen. Noch einmal –
Sie atmete tief. Sie füllte ihre Lungen mit dieser Luft, die feucht und voller Würze war. Sie füllte sie bis zur äußersten Grenze der Dehnung, wie sie es in ihrer Kindheit getan hatte, wenn sie glücklich war und ihr Glück fühlen und auskosten wollte. Es gab einen Moment, in dem der Sauerstoff wie eine Droge war – ein heftiger kleiner Orgasmus des Glücksgefühls. Mein Gott, sie konnte es wieder. Raucher verlieren die Fähigkeit, sich an Luft, an schierer Luft zu berauschen, obwohl gerade sie diese Sehnsucht verspüren. Hier war sie wieder. Sie konnte es –

Was tun Sie da?, sagte der Arzt auf der Intensivstation des Kenyatta National Hospital in Nairobi. Wollen Sie sie umbringen?
Sie haben Sauerstoff gesagt.
Aber sehen Sie denn nicht –
Das EKG zeigte hohe, häufige Ausschläge.
Noch einmal, sagte der Arzt, wenn Sie das noch einmal tun, wird eine andere Schwester Ihren Platz einnehmen.

Noch einmal *Kondoa Irangi.* Noch einmal die Bilder. Noch einmal die ganze Lust, zu schauen, zu erkennen und zu bewahren. Noch einmal diese Felsen sehen, geschützt unter ihren Überhängen. Die Zeichen deuten, die sie tragen. Die Farben erkennen, die Umrisse. Ihre Botschaft empfangen. Aus welcher Zeit?

Sie selbst sagt, ein paar tausend Jahre.
Wie viele? Drei? Fünf? Zwanzig? Es gab Versuche, sie auf neunundzwanzigtausend Jahre vor heute zu datieren. Sie ist immer vorsichtig gewesen.
Jungsteinzeit, sagt sie.
Louis ist verliebt in den Gedanken, dass die Felsmalereien älter sind.
Das ist unsere Dordogne, sagt er.
Sofort steht er im Wettbewerb mit Südfrankreich. Er ist verliebt in Rekorde, in Unüberbietbares.
Er ist verliebt in sie. Noch einmal ist er verliebt in sie. 1951 haben sie drei Kinder, von denen das jüngste, Philip, zwei Jahre alt ist. Die Kinder sind auch dabei.
Dabei ist das Leben – total.
Sie steht oben auf dem Gerüst, das sie an einer Felswand errichtet haben. Auf großen halbtransparenten Papierbögen nimmt sie die Zeichnungen ab. Sie entdeckt die Figuren, indem sie den Linien nachfährt. Sie entdecken sich ihr, ihren Augen und Händen. Sie muss immer berühren. Indem sie berührt, versteht sie, was sie sieht. Sie versteht, was der Schöpfer dieser Zeichnungen verstanden hat. Über die Distanz von ein paar tausend Jahren steht sie neben ihm. Sie versteht den Mut des Jägers, dessen Wurfspeer auf das Auge des Elefantenjungen zielt. Sie versteht den Schmerz und die Rage des Elefanten, in dessen Kopf schon zwei Speere stecken, sein Aufbäumen, seinen Todeskampf. Sie sieht die Herde von Kuhantilopen, sie spürt den wachsamen Frieden, in dem eines der Tiere sich ins Gras niederlässt und über die Schulter nach hinten blickt. Sie drückt das Papier auf und fährt den Umrissen nach, als sei sie es selbst, die das Tier zeichnet. Sie begreift mit ihren Händen, warum der Künstler es so und nicht anders gezeichnet hat. Sie lacht.

Warum lachst du?, sagt Louis, der unter ihr am Boden steht.
Das musst du sehen, sagt sie.
Eine Gesellschaft von Badenden, zwanzig Personen, die miteinander ins Wasser gehen. Die meisten befinden sich eben in der Bewegung des Sich-kopfüber-Hineinstürzens. Es ist der Augenblick, in dem Geschrei und Gejauchze ertönen, Wasser spritzt, der Augenblick, in dem alle, Großmäuler, Angsthasen, Helden, gleichermaßen außer sich sind vor Lust am Nass, alle dem kurzen Schock der Abkühlung ausgesetzt. An jedem Badestrand, in jedem Schwimmbad der Welt geht es um diesen Augenblick, hört man die Salven des Lustgeschreis.
Sie hört die Stimmen der Kinder, die nahebei spielen. Sie hört die Kindermädchen, die Köchinnen, die Fahrer und Träger, die sich kurze Kommandos zurufen. Sie hört die Vögel, sie hört die Schafe und Ziegen, die die Warangi durch das Tal treiben, die kehligen Rufe der Hirten, das Zirpen der Grillen, die sich in den Spalten der Felswände aufhalten. Sie hört ihr eigenes Lachen.
Beautiful noise, denkt sie.
Sie sieht Louis unter sich. Das anzügliche Grinsen, mit dem er zu ihr heraufsieht, wie sie breitbeinig auf dem Gerüst steht. Dieses anzügliche Grinsen, das er für sie verlieren wird, lange bevor er ihr verlorengeht. Sie weiß zu diesem Zeitpunkt noch, dass sie Teil der Schönheit um sie herum ist, ja ihr lebendiges Zentrum, Schönheit ist das Element, in dem sie badet, in dem sie schwimmt, sie taucht ein in die Schönheit, ihr Körper bewegt sich darin wie ein Fisch im Wasser, flink, leicht und mühelos, er gleitet, er springt, ihr Schuppenkleid blinkt im Sonnenlicht –
Komm herauf!, ruft sie. Ich muss dir etwas zeigen.
Er schwingt sich an den Streben des Gerüsts hinauf. Auch er

ist noch jung und behände, ohne die Behäbigkeit, die ihn im Laufe der Jahre befallen und lähmen wird.
Leise schwankt das Gerüst, als er sich zu ihr vorarbeitet. Da ist nichts, was sie beide auffangen kann, wenn sie stürzen.
Ja, sagt er, dicht an sie gepresst.
Das Gerüst schwankt.
Zeig mir was. Zeig mir was.

Sie möchte gern bleiben. Sie möchte diesen Moment für immer festhalten. Aber es gibt kein Halten. Sie muss weitergehen. Sie muss der Spur folgen, die auch hier in der reichen Vegetation deutlich sichtbar ist, als hielte ein heimlicher Gärtner, der sich irgendwo verbirgt, sie von allem Bewuchs frei.
Schafe und Ziegen säumen hier ihren Weg, deren Hirten im Schatten der Bäume an ihre Stämme gelehnt sitzen. Sie tragen rötliche Röcke und aus Fasern geflochtene Beutel über der Brust, in denen sie ihre Vorräte aufbewahren. Manche tragen auch Bogen über der Schulter und Pfeile, die in einem Köcher an ihrer Hüfte stecken. Zu welchem Stamm mögen sie gehören? Es sind keine Warangi. Sie tragen Schnüre an Armen, Beinen und Hals, die sie noch nirgends gesehen hat.
Nirgends? Plötzlich weiß sie, wer die Hirten sind. Sie kennt sie von den Steinbildern. Dieselben Röcke, dieselben Brustbeutel, derselbe Körperschmuck. Sogar den Flötenspieler hat sie dort gesehen. Seine Töne fließen aus dem Instrument wie ein kleines Rinnsal, das zu Boden tropft. Musik, für immer gebannt auf eine Felswand. Ewigkeitsmusik. Sie wird niemals verklingen, solange der Felsen steht. Sie lauscht. Sie begreift, woher der unendlich feine Widerhall kommt, den sie hören kann.
Was für ein Glück, denkt sie. Ich muss mit ihnen sprechen. Sie erkennt die Auszeichnung für sich darin, ihnen begegnen zu

dürfen. Welchem Forscher ist es vergönnt, dem Gegenstand seiner Forschungen Auge in Auge entgegenzutreten und ihn zum Sprechen zu bringen?
Das ist phantastisch, denkt sie. Das glaubt mir keiner.
Das glaubt ihr keiner? Sie weiß, dass das für eine Wissenschaftlerin tödlich ist. Aber ist sie so weit gegangen, um jetzt wieder umzukehren?
Sie sieht ein paar von den Leuten um ein Feuer stehen. Sie tritt hinzu. Sie weiß nicht, was sie sagen soll. Sie rechnet mit einer Barriere sprachlicher Art. Doch sie weiß, dass sich die überwinden lässt. Sie wird es mit ihrem Kisuaheli versuchen, einer vereinfachten Form davon, wie sie in Afrika ansässige Europäer verwenden, wenn sie mit ihren Dienstboten sprechen, sofern sie kein Englisch können, oder den einfachen Menschen am Straßenrand.

Sie spricht.
Was spricht sie?
Man versteht es nicht.
Hört sich wie Kisuaheli an.
Sie kann gar kein Kisuaheli.
Alle Weißen im Land glauben, dass sie Kisuaheli können. Wir Afrikaner lassen sie in dem Glauben. Sie merken nicht einmal, dass wir sie nicht verstehen. Sie gehen ohnehin nicht davon aus, dass es möglich ist, sich verständlich zu machen, wenn man nicht englisch spricht.
Die Körpertemperatur sinkt.
Da kann man nichts machen.
Heißt das –?
Wir tun, was uns möglich ist.

Die Männer am Feuer wenden ihr den Rücken zu. Sie bilden einen dichten Kreis. Auf ihre Stecken gestützt, sehen sie in die Flammen. Sie erwidern keinen Gruß. Soll sie einen von ihnen berühren, ihm auf die Schulter tippen? Das scheint ihr falsch. Die Männer reden miteinander. Keiner redet mit ihr oder dreht sich gar zu ihr um. Sie versucht es noch einmal. Dann begreift sie. Sie begreift: Sie ist ein paar Jahrtausende zu spät für ein Gespräch am Wegesrand.
Plötzlich merkt sie, wie kalt ihr ist. Sie würde sich gern am Feuer aufwärmen. Aber der Kreis der Männer öffnet sich nicht für sie. Einen Augenblick lang fühlt sie sich wie ein Kind, das nicht mitspielen darf. Sie tritt zurück. Eine große Bangigkeit breitet sich in ihr aus. Wo bin ich?, denkt sie. Wie komme ich hierher? Zum ersten Mal wird ihr bewusst, dass sie sich verirrt hat. Und da ist niemand, der ihr hilft. Niemand, an dessen Feuer sie sich wärmen kann. Niemand, der seine Mahlzeit mit ihr teilen wird. Der ein gutes Wort für sie hat.
Am meisten fehlt ihr ein gutes Wort.
Wie soll sie ihren Weg fortsetzen, wenn da niemand sein wird, der mit ihr spricht?

Hörst du mich, Mutter? Ich bin da. Wir sind alle da. Johnny und Philip sind auch da. Hab keine Angst, Mutter. Hörst du mich? Wir kümmern uns um alles. Du musst keine Angst haben.

Sie muss keine Angst haben, solange die Spuren da sind. Sie tut ja nur das, was sie immer getan hat. Sie folgt ihnen. Es ist ihr Weg. Sie hat ihn entdeckt. Er gehört ihr wie alles, was sie gefunden hat. Der Minister hat es gesagt: Das ist Ihr Werk, Mary. Als ob sie das nicht wüsste.

Wie immer hat sie das Gefühl, erst am Anfang zu stehen. Wie immer treibt sie das Wissen an, dass es mehr zu entdecken gibt, Wichtiges, Größeres. Wie immer ahnt sie einen Zusammenhang, den zu erkennen sie noch weit entfernt ist. Wie immer fühlt sie mit jedem Schritt, jeder Entdeckung, dass sie der Erkenntnis dieses größeren Zusammenhangs näher kommt. Doch diesmal geht es nicht um Steine. Es geht nicht um einzelne Knochen, die sich doch niemals zu einem ganzen Skelett fügen. (Donald Johanson war dem mit Lucy am nächsten gekommen.) Es geht nicht um Stückwerk.
Diesmal geht es um das Ganze!
Sie hat nicht mehr viel Zeit, um ihr Ziel zu erreichen. Und nicht viel Kraft. Das weiß sie. Sie ist alt. Und wo bleiben die anderen? Wo bleibt das Team? Ihr fällt ein, dass sie schon länger kein Team mehr hat. *Setz dich zur Ruhe.* Das war nicht ihre Idee. Richard hatte es von ihr verlangt. Aber es war ein Fehler gewesen, sich zurückzuziehen. Welch ein lächerliches Leben hat sie seitdem geführt. Die alte Mary Leakey ist ein gefragter Partygast in der Nairobi Society. Sie macht ihrem gewohnten Ruf alle Ehre, bissig, aber originell zu sein. Sie ist eine gefragte Großmutter. Wie viele Enkel hatte sie? Zehn? Zehn Enkel, aber kein Team mehr. Paul Abell, Peter Jones, Ndibo Mbuika … Wenn man sie wirklich braucht, ist keiner von ihnen da. Sie muss es allein schaffen. Louis wäre dabei. Da ist sie ganz sicher. Er würde mit ihr gehen.
Louis! Er sollte hier sein, denkt sie. Dieser Weg ist zu schwer für mich, um ihn allein zu gehen.
Dann fällt ihr ein, dass er tot ist.
Es ist jedes Mal überraschend, wenn es ihr einfällt. Sie gewöhnt sich nie daran. Immer ist da eine Ärgerlichkeit, eine Ungeduld: Wo ist er?

Ach ja, er ist tot.
Niemals wird sie auf selbstverständliche Weise Witwe sein. Immer bleibt ihr ein Rest, nicht von Trauer, sondern von Aufbegehren. Wieso ist er nicht da? Ach ja, er ist gestorben.
Aber ist das ein Grund, sie jetzt alleinzulassen? Jetzt, da sie auf dem Weg ist, die Entdeckung ihres Lebens zu machen? Sind sie nicht einmal gemeinsam ausgezogen, um das hier zu entdecken, die Spuren, die zurückführen? Oder ist er nur vorausgegangen? Eine unbestimmte Erwartung erfüllt sie, auf ihn zu treffen. Wartet er irgendwo hier auf sie?
Er hat nie gewartet. Nie. Sie hat auf ihn gewartet. Jetzt hat sie keine Zeit mehr, zu warten. Keine Zeit mehr. Keine Zeit.

Sie hob den Blick. Die Berge vor ihr waren immer noch fern. Sie schien ihnen kaum näher gekommen zu sein, obwohl sie jetzt schon seit Stunden unterwegs war. Elefanten und Giraffen kreuzten ihren Weg. Meerkatzen lärmten in den Bäumen. Schlangen flohen vor ihrem Schritt und glitten ins tiefere Dickicht. Auf einem Felsplateau dösten ein paar Löwen in der Mittagsglut.
Die Landschaft wurde jetzt offener. Baumgruppen wichen niedrigerem Bewuchs. Die Farbe der Gräser verblich zu gelblichem Braun. Hitze lastete schwer auf dem Land und machte ihr das Vorankommen noch beschwerlicher. Sie hatte Durst. Doch da war keine Quelle mehr, um ihn zu stillen, kein Wasserloch. Eine große Verlassenheit war um sie.
Plötzlich hörte sie etwas. Einen fernen Hall, wie wenn Stein auf Stein geschlagen wird. Er verstärkte sich, als sie weiterging. Ihr wurde klar, dass hier ein Mensch bei der Arbeit sein musste. Dann sah sie ihn. Er hockte auf einem Felsplateau vor einer Höhle und bearbeitete einen Stein mit einem anderen Stein.

Das ist es!, dachte sie. Das muss ich sehen.

Der Mensch war nackt. Er blickte nicht von seiner Arbeit auf, als sie näher herantrat. Schweiß glänzte auf seinem Gesicht. Er schien sehr konzentriert. In der Rechten hielt er einen Hammerstein aus Quarzit, in der Linken einen Meißel aus demselben Material, der in einer steinernen Spitze auslief, die über einem eiförmigen Stein kreiste, der auf dem Boden lag. Der Boden war hart und trocken, festgebackener Lehm. Plötzlich stieß der Mann einen Schrei aus, sein Gesicht verzerrte sich, er schlug zu. Ein Splitter brach von dem Stein auf der Erde ab. Eine glatte scharfe Kante war an dem Stein entstanden.

Ja!, rief Mary. Sie hätte fast in die Hände geklatscht wie ein kleines Kind.

Genauso hatte sie es sich vorgestellt. Genauso hatte sie es beschrieben.

Levallois-Technik, sagte sie fachkundig. Mittlere Altsteinzeit.

Der Mann konzentrierte sich auf einen neuen Schlag.

Das Fell, das den Eingang der Höhle verhängte, wurde zur Seite geschoben. Zwei Kinder kamen heraus und kauerten sich neben den Mann, der sie unwirsch verscheuchte. Die Kinder erinnerten sie an ihre Enkel. Sie sahen afrikanischer aus, ein bisschen trommelbäuchiger und schmutziger. Eines von ihnen, ein Mädchen, begann zu weinen, doch sie sah ein, dass sie nichts für es tun konnte.

Ich habe gar nichts mitgebracht, dachte sie. Ich komme einfach hierher und bringe nichts für die Kinder mit. Sie hatte immer Buntstifte für die Massai-Kinder und Süßigkeiten dabeigehabt. Doch etwas sagte ihr, dass sie für diese Kinder nicht der Besuch war, den sie erwarteten. Das waren die Frauen, die mit Körben auf ihren Köpfen den Hügel hinaufkamen. Die Kinder spran-

gen wie kleine Hündchen an ihnen hoch. Die Frauen schimpften und stießen sie ärgerlich zurück.
Ihr fiel ein, dass diese Kinder keine Hündchen kannten. Sie kannten Wüstenfüchse. Sie kannten Schakale. Sie kannten Affenkinder. Womit spielten sie?
Sie hatte immer gedacht, sie kenne diese Menschen, wenn sie ihre Steinwerkzeuge verstand. Aber sie wusste nicht einmal, womit ihre Kinder gespielt hatten. Schneckenhäusern? Vogelkrallen? Hölzernen kleinen Liebesobjekten, die ihre Mütter mit Fell umwickelten und ihnen zum Schlafen in den Arm drückten?
Je näher sie ihnen kam, desto rätselhafter wurden diese Menschen ihr.
Es gibt noch so viel zu erforschen, dachte sie.
Aber die Last der Aufgabe war zu schwer für sie. Und die Zeit drängte!
Ich kann mich auf dem Rückweg mit ihnen befassen, dachte sie. Erst einmal weiter.
Sie hörte ein Rasseln, das hinter ihr zu sein schien. Ein Schnaufen wie von jemandem, der sie verfolgte und einzuholen versuchte. Sie wagte nicht, sich umzusehen. Dann begriff sie, dass es ihr eigenes Schnaufen war, das sie hörte. Mein Gott, dachte sie, das klingt nicht gut. *Angina pectoris,* fuhr es ihr durch den Sinn. Aber jetzt war keine Zeit, sich um das eigene Befinden zu kümmern. Ärztekram, dachte sie verächtlich. Ihr Leben lang hatte sie geraucht und getrunken, weil sie wusste, dass sie unverletzlich war.

Du kannst alles erreichen.
Warum?
Weil du meine Mary bist.

Ein väterlicher Segen. Ein Amulett. Ein Vademecum. Ein Zauber. Er hatte immer gewirkt und wirkte noch. Sie war Mary Leakey. Ihr konnte nichts geschehen. Sie hatte sich mit Malaria und Bilharziose infiziert. Auf Rusinga Island war am Ende der Kampagne ihr Blinddarm geplatzt – sie hatte alles überlebt. Afrikanische Attacken, die auch ihren Kindern nichts anhaben konnten. Nur Deborah. (Manchmal dachte sie noch an Deborah. Das unbegreifliche Klopfen eines Engels an der falschen Tür.)

Und dann Richard. Und Philip.

Zwei Söhne und nur zwei statt vier gesunde Nieren, die beide im Körper von Philip waren. Eine musste hinüber zu Richard, in dem es zwei kranke Nieren gab, die damals – Richard war fünfunddreißig, aufgeschwemmt, krank, übermüdet, kopfschmerzgeplagt – weitgehend ihre Funktion eingestellt hatten. Eine Niere aus Philip musste in Richard verpflanzt werden, anders ging es nicht.

Man hatte auch von Jonathan Blut und Gewebe getestet, sogar von Priscilla und Colin, den Halbgeschwistern. Aber Philip war's. Zwischen Richard und Philip gab es die größte genetische Übereinstimmung. Die geringste Wahrscheinlichkeit einer Immunreaktion.

Dabei waren die Abstoßungskräfte zwischen Richard und Philip so stark, wie sie nur sein konnten. Sie hassten sich. Sie hatten sich immer gehasst. Richard hasste Philip, wie Richard Jonathan hasste. Als Jonathan ging – er ging früh, er ging mit sechzehn, er ging zu den Schlangen, sie zogen ihn an, wie seine Eltern und Brüder ihn abstießen –, als Jonathan ging, wuchs ihm ein anderer nach, wie einer Echse ein neuer Schwanz nachwächst. Die Stelle in Richards Hassleben wurde nun von Philip besetzt. Den älteren Bruder hasst man, weil man ihn niemals, in keiner Disziplin, je erreichen wird. Den jüngeren hasst man, damit er weiß, was es bedeutet, der Jüngere zu sein. Den Jüngeren zu hassen ist eine Lust. Es ist eine sichere Bank, in die man seine Gehässigkeiten investiert. Sie zahlt den Gewinn in einem Selbstbewusstsein aus, das sich in neue Gehässigkeiten ummünzen lässt. Den Älteren hassen zu müssen, wie Philip es musste, ist eine Qual. Es garantiert den unumkehrbaren Abfluss von Kapital. Es ist ruinös. Es tendiert zum Brudermord. Stirb. Damit ich ohne dich leben kann.

Allerdings hatte Philip längst einen anderen Weg entdeckt. Absonderung. Man kann morden, oder man kann seiner Wege gehen. Die meisten Brüder entdecken ihn mit den Jahren. Und auch für Richard war sein jüngerer Bruder kein Gegenstand des Interesses mehr. Bis die Ärzte seinen Blick auf Philips gesunde Nieren lenkten.

Dein Bruder hat, was du brauchst, um zu überleben.

Sonst: zweimal wöchentlich Blutwäsche. Ein Leben an der Maschine in London. Nie wieder Afrika. Nie wieder Jagd auf Fossilien. Nie wieder Grabungen. Oder Tod.

Philip hatte zu der Zeit als erster weißer Kenianer für das Parlament in Nairobi kandidiert. Er war eine Berühmtheit in Kenia. Hoffnungen ruhten auf ihm. Am stärksten seine eigenen. Auch er war ein Leakey. Auch er brauchte viel Raum um sich, um ihn auszufüllen. Auch er baute sich Bühnen für den eigenen Auftritt. Damals hieß das Stück für ihn Politik.

Da erging an ihn die Frage, ob man eine Niere von ihm bekommen könne, um sie Richard zu geben. Ein Stück von seinem eigenen Fleisch für seinen Bruder.

Wäre es um Geld gegangen, Philip hätte nein gesagt. Er hätte weder für Richard gebürgt noch ihm etwas geliehen. Er hätte nein gesagt, wenn er um eine Vermittlung, eine Unterschrift,

irgendeine Leistung für Richard gebeten worden wäre. Die Brüder hatten sich seit Jahren nicht mehr gesehen. Sie hatten beide nicht die mindeste Lust darauf.
Philip sagte ja.
Man erklärte ihm, dass die Operation schwierig und schmerzhaft für beide sein würde, mehr jedoch für ihn, den Spender, als für den Empfänger.
Geht in Ordnung, sagte Philip.
Man warnte ihn vor den Risiken eines Lebens mit nur einer Niere. Sie würde doppelt beansprucht sein. Und sollte sie jemals ausfallen – man rechnete ihm die Minderung seiner Lebenserwartung in Prozenten aus.
Und wenn schon, sagte Philip. Wir alle sind irgendwann dran, habe ich gehört.
Warum tust du das?, fragte ihn seine Frau.
Keine Ahnung, sagte Philip. Damit das Arschloch eine Chance hat.
Und deine Chance in der Politik?
Zuerst die Wahlen. Dann die Operation. So lange muss Richard warten.
Es geht ihm schlecht. Sehr schlecht.
Sein Problem.
Er gewann den Parlamentssitz. Dann flog er nach London. Es war November in einer nebligen, nasskalten, düsteren Stadt.
Die arme Sau, sagte Philip, als er Richard gesehen hatte. Ob sich das noch lohnt?
Das Überraschende war, wie verlegen sie sich fühlten. Es war einfach so, dass ihr Hass sie miteinander verbunden hatte. Er war hilfreich. Er war ihr Code. Jetzt, da er nicht mehr möglich war, fühlten sie sich einander so fremd wie nie zuvor. Zwei Männer. Zwei Nieren. Zwei Verlegenheiten, die sich in dem-

selben Grinsen, denselben Gesten brüderlicher Unverbundenheit äußerten. Demselben Tonfall. Derselben Arroganz, mit der sie voreinander in Schweigen fielen und keine Rechtfertigung dafür vorbrachten.

Wenn es sein muss, soll es schnell geschehen, dachte Philip.

Wenn es sein muss, soll es schnell geschehen, dachte Richard.

Den Nieren war es egal, in welchem ihrer Körper sie sich fanden. Sie gehörten größtenteils zu den fünfzig Prozent, die an ihnen identisch waren. Nicht ähnlich, identisch. Ähnlichkeit ist, was wir wahrnehmen. In Wirklichkeit sind Geschwister und Eltern und Kinder zur Hälfte identisch. Nur dass da die andere Hälfte ist. Und dass beide so vertrackt miteinander vermischt sind.

Auch Philips Niere war nicht ganz, was Richards Körper als seine erkannte. Doch schließlich ergab er sich. Durch Immunsupressoren ließ er sich überzeugen, dass es besser war, mit ihr als gar nicht zu arbeiten.

So wurde Richard gerettet, und Mary ergraute, während sie mit den Frauen ihrer Söhne im Wartezimmer der Klinik saß. Sie war schon vorher grau, aber danach ohne Rest. Richard bemerkte es später, auch dass sie dünner geworden war. Eine hagere, abgehärmte Sechsundsechzigjährige.

Du hast Angst gehabt, sagte er. Du hast gelitten, als Philip und ich dadrin waren, stimmt es, Mum?

Ich habe immer Angst gehabt, sagte sie, immer, seit ihr auf der Welt seid.

Sie sah ihm an, wie überrascht er war.

Aber nie so wie an diesem Tag, sagte sie.

Sie ist ruhiger geworden.

Aber dieses Rasseln.

Flüssigkeit in ihrer Lunge.
Kann man dagegen nichts tun?
Die Herzfrequenz, sehen Sie sich das an.
Nein.
Absaugen.
Nein, man kann nichts tun.
Erleichtern?
Sie meinen doch nicht –
Wir haben alles –
Durchstehen. Was für ein Blödsinn. Wie lange soll sie das noch durchstehen?
Er hat dich gemeint, Richard. Du musst es durchstehen.
Ich?

Sie musste es allein durchstehen.
Aber sie war nicht allein. Sie sog die Luft ein. Da war ein Geruch in der Luft, der ihr sagte, dass da auch Menschen waren. Es roch nach Feuer. Nach Herbstabenden in Devonshire, wenn die Bauern Kartoffelfeuer gemacht hatten.
Wie gut das ist, dachte sie.
Dann sah sie den Rauch aufsteigen, kerzengerade in der windstillen Luft. Ein feiner Dunst lag über dem Tal, das sich vor ihr erstreckte. Offene Savanne. Ein weiter Blick bis zum Horizont. Das ist *unser* Land, dachte sie. *Unsere* Welt. Andere Tiere leben, wir wohnen darin. Das Feuer ist *unser* Zeichen. *Unsere* Anwesenheit macht das Land zur Landschaft. Die Landschaft ist das von *uns* geschaute Land, *unsere* Heimstatt. Wir sind darin unterwegs, um anzukommen. Wo? Wo wir ein Feuer entzünden. Wir sind die Tiere, die Feuer gemacht haben. Das Feuer ist exklusiv für uns. Es hält die anderen fern. Sie fürchten es. Es verbannt sie von dem Ort, an dem Menschen sind.

Das Feuer zeigt ihnen seit einer Million Jahren, dass die Welt nicht mehr uneingeschränkt ihre ist. Sie respektieren das Feuer, wie sie das Wetter respektieren. Aus ihm kommt es. Aber es ist kein Wetter mehr. Wenngleich es die Gewalt, die definitive Zerstörungsmacht eines Blitzschlags hat, ist es die Domäne der Menschen.

So wie der Fluss die Domäne des Flusspferds ist? Oder ein hohler Stamm die Domäne der Bienen?

Ungleich entschiedener.

Wenn die anderen Tiere von Göttern wüssten – auch die Menschen wissen noch nichts davon –, würden sie die Gottähnlichkeit erkennen, die das Feuer den Menschen gibt.

Doch das waren keine Götter, die um das Feuer kauerten. Es waren nackte, gebückte, schmutzige Gestalten mit grindiger Haut und verfilztem Haar, die in die Flammen starrten und auf ein paar angesengten, stinkenden, fleischlosen Knochen herumkauten. Sie wirkten mürrisch und müde, offenbar entmutigt von den ergebnislosen Mühen der Nahrungsbeschaffung. Im Schein der flackernden Flammen schienen sie ihr fremd und unheimlich. Sie hatte niemals solche Menschen gesehen, solche niedrigen Stirnen, solche vorspringenden Brauenbögen, solche breiten Gesichter, solche Augen, dicht beieinander, deren Blicke sie ohne Reaktion streiften, während sie nah bei ihnen stand und sie betrachtete.

Wie bei einem Traum, den man nacherzählt und der während der Erzählung plötzlich andere Gestalt annimmt, wenn man den Worten, den ausgesprochenen Worten lauscht, die, anders als die Bilder, die man vor Augen hat, alles, die ganze Wahrheit des Traums offenbaren, so wurde ihr auf einmal bewusst, was sie sah.

Homo erectus, dachte sie. So sieht *Homo erectus* aus.

Der »Junge vom Turkanasee«, dessen Schädel Richard zwölf Jahre zuvor gefunden hatte. Dieselben Merkmale. Hier waren sie.
Das muss ich Richard erzählen, dachte sie. Das wird ihn interessieren. Und dass sie gelernt hatten, Feuer zu machen. Wer weiß, wann. Diese konnten es. Hinter ihren flachen Stirnen entstanden Gedanken an Funkenflug, trockenen Zunder, knisternde Flammen, an Hölzer und Steine, mit denen man sie entfachen kann. Und als sie sie im Weitergehen noch einmal betrachtete, schienen sie ihr in viel weiter reichende Träume versunken. Träume von einer Welt, die es jenseits der ihrigen gab. Es schien ihr, als wenn sie über Pläne sinnierten, wegzugehen, auszuziehen, als wenn sie das Vorhandensein einer Ferne begriffen hätten, die nicht mit dem Horizont endete, sondern erst begann. Sie schienen ihr entschlossen, sich nicht und niemals mit dem, was sie hatten und kannten, zufriedenzugeben, ja, sie begriff, dass sie längst auf dem Weg waren und an dieser Stelle nur Rast gemacht hatten, erschöpft von der Anstrengung, etwas denken zu müssen, was vor ihnen niemand gedacht hatte: dass man nicht bleiben muss, wo man ist.
Sie spürte den Willen, der sie vorantrieb. Ihr Verlangen, zu erfahren, was sie noch nicht erfahren hatten. Und sie erkannte, dass es dasselbe Verlangen war, das sie vorantrieb. Und sie folgte ihm.

Was für Tiere sind das?, dachte sie. Sind das Giraffen?
Ihre Hälse waren nicht länger als die von Gazellen, dennoch sahen ihre Köpfe wie die von Giraffen aus. Mit ihren muskulösen Lippen zupften sie die unteren Blätter junger Akazien ab, deren Laub bereits schütter war. Nur eines der Tiere reichte höher hinauf und fraß sich dort konkurrenzlos satt. Mit sei-

nem gestreckten Hals sah es wie ein Tier aus, das gern eine Giraffe gewesen wäre, aber noch weit davon entfernt war, es zu sein.

Das hätte Charles Darwin sehen sollen, dachte sie.

Ein Wurf von Warzenschweinferkeln kreuzte ihren Weg. Sie hielt vergebens nach dem Muttertier Ausschau. Wie sollen die Ferkel überleben, wenn keine Sau dabei ist?, dachte sie. Dann fiel ihr auf, dass es keine Ferkel waren, sondern adulte Tiere, nur klein wie aus dem Land Liliput. Und sie begriff, dass es ausgestorbene Arten waren, die ihr begegneten. Sie kannte sie alle. Sie hatte ihre Fossilien gefunden, in Olduvai und an anderen Grabungsorten in der Nähe der großen Seen. Riesenantilopen. Elefanten, deren Stoßzähne aus ihrem Unterkiefer herauswuchsen. Säbelzahntiger, die voller Blutgier und Anmut durch die Savanne streiften. Sie brauchten keine Deckung für sich. Sie waren von allen gefürchtet, unangefochtene Inhaber des ersten Ranges der Nahrungskette. Ein Säbelzahntiger stirbt nur aus Altersschwäche, sozusagen im Bett der Evolution. Wie ist es möglich, dass sie verschwunden sind?, dachte sie. Waren sie nicht eher zu Beherrschern der Welt ausersehen, als wir es sind? Sie hatte sich das oft gefragt.

Plötzlich teilte sich ein Gebüsch, und ein mächtiger schwerer Affe trat auf sie zu. Er trug einen Stock in der Hand, ließ sich in die Hocke nieder und stocherte damit in der Erde herum. Das ist kein Gorilla, dachte sie. Obwohl er die Statur hatte. Sein Gesicht war das eines Affen, sofern sie ihm in die Augen sah. Rötlich schimmernde kleine, flinke Augen eines Affenmannes unter starken Brauenbögen, eine breite Nasenwurzel, eine flache Nase, deren Öffnung nach oben zeigte. Doch sein Mund – sein Mund war der eines alten gutmütigen Mannes, der schon viel gesehen und manches verstanden hat. Es war ein Mund mit schmalen Lippen, die Oberlippe gewölbt, die untere wie zu einem angedeuteten Lächeln vorgestülpt. Der Mann hatte kein Kinn und kaum einen Hals. Sein mächtiger, dünnbehaarter Brustkorb machte das Volumen seiner Erscheinung aus. Er schien etwas im Erdreich gefunden zu haben, Wurzeln oder Larven, er steckte es sich in den Mund und begann mit mahlenden Kiefern darauf zu kauen.

Er war allein. Ein alter Einzelgänger, der sich von seiner Gruppe entfernt hatte, die nicht allzu weit weg sein konnte. Alles an ihm drückte freundliche Resignation aus, Genügsamkeit, Freude am Suchen und Finden von Essbarem. Die Gelassenheit eines Pflanzenfressers, der gelegentlich Insekten und, wenn es hochkommt, kleine Nager verspeist, die er aus ihren Bauten im Erdreich greift. Ein bedächtiger Genießer von Honig in Baumstämmen, den er mit Stöcken entnimmt, an welchen er so lange lutscht, bis die letzte Süße von ihnen geschwunden ist, worauf er noch eine Zeit lang am Holz knabbert. Ein Nachdenker, der sich ein paar Rätsel des Lebens erschlossen hat:

Frauen bleiben Kinder, die zur Aufzucht von Kindern geeignet sind. Sie sind nur halb so groß wie Männer. Darum müssen sie einem das Fell lausen, und man kann es bei ihnen tun.

Starke Männer wachsen nach. Man denkt, dass es Söhne sind.

Aber Söhne sind sie nur, solange man ihnen befehlen kann.

Man kann befehlen, wenn man der Stärkere ist.

Wenn man nicht mehr der Stärkste ist, ist es ein anderer.

Wenn du weißt, wo es Termiten gibt, sage es den anderen erst dann, wenn du genug davon abbekommen hast.

Und noch vieles, was er für sich behält, weil er nur spricht, um zu schimpfen, etwas klarzustellen oder eine der Frauen zurechtzuweisen. Doch manchmal, gegen Abend, steigt er in die Wipfel, sieht auf das Land hinunter und fühlt etwas, das dem Behagen nach einer reichlichen Mahlzeit gleicht, von der noch etwas für den nächsten Tag übrig geblieben ist, ein Behagen, das jedoch etwas ganz anderes meint. Dann wiegt er sich sanft auf dem Ast, auf dem er sitzt, und lässt ein Brummen aus sich heraus. Dieses Brummen sagt, dass er zufrieden ist. Mehr. Es sagt, dass all das, was er von hier oben sieht, gut ist, ein guter Platz, um zu sein, eine gute Erde mit guten Bäumen darauf, die gute Früchte tragen zu ihrer Zeit, eine gute Sonne, die untergeht, gute Sterne, die über ihm aufblitzen, ein gutes Lüftchen, das aufkommt und ihm Kühlung in sein Fell bläst, eine gute Nacht, die ihn umfängt und aus der er am nächsten Morgen erwachen wird. Gut, dass ihn die Schreie der jungen Antilopen nichts angehen, die von den Hyänen angefallen und gepackt werden. Gut, dass er hier oben ist. Gut, dass seine Sippe um ihn herum in den Bäumen lagert. Gut, dass er weiß, wo es Wasser gibt. Gut, dass das nahe Wasserloch noch halb gefüllt ist. Denn er weiß, dass es auch Schlechtes gibt. Und der Mangel an Wasser gehört zum Schlechtesten, was er kennt.

Du bist es, möchte Mary sagen.

Aber sie weiß, dass er sie nicht hören kann.

Du bist *»Zinj«, Zinjanthropus,* den man heute *Paranthropus boisei* nennt. Dich habe ich gefunden. Du hast mich berühmt gemacht. Wir waren beide berühmt, du weißt es nicht. TV-Shows, *National Geographic Magazine,* Symposien. Und Geld. Endlich floss das Geld für weitere Grabungen in Olduvai. Die National Geographic Society gab uns sofort zwanzigtausend Dollar. Das war 1960 viel. Zwar war Louis zunächst enttäuscht von dir, weil du nicht *Homo* warst, wie man an der Form deines Schädels und der Größe deiner Zähne unschwer erkennen konnte. Nur einer aus der Familie der Hominiden. Doch da war etwas an dir, das dir die Menschen gewogen machte. Ein freundlicher Zug, der selbst noch aus deinem dickwandigen Schädel sprach, den wir aus den gefundenen Teilen zusammengesetzt haben, die Ahnung eines gutmütigen Ausdrucks um deinen Mund, von dem ich sehe, dass wir uns nicht getäuscht haben. Hier bist du, *Zinj.* Ich hätte gern mit dir gesprochen. Ich hätte gern von dir gewusst, was du über dein Leben vor mehr als eineinhalb Millionen Jahren herausgefunden hast. Es gibt dich nicht mehr, dich und deinesgleichen. Ausgelöscht wie der Säbelzahntiger. Vielleicht lag der Grund für deinen Untergang in deiner Freundlichkeit, was man vom Säbelzahntiger gewiss nicht behaupten kann. Weder Freundlichkeit noch Blutdurst scheinen einen Anspruch auf Dauer in der Welt zu begründen.

Du machst Platz? Du verziehst dich?

Von der anderen Seite des Weges her näherten sich weitere Zweibeiner. Der Affenmann blickte scheu zu ihnen hin und verschwand zwischen den Büschen.

Es war ein Paar. Die Frau zeigte auf die Stelle, an der der Affenmann verschwunden war. Der Mann schwang einen Knüppel in seine Richtung. Die Geste eines Mannes, der seiner Frau beweisen will, dass er der Stärkere ist, ohne dass er es ernsthaft auf einen Kampf ankommen lassen will.

Die Frau war hochschwanger. Sie hielt ihren Bauch mit beiden Händen von unten fest, als könne sie so die Last, die das Kind in ihr war, besser tragen.

Der Mann trieb sie zur Eile an. Sie schien erschöpft, als habe sie schon einen weiten Weg zurückgelegt. Sie suchten nichts. Sie verweilten nicht. Sie trugen auf ihren Rücken geflochtene, mit Vorräten gefüllte Beutel, deren Träger ihnen über die Stirn

liefen, von ihren ausgeprägten Brauenbögen daran gehindert, ihnen über die Augen zu rutschen.
Plötzlich blieb die Frau stehen. Ihre breiten Nasenflügel bebten. Sie stieß ein Wimmern aus. Der Mann griff nach ihrer Hand und wollte sie mit sich fortziehen. Doch sie widersetzte sich. Ein Stück weit lief er ohne sie weiter, als wolle er sie allein zurücklassen. Als er sah, dass sie ihm nicht folgte, drehte er sich nach ihr um und kam zurück. Sie sah an sich herunter und drückte die Hände fest auf ihren Bauch, als wolle sie dem Kind in sich etwas sagen. Dann ließ sie sich langsam ins Gras nieder. Der Mann befreite sie von dem Beutel, nahm seinen eigenen ab, kniete sich zwischen ihre geöffneten Beine und betastete sie. Die Frau stöhnte. Sie zog die Beine an, umfasste ihre Knie und presste unter Schreien, bei denen er ihr die Hand auf den Mund legte, denn wer schreit, zeigt, dass er wehrlos ist, etwas aus sich heraus, das der Mann in seine Hände nahm, emporhob und ihr auf den Bauch legte. Ein Stimmchen erklang, das in einer Art Gurgeln unterging. Die Frau richtete sich auf. Sie führte das kleine Gesichtchen an ihren Mund und saugte ihm aus Mund und Nase ein wenig Schleim ab, bis es frei atmete. Dann machte sie sich daran, die Nabelschnur kurz vor dem kleinen Bauch durchzubeißen. Mit ihrer Zunge säuberte sie das Kind von Blut und Schleim, das unter der feuchtwarmen Berührung jetzt gleichmäßig atmete. Der Mann vergrub unterdessen den blutigen Klumpen, der nach dem Kind aus ihr herausgeglitten war, damit er keine Insekten anzog oder, schlimmer, Fressfeinde, die irgendwo lauerten. Ein Kind auf der Reise zu gebären ist immer gefährlicher als inmitten des Stammes, wo die wehrlosen Mütter von allen abgeschirmt werden.
Seine zarte Haut schimmerte hell. Es war nahezu unbehaart. Auf dem Bauch seiner Mutter lag es mit gekrümmten Beinchen

und hochgerecktem Gesäß, das Köpfchen zur Seite gewandt, die Augen geschlossen. Sein Mündchen verzog sich ein wenig, wobei man die kleine rosa Zunge zwischen seinen Lippen sah. Es war ein Mädchen.

Was für ein Kind, dachte Mary, die sich währenddessen, gefangen von dem, was sie sah, nicht gerührt hatte. Das ist ein Menschenkind!

Ich würde es mit nach Hause nehmen und großziehen, dachte sie. Ich würde es aus jedem brennenden Haus retten. Zärtlichkeit und Sorge erfüllten sie. Was sollte hier in der Wildnis nur aus ihm werden? Wenn sie an all die Gefahren dachte, die ihm drohten: Fressfeinde, Feuersbrunst, Schlangengift, Flüsse, die über die Ufer traten oder austrockneten, fiebrige Krankheiten, Wunden, die sich infizierten, Knochenbrüche, die nicht ausheilten, Streit, der gewalttätig endete, die Verknappung von Nahrungsressourcen, Hitze und Kälte, die unkalkulierbare Wut von Elefanten und Flusspferden, die Heimtücke der Krokodile, die Unwegsamkeit der Wälder, in denen man verlorengehen kann – wenn sie an all das dachte, schien ihr dieses Mädchen ohne die geringste Chance zu sein.

Und doch.

Irgendwo unter ihnen müssen diejenigen gewesen sein, von denen alle heute lebenden Menschen die Kinder sind. Das wusste sie. Und sie hoffte mit verzweifelter Heftigkeit, dass dieses Kind unter ihnen sein würde.

Ich habe seine Geburt gesehen, dachte sie. Die Geburt des Menschen.

Sie sah, dass die Eltern schon wieder aufbrachen. Die Mutter nahm das Kind, der Vater die Beutel. Er legte den freien Arm um die Frau, der noch das Blut an den Beinen herabrann, und stützte sie.

Wohin gehen diese *Homo-habilis*-Leute?, dachte sie. Und woher kommen sie? Sie dachte sich ihren langen Weg durch dürres Land und an den Ufern fast ausgetrockneter Flüsse entlang, bis sie in bessere Gegenden kamen. Vielleicht hatte eine Feuersbrunst sie von dem Ort vertrieben, an dem sie gewesen waren. Vielleicht waren sie die einzigen Überlebenden von ihrem Stamm. Die Klügeren, die wussten, dass man nicht bleiben muss, wo man ist.
Und was haben sie vor?
Zu leben.
Sie ging den anderen Weg.

Plötzlich stellte sie fest, dass die Spuren, denen sie folgte, nicht mehr eindeutig waren. Sie schienen sich zu gabeln. Kleinere Pfade bogen rechts und links von der Hauptspur ab und verloren sich. Hatte sie schon etwas übersehen? War sie der falschen Spur gefolgt? Und wie sollte sie jemals wieder zurückfinden, wenn es so war?
Und was tat dieser nackte kleine Affe da, der auf einem umgefallenen vermodernden Baumstamm saß und ihr den Weg versperrte? Dieser trommelbäuchige Debile, ein männliches Kind, das mit obszönem Grinsen an seinem Geschlechtsteil herumspielte.
Geh weg, sagte sie.
Der nackte Affe grinste.
Weg da!
Aus den zottigen Haaren, die sein kleines Gesicht bis zum Kinn umrahmten, standen die kleinen Ohren ab, denen kein Geräusch auf der Welt zu entgehen schien. Sie war bei ihm nicht sicher, ob er sie nicht doch wahrnahm. Sein grindiger Mund verriet nichts. Aus seinem Blick sprach Verschlagen-

heit. Seine Nase schien nur aus zwei großen rotzverschmierten Öffnungen zu bestehen.
Plötzlich fuhr seine Hand aus. Es war eine lange Hand mit dünnen Fingern, eine Greisenhand, die zu den Proportionen seines Körpers nicht zu passen schien. Er hatte einen Schmetterling aus der Luft gefangen und zerquetschte ihn zwischen den Fingern, worauf er ihn genüsslich in den Mund steckte und zermalmte.
Geh weg, sagte sie.
Er zuckte nicht einmal, als sie mit einer Hand vor seinem Gesicht herumwedelte.
Er öffnete seinen Mund. Es schien, als ob er ihr den Brei ins Gesicht spucken wollte, zu dem der Schmetterling geworden war.
Geh weg, sagte er.
Er hatte die Stimme eines uralten Kastraten. Geweckgeweckgeweck. Es klang wie der Ruf eines unheilverkündenden Vogels.
Er äfft mich nach, dachte sie.
Plötzlich sprang er hoch, ließ sich auf alle viere hinab und lief so den Baumstamm entlang, an dessen Ende er sich auf zwei Beine aufrichtete und im Gebüsch verschwand.
Wo bin ich?, dachte sie. Was will dieser *Australopithecus* von mir?
Sie wusste, dass sie sich verirrt hatte.
Niemals, dachte sie, werde ich hier wieder herausfinden. Es gibt keinen Weg zurück.
Seltsame Wesen tauchten um sie herum auf und verschwanden wieder. Aufrecht gehende Affen, in deren Gesichtern sie nach Spuren von Intelligenz und Einsichtsfähigkeit in ihr Los suchte. Aber da war nichts dergleichen. Nur eine fratzenhaft

scheinende Ignoranz. Nur Ahnungslosigkeit bezüglich ihres bevorstehenden Aussterbens.
Ihr haltet euch für die angestammten Bewohner der Welt?, dachte sie. Ihr glaubt, ihr seid immerwährend?
Sie war die Einzige, die wusste, was diese Wesen erwartete.
Dann, indem sie an sich heruntersah, bemerkte sie die Verwandlung, die sich an ihr vollzogen hatte. Sie war eine von ihnen. Sie war ein Weibchen der Gattung *Homo* auf seinem Weg zurück.
Sie forschte nach ihr bekannten Zügen in den Gesichtern um sich herum.
Australopithecus afarensis?, dachte sie. *Anamensis?*
Aber dann war sie ja schon vier Millionen Jahre entfernt von ihrem Ausgangsort!
Ihr wurde kalt vor Entsetzen, als sie sich das klarmachte. Eine Kälte, die langsam von ihren Füßen her in ihr aufstieg und sich in ihrem Körper ausbreitete.

Die Patientin im Nairobi Hospital holte noch einmal Luft. Es klang wie ein Seufzer. Es klang, als wäre sie nach langem Lauf am Ziel.
Die Menschen, die um ihr Bett standen, warteten. Es ging ihnen wie allen, die jemanden sterben sehen: Sie wussten nicht, ob sie den nächsten Atemzug fürchteten oder erhofften.
Sie starb von unten herauf. Zuerst starben die Füße. Sie wurden schneeweiß. Ihr Blut zirkulierte nur noch in einem reduzierten Kreislauf. Die Linie, die seine Grenze anzeigte, stieg langsam an ihren Beinen hoch auf ihr Herz zu.
Sie warteten.
Dann entrang ihr sich noch einmal ein tiefer Atemzug.
Das EKG schlug noch einmal aus.

Die Angst trieb sie jetzt voran, eine große Beklemmung, die ihre Brust zusammenschnürte, dass sie nicht genug Luft bekam.
Trotzdem hastete sie weiter fort.
Das musste *Ardipithecus ramidus* sein. Und das *Orrorin tugenensis,* sechs Millionen Jahre. Ihr aufrechter Gang war noch neu und ungeübt, schwankend, plattfüßig. Als eine Herde Baumaffen sich durch die Kronen der Buschweiden näherte, ließen sie sich auf alle viere hinab, um zu fliehen.
Und auch sie. Auch sie fühlte den Drang zur Erde hinab. Noch einmal richtete sie sich zu ihrer ganzen Größe auf. Noch einmal erfasste sie mit ihrem Blick den Horizont.
Da entdeckte sie den O'ndolenya Hill, den Hügel, von dem aus man das ganze Terrain von Laetoli überblicken kann. Den Hügel, dessen Name in der Massai-Sprache »Abschied« bedeutet. »Von hier aus sollst du gehen«.
Sie erreichte ihn. Es war leicht. Es war wie Fliegen.
Aber ihr Blick war nicht mehr ungetrübt, als sie oben angelangt war. Es war ein Blick, der nach Pflanzen, nach Insekten, nach Blättern ging, die ihre Nahrung waren. Längst schon bewegte sie sich auf allen vieren, schwang sich von Ast zu Ast, bewältigte enorme Distanzen durch Sprünge, die wunderbar präzise waren und ihr das Gefühl gaben, dass die Welt nun endlich tatsächlich die ihre war, dazu geschaffen, dass sie ganz darin zu Hause war, ein Orkan an Gerüchen, an Farben, Geräuschen, die keine Empfindung in ihr auslösten, sondern die Empfindung selber waren.
Bald würde sie ein flinker kleiner Benager von Körnern und Wurzeln sein. Viel später würde es sie wie die Lurche zum Wasser ziehen. Sie würde die Vögel grüßen und sich zum Lungenfisch wandeln.

Während sie den Abstieg vom O'ndolenya Hill in Laetoli begann, wusste sie, was ihr bevorstand:
Der ganze Weg zurück zum Einzeller.

Sie trat ihn an.

Danksagung

Vielen schulde ich Dank. Darunter Virginia Morell, die so taktvoll wie unverhüllt die Familiengeschichte der Leakeys erzählt hat, sowie Mary und Richard Leakey in ihren Selbstzeugnissen. Ikayo Sambeta, der Philipp und mich durch die Olduvai-Schlucht geführt und uns ihre Geheimnisse enthüllt hat. Exaud E. Palangyo, der uns sein Land Tansania gezeigt hat. Viele Denkanstöße und Anregungen verdanke ich dem Evolutionsbiologen Axel Meyer. Peter Schulz danke ich für seine fachkundigen Ratschläge. Und Heiner Roth, dessen Rat als Mediziner ich nachgefragt habe und der als einfühlsamer Leser geantwortet hat. Ich danke Ferdinand für seine Ungeduld, die mich zur Präzision zwingt, und Philipp, dass er mich begleitet hat, dieses Mal nicht nur mit seinem unfehlbaren Sinn für starke Geschichten, sondern auch auf der Reise nach Afrika und durch viele Gespräche, aus denen dieser Roman entstanden ist. Albrecht verdanke ich alles. Und unseren Katzen die Erkenntnis, dass Charakter und differenziertes Empfinden nicht allein unsere Sache als Menschen sind. Es muss sie schon vor uns gegeben haben. Davon handelt dieses Buch.